FEMME BLEUE

Antje Rávik Strubel

FEMME BLEUE

Traduit de l'allemand
par Rose Labourie

LES ESCALES

Titre original : *Blaue Frau*

La traduction de cet ouvrage a bénéficié d'une subvention du Goethe-Institut.

Édition française publiée par :
© Éditions Les Escales, un département d'Édi8, 2024
92, avenue de France
75013 Paris – France
Courriel : contact@lesescales.fr

ISBN : 978-2-36569-741-5
Dépôt légal : septembre 2024
Imprimé en France

Couverture : Hokus Pokus Créations
Mise en pages : Nord Compo

Dédié à mon amie et mentor Silvia Bovenschen

Partie 1 (*Helsinki*)

Il paraît que je suis la femme qu'il rencontre dès la page 18.

Inger Christensen

Chaque nuit, on entend les voitures. Le grondement des véhicules sur les routes à trois voies et le bruissement des feuilles du sorbier des oiseleurs.

Ce sont les bruits.

Ils pénètrent par la fenêtre qui est entrouverte. La mer ne s'entend pas. La mer Baltique au sud, derrière les immeubles en béton, dans une crique aux rivages envahis par les roseaux qui ne tardera pas à geler en hiver.

Des réverbères jalonnent les chemins. La nuit, leur lumière blafarde éclaire le bord du trottoir et le balcon du petit appartement qui donne sur la rue. Les abat-jour en métal se balancent dans le vent. La chambre est côté cour où se trouvent une aire de jeux, une remise à vélos et le sorbier des oiseleurs.

Les murs de l'appartement sont blancs et nus à l'exception du miroir dans l'entrée. Dans la cuisine, deux cartes postales sont accrochées au-dessus de l'évier. L'une montre des taxis jaunes entre des gratte-ciel new-yorkais. Sur l'autre, une photo en noir et blanc, deux femmes sont installées à la terrasse d'un café parisien. Elles portent des jupes élégantes et des chapeaux-cloches datant des années vingt du siècle dernier.

Ce sont les images.

Les jardinières sur l'étagère en métal du balcon sont vides. Des toiles d'araignées y ont proliféré. Les araignées sont encore en vie. C'est le mois de septembre.

À l'horizon, où des entrepôts et une gigantesque antenne-relais délimitent les rangées d'immeubles en béton, des montagnes de nuages s'amoncellent. L'antenne-relais est le seul point de repère au milieu des rues identiques.

Personne ne sait où elle est.

L'horloge au mur affiche deux heures trente. Le cadran métallique représente un planisphère. Il n'y a pas d'aiguille des secondes, seulement un petit avion rouge qui fait le tour de ce monde argenté. Chaque tour du monde ne prend pas plus d'une minute, et pourtant il s'en dégage une impression de lenteur, presque de torpeur. Une ombre vole au-dessous de l'avion et le devance parfois légèrement, en fonction de l'angle sous lequel cette planète étincelante est éclairée.

Elle pourrait être n'importe où.

Nina. Sala. Adina.

Dans la cuisine, il y a quelques casseroles, une bouilloire et une cafetière italienne tachée. Quand, sous l'effet de la pression, la vapeur d'eau s'échappe de la soupape du réservoir, la cafetière se met à siffler. Sur les tasses dans le placard, il est écrit IKEA en lettres capitales. On dirait que l'appartement est un véritable appartement, avec quelqu'un dedans. Il y a quelques livres, des bougeoirs, des magazines de cuisine et de voyage. Dans l'entrée se trouve un tapis élimé. Des bâtons de marche sont posés contre la penderie.

Ce sont les objets.

Elle range les bâtons de marche dans le placard de l'entrée. On entend l'eau couler dans la salle de bains. Aucun bruit ne provient de la cage d'escalier. La porte d'entrée est verrouillée. Les poignées des fenêtres sont bloquées. Seule une petite fenêtre s'entrouvre. L'interstice n'est pas suffisant pour passer la tête dehors. Elle ne s'en plaint pas, même si, en ce moment, le soleil brille et l'appartement se réchauffe.

Dans la cuisine, il y a la bouteille en plastique entamée. Elle en verse une dose dans un bouchon et l'ajoute au café.

« Juste une gorgée », dit-elle comme si quelqu'un était là.

L'horloge sonne, on dirait une cloche d'église en sourdine.

« Santé, Sala ! À la tienne. (Elle brandit la tasse en direction des vitres sales du balcon.) À la tienne et meilleurs vœux ! »

La fenêtre entrouverte fait courant d'air. L'horloge affiche bientôt trois heures. Sur les silhouettes argentées des continents, on ne distingue ni villes, ni rues, ni plis montagneux, ni fleuves. Elle range l'alcool fort dans le frigo. Elle a beau ne pas être chez elle, chaque bouteille a sa place. Elle est dans un pays qu'elle ne connaît pas, un pays du Nord où les arbres sont différents, où les gens parlent une langue différente, où l'eau a un goût différent et où l'horizon n'a pas de couleur.

Son cœur ajoute un battement furtif là où il n'a rien à faire. Elle se change les idées. Elle pense aux hêtres et aux marronniers, aux tilleuls et aux pins, à l'odeur de bois et de terre, et au cours que suit la vie d'un arbre, paisible et comme hors du temps, à l'image du sorbier des oiseleurs derrière la fenêtre de la chambre. Elle pense aux battements de son cœur qui se ratatinent face à la splendeur indifférente de ces arbres et à leur promesse d'éternité, une éternité qui dure aussi longtemps qu'ils sont épargnés par le défrichement. Mais les arbres qu'elle a en tête poussent devant une maison jumelée sans que personne y touche. On ne les abattra pas, car elle y veille.

Veillait.

C'est le passé.

Elle estime avoir le droit de rester dans le passé. Là-bas, la neige tombe. C'est l'hiver, et elle est encore une enfant. Pendant les nuits d'une clarté cristalline, la lune baigne les sentiers d'une lumière blafarde et éclaire les sapins, les pins et les pylônes des remontées mécaniques qui se dressent sur les pentes défrichées, recouvertes de neige, damées par les chenilles. La maison jumelée se trouve dans un vallon face à un horizon vertigineux. Loin d'ici. À mille cinq cents kilomètres, une heure de décalage horaire et vingt heures de route d'Helsinki, dans les montagnes à la frontière tchéco-polonaise.

Elle est allongée dans la chambre d'enfant sous les toits. Son lit est décoré d'une guirlande lumineuse. Quand elle se redresse, elle voit le Čertova hora par la fenêtre. Seul le sommet de la montagne se détache sur le ciel nocturne, ses falaises à pic sur lesquelles la neige vole.

Quand elle vient lui dire bonne nuit dans la chambre sous les toits, sa mère baisse le store et éteint la guirlande lumineuse. Dès qu'elle est partie, Adina rouvre le store. Elle veut voir la lune éclairer sa peau et la transformer. Elle remonte sa chemise de nuit sur son ventre. Dans la lumière blafarde, ses jambes ont l'air squelettiques, plus fragiles que de jour. Elle pose une main sur sa cuisse, la moitié tient entre ses doigts. Elle replie la jambe, une forme luisante, le genou à l'état d'os. Elle imagine un garçon, un garçon qui, pour le moment, n'a pas de visage, même pas de corps, il n'a que cette main qui est à elle et qui fait du bien quand elle se caresse la cuisse du bout des doigts.

Au village, il n'y a pas de garçons. Il n'y a que les serveurs du bar à cocktails de l'hôtel quatre étoiles qui préparent des Cuba Libre et des Old Fashioned aux touristes pendant la saison. Parfois, elle a droit à un jus d'orange offert par la maison. Il y a les enfants des touristes qui passent leur journée en snowboard sur les pistes et ne quittent jamais leur combinaison en synthétique, même pas pour le dîner. Ils n'enlèvent que les manches, et le haut de la combinaison leur pend autour de la taille.

« Demain, il faut que tu partes tôt, dit sa mère en appuyant sur l'interrupteur de la guirlande dont les fausses fleurs s'éteignent dans un halo lumineux. Ton sandwich est dans la lunch-box au frigo. Et mange-moi ces pommes ! »

Adina regarde le clair de lune sur ses draps et ses habits posés sur le dossier de sa chaise. Elle choisit toujours la veille au soir sa tenue du lendemain, un pantalon doublé et un pull en laine verte trop grand pour elle. Les manches pendent sur ses poignets. Quand elle le porte, elle a l'impression d'être un explorateur en expédition.

Son sac de cours est prêt lui aussi. Demain, elle n'aura pas le temps de s'en occuper. Et puis, il fera noir, car elle n'allume pas la lumière. Elle a tout calculé de façon à arriver pile à l'heure pour le car, brossage de dents compris. Elle a beau être l'unique passagère pendant le premier quart d'heure de trajet, le car n'attend pas. Le soir, quand il y a du verglas sur la petite route sinueuse qui monte en lacets de la vallée au village, elle doit faire à pied les derniers kilomètres jusqu'à la maison, car le chauffeur ne va pas monter les chaînes à neige juste pour elle.

Le village est coincé entre les massifs montagneux. La chaîne du Krkonoše est sa frontière naturelle. Derrière le village, la forêt se dresse sur les pentes raides des montagnes. Quand elle rentre chez elle, sur les derniers kilomètres, Adina rase les congères au bord de la route. La chaussée n'est pas éclairée. Mais la neige scintille. Et les phares des voitures qui montent de la vallée à Harrachov illuminent le sommet des pins.

Elle repose son genou sur le matelas et regarde ses jambes. Deux grains de beauté. Une cicatrice au genou droit, le reste est d'un blanc immaculé.

C'est le regard.

Le regard vient du présent. Enfant, elle n'aurait pas remarqué la blancheur immaculée de ses jambes. Elle ne s'en serait pas souciée. Dans son lit au pied du Čertova hora, ce genre de regard n'existait pas. Sa mère éteignait la guirlande lumineuse, et Adina s'endormait. Comme ça, c'est crédible. Le reste est un ajout.

« Du cinéma », dit-elle à voix haute avant de boire la dernière gorgée dans la tasse.

La fenêtre entrouverte fait courant d'air. On entend l'eau couler dans la salle de bains.

Elle ne peut pas se permettre de faire du cinéma. Quand on fait une déposition, il faut être précis.

Elle ne sait pas comment faire une déposition. Elle va devoir se présenter devant un tribunal. Il y en a un à Helsinki. Il est situé près de la cathédrale qui surgit de la houle de la ville comme une falaise blanche. Mais elle ne peut pas aller toquer à la porte du tribunal comme ça. Elle est dans un pays dont elle ne parle pas la langue. Elle ne sait pas à qui s'adresser, elle sait seulement qu'il lui faut un avocat, et les avocats coûtent de l'argent. Mais elle sait qu'elle devra faire une déposition, dans une salle lambrissée de bois et devant des jurés, comme elle l'a vu à la télé, dans les séries américaines des barmen de l'hôtel. La juge portera une robe noire. Les accusés entreront menottés, et les caméras feront un gros plan sur eux, les caméras qui filment tout, qui enregistrent le moindre détail. À compter de ce moment-là, le moindre pore sur la peau, la moindre pellicule dans les cheveux, le moindre battement de cils sera reconnaissable.

Et quand les avocats de la défense diront : « Objection, votre honneur », parce que sa déposition sera monstrueuse, la juge lèvera la tête. Elle prendra le temps de toiser chacun d'eux, et ce sera long car, pour défendre ce genre d'hommes, un seul avocat ne suffit pas.

« Objection rejetée, dira la juge. Allons, Adina Schejbal, reprenez. »

Et les hommes comprendront confusément à qui ils ont affaire. Leurs mains menottées se mettront à trembler. Et les jurés se lèveront. La salle se taira quand les jurés crieront : « Lequel devons-nous tuer ? » À cette question – qui va mourir ? –, le silence se fera au tribunal. Et elle répondra : « Tous. »

Ce sera comme le scintillement mouillé des feuilles des bouleaux au lever du soleil. Un vacillement, un éblouissement, à croire que les bouleaux viennent de plonger leurs feuilles dans la mer.

« Sala ? »

La mer. Qui commence au-delà des immeubles en béton et qu'elle ne voit pas d'ici.

« Sala ! »

C'est Leonides.

« Tu es encore en train de rêver, Sala ? »

Leonides et son menton rond. Ses vestes en velours côtelé brun et ses cravates brillantes. Sa manie de manger trois pommes par jour, de ne jamais dormir nu et de n'aimer la nature qu'en peinture, surtout sur les tableaux de peintres flamands.

Elle n'entendra plus jamais Leonides dire ce nom. Sala.

Sur les rochers du rivage, au-delà des bouleaux, au fond de la crique, la femme bleue apparaît. Elle est si nette que sa silhouette éclipse tout le reste.

Les rochers sont éclairés d'une lumière crue.

Derrière les rochers, du ballast a été répandu, formant des chemins noirs qui retiennent l'eau. Là où il n'y en a pas, le sol est mou et vaseux, imprégné par l'eau venue des marécages et tourbières des hauteurs environnantes, que les rivières transportent jusqu'à la ville et d'innombrables petits ruisseaux jusqu'à la mer.

L'eau fait gonfler la mousse, nourrit les myrtilles, les fougères et les lédons des marais, s'infiltre dans la vase du rivage, s'insinue dans les crevasses de la roche et stagne juste sous l'asphalte des rues. Elle arrive avec la pluie. Et est repoussée vers la terre ferme par la mer qui déferle contre les murs du port. Les bourrasques apportent l'eau. À peine atténuées par l'archipel, elles fouettent les voies rapides qui délimitent le port, et les bâtiments au-delà qui sont encore en chantier.

La femme bleue approche lentement.

Elle pénètre dans l'enceinte du petit port de plaisance. Elle enjambe les rails rouillés sur lesquels on remonte les bateaux pour l'hivernage. Elle passe devant les embarcations. Le vent agite son foulard, et elle l'enlève.

Elle s'arrête pour remettre de l'ordre dans ses cheveux, et le foulard à sa main flotte au vent.

Quand la femme bleue surgit, l'histoire doit s'interrompre.

L'eau coule dans la salle de bains. C'est une pièce sans fenêtres avec une baignoire sur pieds. Le calcaire s'est incrusté dans le linoléum. Les tuyaux d'eau chaude au mur sont brûlants, et elle étouffe alors qu'elle est toute nue.

Elle plonge un pied dans la baignoire. Elle ramène l'autre jambe, et elle ajoute de l'eau froide. Elle s'agenouille lentement. L'eau remonte sur ses cuisses, ses seins disparaissent sous la surface. Puis ses fesses glissent contre la paroi lisse et émaillée, et elle bascule de tout son long dans la baignoire pleine à ras bord. Sa tête est presque immergée.

La mousse la recouvre comme des montagnes en apesanteur, des bulles éclatent sur son menton. Sous l'eau, elle attrape sa jambe. Elle serre sa cuisse entre ses doigts et replie la jambe, son genou un sommet au milieu des flocons.

C'est le corps.

L'eau brûle la peau qui rougit. Les pores s'ouvrent, et l'épiderme se ramollit, protégé et cerné par la mousse. Elle effleure prudemment les contours de son corps. Elle le fait comme Leonides le ferait, sauf qu'il n'est pas là, et dans sa tête, ce n'est plus sa main à lui. Mais, à cet instant-là, ça ne compte pas. Ce qui compte, c'est que ça fasse du bien.

Malgré tout, son cœur bat la chamade dans son cou qui palpite. Elle respire lentement jusqu'à ce que son pouls se calme, et elle pense à la fraîcheur de la villa de Leonides, au plafond haut, au mobilier sobre. La table et les chaises sont en bois, en bois clair qui est un jour sorti du sol, tronc madré de bouleau, espèce à part parmi les arbres, dont la souplesse n'a rien d'enviable. Son tronc flexible s'est fait courber vers la terre pour se retrouver encadré de verre, de chrome et de vaisselle Iittala que Leonides dispose sur l'îlot en marbre vert de la cuisine. Il disait que la décoration devait correspondre à la plus grande variété de goûts, car la villa appartient à l'université.

Quelques affaires à elle sont restées là-bas. Dans le grand dressing de Leonides, elle a laissé le bonnet, une nuisette, la chemise bleue à pointes boutonnées et un jean. La nuisette est un cadeau de lui. Peut-être qu'il la gardera. Peut-être qu'il la rangera à côté de ses pyjamas en soie et n'y touchera plus tant qu'il occupera cette villa.

Quand son cou se remettait à palpiter et qu'elle avait l'impression d'étouffer, Leonides disait :

« Va chez le médecin.

— J'avais déjà ça quand j'étais enfant.

— Tu étais une enfant stressée.

— Non. (Elle se savonne, se met de l'eau sous les aisselles, entre les jambes, et frictionne sa peau douce avec le gant. Elle sort prudemment de la baignoire.) Pas que je sache. Je n'étais pas stressée. »

La mousse a débordé par terre. Elle essuie l'eau savonneuse avec du papier toilette et jette la bouillie dans la cuvette. Enroulée dans une serviette, elle va dans le couloir. Ses pieds laissent des traces mouillées sur le linoléum tandis qu'elle traverse le salon pour aller sur le balcon qui est entièrement fermé par des baies vitrées. La vapeur de son corps fait de la buée dessus. D'ici, on ne voit pas la mer Baltique. Le troisième étage est trop bas pour que la mer soit visible derrière les toits des immeubles en béton et les voies rapides. Sur les vitres embuées, on ne distingue que l'allée piétonne au pied de la résidence et le toit-terrasse du bâtiment d'en face. Là-bas, il y a les poubelles du lotissement. Avec trois arbres devant, deux tilleuls qui ont encore des fruits et un érable au feuillage rouge. Le thermomètre indique dix degrés. Les araignées dans les jardinières se déplacent comme dans un demi-sommeil.

Ce sont les adieux.

Si elle fait sa déposition, il faut que sa température reste basse. Que son corps se mette au repos comme un animal en hibernation. Que le froid s'empare d'elle jusqu'au bout des ongles. Qu'elle ralentisse jusqu'à ce que tout gèle, la moindre hésitation, la moindre faiblesse, les remords, la honte et toutes les arrière-pensées, jusqu'à ce qu'elle soit complètement immobile et qu'une seule chose compte encore : que les accusés écopent de la peine maximale.

« Toi qui maîtrises l'art des adieux !

— Moi ?

— Oui. »

Elle ne se presse pas pour les adieux, pas plus que les arbres qui prennent congé de l'année, chacun à son propre rythme. Le froid s'est déjà emparé de l'érable tandis que l'été s'attarde encore dans les tilleuls.

« Il y a quelqu'un d'autre ici ? »

Il y a aussi des tilleuls à Harrachov, à l'ombre du Čertova hora. Un vieux tilleul se dresse devant l'atelier de verrerie, et à côté du *potraviny*, on en a planté d'autres dans les années quatre-vingt-dix. L'ombre d'un mélèze tombe sur le perron de la maison jumelée. Des pins poussent le long des sentiers forestiers escarpés, et le grand tremplin de saut à ski est entouré de sapins. En hiver, les branches jonchent les routes enneigées et bloquent l'accès à la station essence où il n'y a que deux pompes. Les arbres cèdent régulièrement sous le poids de la neige.

Quand elle rentre du travail le matin, avant d'aller se coucher, sa mère sort la pelle à neige pour dégager le chemin devant la maison. Elle a peur que quelqu'un ne glisse. Chaque jour, des vacanciers passent devant chez elles avec des skis sur l'épaule, des Allemands pour la plupart d'entre eux. Sa mère a entendu dire qu'en Allemagne, quand quelqu'un se casse quelque chose devant chez vous, il vous fait un procès. Depuis, aux premières lueurs du jour, elle déblaie la neige. Elle ne peut pas se permettre d'avoir un procès sur le dos car elle n'a pas de protection juridique allemande. Elle n'a pas de protection juridique tout court. Parfois, le matin, elle est trop fatiguée. Ces jours-là, c'est Adina qui enlève la neige au pied du perron. Comme elle transpire, elle aura froid au lycée, plus tard dans la journée. Mais elle n'a pas le temps de se changer. Le car n'attend pas que l'unique passagère change de pull.

La maison jumelée se trouve en bordure d'Harrachov, à l'entrée en bas du village. Elle y est depuis longtemps. À l'époque où elle a été construite par des montagnards moraves qui cherchaient du minerai au fond des galeries, il n'y avait pas encore de tremplin de saut ni de remontées mécaniques. Plus tard, elle a été habitée par des Allemands. Les Allemands sont partis quand ils ont perdu la guerre, et les Soviets sont arrivés. L'Armée rouge a transformé la maison en hôpital militaire, et après guerre un mur en plâtre et une seconde porte d'entrée y ont été ajoutés. Le mur coupe la maison en deux, pour que deux familles puissent y vivre. Mais seule une famille est venue s'y installer. Dans l'autre moitié, c'est sa grand-mère, fille d'un partisan, qui a emménagé. Le partisan était mort au front, ce qui avait fait de lui un héros de l'antifascisme. Parce que son père était un héros, la grand-mère n'avait pas eu à louer un logement comme n'importe quelle autre jeune femme célibataire : en guise de marque de reconnaissance, on lui avait donné une moitié de maison. À l'époque, il y avait déjà la fosse septique dans la grange, et le grand jardin planté d'arbres fruitiers.

Les Allemands étaient revenus. Chaque hiver, ils viennent faire du ski à Harrachov. Près de la maison, il y a une pente d'entraînement. Avec une remontée mécanique miniature, un tapis magique et un ballon géant en forme de Rübezahl qui est attaché à des cordes et agite ses membres dans le vent.

« Je n'y ai pas pensé depuis longtemps.

— À quoi ?

— À comment c'était quand j'étais petite.

— Mais là, tu y penses ?

— Oui.

— Et c'était comment ?

— Je ne crois pas que j'étais stressée. Je n'étais pas une enfant stressée. »

À Harrachov, derrière la fenêtre sous les toits, le Čertova hora brille. Quand le vent est mauvais, il apporte le bruit métallique des sièges de la remontée mécanique jusque dans sa chambre. On l'entend même fenêtre fermée. Dès qu'un siège passe dans les poulies suspendues aux pylônes, les fixations en fer s'entrechoquent. La force est égale à la masse multipliée par la vitesse. C'est ce qu'Adina écrit dans les petits cahiers où elle fait ses devoirs. Elle a un cahier à carreaux pour les maths et la physique, et un cahier à lignes pour le tchèque, l'histoire et l'allemand. En allemand, il y a trois manières d'exprimer la négation. *Nein*. *Kein*. Et *nicht*. Le bruit métallique de la remontée mécanique lui parvient même quand elle n'est pas d'humeur.

Parfois, les sièges continuent à bringuebaler au-dessus de sa tête jusque dans son sommeil. Les jeunes garçons avec leurs grosses chaussures de ski aux pieds se balancent dessus. Ils ne prêtent aucune attention aux panneaux « interdit » accrochés aux pylônes. Les pictogrammes qui représentent des télésièges en train de se balancer barrés d'un trait ne valent pas pour eux.

La petite table sur laquelle Adina fait ses devoirs est bancale. Elle l'a déplacée aux quatre coins de la pièce. Mais si la table est bancale, ce n'est pas parce que le parquet est de travers. L'un de ses quatre pieds est trop court. Autrefois, leur partie inférieure était ornée de têtes d'animaux, des lions sculptés qui ouvraient grand la gueule comme pour s'entredévorer. Le partisan avait scié les têtes de lions. Avant de partir à la guerre, il avait raccourci les pieds de la table juste au-dessus. Il était convaincu que l'Union soviétique allait gagner. Mais il ne comptait pas sur le fait de vivre cette victoire. S'il ne rentrait pas du front, les camarades ne devaient pas trouver chez lui de meubles bourgeois, de table aristocratique. Les arabesques et fioritures étaient un vestige du système féodal, et le féodalisme devait être éradiqué, à commencer par les têtes de lions. Elles étaient le symbole de la classe dominante, des princes et des rois. Le partisan le savait. S'il n'avait épargné aucun lion, c'était pour éviter que sa fille ne soit déclarée ennemie de classe et envoyée en camp de rééducation. Au dernier pied, il s'était trompé. Il avait positionné la scie quelques millimètres trop haut. Personne n'aurait su dire pourquoi, pas même la grand-mère qui faisait des conserves de prunes et de cerises, des gâteaux aux pommes et du jus de sureau dessus. Par la suite, la table avait fait office de banc de cuisine. Quand le cœur de la grand-mère avait lâché et que les vieux meubles avaient été jetés aux encombrants, Adina avait sauvé le banc. Elle l'avait récupéré dans le tas de meubles devant la maison et hissé jusqu'à sa chambre sous les toits, marche après marche, dix en tout.

Son ordinateur trône au milieu des taches de patine rougeâtres. Sous le pied trop court, elle a coincé un bout de carton, comme la grand-mère le faisait. La table reste bancale.

Adina ne va pas sur les pistes. Elle ne va pas non plus sur la pente d'entraînement ni sur l'esplanade devant le parc de loisirs qui est le point de rendez-vous des snowboardeurs. C'est une bonne skieuse. Elle a appris à skier à l'âge de trois ans. Mais elle préfère gravir la montagne à travers champs, en passant par des endroits non balisés et difficilement praticables, pour descendre à l'écart des pistes, sur la poudreuse à pic entre les pins. Sa mère lui a offert une lampe frontale, accrochée à un élastique, qu'on peut faire clignoter. Son front lance des éclairs surnaturels qui zèbrent la forêt. Devant elle, les troncs d'arbres enneigés brillent d'un éclat sinistre avant de retourner à l'obscurité. Adina imagine qu'elle est la première personne à être jamais venue jusqu'ici. Même pas la première personne, se dit-elle, une créature dont le front émet une mystérieuse lueur.

Une fois ses devoirs terminés, elle va au stand de vin chaud au pied de la remontée mécanique. Elle fait ça quatre fois par semaine. Elle prend le relais de la femme qui est au comptoir depuis midi. Avant, la femme était employée dans une usine textile du Krkonoše. L'usine a fermé ses portes, et maintenant elle touche une petite pension et travaille ici pour arrondir ses fins de mois. Adina aussi arrondit ses fins de mois. Elle prend une nouvelle feuille sur le bloc-notes de la caisse. Pour chaque vin chaud vendu, elle fait un trait au stylo-bille. Il y a aussi de la *becherovka* et du *slivovitz*, qu'elle signale par une étoile.

Le soir, la foule se bouscule devant le stand, des skieurs avec des casques à crête iroquoise rouge et oreilles de lapin, des promeneurs et des snowboardeurs. Les snowboardeurs aussi portent des casques, mais tout simples. Des casques noirs ou à l'éclat métallique qui coiffent leurs visages blancs et pâteux comme la neige omniprésente. Les snowboardeurs sont plus vieux qu'Adina. Ce qui ne veut pas dire qu'ils ont l'âge de boire du vin chaud. Adina devrait leur poser la question. Mais elle sait quelle tête feront les snowboardeurs. Ils la regarderont comme s'il y avait dans le stand un objet digne d'intérêt, un objet à examiner, par exemple la grenouille à laquelle les garçons de sa classe avaient arraché les pattes pour voir ce qu'elle allait faire sans.

Une fois, elle a demandé à un snowboardeur s'il avait bien dix-huit ans, c'était un de ses premiers jours au stand de vin chaud. Le snowboardeur avait une combinaison noire style militaire, des pustules sur les joues et un duvet au-dessus de la lèvre supérieure. Ses potes l'appelaient Ronny. Ronny ne lui a pas répondu. Quand elle lui a tendu le punch sans alcool, il a fait un grand sourire et l'a renversé dans la neige. Puis il a dit quelque chose qu'Adina n'a pas compris. Ses potes se sont esclaffés. Avec leurs moufles, ils ont tapé sur son casque et se sont approchés du comptoir en jouant des coudes. Il s'est penché en avant pour lui tirer la langue tout doucement. Il l'a agitée de haut en bas comme un papillon qui vient d'être capturé, à la même vitesse, mais en beaucoup plus mouillé. Le lendemain, il est revenu. Il s'est campé devant elle, a planté ses bras sur le comptoir, a réclamé un vin chaud et agité sa langue dans tous les sens. Pour finir, il lui a attrapé le bras. Les poils de son duvet luisaient sous l'éclairage du stand, et la tête d'Adina a cogné contre son casque. Quelque chose d'humide a touché ses lèvres, le gobelet est tombé. Le vin chaud a éclaboussé la coûteuse combinaison de ski de Ronny. « *Blöde Fotze* – Sale chatte ! »

Ça, Adina l'a compris. Elle connaît assez bien l'allemand. Elle sait que ce mot est moche, même si une partie du corps que personne n'a jamais vue ne peut être ni belle ni moche.

Mais c'est peut-être d'autre chose qu'il s'agit. Le fait qu'un type comme Ronny puisse lui fourrer tranquillement sa langue dans la bouche n'est peut-être pas étranger à la façon dont les barmen parlent des Allemandes. Ils parlent souvent des Allemandes, parfois même quand il y en a dans le bar, en train de siroter des Cuba Libre à la paille. Les barmen ne parlent pas allemand. Et les femmes avec leurs pailles ne savent pas ce que ça veut dire quand les barmen, en leur servant leurs Cuba Libre, leur demandent avec un grand sourire si elles prennent les Tchèques pour des débiles. Tout juste bons à leur mettre des sièges mécaniques sous le cul, à nettoyer leur crasse ou à leur servir de sex-toy sans leur coûter plus cher que les petits pains du *potraviny.*

Si ça se trouve, Ronny l'a prise pour une débile. Elle ne peut pas poser la question à sa mère. Sa mère n'est pas d'accord pour qu'elle vende de l'alcool. Quand on est trop jeune pour en boire, on ne doit pas en vendre – c'est sa devise. « Pourquoi tu ne vois pas des copines de temps en temps ? dit-elle quand elle vient baisser le store dans sa chambre le soir. Invite quelqu'un à la maison. Dans ta classe, il y a forcément des gens sympas. » Au lycée, Adina est assise au dernier rang. Elle n'a personne à côté d'elle. Elle prend rarement la parole en cours. Elle trouve idiot de réagir à des questions dont la professeure connaît la réponse. Elle est un peu arrogante. C'est en tout cas ce qu'Adina croit que les autres pensent d'elle, parce qu'elle ne vient pas fumer pendant les pauses. Elle ne mate pas les garçons avec les autres et ne dit pas de mal des filles qui n'ont pas encore de seins. Elle ne fait partie d'aucun groupe et n'est ni pour ni contre qui que ce soit. C'est juste qu'elle n'est pas vraiment intéressée par ses camarades de la ville.

Les enfants de touristes, elle se les met facilement dans la poche. Adina connaît les chemins secrets, les raccourcis le long de la rivière et l'itinéraire le plus court pour monter à la crête en passant par la forêt de pins. Elle sait comment y faire avec les barmen pour avoir du jus d'orange gratuit le midi. Les enfants de touristes sont preneurs de la moindre distraction. Adina en a rencontré tellement qu'elle n'arrive plus à les distinguer les uns des autres. Parfois, quand même, elle les reconnaît d'une année sur l'autre. Alors, elle les amène fièrement aux barmen qui payent leur tournée pour fêter ça. Mais les enfants de touristes ne restent qu'une semaine. Une semaine, c'est trop court pour se faire des amis.

Les amis d'Adina viennent de *Rio*. Quand la nuit tombe derrière sa fenêtre sous les toits et que la neige fait briller les contours du Čertova hora, c'est le matin ou l'après-midi chez ses amis, ou bien le milieu de la nuit. À *Rio*, ça ne compte pas. À *Rio*, il y a toujours quelqu'un dès qu'elle allume son ordinateur.

Sa mère baisse le store, l'embrasse pour lui souhaiter bonne nuit et se met en route pour le Zlatá Vyhlídka. Il n'y a plus personne dans la maison. Adina peut chatter avec ses amis sans être dérangée. Elle met son ordinateur sur ses genoux, tape l'adresse et attend le vrombissement qui l'emmène à *Rio*.

Parfois, la connexion n'est pas bonne. Le brouillard ou le vent perturbent le réseau. Assise en tailleur sur son lit, elle gratte le vernis sur ses ongles avec un petit couteau le temps que les portes de *Rio* s'ouvrent. Elle a testé le vernis en secret. Mais elle ne peut pas aller à *Rio* avec du vernis sur les ongles. Là-bas, les gens s'appellent Galadriel, ZP ou Darth Vader. Elle, c'est le dernier des Mohicans, et le dernier des Mohicans ne porte pas de vernis à ongles.

Avec ZP, elle se demande si le dernier des Mohicans peut sauver sa tribu tout seul. ZP lui suggère de faire des enfants, sauf qu'elle n'en veut pas. Darth Vader lui conseille d'exterminer tous ses ennemis. Sa tribu survivrait aux autres, et il y aurait un espoir de salut. Mais elle n'a pas d'ennemis. Une semaine, c'est trop court pour se faire des ennemis.

À part Ronny.

Le quatrième jour, il a de nouveau débarqué au stand de vin chaud. Elle aurait voulu devenir invisible. En le voyant arriver, elle a eu envie de plonger sous le comptoir. Vêtu de sa tenue style militaire, il est sorti de l'ombre des pins. Mais quand on fait des traits sur un bout de papier à chaque boisson vendue, on ne peut pas plonger sous le comptoir. Ce jour-là, elle a discrètement ajouté du *slivovitz* dans son vin chaud, une bonne rasade. Pour Ronny, la saison de ski s'est terminée plus tôt que prévu. Il n'aurait pas dû repartir sur les pistes. Malgré l'éclairage, il s'est pris un pylône de remontée mécanique.

Aux amis de *Rio,* elle peut raconter ça. À *Rio* se disent des choses qu'on n'a pas le droit de dire le reste du temps. Elle ne pouvait pas savoir que Ronny allait se prendre un pylône. Mais si elle l'avait su – c'est ce qu'elle écrit à ses amis –, elle l'aurait quand même fait, le coup du *slivovitz.* De *Rio* lui revient un smiley avec des cornes. « Haut les cœurs, petit Mohican ! »

Adina en est fière. À *Rio,* on sait ce que son nom veut dire. À *Rio,* ce n'est pas rien d'être le dernier adolescent d'Harrachov.

La femme bleue est arrivée au niveau des hangars à bateaux. Y sont stockés des couples, des madriers et des outils pour réparer les embarcations. Des cadenas sont accrochés aux portes verrouillées et abîmées par les intempéries.

Elle vient à ma rencontre. Elle me sourit, son visage irradie de joie.

J'ai l'impression de la connaître.

C'est forcément une erreur.

Les tilleuls devant le balcon ont des fruits alors que les feuilles de l'érable sont déjà colorées par l'automne. Les plantes font erreur, un égarement provoqué par la lumière rasante du Nord.

« Entre, Sala ! »

Une averse vient se placer devant le sommet de l'antenne-relais. Le brouillard a avalé le clignotement rouge du témoin lumineux. Sur les façades des immeubles en béton, les balcons se ressemblent à s'y méprendre. Seule leur orientation les distingue. Mais les nuages effacent jusqu'à cette différence.

« Tu vas prendre froid ! »

C'est Leonides.

« Sala ? »

Leonides et sa voix calme. Sa placidité. Qui trouve qu'Adina est un beau prénom. Mais qui préfère Sala. Pour Leonides, Sala est sévère et précis, c'est un surnom qui va bien à Adina, et quand elle l'entend le prononcer, avec un S dur et en accentuant le premier A, elle est d'accord avec lui. Leonides. Qui insiste pour que les gens se protègent du froid. Qui aurait insisté pour qu'elle se protège, avec sa sensiblerie et sa sollicitude. « Tu vas encore tomber malade, à force de n'en faire qu'à ta tête ! » Une sollicitude difficilement soutenable maintenant qu'elle aurait envie de se blottir contre lui comme contre une paroi chauffante et qu'il n'est pas là.

La natte en raphia sous ses pieds est glaciale.

Elle retourne au chaud. Elle referme la porte-fenêtre du balcon derrière elle pour aller dans la chambre, et la serviette autour d'elle se défait. Elle se retrouve nue devant la penderie à moitié vide, nue devant des tiroirs dont elle n'a pas besoin. Ses mains caressent son ventre plat. Elle les pose sur ses tétons frigorifiés. Puis elle enfile des sous-vêtements propres, un pantalon souple et un pull sombre.

Ce sont les vêtements.

La cafetière sale est posée sur la cuisinière. Elle sort le marc du filtre, remet de l'eau et du café, et attend le sifflement que fait la vapeur d'eau en s'échappant du réservoir. Dehors, la nuit commence à tomber. La cuisine et le salon sont baignés d'une lumière blafarde qui efface lentement l'après-midi. Elle verse du café dans la tasse avec l'inscription en lettres capitales. Dans la pénombre, elle s'assied à la petite table du salon qu'elle a décalée pour la mettre face au balcon. Quand elle s'assied, le rembourrage du siège crisse. L'assise est cassée. Mais elle a tout ce dont elle a besoin.

Elle regarde Motion Eye, la lentille noire de la webcam. Puis l'ordinateur s'allume. Il lui a fallu du temps, mais tout est là. Elle va faire une déposition. Il existe une association qui peut l'aider, une association avec des avocats, des fonds issus de donations et une adresse dans le centre-ville. Passer par internet est plus rapide que d'aller en ville, et comme ça elle n'a pas besoin de quitter l'appartement. La page d'accueil est en finnois. Mais quand on ne parle pas finnois, on peut cliquer sur un drapeau britannique, et la page se met en anglais. Pas « on », se dit-elle. Personne ne clique sur ce drapeau à part des femmes. L'association est destinée aux femmes en détresse. Et si elle clique sur le drapeau, descend en bas de la page et rédige un message dans le formulaire de contact, elle deviendra l'une d'elles. Elle deviendra une femme en détresse. Alors qu'elle n'a jamais été une femme de toute sa vie. En tout cas, elle ne s'est jamais considérée comme telle, « petit Mohican ». Elle n'est pas un homme non plus.

« Juste histoire de mettre les choses au clair », dit-elle à voix haute. Mais il n'y a personne pour en douter.

Elle se relève. L'alcool est dans le frigo de la cuisine. Elle positionne la tasse et la bouteille selon l'angle qui permet de mesurer un shot à l'œil. Elle n'est pas en détresse. Pour affirmer une chose pareille, il faut être sûr de son coup. Peut-être qu'elle a été en détresse un jour. Sauf qu'à l'époque, elle n'avait pas internet. Elle ne logeait pas non plus dans un appartement dont elle a réglé le loyer d'avance, en espèces sonnantes et trébuchantes. Quand on est en détresse, on ne connaît ni association vers laquelle se tourner, ni numéro d'urgence, ni hotline, ni adresse mail. Quand on est en détresse, on n'a pas le temps d'aller se renseigner sur internet.

Elle verse une dose approximative d'alcool dans le café.

Pour une association dont la mission est de sauver les gens en détresse, elle n'est qu'une parmi beaucoup d'autres. Une femme dont personne ne se souvient. Ceux qui se souviennent, ce sont toujours ceux dont on préférerait qu'ils ne se souviennent pas.

Et une année dure longtemps. Elle a déjà pris contact, l'été dernier, bien décidée à faire une déposition, et pour finir, elle ne l'a pas fait. Car Leonides est arrivé. Car elle se disait que Leonides était une meilleure alternative.

Car Leonides était une meilleure alternative.

Leon, souffle-t-elle. Leo. *Mein Le.*

Le comme…

Leben. Life. Život. Vie.

Il n'aimait pas ça.

« Ce n'est pas sain. Il y a trop d'abnégation là-dedans, a-t-il déclaré d'un ton guindé. Chacun vit sa vie, toi la tienne, moi la mienne. Sinon, la relation n'est pas équilibrée. La balance penche toujours en faveur de l'un ou de l'autre. »

Il a fait tout un discours là-dessus dans sa cuisine verte. Mais ça n'a pas tardé à lui manquer. Leo, *mein Leben* – ma vie. Il voulait réentendre ces mots. Il voulait l'entendre prononcer, chuchoter « Leo, *mein Le* », d'une voix douce et amoureuse à ses oreilles. Il s'y est fait rapidement. Il l'a même suppliée de le dire, un jour, plus tard, alors qu'ils se promenaient dans un parc national en N.

Ce sont les souvenirs.

Elle a le droit de rester dans les souvenirs. Même si elle y retourne sans aucune méthode. Tout se passe dans le désordre et l'approximation. Même le nom du parc ne lui revient pas. Nuri. Nuxi. Nukso. Le finnois est une langue difficile. Mais elle voit encore devant elle les bouleaux, les pins scandinaves et les marécages de part et d'autre des chemins de remblai, et Leonides avec sa chemise ouverte.

Ce n'était pas souvent qu'ils faisaient des sorties ensemble. Leonides avait ses rendez-vous, il avait un planning de travail serré, et elle n'avait rien, elle n'avait que Leo, et elle était contente quand les autres n'avaient pas besoin de lui. Il avait un après-midi de libre, ou bien il s'était débarrassé d'une obligation quelconque, et ils sont partis ensemble à bord de sa vieille Volvo sur une des routes à trois voies qui permettent de sortir rapidement de la ville. Pendant le trajet, ils ont mis la musique et écouté de la pop finlandaise à plein volume.

Sur le parking devant le parc national, il y avait des petites saucisses en train de griller. Dans une cabane en rondins, on vendait des boissons, des moustiquaires et des cartes de randonnée où les chemins avaient différents degrés de difficulté. Ils étaient signalés par des triangles rouges ou jaunes, et Leonides a choisi un rouge.

Le soleil se reflétait sur un petit lac, les barbecues sur la rive se reflétaient sur le soleil du lac, et l'eau était froide comme si elle avait dégelé la veille. Et il y avait cette odeur, ce parfum vivifiant de mousse, de bois humide et de feuilles. Elle aurait voulu prendre Leonides par la main et partir avec lui en courant, l'entraîner au milieu des arbres, profiter du bonheur d'être ici, des gens comme les autres en train de faire leur sortie du dimanche. Elle avait envie de tout voir, d'explorer le parc entier en une fois, chaque rocher, chaque lac, sans oublier un seul chemin, car il menait à coup sûr à la plus belle vue.

Leonides n'avait pas les chaussures adaptées. Le cuir s'est rapidement détrempé. Malgré ça, il la suivait partout. Les moustiques qu'elle ne remarquait même pas ne le dérangeaient pas non plus. Elle voulait continuer, marcher comme ça avec lui pour toujours, mais Leonides était attendu dans la soirée.

Le temps était compté. Il était même trop tard pour un café sur le trajet de retour.

« Dis-le, a-t-il insisté alors qu'ils étaient assis sur un promontoire avec du vent et moins de moustiques. Juste une fois, c'est tout. »

Ils étaient en train de déballer les sandwichs.

« Allez. Dis-le-moi.

— C'est interdit, Leon.

— S'il te plaît. Juste ici.

— Il y a trop d'abnégation là-dedans !

— D'accord. Dans ce cas, moi non plus, je ne dirai plus jamais ton prénom.

— Rien ne t'y oblige. »

Il s'est penché en avant et a sorti un sandwich du papier aluminium.

« Adina, Salina, Sala », a-t-il lancé comme s'il s'agissait d'une comptine.

On aurait dit un enfant, peut-être à cause de la drôle de position qu'il avait, assis sur les rochers, une jambe tendue, l'autre repliée et coincée sous son bras. De sa main libre, il a porté le sandwich à sa bouche.

« Adina, Salina, Sala. »

C'était elle qui s'était occupée des sandwichs. Elle les avait faits sur l'îlot en marbre vert : d'abord du fromage frais, puis du jambon et du salami, dans le même ordre que sa mère quand elle préparait sa lunch-box pour le lycée. Et Leonides a mordu dedans. Il a avalé le premier et le second sandwich avant de plier soigneusement la feuille d'aluminium, comme s'il ne fallait surtout pas faire de miettes ici. Alors que ce qu'il aurait surtout fallu faire, ç'aurait été de trouver une solution pour qu'il soit moins occupé et n'ait pas besoin d'abréger leur sortie à cause de gens – non qu'elle ait eu quoi que ce soit contre les gens. Mais ce n'était pas juste de devoir déjà rebrousser chemin. Il aurait pu rester, prendre son téléphone et dire qu'il s'était foulé la cheville ou qu'il était tombé dans les marécages et avait instantanément attrapé froid, mais ce genre d'idées ne traversaient pas l'esprit de Leonides. C'est une question de politesse, aurait-il dit, il faut respecter ses engagements.

« Adina, Salina, Sala, a-t-il répété en écoutant comment sonnaient les mots. Qu'est-ce que tu en penses ? (Il l'a toisée d'un air de défi.) Sala. C'est sévère et précis, je trouve. Comme toi. »

Elle l'a regardé ranger la feuille d'aluminium dans le sac à dos. Puis elle s'est agenouillée sur les rochers, dans son dos, et a glissé ses mains sous sa chemise.

« Leon, a-t-elle dit à voix basse. Leo, *mein Le.* »

Mais ça, elle ne peut pas l'écrire dans le formulaire.

Au moment où la femme bleue surgit, il n'y a personne sur le port. Pas de plaisancier. Pas de baigneur en vue non plus. Pas de famille en train de remballer son pique-nique sur la plage. Seulement elle. Elle porte un manteau en daim clair qui lui arrive aux chevilles, des bottes noires à gros talons et un foulard bleu.

Elle lève une main. Elle me fait signe, le geste m'est destiné. On dirait qu'elle m'attendait.

Nous nous asseyons à l'ombre des bouleaux et entamons une conversation. Nous parlons du temps qu'il fait. Des prévisions météo à la radio qui durent plus longtemps que les actualités. Le volume des précipitations et la vitesse du vent sont annoncés pour chaque île de l'archipel, suivis d'avertissements à l'intention des régions où l'armée finlandaise fait des manœuvres. Guerre et météo sur le même plan, comme le suggère l'expression « grêle de balles », à croire qu'on n'a pas plus de pouvoir sur l'une que sur l'autre. J'ai du mal à traduire l'expression « grêle de balles » en anglais.

Hail of bullets, dit la femme bleue. *Shower of shots*. Elle dit qu'elle a une prédilection pour les langues.

Je compare le bulletin météo finlandais au point info trafic à la radio allemande. En Finlande, dit la femme bleue, l'eau est la seule chose qui circule mal.

Nous parlons du réchauffement climatique. Les étés qui n'en finissent pas au nord, les vents violents. Nous parlons d'arbres et du bouleau, cette espèce à part parmi les feuillus au bois dur, son tronc souple. Parler des arbres, c'est taire les méfaits. Ce sont les mots d'un poète allemand mort.

Aujourd'hui, réplique la femme bleue, les arbres sont concernés.

Elle parle de livres qu'elle a lus. J'en connais certains, d'autres non. Parmi les Allemands, elle retient non pas Brecht, le poète aux arbres, mais Tucholsky. Elle a été touchée par les romans de Monika Fagerholm et de Carson McCullers.

Je mentionne mon projet d'écrire un roman. D'habitude, je m'abstiens de dire aux inconnus que je suis écrivaine. Mais la femme bleue veut savoir ce qui m'amène à Helsinki, et c'est à Helsinki que l'idée du roman a pris forme il y a deux ans. Je lui parle du Collegium for Advanced Studies sur la Fabianinkatu qui m'avait accordé une bourse de travail, de la grande lampe de luminothérapie dans la salle commune et des deux masseurs, Tuomas et Hariis, qui venaient masser les *fellows* du Collegium une fois par mois.

Les Finlandais sont contents qu'on s'intéresse à leur pays, dit la femme bleue.

Son anglais est irréprochable. Est-elle elle-même finlandaise ? C'est difficile à dire. Je ne lui pose pas la question.

Je vante les mérites des bibliothèques avec leur architecture chaleureuse, leur atmosphère conviviale qui me parlent, alors qu'avant je faisais toujours un détour pour éviter ces endroits, avec leur côté lugubre, leur silence obligatoire, leur poussière élitiste. Ici, c'est différent. Parfois, j'y vais seulement pour lire le journal, le *Dagens Nyheter*, le *Guardian*, le *Zeit*.

Nous parlons de ce que disent les journaux, de ce qui nous semble de mauvais augure en Europe. Elle est bien informée de tout ce qui se passe.

« Tu devrais te mettre en route », dit-elle quand il commence à faire noir.

Le café dans la tasse avec l'inscription en lettres capitales est froid. Le pâle reflet des réverbères plane dans le salon. « *Dear ladies and gentlemen* » – les mots se détachent sur l'écran devant elle. Elle les lit à voix haute avant d'effacer « *and gentlemen* ». « *My name is Adina Schejbal. I'm sorry. I'm really sorry. But something came in between.* »

Le mot « *interfere* » lui vient à l'esprit, car quelque chose est venu s'en mêler depuis qu'elle a envoyé un premier court message à l'association il y a un an. Mais le traducteur automatique en ligne associe « *interfere* » aux mots « *hindrance* » et « *obstacle* », et Leonides n'a rien empêché. Seule la langue lui met des bâtons dans les roues. Quand elle est stressée, le vocabulaire anglais qu'elle a appris au lycée lui échappe, c'est pourquoi il lui arrive de parler à Leonides dans un russe maladroit, voire avec les mains et les pieds.

Arrivait.

L'ombre de l'avion survole le monde argenté. L'avion envoie son ombre en éclaireur d'une demi-minute avant de la rattraper et de la dépasser. Le temps fait le tour du globe. Là où elle se trouve, il est bientôt huit heures. Les nuages ont disparu dans l'obscurité.

L'écran brille dans le noir. Des femmes lui sourient. Des femmes dans des pièces hautes de plafond, devant des tableaux et des fleurs. Un nombre incalculable de clichés témoigne du travail de l'association, à croire qu'ils ont embauché quelqu'un juste pour télécharger les photos. Sur l'une d'elles, deux femmes brandissent un document officiel vers l'objectif en souriant, un sourire destiné aux personnes en détresse, un sourire plein d'entrain, un sourire censé donner de l'espoir et du courage. Parmi les femmes en photo, l'une est plus âgée. Elle porte une cornette blanche comme en ont les bonnes sœurs. La bonne sœur ne sourit pas. Mais ses yeux brillent. Il y a de la bonté dans ces yeux. Ce sont des yeux qui donnent envie de se confesser, même quand on ne croit pas en Dieu. Il n'est pas exclu que la foi ait des effets, qu'elle déplace les montagnes qui sont absentes du paysage sans relief par la fenêtre. Mais quand on n'a rien à confesser, ce n'est pas d'une bonne sœur qu'on a besoin, même avec de la bonté dans les yeux.

Elle ferme la page et arrive sur un site météo avec des vagues de chaleur et des anticyclones. Mais ici aussi, tout est plein d'espoir, parce que les belles promesses augmentent le nombre de visiteurs.

Quand on sonne à la porte, elle est trop fatiguée pour sursauter.

Elle met un long moment à faire le lien entre le coup de sonnette et l'appartement où elle se trouve. Ça pourrait être la sonnette du voisin. Dans les immeubles en béton, les sonnettes sont toutes les mêmes. Les portes des appartements se ressemblent, et rien ne permet de différencier sa sonnette de celle de son voisin. Elle n'en mettrait pas sa main à couper, car depuis quelques jours qu'elle habite ici, elle n'a encore jamais sonné à sa propre porte.

Sur les étiquettes en dessous des sonnettes, il y a des noms finlandais, y compris chez elle.

La lumière des réverbères zèbre la nuit. Elle vérifie que le wifi fonctionne toujours – parfois, internet coupe. Le transfert de données prend du temps, c'est une connexion mobile qu'elle peut utiliser partout. Ça aussi, c'est un cadeau de Leonides – le premier. Il a apporté la clef USB avec lui. Il la lui a offerte, trois mois, huit jours et dix-huit heures après son arrivée à Helsinki.

Leon, *mein Le.*

Qu'elle a trouvé un soir dans le hall de l'hôtel, sur l'un des canapés moelleux, entouré d'hommes en costume et d'une poignée de femmes. Des gens manifestement issus du monde des affaires, des banquiers ou des avocats, qui discutaient en anglais. Sauf quand des rires éclataient : là, on entendait du russe. Quelqu'un venait de faire une blague. Les blagues passaient mieux en russe. Elle était au bar. Elle lavait des verres – l'heure était bien avancée, et c'était la faute de Leonides, mais à l'époque, elle ne le savait pas encore.

Le barman avait terminé sa journée. Elle était la seule à être encore là. Elle apportait de nouveaux cocktails, remplissait les verres, posait des coupelles de cacahuètes sur les tables. Ce n'était pas la première fois qu'elle tenait le bar jusqu'à ce que le dernier client soit parti.

Il lui a fait signe comme pour commander une nouvelle tournée. Une bouteille de vin presque vide était posée devant lui. Il était le seul à boire du vin blanc. Les autres buvaient de la bière et des vodka martini.

« *How kind of you not to leave us alone !* »

Il parlait avec un léger accent. Mais son élocution était claire, même après toute une bouteille de vin.

« *Please.* Joignez-vous à nous ! »

Elle a refusé.

« Aujourd'hui, à Bruxelles, il y a eu un débat important. À l'avenir, l'Ouest ne pourra plus se comporter comme le gardien du Saint-Graal. »

Elle aurait aimé avoir un plateau avec des verres entre les mains. Elle aurait aimé avoir quelque chose à faire, et elle restait plantée les bras ballants devant le canapé.

« Allez, trinquez avec nous ! Deux cents ans à vivre comme des êtres humains de seconde classe, c'étaient deux cents ans de trop. »

Quelques personnes ont hoché la tête.

« En parlant de l'arrogance de l'Ouest… (Il s'est tourné vers les autres.) L'autre jour, j'étais au bar avec un collègue. Un type sympathique. On travaille ensemble depuis des années. On se retrouve dans les mêmes conférences, on fréquente les mêmes bars. Et d'un coup, il me regarde comme s'il me voyait pour la première fois. Soudain, il n'en revient pas que je parle anglais comme lui. Que, comme lui, je m'y connaisse en vin, que j'écoute Bach et Dylan, que je sache ce qu'il s'est passé sur le mont Sinaï. Au bout de toutes ces années, il se rend compte que je suis fait du même bois que lui. Ça partait d'une bonne intention – un collègue cultivé qui vient de l'Ouest de l'Allemagne. Et c'est aussi pour cette raison, mes amis, que la déclaration du Conseil de l'Europe datant de l'an dernier est décisive à ce point. Vingt ans après la fin de la guerre froide, il est temps d'en finir avec cette funeste hiérarchie entre Européens. »

Tels ont été les mots de cet homme vêtu d'un costume bleu marine, à deux heures du matin, dans le hall d'un hôtel d'Helsinki où elle logeait dans un débarras depuis trois mois.

Elle a fait volte-face pour retourner au bar, et il a posé sa main sur son bras, avec délicatesse :

« Est-ce que vous vous considérez comme Européenne ? »

Elle n'y avait jamais réfléchi. Et sur le coup, elle n'y a pas réfléchi non plus. Sinon, après, il lui aurait demandé d'où elle venait, ce qu'elle faisait ici, quel était cet accent qu'elle avait, car son anglais n'était pas génial, tout le monde s'en rendait compte, et ce n'était pas non plus un accent finnois.

Il a gentiment répété la question. Et elle a hoché la tête. Elle se trouvait sur le continent européen. Elle y était née. Elle avait traversé une partie de ce continent. Elle avait franchi trois frontières entre quatre pays européens, en car, à pied, en ferry, en fraude, en auto-stop et, pour finir, avec un titre de transport valide à bord d'un train qui était arrivé bien après minuit à la gare centrale d'Helsinki où elle avait campé sur un banc jusqu'au lever du jour avant de faire une toilette rapide dans les W.-C. publics et de partir chercher un petit boulot. Elle avait plus vu de ce continent que n'importe quelle personne dans ce hall, banquier, avocat ou autre.

« Magnifique ! s'est exclamé Leonides. Nous sommes en train de nous demander ce dont une Européenne a aujourd'hui le plus besoin. »

Il la regardait comme si ce qu'elle avait à dire était déterminant pour le Conseil de l'Europe. Comme si la vie de chacun des individus assis sur ces canapés moelleux allait changer de cours en fonction de sa réponse. L'oreille droite de Leonides rougeoyait sous ses cheveux clairsemés, et quelque chose dans cette oreille en feu l'a poussée à résoudre la devinette sans trop réfléchir.

« Elle a besoin d'une bonne connexion. Une connexion internet, je veux dire. Elle doit être connectée. »

Leonides a levé son verre, un vin blanc français, un muscadet coteaux de la Loire, avec un signe de tête approbateur à son intention. C'est peut-être à ce moment-là qu'il a pris conscience de son existence, qu'il l'a distinguée du reste du personnel grâce auquel on pouvait prendre un verre à une heure tardive et qu'on oubliait dès le lendemain, comme la majeure partie de ce genre de nuit.

« Comment se fait-il que je ne vous aie encore jamais vue ici ?

— Maintenant, vous m'avez vue.

— C'est vrai. »

Lors de leur premier rendez-vous, il lui avait offert une clef USB.

La femme bleue est montée sur la butte qui mène du rivage à la rue. Elle est à l'entrée du passage souterrain.

Devant sa silhouette aux contours clairs, l'obscurité du tunnel s'interrompt brutalement.

Elle me regarde approcher.

Je lui demande si elle habite près d'ici. Si elle vient souvent au port.

Le geste qui accompagne sa réponse décrit un cercle au lieu d'indiquer une direction.

Elle dit qu'elle aime bien venir ici. Le tintement des mâts, les cris des mouettes, l'odeur de goudron, ça lui plaît. Ce n'est qu'ici qu'elle peut parler avec moi, entre les rails, les hangars et la zone de baignade où un banc a été installé.

Lors de leur premier rendez-vous, elle s'est retrouvée dans une rue déserte, dans un quartier où elle n'était jamais allée auparavant. Elle avait un bout de papier avec le nom et l'adresse du restaurant où ils devaient se rejoindre. Sauf que le restaurant n'existait pas. Elle a marché jusqu'au bout de la rue. Il y avait plusieurs restaurants des deux côtés qui s'appelaient tous *ravintola*. L'un d'eux avait des portes arrondies et ornées de stuc. Un autre ressemblait à un pub, et la façade d'un troisième évoquait la muraille d'une forteresse. Aucun ne portait le nom écrit sur son bout de papier. Elle est revenue au carrefour pour comparer le nom des rues. Elle était au bon endroit.

Elle n'était pas surprise que l'inscription sur le bout de papier ne corresponde pas à la réalité. Mais à ce moment-là, ce bout de papier avec l'écriture de Leonides était la seule chose qu'elle possédait de lui. Elle ne savait pas qu'il descendait toujours dans cet hôtel, que, chaque fois qu'il venait à Helsinki, il réservait une chambre au même endroit, parce que c'était son hôtel favori.

La soirée venait juste de commencer. Le feuillage des arbres scintillait dans la lumière déclinante. Elle ne connaissait pas bien cette ville. Elle ignorait tout des coutumes finlandaises. Elle ne savait pas ce qu'un bout de papier avec une adresse signifiait, ce que le fait qu'un homme écrive quelque chose sur un bout de papier à deux heures du matin signifiait dans ce pays. Elle travaillait au noir en extra. Elle distribuait les clefs des chambres, vidait les poubelles, faisait les lits, donnait les prix, indiquait les horaires du petit déjeuner et expliquait le fonctionnement de la machine à café. Elle portait un tablier blanc sur un chemisier noir, l'uniforme du personnel.

Peut-être l'avait-elle mal compris. Peut-être était-il ivre – chez certaines personnes, l'ivresse passe inaperçue. Ou alors il lui avait volontairement donné une mauvaise adresse. Il n'avait aucune intention de revoir l'extra qui vidait les cendriers et lavait les verres. Il avait fait ça pour passer le temps. Pour épater la galerie installée sur les canapés moelleux d'un hôtel de luxe et se donner la satisfaction d'être encore dans la course. Il s'était servi d'elle.

« Ce désespoir dans ton regard, a-t-il dit plus tard, il faut l'avoir accumulé ! »

On sonne à la porte de l'appartement. Le bruit strident transperce la moelle des os.

« Le désespoir de ne pas être pris au sérieux, a dit Leonides dans la rue déserte, je connais ça. Les autres ne te voient pas, c'est tout. »

Dans la cage d'escalier, il y a quelqu'un qui semble savoir qu'elle est là, qu'elle est assise dans l'appartement à tendre l'oreille. Il l'a vue entrer et n'arrêtera pas de sonner tant qu'elle ne se sera pas levée pour ouvrir. Elle pose sa main à plat sur la table.

C'est la peur.

Elle se concentre.

Elle n'est pas obligée d'aller à la porte. Elle n'a pas à ouvrir. Elle a le droit de ne pas répondre à un coup de sonnette, tout comme elle a le droit de rester dans ces souvenirs, dans cette rue inconnue du centre-ville où il y a des *ravintolas* à ne plus savoir qu'en faire, parmi lesquels un était en fin de compte le bon.

Dans le *ravintola* sur le trottoir d'en face, Lénine avait bu une bière, il y a plus de cent ans, avant de partir faire la révolution. C'est ce que Leonides a dit à son arrivée. Dans le dernier rayon de soleil, il a surgi en souriant de l'ombre des immeubles.

« Là-bas, ils cuisinent bien le foie, a dit Leonides. Mais j'ai pensé que le foie n'était pas forcément ta tasse de thé. »

Le foie n'était pas sa tasse de thé, et il l'a emmenée dans le *ravintola* avec les décorations en stuc, à une table près de la cheminée. C'était une cheminée au gaz avec des bûches en céramique.

« Lénine ? C'est vrai ?

— Boire une dernière bière avant d'aller prendre d'assaut le palais d'Hiver.

— Ou c'est juste ce qu'on raconte aux touristes ?

— La table où il s'est assis existe encore. Mais elle n'est plus exposée. Ici, on n'aime pas se souvenir des communistes, et encore moins des communistes russes. La table est à la cave. Si tu veux, on se la fera montrer. »

Elle était soulagée. Elle aurait pu parler pendant des heures de Lénine, Vladimir Ilitch Oulianov – de Lénine, de la dernière bière et de la révolution, car cet homme était un inconnu pour elle. Elle ne savait rien de lui, à part qu'il connaissait les restaurants d'Helsinki comme sa poche et aimait être le dernier, un client qui s'attardait dans les halls d'hôtel jusqu'au petit matin. Jusqu'à ce que tous ses amis et collègues soient partis et qu'il ne reste plus que lui et elle derrière le comptoir. Deux oiseaux de nuit, avait-il dit en guise d'au revoir, deux oiseaux de nuit qui auraient tort de ne pas faire connaissance.

Et c'est ce qu'ils étaient en train de faire. Ils étaient installés dans le bon restaurant, à une table pour deux près de la cheminée, lui était dos à la rue. La salle était petite. Il n'y avait pas beaucoup de tables, on discutait à mi-voix. En se renversant sur sa chaise, alors que la tension retombait, elle s'est rendu compte qu'elle ne souriait plus dans le vide, qu'elle souriait aux bûches en céramique, aux *ravintolas* – elle a découvert que ce mot signifiait en réalité « restaurant ». Sur la carte en petits caractères, trois menus étaient proposés, en différentes langues, dont deux qu'elle ne comprenait pas.

« Chaque fois que je suis à Helsinki, je viens ici, a dit Leonides. Je suis un peu le pilier du bistrot. »

Sur les tables étaient posés des serviettes blanches amidonnées et des vases en argile élancés avec une unique branche de bouleau dedans. Les bouteilles de vin étaient servies dans un seau à glace.

« Bistrot, ce n'est pas un peu exagéré ? »

Leonides a ri.

« Il faut d'urgence que je perde cette habitude. À l'Ouest, on ne maîtrise pas l'art de l'exagération. On vous prend au mot. C'est pour ça que j'aime bien faire halte à Helsinki. La Finlande, c'est la charnière entre l'Est et l'Ouest : âme russe, design scandinave. »

À la lumière tamisée des lampes à pied, elle l'observait de plus près pour la première fois. Il portait un costume en velours côtelé sur une chemise à col long. Son épaisse monture de lunettes lui donnait un air professoral, malgré la légère rougeur de ses joues à la chair d'ordinaire blanche et à la peau lisse, presque sans rides. Ses yeux étaient vifs, au contraire de ses mouvements qui étaient comme entravés par son costume. Dans l'ensemble, il émanait de lui une impression de désuétude.

« Tu es en train de te demander d'où je viens. Mes voyages ont dû me transformer, c'est vrai. Mais une partie de moi est restée ce petit garçon balte qui ne parle pas beaucoup et qui écoute ce que sa mère lui dit. Je suis estonien. De Tallinn. À moins de quatre-vingts kilomètres à vol d'oiseau d'ici. »

Un serveur a apporté de l'huile d'olive et un sachet en papier avec du pain croquant et de la baguette.

« Nous, les Estoniens, nous ne sommes pas bien sûrs de faire partie de l'Ouest, a dit Leonides. Nous ne sommes pas bien sûrs de *vouloir* en faire partie. La seule certitude que nous avons, c'est que l'Est commence après Narva. Après la frontière russe. À l'époque où l'Estonie était encore une République soviétique, il était interdit de penser ça, évidemment. (Il a ouvert le menu.) Qu'est-ce que tu prends ? »

Elle regardait le menu. Mais au lieu de se concentrer sur les plats, elle voyait un planisphère devant elle, la carte de l'Europe du Nord. Elle voyait les pattes arrière d'un tigre bondissant. L'une des pattes était la Finlande, le torse était la Suède et la Norvège. La Russie était l'autre patte et la queue. Le tigre plongeait dans la mer Baltique, et l'Estonie devait se trouver à l'endroit où les pattes arrière entraient dans l'eau.

« Sous le régime soviétique, les choses étaient claires, a poursuivi Leonides. À l'époque, c'était nous les Européens. Les Russes voulaient absolument venir travailler chez nous. C'était nous qui avions les cafés. Le bon vin, les églises et les compositeurs. Personne ne crachait par terre dans les restaurants. Nous exportions à Moscou et en RDA, des presse-agrumes et des moulins à café électriques faits par des designers. (En souriant, il s'est essuyé les yeux sous ses lunettes.) Nos villes datent du Moyen Âge. Nous savons manier l'argenterie, et aujourd'hui tous les Finlandais viennent se faire coiffer chez nous. »

Il parlait fort, et une femme s'est retournée. Il a baissé la voix, mais malgré ça, on aurait dit qu'il était sur scène. Il faisait un discours qui ne semblait pas demander de réponse. Ça ne la dérangeait pas. Tant qu'il parlait, il ne lui venait pas à l'esprit de la questionner. Elle n'avait qu'à rester assise là, le menu ouvert devant elle.

« Jusque-là, nous avons dû lutter contre notre sentiment de supériorité. Et voilà que nos amis occidentaux veulent nous faire croire que nous avons un complexe d'infériorité. »

D'un geste exercé, il a jeté la serviette sur ses genoux, attrapé l'huile d'olive et en a versé dans son assiette. Il a ajouté du sel et pris un morceau de pain. Manifestement, il faisait souvent ce genre de choses. Il était chez lui dans ces restaurants. Il n'avait aucun problème à se plonger dans un menu pour choisir ce qui lui faisait envie, et il semblait partir du principe qu'elle connaissait les noms des plats à base de poisson aussi bien que lui, les accompagnements et les desserts, qu'elle allait faire le bon choix, avec la même assurance que lui, alors qu'il savait qu'elle n'était pas un oiseau de nuit, que si elle restait dans les cuisines de l'hôtel la nuit, c'était pour faire la plonge.

Elle n'était plus chez elle nulle part depuis longtemps. Ce n'était pas grave. Mais elle s'en est souvenue quand le serveur a apporté deux proseccos sans qu'on le lui ait demandé.

« Tu viens souvent à Helsinki ? »

Il a levé les yeux. « En ce moment, je suis à Bruxelles, et je fais une tournée de conférences aux États-Unis, et j'enseigne à Tartu. En vrai, je ne suis pas là.

— Comme moi. »

Ensemble, ils parlaient anglais. Ce n'était la langue maternelle ni de l'un ni de l'autre. Ils devaient tous les deux transposer mentalement cette langue étrangère dans leur langue à eux, l'estonien pour lui, le tchèque pour elle, ce qui faisait planer une légère hésitation sur leur conversation. Elle avait le sentiment que tout ce qu'il disait était teinté d'une signification inaccessible pour elle. Et pour lui aussi, le fond de ce qu'elle disait devait rester dans l'obscurité. C'était peut-être pour ça qu'il était si facile de l'oublier : entre elle et cet homme qui n'était assis qu'à l'autre bout de la table, il existait une distance infranchissable. Un désert. Une terre sans vie et sans arbres.

« Je ne suis jamais là où je suis à l'instant t, a-t-il dit. Avant même d'être arrivé quelque part, je dois déjà repartir. Ce doit être ce qu'on appelle l'homme global.

— Pas forcément.

— Ah bon ?

— Parfois, si on n'est pas là, c'est juste parce qu'on ne connaît personne à l'endroit où on est. »

Il a arrêté de jouer avec l'huile, le sel et le pain. Ses yeux étaient minces, presque aux aguets. C'était peut-être à cause des lunettes. Les verres puissants rapetissaient ses yeux. Et pourtant, c'était comme s'il lisait en elle.

« Ça me revient, j'ai quelque chose pour toi, a-t-il fini par dire avant de glisser la main dans la poche intérieure de sa veste. Pour les gens qui sont rarement chez eux. Les gens comme nous. »

Il a sorti une clef USB blanche et l'a brandie avec mille précautions, comme pour s'assurer qu'elle n'avait pas été cassée durant le transport. Il la lui a tendue par-dessus la table, et elle a senti l'odeur de sa crème pour les mains. C'était une odeur agréable.

« Comme ça, si tu ne sais pas où tu es, tu pourras aller sur internet sans problème. »

Ils se sont regardés.

« Enfin bref, c'était ce restaurant qu'il nous fallait, a-t-elle répliqué en détournant les yeux. Tu n'es pas là, et je ne suis pas là. Et le restaurant non plus. En tout cas, son nom n'est écrit nulle part. Je ne l'aurais pas trouvé.

— Ce qui pose une question cruciale, a répondu Leonides en souriant. Notre restaurant sans nom est-il un symbole de l'abnégation typiquement finlandaise ou est-ce juste du je-m'en-foutisme ? »

Mais comme elle ne s'était pas encore intéressée à ce pays, elle n'avait pas grand-chose à dire sur le sujet.

La femme bleue est assise tout au fond de la crique, près de la mousse et des arbres déformés par le vent.

Bientôt, ce sera l'automne. Les bouleaux sont en feu.

Je m'assieds à côté d'elle. Elle remet son manteau en place et me montre la lumière encore forte. Elle dit que la lumière intensifie les couleurs sous l'influence des nuits froides. Puis elle me demande où en est mon livre. La femme bleue veut savoir si j'avance bien. Si cette lumière mériterait qu'on écrive sur elle. Si je suis une autrice engagée, si le présent m'intéresse.

Je dis que ça dépend.

Elle veut savoir de quoi ça dépend.

D'elle.

La femme bleue rit. Dès qu'il est question d'elle, elle fait diversion, comme si ça ne valait pas la peine de répondre.

Oui, dit-elle. J'ai raison. Ça ne vaut vraiment pas la peine de répondre.

Elle enregistre la lettre dans le dossier « brouillons ». Elle referme l'ordinateur portable. Elle reste immobile dans l'obscurité, les mains sur les cuisses. Dans la cage d'escalier, on entend une voix d'homme.

Quand elle se lève, le rembourrage du siège crisse. Même ses os craquent, ils font un boucan de tous les diables.

L'ombre du sorbier des oiseleurs devant la fenêtre de la chambre se dessine dans le couloir. Elle essaye de penser à cet arbre et seulement à cet arbre, aux baies écarlates, au rouge éclatant sur les branches aux reflets noirs, à l'excédent de couleur produit par cette espèce.

Personne ne sait où elle est.

Elle s'arrête devant la porte d'entrée. Comme d'habitude, le judas est obstrué par le cache. Elle n'ose pas le déplacer.

« Ouvrez ! » La voix est dangereusement proche. Ce n'est pas celle de Leonides. « Ouvrez ou j'appelle la police ! »

Son réflexe est de se recroqueviller sur elle-même. Elle a envie de se faire toute petite derrière la porte. De poser sa tête sur ses jambes et de fermer les yeux comme quand elle était enfant et qu'elle était seule dans le car scolaire. Le véhicule avait trente places vides et allait à Harrachov juste pour elle. Elle s'asseyait tout au fond et rentrait la tête pour que le car ait l'air de ne pas être en service.

Quand elle ouvre la porte, la chaîne de sûreté s'enclenche. Une silhouette se détache dans la lumière aveuglante de la cage d'escalier.

« Qu'est-ce que vous faites ici ? Qui êtes-vous ? »

Elle distingue un visage aux traits épais, une calvitie.

« Comment vous êtes entrée ici ?

— Avec la clef.

— Vous l'avez trouvée où ? »

L'homme fait une tête de plus qu'elle. Son regard la balaye de haut en bas, découvre sa main, ses hanches. Elle recule.

« Vuo-kra-ovi.

— Quoi ?

— Le site de locations immobilières. »

L'homme à la porte se passe la main sur le crâne.

« C'est un vrai moulin, ici ! »

Elle se rend compte que, même dans cet immeuble, il y a des voisins. Il y a des gens qui surveillent leur hall comme si c'était une chasse gardée.

« La clef était dans une enveloppe, dit-elle, une enveloppe à la gérance de l'immeuble. »

Elle prend le contrat sur la commode de l'entrée et glisse la feuille dans l'entrebâillement de la porte. Comme l'homme tapote dessus avec son index, il ne voit pas que le papier tremble.

« C'est vous, ça ? »

Elle réussit à sourire.

« Qui voulez-vous que ce soit d'autre ? »

L'espace d'un instant, l'homme reste perplexe.

« Vous vivez seule ici ?

— Oui.

— Et où est l'autre femme ?

— Quelle autre femme ?

— L'autre femme qui vit ici.

— Je n'en sais rien.

— L'autre jour, pas de bol, je suis tombé sur elle dans l'escalier !

— Il n'y a personne ici à part moi », dit-elle – mais peut-être aurait-elle mieux fait de se taire.

L'homme souffle bruyamment.

« Elle a rendu tout l'immeuble dingue avec ses questions à la con. Elle courait de porte en porte avec son micro, une de ces gratte-papier qui ne vous lâchent pas tant qu'ils n'ont pas tous les détails sordides de l'affaire. (Il essaye encore une fois de voir l'appartement derrière elle.) Donc vous habitez seule ici ?

— Oui.

— Ah bon. D'accord. Elle a dû partir. Et vous ? (À nouveau, elle croise son regard scrutateur.) Vous restez combien de temps ?

— Je n'en sais rien.

— Hum. (Sa voix s'est radoucie.) Elle devait avoir terminé de fouiner, dit-il en faisant un pas en arrière. On va enfin pouvoir sortir ses poubelles tranquille. »

Dans l'escalier, il se retourne une dernière fois.

« Bienvenue en Finlande ! Vous êtes déjà allée au sauna ? C'est en bas, au sous-sol. Il y a les horaires sur le tableau d'affichage. »

Parfois, je reste seule. Impossible de savoir quand et pour combien de temps la femme bleue viendra au port.

Elle ne veut pas que je m'en soucie. Et elle ne souhaite pas non plus donner de rendez-vous.

Son apparition ne doit pas entraîner de questions.

« Tu as tous les droits, a-t-elle dit, mais ne compte pas sur moi. »

Elle a réussi à retourner dans le salon. Elle est plantée devant le canapé. Ce n'est pas un canapé accueillant, un canapé d'angle comme on en voit dans les magazines de décoration, et il n'est pas aussi élégant que les canapés de la villa de l'université. Le tissu est brun et robuste, à l'image de cet appartement sans prétention dans lequel il fait malgré tout bon vivre.

Elle n'arrive pas à s'asseoir. Ses genoux sont figés comme s'ils étaient en pierre. Elle doit cogner sa main contre l'arête du dossier pour que ses jambes cèdent enfin. La douleur fait des étincelles dans son poignet.

Ce sont les habitudes.

« Il fallait s'y attendre, dit-elle. Il fallait s'y attendre, à ce que tu t'attires encore des ennuis. »

Dans le silence qui suit, Leo la regarde d'un air étonné derrière ses lunettes à monture. Car ce n'est pas grave de pleurer. Pleurer est un droit humain ancestral. À pierre fendre.

Leonides et ses droits humains. Comme si on se promenait avec en les transportant dans la poche de sa veste comme une clef USB et qu'il n'y avait qu'à les distribuer généreusement à la ronde. Il en a fait son métier, un métier bien comme il faut, et ce n'est pas le seul, les droits humains alimentent tout un appareil administratif, et quand Leonides regarde le journal du soir qui montre des enfants se faire maltraiter, des femmes se faire asperger d'acide, des bébés mourir de faim et des gens se faire bombarder, il y voit la confirmation que son métier a un sens. Qu'on a besoin de lui. C'est un encouragement à travailler encore un peu plus dur le lendemain, et ça ne l'empêche pas de boire du vin avec elle, un muscadet coteaux de la Loire bien frais.

Empêchait, se dit-elle. Elle doit perdre l'habitude du présent. Rien n'empêchait Leonides d'apprécier le vin et la peinture de paysage, d'aimer passionnément la vie. Et elle se dit que ça non plus, ce n'est pas vrai, car il continue à aimer passionnément, il continue même sans elle. Cette capacité à jouir de ce qui l'entoure à l'instant t, de ses pyjamas en soie, de draps de qualité, d'un tour en voilier, d'une journée d'hiver bien froide, de seins enveloppés de dentelle, sans jamais être abattu, par rien – cette capacité qui l'aidera à tourner la page. Il sera choqué par sa disparition, de la même manière qu'il est choqué par les mauvaises nouvelles de l'actualité. Il ne comprendra pas. Dans son monde, on ne disparaît pas comme ça, sans prévenir, sans dire au revoir, la politesse l'interdit. Il travaillera un peu plus dur, mais bientôt, il commandera une caisse d'un nouveau millésime de muscadet.

Voilà ce qui se passera. Pas de doute. Les doutes ne sont pas permis. Elle va à la cuisine et ouvre le frigo dans lequel il n'y a qu'un oignon et du fromage sous vide. Elle prend l'alcool. *Viru Valge.* C'est écrit en lettres blanches sur une étiquette bleue. Sous l'inscription, il y a un dessin de femme qui souffle dans un tube en bois, un genre de corne de brume. Dans la bouteille en plastique, l'alcool a l'air inoffensif, on dirait de l'eau : sur la paume endolorie de sa main, elle en verse quelques gouttes et masse pour les faire pénétrer. Elle en prend une gorgée. L'eau n'a aucun effet, si ce n'est qu'elle brûle et laisse ensuite dans le corps une sensation de chaleur qui dure un petit moment.

Ce n'est pas facile de perdre l'habitude du présent, car le présent est plus qu'une forme grammaticale.

Leo, *mein Leben.*

Ça n'a rien à voir avec l'abnégation. Se nier soi-même, c'est différent. Ça commence imperceptiblement, par un vacillement, un déséquilibre qui vous prend, et Leonides ne lui a jamais fait perdre l'équilibre. Au contraire. Leonides lui restituait quelque chose. Il la ramenait à elle. Comme si ce genre de chose fonctionnait. Une table qu'on débarrasse : quelqu'un a sali une assiette et l'a laissée en plan, quelqu'un d'autre se charge de la rendre. Elle aurait dû le lui dire. Leonides marque le début d'une nouvelle ère, et il en marque la fin. Sauf que lui manquait d'imagination pour ça.

« Leo ? » L'horloge fait son petit bruit de cloche.

Ce soir d'octobre, il n'y a même pas un an, avec Leonides en face d'elle à la table du *ravintola*, sa temporalité intérieure était revenue à l'heure zéro.

Avant, elle était extra. Une extra qui se portait volontaire pour travailler de nuit et restait au lit toute la journée, toujours sur le qui-vive, ce qui faisait qu'elle n'arrivait jamais à quitter vraiment l'état de veille. Tant qu'elle était réveillée, elle se changeait les idées, et tant qu'elle se changeait les idées, elle arrivait à se comporter comme le reste du personnel en uniforme noir et blanc. Sauf quand elle devait ouvrir un frigo. Elle ne pouvait pas ouvrir de frigo. Quand elle était au bar et qu'elle devait aller prendre des boissons et des glaçons dans le compartiment réfrigéré ou des sachets de frites et des crèmes glacées dans le congélateur des cuisines, elle se mettait à trembler. La lumière aveuglante et le froid la giflaient au visage, et quelqu'un d'autre devait le faire à sa place, ouvrir le tiroir et plonger la main dedans pour attraper le prosecco ou la bière, l'apprenti qu'elle aidait en échange à gratter les assiettes sales.

Ce soir-là, au *ravintola*, quand les plats ont été servis – de fines lamelles de saumon accompagnées de pommes de terre sautées et de plaquebières qui baignaient dans une mousse verte, une écume de feuilles de bouleau, d'après les explications du serveur qui en chuchotait presque de fierté –, c'était comme si une main la ramenait soudain à la réalité, la main de Leonides. Cet homme qui utilisait une crème pour les mains parfumée.

Elle n'avait encore jamais mangé d'écume de feuilles de bouleau. Elle aspirait avec précaution cet air de luxe sur sa fourchette pour qu'aucune bulle ne lui échappe. Ils ont éclaté de rire, en même temps pour la première fois. Quand le serveur est revenu, Leonides a demandé pourquoi le chef n'avait pas utilisé de sapin. Les aiguilles de sapin avaient certainement plus de chair. Elle s'est rendu compte que Leonides n'avait jamais mangé d'écume de feuilles non plus. La distance entre eux deux n'en a pas disparu pour autant. Le désert, la terre sans arbres étaient toujours là. Mais désormais, il était possible de s'en accommoder.

« Nous aurions dû prendre une entrée, a dit Leonides. Tu veux une salade ? »

Elle n'avait pas très faim.

« Des feuilles pour le dîner ! Parfois, j'ai un doute, et je me dis que nous n'arriverons jamais à rien, ni eux ni nous. Quand mes collègues de Bruxelles parlent de leur jeunesse, ils se remémorent des groupes de rock. Moi, je me souviens d'une tout autre culture.

— Vous ne mangiez quand même pas les feuilles des arbres quand vous étiez enfants ?

— Parfois on avait aussi du pain. »

De nouveau, ils ont éclaté de rire.

« À quoi tu penses quand tu penses à ton enfance ?

— À la neige. Mes premiers souvenirs ont la neige pour décor. »

Le regard de Leonides était le même que dans le hall de l'hôtel, quand il avait remarqué sa présence pour la première fois : attentif et légèrement étonné. On aurait dit qu'il prenait conscience de quelque chose, qu'une pensée oubliée lui revenait.

« Pas de la neige russe, j'imagine.

— Non. Pourquoi ? »

Leonides a secoué la tête.

« Un réflexe idiot. Où as-tu grandi ?

— Ça ne te dirait rien.

— Je comprends, a dit Leonides. Tu n'as pas envie de me le dire. »

Le regard de Leonides s'est posé sur elle, et c'était comme si son corps prenait une décharge électrique envoyée par de petits filaments.

« Dans les monts des Géants, a-t-elle dit après une courte hésitation.

— C'est en Pologne, n'est-ce pas ? »

Elle a gardé le silence.

« Bref, tu sais où je veux en venir. Une culture de la peur et une culture du froid, a repris Leonides. À l'Est, la peur. À l'Ouest, le froid. Ce n'est pas beau à voir, ni d'un côté ni de l'autre. Mais ce sont deux cultures radicalement différentes.

— J'ai grandi du côté tchèque des monts, a-t-elle fini par lâcher. Mais j'étais trop petite. Au moment de la révolution de Velours, j'avais seulement cinq ans.

— Les enfants sont de bons observateurs.

— Pas forcément.

— Ah bon ?

— Si j'avais été plus âgée, j'en saurais plus aujourd'hui.

— C'est la réponse de quelqu'un qui n'a jamais eu de concessions à faire.

— Tu n'en sais rien. »

Leonides a haussé les épaules.

« L'être humain s'habitue à tout. On pense toujours que les régimes meurtriers sont favorisés par la haine, l'envie ou la cruauté. Mais le plus souvent ils le sont par notre propension à faire des compromis. L'être humain s'habitue tellement vite à la peur qu'il la considère comme un état naturel et ne se révolte plus. (D'une voix plus basse, il a poursuivi :) Mais la peur qu'on vienne nous chercher chez nous en pleine nuit pour nous traîner dans la rue, quelle que soit l'heure, en pyjama, quand on est incapable de se défendre, ce n'est pas un état naturel. Et se faire tirer une balle en plein visage ou couper les tétons avant d'être emmené, ça n'a rien d'habituel en soi. »

Un jet d'écume de bouleau a jailli sous la pression de sa fourchette. Ses yeux avaient une drôle d'expression, on aurait dit que son visage était vide.

« Sans rancune. (Leonides a repris son sourire.) Pour ce qui est de l'indépendance, les Tchèques et les Estoniens ont vécu des choses similaires. Mais avec nous, les Baltes, les Soviets ont été particulièrement impitoyables. Gorbatchev est encore moins populaire chez nous que chez vous. »

De sa place, elle avait vue sur la rue qui était restée déserte depuis leur arrivée. Le crépuscule s'était emparé des immeubles de l'autre côté, des façades en stuc, des portes en laiton et du *ravintola* d'en face, et peut-être était-ce l'étrangeté, la distance entre cet homme et elle qui rendait sa compagnie si agréable : il leur était possible d'être ensemble sans empiéter l'un sur l'autre.

« Ma mère est fière d'avoir assisté à la chute du régime.

— Il y a de quoi, a-t-il dit. Les nôtres chantaient des chansons.

— Des chansons contre les chars ?

— En vrai, c'était du punk. C'est comme ça que ça a commencé. La musique punk mettait les puissants sur les nerfs. Les jeunes gens étaient de plus en plus nombreux à faire de leur propre chaos un chaos étatique. Et d'un coup, on avait de nouveau le droit de parler de Soljenitsyne. »

Il s'est essuyé la bouche avec sa serviette.

« Tout a commencé en 1987. Deux ans plus tard, j'aurais dû partir faire l'armée. Sauf que ce n'était pas une armée. Pas comme on se l'imagine. Nous, les Baltes, nous ne touchions pas aux armes. Nous étions soumis. Nous étions des esclaves. Aucun de nous ne savait quel sort l'Armée rouge lui réservait. Nous avions tous peur de nous retrouver sentinelle dans un camp sibérien ou en Afghanistan. D'un coup, c'était une question de survie. Tout le monde essayait d'y échapper, mais on n'avait pratiquement aucune chance.

— Et toi ?

— Je n'y aurais pas survécu. J'ai rejoint les trois cent mille personnes qui chantaient notre hymne sur le Lauluväljak. Je brandissais un drapeau bleu noir blanc. Et puis le gouvernement a eu besoin de jeunes gens, et je suis devenu l'un des diplomates les plus crédules et les plus naïfs de toute l'histoire. »

Il a levé son verre.

« Mais qui aurait cru que le rideau de fer serait si facilement remplacé par un rideau d'argent ? »

Ils ont trinqué. La clef USB était posée entre eux sur la table. Il la lui avait offerte. Il l'avait achetée exprès pour elle, et après avoir vidé son verre, elle l'a mise dans sa poche pour ne pas l'oublier.

« Suède, France, Allemagne, a dit Leonides d'un air pensif en pliant sa serviette pour en faire un joli petit paquet. Des pays plus riches que nous, et de loin. Aussitôt, les vieilles images remontent à la surface : un noble allemand, le seigneur de la région, chevauche sa monture, et mon arrière-grand-père l'accompagne, à cheval lui aussi, son chapeau à la main. Une image sortie tout droit du grenier aux souvenirs de la famille. Sauf que l'histoire ne se répète pas. Elle continue juste, pour peu qu'on laisse les grandes ruptures de côté. »

Plus tard, après le sorbet à la fraise et un expresso que Leonides avait pris avec du sucre, sur le trottoir devant le restaurant, tous les deux indécis, lui en manteau long, elle en veste en cuir, brillante et couleur lie-de-vin, qui lui arrivait à la taille, un vêtement tellement démodé qu'il en était revenu à la mode, elle s'est rendu compte qu'en ce premier jour, le monde était plus net que jamais.

La blancheur humide des troncs de bouleaux le long de la rue. Les mégots de cigarettes sur l'asphalte gris granit. Les feuilles jaunes et le bâtonnet en plastique d'une sucette. Tout était surexposé. Les contours bien dessinés. Le manteau de Leonides scintillait. Le col fourré relevé cognait contre son menton rond et, au-dessus de lui, le halo de la ville se reflétait dans le ciel.

Dans le *ravintola* où Lénine avait bu une bière, la salle était éclairée d'une lumière vive pour faire le ménage. Deux femmes essuyaient les tables.

« On dirait qu'elles sont en train de nettoyer les zones d'ombre de l'histoire, a dit Leonides en suivant son regard.

Il faudrait leur dire de commencer par les gens plutôt que par les tables.

— Elles doivent être au courant. Mais elles veulent terminer aujourd'hui.

— Pessimisme à la slave ? »

Il a glissé les mains dans les poches de son manteau.

« Tout le monde a des zones d'ombre, a-t-elle dit. Trop pour qu'on puisse les nettoyer.

— C'est possible. (De nouveau, il la regardait avec attention. Il avait ce regard qu'elle connaissait désormais et, cette fois, elle n'a pas détourné les yeux.) Les gens dangereux, ce sont ceux qui font semblant de ne pas en avoir. Qui prétendent être foncièrement honnêtes. Bien sous tous rapports. Qui donnent aux associations de protection des animaux ou à Médecins sans frontières. Mais quand on braque les projecteurs sur leurs fantômes, on se rend compte qu'il faudrait les envoyer devant la Cour de justice européenne. »

Ils ont regardé les femmes du *ravintola* poser les chaises à l'envers sur les tables propres et ranger les seaux et les balais au fond du restaurant, et elle a espéré qu'ils allaient s'attarder encore un peu, à les regarder en silence, pour faire durer ce moment. Leonides dégageait quelque chose qui la tranquillisait. Peut-être était-ce son inébranlable confiance en lui. Au départ, elle avait trouvé ça déstabilisant. Mais il avait aussi une forme de gaucherie, de maladresse qui n'entamait en rien son assurance. Il n'avait pas besoin de faire semblant.

Il a proposé de traverser la rue pour se faire montrer la table légendaire, la table de Lénine, mais elle a refusé. Elle avait une question à lui poser. Elle aurait voulu lui demander ce qu'il entendait par « zones d'ombre », à qui il pensait quand il utilisait ces mots – à des politiciens, des hommes de pouvoir, ou à des gens comme les autres –, elle aurait voulu lui demander si, à Bruxelles, il devait répondre de ce genre de fantômes et ce qu'il advenait d'eux. Elle n'a rien dit. Cette soirée devait rester une soirée normale, où deux personnes allaient dîner ensemble sans trop se dévoiler malgré la possibilité tacite que les choses aillent plus loin.

Ils se sont dit au revoir et sont repartis chacun de son côté. Au coin de la rue, elle a tourné et fait semblant d'avoir perdu quelque chose. Il n'y avait toujours personne à la ronde. Désormais, il faisait presque nuit. Mais si Leonides se ravisait et, au lieu d'aller prendre le tramway, faisait demi-tour pour lui emboîter le pas, il ne devait pas croire qu'elle attendait quelque chose. Leonides n'est pas revenu et, au bout de dix minutes, elle a été certaine qu'il était parti. Elle allait au même arrêt de tram. Et au même hôtel. L'établissement était situé dans une paisible rue transversale, non loin de l'université. Lui semblait partir du principe qu'ils allaient s'y recroiser tôt ou tard. Il ne savait pas qu'elle logeait sur place.

Elle a pris le vieil ascenseur près de l'escalier en colimaçon : une cabine en fer forgé avec une porte grillagée qu'elle a claquée violemment avant que l'ascenseur se mette en route. La cage d'escalier aux vitraux colorés défilait devant elle et, à mi-chemin, elle s'est rendu compte qu'elle était visible depuis l'escalier. Si Leonides ne s'était pas pressé et montait à pied, il risquait de l'apercevoir dans l'ascenseur. Il saurait qu'elle allait au septième étage, réservé au personnel, alors que c'était son jour de congé. Nul ne lit dans l'esprit des autres, pas même Leonides avec tout ce que Bruxelles lui avait appris sur l'être humain. Mais sous ses petits yeux attentifs, elle se serait tellement crispée que son manque de naturel ne lui aurait pas échappé.

Elle est arrivée à sa chambre au bout du couloir sans avoir été vue. La pièce sentait le renfermé. Une petite ouverture qui donnait sur une bouche d'aération faisait office de fenêtre. Mais même quand on l'ouvrait, l'air pénétrait à peine dans la pièce plongée dans la pénombre. C'était là qu'on stockait les corbeilles à linge, les ustensiles de ménage et le mobilier de secours. Un lit pliant et une chaise avaient été installés pour elle.

Des années plus tôt, elle avait passé quelques nuits dans une chambre similaire, des nuits claires, des nuits d'été. Il s'agissait aussi d'un cagibi. Mais il y avait une vraie fenêtre qui laissait entrer la poussière, les stridulations des grillons et les croassements des corbeaux qui arrivaient à tire-d'aile du sommet du Čertova hora. Le cagibi se trouvait dans l'un des bâtiments non rénovés d'Harrachov, un ancien centre de vacances de la RDA. Sur le crépi, l'inscription *VEB Feinwäsche « Bruno Freitag »* était à moitié effacée.

L'été avait été caniculaire. La chaleur desséchait les jeunes pins et fendillait la terre. C'était l'été où elle avait commencé à porter du rouge à lèvres et à sortir avec du vernis à ongles quand sa mère avait le dos tourné. Avant qu'il fasse trop chaud, elle se réfugiait dans la fraîcheur sombre du bar. Les barmen étaient habitués à sa présence. Toute petite déjà, elle débarquait ici après l'école. Elle aimait le bar l'après-midi, quand les deux écrans diffusaient des publicités sans le son, l'odeur de détergents et de fumée froide.

Cet été-là, il y avait un nouveau barman. Il portait des chemises blanches aux manches retroussées et, en haut du bras droit, il avait un brassard en argent comme les personnages masculins des séries américaines diffusées le soir par les écrans. Adina commandait un Coca. L'époque où elle buvait du jus d'orange était révolue. Elle n'était plus une enfant. Perchée sur son tabouret de bar, elle regardait les glaçons dans le verre prendre la couleur du Coca et, de temps en temps, elle observait le nouveau. Il était grand, avec les cheveux foncés et un sourire comme les autres barmen n'en avaient jamais. Il faisait toutes sortes de manières avec les bouteilles de vin. Au lieu de remplir les verres au comptoir, il apportait la bouteille à la table, avec une serviette autour du goulot. Il plantait les verres devant les clients et versait le vin, lentement et de très haut. Il appelait ça « décanter ». Puis il restait là, le sourire aux lèvres, l'air d'attendre des éloges et, quand les clients trinquaient, il expliquait qu'en Tchéquie on disait *Na zdravi*.

« Tu veux essayer ? » lui avait-il demandé en faisant glisser un troisième verre de Coca sur le comptoir. Il avait enlevé son brassard pour le mettre autour de son bras à elle. L'été de ses seize ans. Il n'était pas beaucoup plus âgé. Mais il venait d'ailleurs. Il avait suivi une formation d'hôtellerie à l'Ouest.

C'était en tout cas ce que les autres barmen disaient de lui avec mépris. Ils trouvaient qu'il en faisait trop. Il vivait à Prague et passait seulement les week-ends sur place, il logeait seul dans le bâtiment bon pour la démolition, histoire de ne pas payer de loyer. Il avait trouvé un lit pliant et bricolé une lampe, et quand il avait dit : « Ce n'est pas le grand luxe, mais c'est toujours mieux à deux », elle l'avait suivi. Elle avait laissé son VTT sur le râtelier à vélos devant le bar et l'avait accompagné jusqu'au squat *VEB Feinwäsche*. Elle estimait être en âge de connaître certaines choses. Et le nouveau avait vu du pays.

Il avait une guitare qui était posée sur son lit pliant. Il ne chantait pas particulièrement bien. Mais tant qu'il chantait, elle arrivait à s'habituer à sa présence. Il chantait des tubes de country américaine – *Take Me Home, Country Roads, Boat on the River* et *If you're going to San Francisco*. Elle lui avait demandé de chanter une chanson avec « Rio » dedans, mais il n'en connaissait pas. Quand elle en avait eu marre, il avait posé la guitare. Ses épaules étaient lisses et fraîches sous la chemise, et ses ongles vernis brillaient sur sa peau. Le rouge de ses ongles et le blanc de ses épaules faisaient penser à un ruban de signalisation, comme ceux qu'on met devant les chantiers.

Alors qu'elle était complètement nue, il l'avait soulevée et lui avait demandé de serrer ses jambes autour de ses hanches. Il l'avait fait asseoir sur sa queue raide, et elle avait eu l'impression que la queue était un support, qu'elle était sur un échafaudage.

Allongé dans le lit pliant, il avait éjaculé sur son ventre, une substance blanche et épaisse qu'elle avait aussitôt essuyée, frottée avec du papier toilette pour que ça ne coule pas dans son nombril.

« Désolé, avait-il dit. La prochaine fois, j'aurai des capotes. »

La fois d'après, il lui avait demandé de prendre la pilule. Il avait l'air amoureux, et elle en avait envie aussi, elle avait envie d'être amoureuse, d'autant plus qu'il n'avait pas eu besoin de grand-chose – trois Coca, et il s'était amouraché d'elle. Mais de son côté à elle, ce n'était pas si simple, à cause du ruban de signalisation qu'elle avait sous les yeux. Elle devait d'abord franchir cette limite, cette démarcation entre elle et lui, et elle s'était promis d'y mettre du sien. Pour commencer, elle était allée acheter la pilule. Et elle s'était retrouvée là, avec les comprimés et un Sprite sur son lit pliant, prête à prendre des médicaments alors qu'elle était tout sauf malade.

Elle avait ouvert la boîte et sorti une tablette. Les comprimés faisaient un bruit métallique dans leur emballage. Des perles d'amour. Sauf que non. Ce n'était pas une potion magique, c'était seulement de la chimie. Avaler un comprimé ne la rendrait pas plus amoureuse qu'avant. Elle ne serait pas prise par la griserie qui semblait s'emparer de lui quand il baissait sur elle son regard embrumé. Sa tête à elle n'était grisée que par une formule élaborée dans un laboratoire, un axiome du tableau périodique des éléments qui faisait croire aux muqueuses qu'elles étaient saturées d'hormones, à la muqueuse utérine, aux ovaires, à l'utérus, autant de mots qui n'avaient à première vue aucun rapport avec son ventre plat. Sur les schémas du manuel de biologie, l'utérus ressemblait à une tête de taureau.

Les comprimés lui avaient rappelé qu'elle voulait initialement connaître certaines choses, choses qu'elle connaissait désormais. C'était l'occasion de se demander si elle attendait autre chose de lui.

Les croassements des corbeaux avaient repris, et elle s'était levée pour emprunter le couloir à l'odeur de moisi et sortir au soleil. Elle était arrivée devant le *potraviny* où une corbeille à papier en métal était fixée à un pied de réverbère. Elle avait jeté les comprimés à la poubelle. Manipuler son cerveau à coups de produits chimiques n'était pas digne d'une exploratrice. À *Rio,* elle n'avait rien dit de tout ça. L'automne de ses seize ans.

Ce genre de chambres lui étaient familières.

Au bout d'un câble, une ampoule éteinte pendait du plafond. Dans la pénombre se dessinaient les contours du lave-mains à l'émail écaillé. La couverture avait glissé de l'extrémité du lit pliant et était tombée par terre, sur ses chaussures dont seuls les lacets étaient neufs. Le cuir des bottines noires était devenu gris et râpeux aux pointes. Elle avait beau les mettre et remettre sous la cireuse mécanique du hall de l'hôtel, le cuir ne brillait plus.

Leonides se trouvait quelques étages plus bas. Il avait une grande chambre. Son lit avait été refait, avec des draps amidonnés. La fenêtre double donnait sur une cour intérieure verdoyante. À côté de son lit étaient posés des souliers en cuir surpiqué. Sur son oreiller trônait un chocolat, et Leonides trouvait l'attention parfaite. Le goût du luxe le disputait à la lumière tamisée d'une lampe Art déco. « Un style formidable, avait dit Leonides. C'est la raison pour laquelle j'apprécie cet hôtel. »

Leonides était un homme qui braquait les projecteurs sur les fantômes et les envoyait devant la Cour de justice européenne. C'est ce qu'elle s'est dit jusqu'au moment où elle s'est endormie, le visage au creux de la main comme si c'était la main d'un autre.

Zones d'ombre.

Leonides ne cessait de revenir à cette idée. Il reprenait régulièrement ces mots. C'était devenu une expression figée à laquelle il recourait à des moments précis. « On a le droit d'avoir des zones d'ombre », disait-il quand elle éludait une question. Quand elle se dérobait. « Ceux qui croient connaître les autres sont ceux qui se connaissent le moins bien. » Ou encore : « En amour, il n'y a pas de transparence qui tienne. »

Ils se sont effectivement recroisés à l'hôtel. Deux ou trois semaines plus tard.

Un soir, il est arrivé dans le hall. Elle était en train de frotter les verres à bière dans l'évier avec une brosse. Ses mains étaient rougies par la plonge, et elle les a cachées sous l'eau. Mais il ne regardait pas ses mains, il regardait l'heure. Il avait rendez-vous, ou peut-être avait-il un avion à prendre, mais il en avait profité pour faire un saut à l'hôtel. Il ne dormait plus sur place. L'université mettait des logements à la disposition des professeurs invités avec un contrat longue durée. « J'ai désormais l'honneur de résider dans une villa en périphérie de la ville. »

Ils se retrouvaient en ville, sur l'esplanade, à la Töölönlahti devant l'Opéra, au parc Sibelius. C'était lui qui proposait les lieux. Ils faisaient de longues promenades. Ils longeaient le rivage pour faire le tour de la Töölönlahti, passaient devant le palais Finlandia, traversaient un pont en bois tout près du chemin de fer, grimpaient une falaise jusqu'à une villa habitée par des artistes. Ils allaient à la cathédrale blanche avant de redescendre au port et de remonter à la cathédrale Ouspenski. Ils élargissaient le périmètre. Ils traversaient un quartier avec des immeubles Art nouveau, les rues conduisaient à la mer. Ils suivaient un mur de cimetière au bout duquel la ville s'effilochait en un hideux enchevêtrement de nationales, ils marchaient des kilomètres et des kilomètres. Ils arpentaient inlassablement des rues inconnues, comme si s'arrêter était hors de question. Car alors, il aurait dû se passer quelque chose, ils auraient dû prendre une décision, et elle avait l'impression qu'ils étaient tous les deux soulagés que l'autre n'ait pas l'air d'y penser.

Au bout d'un moment, il en a eu marre de marcher à n'en plus finir. Il attrapait facilement des ampoules aux pieds, et il pleuvait presque tous les jours. C'était le mois d'octobre, la pluie ne s'arrêtait plus, et pour éviter d'aller s'abriter dans des cafés hors de prix, il a fini par l'inviter dans sa villa. Dans son refuge d'exilé, comme il l'appelait, son logement à durée déterminée qui donnait l'impression qu'il ne s'y était toujours pas installé.

Elle a voulu dire non. Elle voyait se rompre les fils presque invisibles entre elle et lui qui, à l'instant encore, semblaient flotter dans les airs. L'invitation de Leonides était un rappel : chacun de ces fils était relié à leurs vies respectives, à des choses comme l'argent, l'âge, ce qu'on appelait l'« expérience » et ce qu'on appelait la « mémoire traumatique ».

Le jour où elle s'est rendue chez lui, les chemins étaient boueux. Le gel de la nuit avait fondu et transformait les nids-de-poule en grosses flaques.

À la gare centrale, elle est montée dans un train à destination de la banlieue. Les rails étaient bordés de bouleaux. Les feuilles mortes donnaient à la terre une teinte urine. Elle a cherché une place près de la vitre et regardé la ville fade, gris brouillard, le ballast répandu aux alentours pour endiguer l'eau. Elle s'arc-boutait à contresens, comme s'il était encore temps de changer d'avis.

Mais elle faisait de l'eau son modèle. L'eau franchissait toutes les barrières. Rien ne la retenait.

Un chemin de sable flanqué de maisons en bois conduisait à un jardin dont le portail était ouvert. Leonides était déjà à la porte. Il a pris sa veste avec mille précautions. L'attache permettant de la suspendre était arrachée depuis longtemps, et il s'est débattu un certain temps avec un cintre.

« Entre. Tu dois être gelée. »

Il l'a guidée à travers le vestibule comme s'il s'agissait d'une manœuvre délicate. C'était un vestibule blanc, tout était blanc, les murs, les lampes, la commode. Le parquet brillait. Elle a voulu se pencher pour retirer ses bottines. Sa mère n'aurait jamais permis qu'on garde ses chaussures à l'intérieur. Mais dans le vestibule, il n'y avait pas d'endroit où les ranger. Le parquet donnait l'impression de ne jamais avoir été foulé par quelque chose d'aussi vulgaire que des chaussures. Dans cet univers, les chaussures n'existaient pas.

Leonides portait des mocassins noirs et souples. Comme il ne semblait pas se préoccuper de ses bottines, elle les a gardées aux pieds. Au bout du vestibule était accrochée une affiche : une publicité pour une exposition d'art finlandais à l'Ateneum avec un tableau représentant la récolte des foins. À part l'affiche et le manteau de Leonides dans le placard, il n'y avait aucun effet personnel, aucun indice permettant d'en savoir plus sur celui qui habitait ici. Visiblement, dans le cosmopolitisme de Leonides, il n'y avait pas de place pour la vie privée. Elle a quand même cherché des yeux un cliché, un portrait de famille, une photo de ce professeur de Tartu avec femme et enfants, preuve qu'elle se trompait.

Leonides s'est immobilisé. « Le plancher qui craque, c'est le démon du foyer. Il t'invite à entrer. (Il a esquissé une courbette ironique.) Majahaldijas est le démon le plus populaire de la mythologie estonienne. Il ne peut communiquer que par des craquements ou des grincements. C'est pourquoi on ne le rencontre que dans les maisons en bois. Par chance, l'architecture finlandaise a redécouvert les constructions en bois. Ce à quoi les anciens ont tourné le dos, les jeunes y reviennent. Et quand un arbre ou un rocher se met en travers de leurs plans, ils construisent la maison autour. Tu comprends ? Ils adaptent la maison au paysage au lieu d'adapter le paysage à la maison. »

À l'intérieur, il faisait bon, et ses doigts se sont dégelés.

« J'aurais bien aimé grandir dans une maison en bois. »

Au bout du vestibule se trouvait une grande pièce lumineuse. Un feu brûlait dans la cheminée. Le soleil de l'après-midi entrait par les fenêtres, le ciel s'était éclairci. Des bouleaux se dressaient derrière. On avait laissé des bandes entières de forêt entre les maisons pour l'agrément des riverains. Pour l'agrément des riverains ou pour l'agrément des arbres.

« Mais la famille de mon père habitait un taudis à Narva, a poursuivi Leonides. Les Soviets avaient complètement détruit la ville. Puis l'entreprise qui employait mon père leur a attribué une chambre, à lui et à ma mère. Ensuite, ils ont eu deux pièces. Un four et l'eau courante, on s'estimait heureux. »

Il ne la regardait pas, il regardait par la fenêtre, et on aurait dit que c'était fait exprès. Qu'il avait prévu le coup pour sa venue histoire qu'elle se sente mieux, qu'elle ne soit pas trop perdue dans cet appartement anonyme décoré de verre, de bois et de chrome, dans lequel le cosmopolitisme de Leonides était encore plus écrasant. C'était une enfance revue et corrigée, en contraste flagrant avec ce qu'il dégageait.

« Ça te plaît ? En hiver, on voit la neige depuis la cheminée. Tu seras bien là, cet hiver ? (Des journaux jonchaient le parquet sur lequel les flammes se reflétaient.) Tu me l'as sûrement déjà dit, mais combien de semestres restes-tu à Helsinki ? »

Elle ne lui avait rien dit de tel. Elle ne lui avait même pas dit qu'elle était étudiante. Au cours de leurs longues promenades, elle n'avait pas parlé de sa vie privée, et elle ne l'avait pas interrogé sur la sienne. Devant l'Opéra et les tubes en métal du monument Sibelius, ces tuyaux minces et ouvragés, il avait parlé de musique, de Jean Sibelius et d'Arvo Pärt, compositeurs qui, dans leurs pays respectifs, étaient devenus des symboles incontournables de la lutte pour l'indépendance. Ils avaient parlé du monument qui semblait flotter au-dessus des rochers avec la légèreté d'un nuage. À la vue de ces centaines de tuyaux argentés, on ne soupçonnait pas les efforts physiques déployés ni le fait que les gaz libérés lors du moulage de l'acier inoxydable avaient intoxiqué la sculptrice tout au long de la création de cette œuvre spectaculaire. Ils avaient parlé de la mentalité finlandaise, de ces manières abruptes, de cette façon de passer sans crier gare du mutisme à la fébrilité qui n'était pas sans rappeler la mentalité estonienne. Elle était partie du principe que, comme elle, Leonides gardait délibérément pour lui tout ce qui le touchait de près.

Il a repoussé les journaux du pied. « C'est curieux qu'on ne se soit jamais croisés sur le campus. »

Il semblait croire qu'elle était étudiante : il l'invitait chez lui, et c'était pour lui une validation suffisante, car il avait une villa en bois de quatre pièces et l'affiche d'une exposition prisée au mur, alors qu'elle avait simplement de la chance. De la chance d'être invitée par quelqu'un comme lui, quelqu'un comme Leonides qui se faisait surclasser dans les avions et les hôtels et qui n'avait pas à se soucier que des chaussures maculées de boue salissent son parquet poncé, dans ce logement payé et nettoyé par l'université.

« Une collègue chargée du programme Erasmus m'a raconté que les subventions étaient en train d'être augmentées pour les langues. En ce moment, toutes les options sont ouvertes. »

C'était elle qui avait des chaussures aux pieds. Tendue, elle parcourait cette maison qu'elle ne connaissait pas. Elle avait googlé le nom de Leonides pour vérifier qu'il existait bien, ce professeur de Tartu, député au Parlement européen. Elle avait même entré son adresse pour regarder le quartier, la distance entre sa villa et celle des voisins, le trajet le plus court pour aller à la gare. Les maisons étaient coquettes. Des forêts de bouleaux poussaient entre les habitations, refoulées par des tours en verre là où le quartier d'affaires commençait.

C'était elle qui s'était rendue dans ce lieu reculé, un jour gris granit, sans possibilité de prévenir qui que ce soit.

« Je ne suis pas venue ici pour parler de l'université. »

Ils étaient arrivés dans la cuisine. Ils se faisaient face, de part et d'autre de l'îlot vert. Elle sentait la fraîcheur de la pierre contre les paumes de ses mains.

« Juste parce que tu es professeur. »

Il s'est tu. Et elle s'est rendu compte que cet homme avait jusque-là parlé sans discontinuer. Comme s'il n'existait que par la parole. Dans le hall de l'hôtel, au restaurant, lors des promenades. Elle écoutait, il parlait. Ce qui, elle en prenait soudain conscience, avait dû lui donner l'impression qu'elle ne maîtrisait pas bien l'anglais.

« Je ne suis pas venue pour que tu me fasses subir un interrogatoire.

— Excuse-moi.

— Personne n'aime les interrogatoires. »

La hotte aspirante les éclairait indirectement. Ils étaient sur une île de lumière. Ils étaient échoués au milieu de la pièce.

« Mais tu as raison. J'aimerais parler beaucoup de langues. Et tu pourrais m'interroger dans chacune d'elles.

— C'était juste pour faire la conversation. (Il a baissé les yeux, et dans le reflet du marbre, son visage est devenu blafard.) Je ne suis pas le plus doué pour ce mode de communication.

— Pas besoin, a-t-elle dit. De me faire la conversation. Je n'ai pas besoin que tu me fasses la conversation. »

Il a hoché la tête.

« Je n'aime pas parler de tout et de rien, a-t-elle repris.

— Ça nous fait un point commun.

— C'est ce que tu crois.

— Nous autres, les Estoniens, nous sommes des gens taciturnes. Et les Soviets nous ont définitivement fait passer l'envie de bavarder. À nous et à vous aussi. Depuis, nous luttons tous autant que nous sommes pour ne pas avoir l'air d'imbéciles face à nos amis occidentaux.

— Oublie tes Soviets, a-t-elle dit. Toi et moi, on ne sera jamais pareils. »

Leonides a posé les mains sur l'îlot. Il a caressé le marbre comme s'il y avait quelque chose à lisser, comme si la pierre faisait des plis.

« On ne sera jamais pareils, a-t-elle répété, mais on peut s'y habituer. »

Derrière la fenêtre, la cime des bouleaux se balançait sans bruit dans le vent. Ils se taisaient. Le visage de Leonides était ouvert, ses yeux doux dans ce silence qui demandait beaucoup de courage, et quand il l'a regardée, c'était comme s'ils s'étaient mis d'accord.

« Tu veux boire quelque chose ? a-t-il demandé de but en blanc. Du thé ? Du vin ? (Il s'est retourné, a ouvert un placard et en a sorti une boîte.) Je ne sais même pas ce que tu aimerais boire à cette heure-là. »

Leonides lui tournait le dos. Raison pour laquelle il n'a pas vu que les larmes lui montaient aux yeux. C'est arrivé sans crier gare. Les larmes ont débordé et coulé sur ses joues, c'est tout.

Dans la cuisine, il faisait bon. La lumière tamisée. Le ciel en train de s'obscurcir par la fenêtre. La coupe de fruits sur le plan de travail. La délicatesse avec laquelle il tenait la boîte de thé. Cette délicatesse a franchi toutes les barrières comme l'eau sur les chemins au-dehors. Alors qu'il n'avait fait que poser une simple question. Et elle n'a plus voulu qu'une chose au monde : être dans cette cuisine. Quelle que soit l'heure.

Le soir de leur première nuit.

Leo, *mein Le,* en pull vert tilleul, qui, en se retournant vers elle, a dit : « Je trouve qu'il est un peu trop tôt pour le cognac. »

La femme bleue m'attend près des bateaux. La couleur du ciel du soir s'est emparée de la surface de l'eau et se reflète sur son visage.

Elle s'adosse contre la coque d'une yole qui n'a pas encore été recouverte d'une bâche en plastique, et elle regarde la plage.

Des silos et des immeubles bordent la rive d'en face.

Elle ne fait pas partie du club nautique, aucun des bateaux ne lui appartient.

Je lui dis que je suis contente de la voir.

Elle considère que c'est possible.

La chaleur de l'alcool s'est dissipée.

« Personne ne va faire une histoire pour quelques larmes, Sala ! » Mais à part elle, il n'y a personne d'autre dans la cuisine.

Leonides. Qui agissait comme si elle était miraculeusement tombée du ciel. Juste devant ses pieds à lui, Leonides Siilmann, forte myopie, la petite quarantaine, originaire d'un pays émergent bien cabossé.

Et à présent il va devoir agir comme si la terre l'avait miraculeusement engloutie. Et parce que c'est le propre des miracles d'être imprévisibles, il ne la cherchera pas. Il renoncera à mener l'enquête.

« Qu'est-ce que tu fais avec moi ? » demandait-il parfois, « Qu'est-ce que tu fais avec un vieil homme comme moi ? », quand il était d'humeur songeuse, à deux doigts de lui dire les choses que les personnages d'adolescents se disaient dans les films qu'ils regardaient ensemble. Seule la crainte du pathos le retenait. À la place, il déclarait que leurs âmes étaient à l'unisson. Qu'il avait l'impression de l'avoir connue dans une vie antérieure.

Elle aimait bien aller au cinéma avec lui. Son rire dans l'obscurité, son corps fiable dans le siège à côté d'elle, sur la langue les bonbons acidulés qu'il achetait à l'entrée. Ensuite, pendant le retour en Volvo, quand il mettait le chauffage et qu'ils parlaient du film, les fois où il y avait quelque chose à en dire, elle récupérait les derniers bonbons au fond du sachet pour les lui fourrer dans la bouche. La villa verte surgissait dans le faisceau des phares. Elle dégageait une impression de sérénité et d'étrangeté, comme la maison des personnages du film.

Après être entrée dans le vestibule et avoir allumé la lumière, elle rangeait ses chaussures dans un placard intégré au mur. Désormais, elle savait où allaient les chaussures. Les rideaux des différentes pièces étaient tirés. Ils se fermaient automatiquement à la tombée de la nuit. Elle s'allongeait sur le canapé et l'écoutait s'affairer, retirer son manteau, rassembler les journaux qu'il avait laissé traîner l'après-midi, aller à la salle de bains et à la cuisine. Au bout d'un moment, une odeur de thé noir se répandait.

Il apportait une couverture et lui bordait soigneusement les pieds. « *Our little life is rounded with a sleep* », soufflait-il, une de ses citations favorites de Shakespeare qu'il répétait à qui mieux mieux.

Il ne lui imposait rien, jamais. Une fois seulement, il a eu l'idée d'aller en Estonie avec elle. Sa mère était décédée. Son père et son frère cadet vivaient dans la région de Tallinn. Il voulait lui montrer Tallinn, « à part Tartu, la seule ville digne de ce nom que l'Estonie a à offrir ». Et il voulait l'emmener sur la côte, dans le petit village où, enfant, il avait passé plusieurs étés. Les sorbiers des oiseleurs y poussaient à profusion et, l'automne, la côte baignait dans le rouge somptueux de leurs fruits. Au creux de barques bercées par la houle, il lisait les livres jaunis que la bibliothécaire du camp de pionniers lui donnait, jusqu'au jour où il les avait tous épuisés. Dans ces livres, il avait appris que, quand on jetait des cailloux dans la mer par-dessus son épaule, on avait droit à un vœu, et lorsqu'il s'était lié d'amitié avec un jeune garçon du village, il avait jeté beaucoup de cailloux en faisant le vœu de pouvoir revenir lui rendre visite une fois l'été terminé et le camp de pionniers fermé. Mais le village se trouvait en zone frontalière, et tout ricochait sur les garde-frontières soviétiques, même les cailloux magiques.

Elle venait d'emménager. Elle avait rangé ses affaires, posé la brosse à dents sur la console de la salle de bains, dans un verre, comme sa mère le faisait, mis le peigne et la lime à ongles dans un tiroir sans arriver à se souvenir que l'interrupteur n'était pas à droite mais à gauche de la porte de la salle de bains. Elle devait d'abord se faire à cette vie, à ce tête-à-tête.

La nuit, elle se levait, parce qu'elle ne trouvait pas le sommeil, et elle allait s'allonger sur le canapé. Quand il la réveillait le matin, elle sursautait. Mais les jours où ils prenaient leur petit déjeuner ensemble, elle parvenait à ouvrir le frigo et à en sortir du lait et des œufs que Leonides préférait cuits au plat.

Elle n'avait envie d'aller nulle part. S'habituer à la présence de Leonides lui prenait toute son énergie.

Il n'en tenait pas compte.

Il n'avait pas à le faire, Leo, *mein Le*, lui qui pouvait suivre n'importe quelle impulsion, n'importe quelle inspiration. Il cédait à toutes les envies qui lui venaient, et s'il voulait aller avec elle en Estonie, il le ferait. Mais alors, ils auraient aussi dû aller à Harrachov et à Tanvald et à Jablonec pour compenser. Sinon, la balance aurait toujours penché en faveur de l'un ou de l'autre. Ce à quoi il n'aurait pas pensé tout seul. Ce qui ne lui aurait jamais traversé l'esprit. Le fait que rendre visite à sa propre mère ne soit pas toujours évident alors même qu'elle était encore en vie ne lui serait pas venu à l'idée.

C'était injuste. Leonides n'aurait pas dit non. Il aurait trouvé ça logique. Il aurait suffi qu'elle dise un mot d'Harrachov, des chemins secrets le long de la rivière, du sentier de crête sous la neige et de la Labská bouda, et il aurait insisté pour qu'ils aillent voir sa mère.

« Je n'ai envie d'aller nulle part.

— Ah bon ? (Il était agenouillé devant le canapé.) Je croyais que les femmes tenaient à ce genre de choses ? (Derrière ses verres épais, ses yeux avaient l'air de baies de genévrier.) À la famille et à tout ce qui va avec ?

— Tu poses la question à la mauvaise personne.

— C'est à deux pas, juste de l'autre côté de la Baltique. »

Elle a doucement posé une main sur sa joue.

« Tu me trouves vieux jeu, a protesté Leonides pour qui l'enfance était le vrai berceau de chacun, quand bien même cette enfance avait eu pour décor un pays occupé.

— Ne m'en veux pas, Leo.

— Mon père ne parle pas anglais, a-t-il dit. Et il refuse de parler russe. Vous vous entendriez à merveille : vous ne feriez que vous sourire du début à la fin. »

Elle a secoué la tête, et il a fait une dernière tentative.

« Tu n'aurais pas moins peur de me perdre ? Connaître mon père, ce serait une garantie.

— Parce que tu devrais à ton père de rester avec moi ?

— Parfois, tu es impitoyable. »

Elle n'a pas pu s'empêcher de sourire, et elle lui a enlevé ses lunettes. Sans les verres, ses yeux étaient bien plus gros.

« Pour rester avec toi, a-t-elle dit à mi-voix, je n'ai besoin que de toi. »

Leonides lui a pris les lunettes des mains avant de se lever.

« Si je ne te vois pas, j'oublie qui est en train de parler », a-t-il dit d'un ton agacé en remettant les lunettes en place.

Il était blessé qu'elle refuse. Et pourtant, il semblait soulagé, comme elle l'a constaté par la suite, les jours qui ont suivi la discussion. Comme si un poids lui était tombé des épaules. Peut-être estimait-il que lui présenter sa famille était une question de politesse. Alors qu'il avait honte. Il avait honte devant son père. Une extra étrangère qui savait à peine situer l'Estonie sur une carte, ce n'était pas digne de ce fils prodigue, professeur de sciences politiques, émissaire d'une jeune république. Leonides. Elle ne trouvait pas d'autre explication à sa réaction contradictoire. Et, trop fatiguée pour remettre le sujet sur la table, elle s'en est contentée : elle avait touché un endroit, un endroit profond qu'il n'arrivait pas à nommer en dépit de son cosmopolitisme, comme il le disait lui-même. Les mécanismes de Leonides ne fonctionnaient pas avec elle. Ce qui prouvait seulement que, dans cette relation inégale, ce n'était pas lui l'étranger, mais elle.

Elle ne travaillait plus de nuit. Elle allait à l'hôtel en journée. Quand elle quittait la maison, elle faisait semblant d'aller à l'université, mais à la place elle continuait à travailler au noir. Parfois, elle se rendait dans le quartier de l'université. Elle s'était procuré un passe de bibliothèque. Dans le rayon des cartes du monde et des atlas, elle a trouvé une carte de l'Estonie. L'Estonie était petite, la moitié de la Tchéquie. C'était une surprise pour elle. Elle a passé un long moment devant les rayonnages, le nez dans les cartes topographiques. Enfant déjà, elle pouvait se perdre pendant des heures dans la contemplation d'un territoire, des courbes de niveau et des hachures représentant les différences d'altitude entre montagne et vallée. Désormais, elle se plongeait dans le tracé des fleuves estoniens, dans les reliefs et les littoraux et, du doigt, elle suivait les lignes ferroviaires entre les parcs nationaux Lahemaa et Soomaa, entre le lac Peïpous et le parc Haanja. Elle avait l'impression d'être en expédition.

Elle avait du mal à lire. Les lettres se mettaient à danser sous le puits de lumière qui éclairait les salles. Elle n'arrivait pas à se concentrer. Alors, elle empruntait les livres. Dans le petit rayon de la littérature tchèque, elle a découvert un roman dont elle avait entendu parler pendant sa scolarité. Ensuite, parmi les titres anglophones, elle est tombée sur un livre qu'elle aurait voulu garder pour elle. Elle a repoussé plusieurs fois la date de retour. Il était question d'une jeune fille de douze ans du nom de Frankie qui, le temps d'un été caniculaire, errait dans les rues poussiéreuses d'une petite ville américaine. L'été de Frankie était vide et solitaire, seulement entrecoupé de parties de cartes avec une gouvernante noire. Mais il était aussi plein de promesses, des promesses qu'Adina connaissait bien, et elle avait peur pour Frankie : les nuits où elle n'arrivait pas à dormir, elle allait s'allonger sur le canapé avec le roman pour lire.

Quand Leonides n'était pas en déplacement, il faisait la cuisine, il préparait des salades exotiques ou mettait un plat de poisson au four. Parfois, à son retour, elle le trouvait en train d'attendre à la fenêtre de la cuisine. Il lui prenait son sac à dos et regardait dedans sans jamais commenter ses lectures. Depuis leur première conversation dans la cuisine, il n'avait plus dit un mot de l'université.

Elle a vite connu le chemin par cœur. Elle connaissait les couleurs successives des maisons, les nids-de-poule, les voisins, les chats, elle connaissait tout ça si bien qu'elle n'avait plus besoin d'y prêter attention. Perdue dans ses pensées, elle se rendait à son adresse fixe, car elle avait une adresse, même quand il n'était pas là, quand il était à Bruxelles, à une conférence ou à une rencontre avec des députés, des ONG ou des militants russes pour les droits humains.

Elle ne s'est jamais fait à ce sentiment. Ça n'avait rien de naturel. Et ce n'était pas parce que Leonides n'était que de passage à Helsinki, dans cette villa de l'université, et qu'il avait son propre logement à Tartu.

En son for intérieur, elle se doutait que Leonides ne durerait pas.

Les semaines et mois avec lui n'étaient qu'une parenthèse, une respiration. Respirer est un besoin vital, et arrêter de le faire est pratiquement impossible.

Elle n'avait donc pas arrêté tout de suite.

Quand la femme bleue surgit, nous sommes seules. Sur le banc au bord de l'eau, à l'ombre des arbres, il n'y a qu'elle et moi.

Désormais, je prends le souterrain tous les jours. Je ne suis pas allée au Collegium for Advanced Studies depuis longtemps.

Parfois, devant les hangars à bateaux, il y a encore des outils par terre. Des pots de peinture sont posés au sol. Entre eux s'enracine l'herbe couverte de protection anticorrosion encore fraîche.

Une radio portable est allumée. Quelqu'un a oublié de l'éteindre. De la pop finlandaise sort des baffles. Des canettes de bière piétinées jonchent le ballast, preuve qu'il y a parfois de l'animation sur la cale.

La bouteille d'alcool est vide aux trois quarts. Il est écrit *Viru Valge* en blanc sur fond bleu. En dessous, la femme qui souffle dans la corne de brume brandit son instrument dans les airs, en direction du goulot de la bouteille.

C'est le ciel.

L'alcool dans la bouteille n'a pas de couleur, c'est une vodka estonienne de première qualité, « qui purifie, a dit Leonides, si tu la prends comme un médicament ». À présent, l'obscurité règne dans la cuisine, une obscurité presque totale. Elle boit une dernière gorgée. Ça ne peut pas lui faire de mal. Dehors, la nuit est tombée, et *Viru* est intraduisible, un nom propre aussi transparent que le liquide, et si elle boit ce liquide et que l'alcool coule dans ses veines, elle deviendra transparente à son tour. Elle deviendra limpide.

La limpidité est une forme d'invisibilité.

Dans les remparts de Tallinn, a dit Leonides, il y a une porte du nom de *Viru*. La porte est flanquée de deux tours rondes reliées par un arc, et *valge* veut dire blanc. Autrefois, tous ceux qui voulaient entrer dans la ville ou en sortir devaient franchir cette porte blanche. La femme sur l'étiquette donne le signal du départ, et la porte s'ouvre.

Elle boit.

C'est la nourriture.

Quand elle veut reboucher la bouteille, le pas de vis ne fonctionne pas. Le bouchon lui saute des mains. La pluie tambourine sur le toit-terrasse d'en face. La lumière des réverbères fait couler des rigoles noires et silencieuses sur le papier peint.

Elle ne se souvient pas quand ça a commencé. Peut-être qu'il pleut depuis longtemps. Il pleut depuis qu'elle est allée à la porte. La sonnette a dû couvrir le bruit de la pluie qui se mettait à tomber.

L'homme dans la cage d'escalier était un étranger. Un voisin qui surveille l'entrée de la résidence pour que personne ne soit importuné, personne ne soit dérangé dans cet immeuble en béton où les gens rentrent après leur journée de travail pour passer la soirée tranquilles dans la poignée de mètres carrés qu'ils peuvent se payer. La voix dans l'escalier était celle d'un inconnu. Ce n'était pas la voix de l'homme qui a abordé Leonides à la réception au château. Ce n'était pas celui qui a dit à Leonides : « Mon ami, vous avez toute la Russie contre vous. »

Cette réception qui s'est tenue dans une salle somptueuse avec des lustres et des tableaux à l'huile et de longues tables richement garnies. Début septembre. Avec des bouquets de fleurs fraîchement coupées partout. Un soir, il y a à peine une semaine.

Ça ne fait même pas une semaine qu'elle a quitté Leonides.

« Ne dis pas ça, Sala. Comment peux-tu dire une chose pareille ?

— Pourquoi tu ne me demandes pas comment je peux faire une chose pareille ? »

Elle ramasse le bouchon par terre et l'enfonce vigoureusement sur le goulot de la bouteille. Elle le tourne dans le bon sens, mais il lui glisse des mains. Elle reste figée, penchée en avant. Aucun bruit ne brise plus le silence de la cuisine. Les habitants de la résidence sont allés dormir.

Par la fenêtre, personne ne la regarde. Des rigoles ruissellent sur la vitre, pluie battante. Les branches des arbres scintillent dans l'obscurité, le ramage de l'érable, le tilleul ébouriffé et les toiles d'araignées translucides des bouleaux. *Viru Valge*, reprends ton calme.

Une limousine noire est venue les chercher. Elle s'est garée devant la maison, et un voisin est sorti en courant dans la rue, de la mousse à raser plein le menton, pour voir de plus près ce véhicule de luxe. Un chauffeur en est descendu, vêtu d'un élégant uniforme, le soleil faisait briller le vernis noir de ses chaussures. A fait briller, passé composé. Action achevée. Achevée, mais avec un goût d'inachevé. Le temps a passé, et c'est tout. C'en est fini, et pour toujours. Alors que ça ne fait pas longtemps. Juste quelques jours. Le mois de septembre venait de commencer. Il était encore plein de vigueur estivale, le mois de septembre de cette année, pas celui de l'année dernière, un début de mois qui s'est transformé en milieu de mois désert où il n'y a qu'elle et les araignées sur l'étagère du balcon.

Leonides n'aurait jamais permis une chose pareille. Il ne l'aurait pas tolérée. Si ça ne tenait qu'à lui, elle serait toujours là-bas, dans la villa payée par l'université. Elle serait assise au coin de la cheminée ou à l'îlot en marbre de la cuisine où elle aimait bien s'attabler, surtout le matin, dans les premiers rayons du soleil.

Sauf que ça ne dépend plus de lui.

Dans cet été qui touchait déjà à sa fin, la limousine les a emmenés à la mairie. Le cuir des sièges était frais, le moteur presque silencieux. Pendant le trajet, Leonides a sorti quelques billets de son portefeuille pour les glisser dans une enveloppe. À la réception, on récoltait des dons à des fins caritatives. Il lui a demandé cinq euros à elle aussi car, selon lui, la générosité ne devait pas être une question de moyens. « Le don ne profite pas seulement à ceux qui en ont besoin, a-t-il dit, il profite aussi à celle qui donne. Donner devrait être un droit humain. Si on nous enlève la possibilité de donner, nous perdons le sentiment de notre dignité, la reconnaissance de nos pairs, et tout se transforme en rejet et en haine. »

La mairie se trouvait non loin de la gare. Deux colosses de pierre montaient la garde devant l'imposant palais. Le vent avait déjà un fond glacial, mais sur le perron le soleil réchauffait la foule, les tenues chatoyaient, les langues bourdonnaient autour d'elle, et pour faire honneur à Leonides, elle portait elle aussi une robe, la seule qu'elle possédait, une robe de seconde main conçue par une créatrice célèbre.

Les participants au congrès venaient de toute l'Europe. Pour sa section, Leonides devait faire le discours d'ouverture, mais seulement le lendemain. La réception était une occasion de sortir à deux. Peut-être même qu'après le dîner on danserait, lui avait-il dit, parce que jusqu'au bout il avait eu peur qu'elle fasse machine arrière.

« Nationalisme romantique, lui a chuchoté Leonides sur le perron. Cette faute de goût architecturale, c'est ce qu'on appelle le château. »

Leo, *mein Le.* Avec son aura et l'assurance qu'il tirait de son impeccable carrière. Il était l'émissaire d'une jeune république, ce qui le galvanisait d'autant plus, et c'est avec entrain qu'elle a monté les marches à son côté.

Dans la queue pour le vestiaire, une militante a surgi, une des nombreuses personnes avec lesquelles Leonides était régulièrement en contact par téléphone ou par mail. Elle était pleine de vivacité, elle parlait rapidement et avec emphase, elle riait en jetant la tête en arrière et semblait être la seule à ne pas avoir respecté le dress code. Au lieu d'une robe de soirée, elle portait un jean et une chemise blanche près du corps qui laissait voir sa peau bronzée.

« Nous voilà de nouveau réunis, nous qui sauvons le monde, exaltés par notre mission et convaincus d'être chacun le plus important. Quelle foire aux vanités.

— Je suis ravi aussi de te retrouver, Kristina ! »

Dans la cohue, Adina était restée un pas en arrière, et il s'est tourné vers elle. « J'ai mis pas mal de choses en route avec Kristina, à l'époque.

— On a fait de notre mieux, a dit Kristina. On a mis beaucoup de coups de tampon sur beaucoup de documents. On a bien tamponné.

— En effet. La Russie et l'Union européenne sont les seules à se fier encore aux tampons, le mode de validation le plus simple à falsifier. Je continue à y voir un point commun édifiant.

— Et le résultat, c'est quoi ? a demandé Kristina en évitant quelques personnes qui jouaient des coudes, particulièrement pressées. Des soirées comme celle-ci. Un gala pour lequel tout le monde sort le grand jeu.

— Toi non plus, tu n'as pas sauté l'étape du miroir.

— Classique. Il fait les pires compliments, et il a quand même les plus belles femmes. »

Leonides s'est mis à rire.

« Depuis que tes centres d'intérêt ont changé, Kristina, il n'y a plus personne pour me faire remarquer mes défauts. »

Manifestement, Kristina était le genre de femme qui plaisait à Leonides. Ce qui n'était pas grave, s'est dit Adina. Elle lui plaisait à elle aussi.

« Ce n'est pas l'impression que j'ai, a dit Kristina en jetant à Adina un regard intense et attentif.

— Excusez-moi. Je te présente Sala. »

Elle se sentait légère. La réception ressemblait à celles de l'hôtel, à part qu'il y avait beaucoup plus de monde et que, pour une fois, ce n'était pas elle qui servait le vin. Les éclats de rire, les flirts, les conversations seraient les mêmes – mais aussi les rires interrompus, les sourires absents, les moments de flottement quand quelqu'un se faisait planter en plein milieu d'une phrase sous prétexte qu'une personne plus importante était apparue, la fatigue qui transparaissait furtivement sur les visages. Leonides lui reprochait parfois d'être soupçonneuse à l'égard des autres. Mais cette fois, elle ne serait pas soupçonneuse. Cette fois, il y aurait une île, une île faite de Leonides, de cette Kristina et d'elle.

« Tel que je te connais, tu as plein de monde à voir.

— Bien sûr, a dit Leonides. Et tu en profitais aussi !

— Si je croyais ça utile, je serais encore en train de potasser des documents avec toi, a rétorqué Kristina. Malheureusement, il n'y a pas de *happy end* comme ça. Quand les seuls à donner leur avis depuis des siècles perdent ce monopole et crient à la fin de la liberté d'expression, il faut envoyer un message clair.

— Comment se fait-il que le passé nous semble souvent préférable au présent ?

— Le passé est préférable au présent, a répondu Kristina, car il est passé. »

Quelqu'un s'est frayé un passage entre eux. Elle avait envie de répondre que cette affirmation était à la fois vraie et fausse, car elle ne valait pas pour un présent réussi, mais elle n'en a pas eu le temps.

« Elle m'a ramené à la politique, a dit Leonides une fois Kristina disparue dans la foule. C'est une militante forcenée. De celles qui montent sur les barricades. Ça ne se voit pas. Mais elle est à tous les coups là où la terre brûle. (Il a ri.) Parfois, on l'appelait "Kristina rock'n'roll". Elle peut être très envahissante.

— Tu n'as pas besoin de dire ça.

— C'est seulement pour que tu ne t'inquiètes pas.

— Je ne m'inquiète pas.

— Alors tout va bien ?

— Ne t'en fais pas. »

Dans la salle de la mairie aux plafonds hauts et aux murs lambrissés de bois, de longues tables étaient garnies de plats de tiramisu et de coupes en argent chargées de fruits. Les assiettes et les couverts se trouvaient à part, et chaque assiette était pourvue d'un anneau en plastique pour y glisser son verre.

Elle s'est fait servir à boire par l'un des nombreux serveurs, et à peine avait-elle inséré le verre dans l'anneau que Leonides lui a soufflé :

« Excuse-moi un petit instant, tu veux bien ? Il faut que je dise bonjour à quelqu'un. »

« Excuse-moi un petit instant, dit-elle dans le silence de la cuisine en soulevant la bouteille d'alcool en guise de salut. Il faut que je dise bonjour à quelqu'un. »

Elle ouvre la porte du frigo en grand. Venus du froid, une lumière aveuglante et une odeur d'oignon la giflent au visage.

« Quel plaisir de vous voir », dit-elle comme si quelqu'un sortait du frigo et venait à sa rencontre, comme si l'homme venait à sa rencontre, l'homme qui s'est approché dans son dos pour serrer la main à Leonides. « Vous avez fait bon voyage ?

— Siilmann, *old chap* ! s'exclame l'homme. Je pensais que vous nous feriez l'honneur d'une visite au centre de Berlin ?

— Comme vous le voyez, à la place, j'essaye d'esquiver les pièges du finnois.

— Pour vous, ce doit être du gâteau ! Le finnois est très proche de votre langue maternelle, non ? »

Elle entend Leonides répondre :

« Je le comprends correctement. Mais on ne peut pas dire que je le maîtrise. On trinque ?

— Volontiers, volontiers.

— Au départ, j'avais même des difficultés à retenir le nom des rues finlandaises. La mémoire ne fonctionne pas tant que la prononciation des mots ne nous est pas familière. »

Elle range la bouteille dans le frigo. Le froid fait craquer le dos de ses mains, réveille la douleur dans son poignet, s'abat sur elle. Elle sait qu'elle doit tenir bon, qu'elle doit tenir le coup, qu'elle ne doit surtout pas se retourner.

« Habituellement, nous nous souvenons de ce qui nous est utile, dit Leonides. Nous évitons la douleur. La douleur sombre dans l'obscurité, se transforme en zones d'ombre de l'histoire. Ou comme Lennart Meri, notre premier président, l'a si justement formulé au départ des Soviets : tout le monde parle de la mort du communisme, mais personne n'a vu son cadavre.

— Vous n'avez pas changé, dit l'homme. Toujours la même tête bien faite. Votre recommandation, mon cher Siilmann, est infiniment précieuse à notre programme Exil.

— Ah, je vous en prie, dit Leonides. Mais il y a une chose que vous n'avez pas vue.

— Votre courage. Bien sûr, mon ami, vous êtes plus courageux qu'avant. Vous avez toute la Russie contre vous. »

L'homme dans son dos se racle la gorge. Et c'est à ça, à son raclement de gorge, qu'elle le reconnaît. Elle reconnaîtrait ce bruit n'importe où. La terre brûle. Mais la femme qui est là où la terre brûle ne souffle pas dans la corne de brume, elle est invisible.

« Vous demandez à ce que la résolution 14-8-1 du Conseil de l'Europe soit élargie, mais votre revendication ne fait pas l'unanimité. Une journée européenne pour commémorer les victimes du stalinisme *et* du fascisme ? Ça ne passera pas, Siilmann. »

Leonides rit. C'est un rire franc, familier.

« Avoir la Russie contre soi dans un cas pareil, ce n'est pas une honte.

— C'est vrai, c'est vrai. Mais les vents contraires venus de Moscou et de notre extrême gauche sont glaçants. Vous êtes l'homme qui conteste le rôle glorieux joué par les communistes dans la lutte contre le fascisme. Sans parler de la relativisation de l'Holocauste.

— Mon cher, dit Leonides, c'est deux poids, deux mesures : combien de temps allons-nous continuer ainsi ? Les criminels nazis n'ont-ils pas été traduits en justice lors des procès de Nuremberg ? Allez donc expliquer aux pays d'Europe centrale et de l'Est pourquoi, dans cette Europe qui prétend défendre les droits humains, il n'y a pas de Nuremberg soviétique ! Pourquoi les crimes des dictatures communistes ne sont-ils pas répertoriés au cours d'un procès, pourquoi les criminels ne sont-ils pas désignés comme tels ? Les millions de gens qui, chez nous, ont été déportés, torturés et assassinés pendant que des bombardiers vous ravitaillaient. Je peux vous dire que, dans tous les pays Baltes, vous ne trouverez personne dont la famille ait été épargnée. La communauté internationale doit se pencher sur ces sujets. Sans oublier Poutine. »

Elle se tient à la porte du frigo. Elle se cramponne à la porte qui est le bord de la table, la table chargée de serviettes d'un blanc immaculé, d'assiettes et de petites pinces en plastique, la table que ses mains ont utilisée pour la propulser dans la salle qu'elle a traversée d'un pas chancelant, suivant la direction qui rendrait les voix moins audibles.

« Vous êtes un idéaliste, mon cher Siilmann. Ça me plaît. »

Une direction fiable, qu'elle pouvait suivre, qu'elle devait tenir, car elle l'éloignait de cet Allemand.

Elle a entendu Leonides dire au loin :

« Laissons la politique. Venez. J'ai quelqu'un à vous présenter. »

Elle a continué de marcher, les jambes au bord du flageolement, le cou palpitant à lui en boucher la trachée, elle marchait sans s'arrêter, les épaules crispées par la crainte que cet homme s'avance vers elle, avec une expression d'intérêt courtois – puis il la reconnaîtrait, un tressaillement, un sourire méprisant, un regard ironique vers Leonides dont les traits resteraient impassibles. Son visage avait l'expression de contentement que Leonides affichait quand il se sentait bien, quand tout se passait bien, et à cet instant-là encore plus que d'habitude, car il venait de se confesser, d'officialiser l'existence d'Adina, et il avait fallu que ce soit avec cet Allemand, avec lui plutôt qu'un autre.

Leonides était loin. Mais soudain elle a senti sa main sur sa taille. Il était derrière elle. Elle était arrivée à l'une des grandes fenêtres, et les invités continuaient à franchir le portail. Ils se bousculaient pour entrer dans le château.

Elle sentait sa main, sa main délicatement posée sur elle, sans réussir à lever la tête.

« Sala, a dit Leonides à voix basse. Pas maintenant. C'est un multiplicateur important. »

C'est le dernier mot qu'elle l'entend dire : « multiplicateur ».

Quand la femme bleue surgit, il est toujours temps. Il est temps de contempler les roseaux séchés, les tiges en train de bruisser, les panicules dressées dans le vent comme des étendards et le varech rejeté par les vagues que les bourrasques emportent vers la plage.

Elle n'est pas pressée.

Quand les rayons du soleil rasant transpercent les nuages, elle met une main en visière au-dessus de ses yeux.

On dirait qu'elle est ici depuis longtemps. Qu'elle était là avant que les bateaux et le port existent.

Je lui dis à quel point nos rencontres sont inhabituelles pour moi.

La femme bleue retire sa main. Elle n'a pas de bagues aux doigts.

Elle voudrait savoir ce que signifie « inhabituel » pour moi.

Dans l'appartement, il n'y a pas de lumière. Depuis qu'elle a claqué la porte du frigo, l'obscurité est totale.

Il fait aussi sombre que si on lui avait noué d'un coup un foulard noir sur les yeux. Derrière, il doit y avoir les placards de la cuisine, la fenêtre, les cartes postales. Mais dans cette obscurité, elle ne sait pas de quel côté se trouve la fenêtre ni l'interrupteur ni l'ordinateur portable sur lequel elle a enregistré le brouillon de sa lettre. Elle n'habite ici que depuis quelques jours. Elle ne connaît pas encore l'appartement par cœur. Sur internet, elle a cliqué sur une liste et cherché les offres les moins chères. Elle n'a pas regardé le plan de l'appartement ni l'agencement des pièces, elle n'a pas vérifié la taille que faisait le salon ni si le balcon était orienté à l'ouest, mais elle a eu de la chance, car c'est un meublé.

L'horloge ne fait pas de bruit. Elle ouvre grand les yeux. Elle porte les mains à sa tête pour enlever le foulard, sauf que ce ne sont pas ses mains. Ce sont d'autres mains, et elles touchent autre chose, impossible de dire quoi dans cette obscurité. Seul le vertige ne laisse aucun doute. Ce voile noir devant les yeux, ce doit être le tournis. Elle plie les genoux.

Ce sont les crises.

Alors qu'elle est presque au sol, les gens grimpent le perron à toute vitesse pour entrer dans le château.

Grimpaient, pense-t-elle. Imparfait.

Les gens grimpaient le perron à toute vitesse, ils affluaient à la réception officielle, l'inauguration d'un congrès où il serait question de l'Europe, de l'éthique du devoir de mémoire, en souvenir d'un passé auquel elle n'avait pas pris part. Elle devait quitter la fête avant la fin.

« Je reviens tout de suite, Leo. Je m'absente juste un instant. » Et c'est ce qu'elle a fait. Elle s'est absentée.

Elle a franchi les portes de la salle, plongé la tête la première dans la foule qui arrivait à contresens. Elle s'est frayé un chemin jusqu'au vestibule où le maire était encore en train de serrer des mains et où le brouhaha pleuvait du plafond voûté.

À côté du vestiaire, il y avait Kristina. La femme qui soufflait dans la corne de brume quand la terre brûlait. Elle était nonchalamment adossée au mur. Un gigantesque paysan jetait une botte de foin sur elle. C'était le même tableau que sur l'affiche dans la villa de Leonides.

Kristina avait tout le monde à l'œil : les hommes qui la cernaient, les paysans dans le foin ; puis elle l'a aperçue elle, alors qu'elle essayait de se faufiler le plus discrètement possible.

« Tu vas fumer ? Attends, je viens avec toi ! Je vais juste récupérer mes cigarettes. »

Elle a été plus rapide que Kristina. Elle a laissé sa veste au vestiaire. Elle n'avait pas le ticket, c'était Leonides qui l'avait. Leonides avait tout, même son rouge à lèvres. Il le gardait sur lui quand ils sortaient, dans son veston, car elle ne prenait jamais de sac à main, elle n'aimait pas les sacs à main, et il le savait, Leo, émissaire d'une jeune république qui venait de rencontrer un multiplicateur important.

C'était une bonne idée de laisser la veste au vestiaire, s'est-elle dit une fois arrivée à la station de taxis. Si Leonides la cherchait, il trouverait la veste. Il la verrait accrochée et en déduirait qu'elle était encore dans la salle. Elle ne lui manquerait pas.

Le taxi a démarré, et à travers la lunette arrière elle a vu Kristina au pied du perron, une cigarette pas encore allumée à la bouche.

Son cœur battant la chamade rythme sa fuite. Elle s'accroupit dans la cuisine. Ses mains à plat sur le lino sont le seul lien entre elle et le monde qui a sombré dans l'obscurité.

La femme bleue a surgi tardivement. C'est l'après-midi que je la trouve près des rochers, derrière les bouleaux, au fond de la crique. Les myrtilliers poussent sur la pierre. Les racines se sont insinuées dans les fissures et les lézardes.

Je dis que, de l'autre côté du souterrain, il y a beaucoup de choses habituelles. Les attentes que nous avons les uns vis-à-vis des autres, et la déception que nous ne tardons pas à ressentir les uns par rapport aux autres. La manie que nous avons de nous juger les uns les autres à l'aune de l'arbitraire et des préjugés. Notre tendance à nous fier aux raisonnements tordus plutôt qu'aux évidences implacables quand c'est avantageux pour nous.

La femme bleue hoche la tête. Ce n'est pas pour rien qu'elle reste au-delà des immeubles en béton. Elle évite l'autre côté.

Elle ne supporte plus de regarder des visages barricadés par des portes d'acier sous la peau.

Le sol de la cuisine est froid. Mais les murs retournent peu à peu à leur place. Au-dessus de l'évier, des taxis sillonnent New York. Le jaune des voitures attire l'œil.

« Va dormir, Sala ! »

C'est Leonides. Sa voix est tendre. Parce que c'est logique. Parce qu'il voudrait qu'elle aille dormir. À cette heure-là, elle a bien le droit de dormir.

Elle ouvre le robinet et met ses mains sous le jet. L'eau éclabousse le carrelage. En buvant, elle entend Leonides. « Ne t'en fais pas, Sala. C'était juste un voisin. Une de ces personnes qui surveillent leur immeuble comme si c'était une chasse gardée. Personne ne sait où tu es. »

Elle traverse le couloir à tâtons.

Elle va dans la chambre, n'allume pas la lumière, trouve le chemin du lit. Elle s'assied sur le bord et enlève son pantalon. Elle se glisse sous la couverture, se couche sur le côté et replie les genoux. Elle reste allongée dans cette position sans enlever son pull.

Elle reste allongée dans cette position jusqu'à s'endormir.

La première fois que la femme bleue est apparue au-delà des bouleaux, elle m'a vue tout de suite.

Elle m'a fait signe d'approcher.

Elle voulait que je m'assoie, à côté d'elle, sur les rochers. On aurait dit qu'elle m'attendait.

C'était peut-être le hasard.

La femme bleue sait que son silence est propice aux conjectures.

Elle dort. Une fois seulement elle est réveillée par un phare de voiture qui balaye le plafond. Et une fois elle entend la cloche d'église en sourdine de l'horloge.

Elle dort enroulée dans une couette bosselée. La housse est rêche. Quand elle a soif, elle se lève et va chercher un verre d'eau. Chaque fois, elle entend Leonides. Il parle de plus en plus loin, et il ne s'adresse pas à elle. À son ton, il est clair que ce qu'il énonce est pour lui incontestable.

« Les horreurs commises par l'ensemble des systèmes totalitaires du XXe siècle doivent être reconnues comme faisant partie intégrante de l'histoire européenne, et je me contrefiche que la Russie, la Chine ou la gauche occidentale s'en offusquent. »

Quand il a une idée, il la note dans la marge d'un journal, parfois sur la page de garde d'un livre.

« *I don't care. Mne ne interessujet. Man nelabai rūpi. I don't give a flying fuck. Mam to w dupie. Ma ei ole midagi valesti teinud.* »

Il parle dans toutes les langues qu'il maîtrise. Et elle ne le contredit pas. Leon, *mein Le*. Elle sourit dans son sommeil. À croire que c'est tout ce dont elle est capable : dormir.

La femme bleue vient-elle pour moi ? Rien n'est moins sûr. Nous évoluons dans le même flou que les rochers sur le rivage baignés de la lumière du matin.

Je lui demande s'il est possible que nous nous soyons déjà croisées, dans les rues du centre-ville, au Collegium for Advanced Studies. Si c'est pour ça qu'elle m'a fait signe.

Je lui demande s'il est concevable que nous nous soyons reconnues.

Répondre à ce genre de questions la hérisse.

Elle dit qu'elles ne nous servent qu'à faire le tri à notre guise dans le tourbillon chaotique des émotions qui nous emporte.

« Il nous faut élargir le concept européen de crime contre l'humanité. »

L'une des phrases incontournables de Leonides.

« Vous ne pouvez pas nier que l'Ouest était un allié de l'Union soviétique. L'Ouest a collaboré avec la dictature d'à côté qui n'a pas duré douze ans, mais soixante-dix. En 1968, on défilait fièrement à travers les rues de Francfort et de Paris en brandissant des banderoles à l'effigie des responsables politiques qui ordonnaient de tirer sur les manifestants à Prague. »

Parfois, il oublie de noter ses idées. Il oublie dans quelle marge de journal, sur quelle serviette de table, dans quel livre il les a écrites. Des stylos à bille traînent dans toutes les pièces, jusque sur l'îlot vert de la cuisine. Ça le dérange de ne pas avoir de stylo sous la main quand il en a besoin. Ça ne le dérange pas d'écrire au stylo à bille dans un livre. Les livres sont là pour penser, ils sont censés stimuler la pensée, et Leonides est un homme qui prend ça au pied de la lettre. Il débat avec les auteurs, il poursuit l'écriture de leurs livres là où ils ont arrêté de penser.

Elle l'entend dans son sommeil. Elle l'entend parler au loin, à un pupitre, dans un micro, devant une caméra.

« Il est possible que reconnaître sa complicité avec un régime dont les pratiques brutales et la violence politique sont un négatif des pratiques et de la violence d'un autre régime qu'on se targue de condamner depuis des décennies n'aille pas sans difficultés. Mais ces difficultés ne sont pas les miennes. »

Elle est au coin de la cheminée. Un feu est allumé et, depuis le fauteuil, on a vue sur les bouleaux dehors. En hiver, ils sont nus, et, au printemps, les jeunes feuilles transforment la lumière en un vert argenté. Elle aime le jaillissement des flammes quand le bois brûle en crépitant. Pour faire partir le feu, elle prend du papier journal. Il y a suffisamment de journaux. Des actualités venues du monde entier, Leonides ne peut pas s'en passer, il lit tous les journaux qu'il arrive à se procurer.

« N'est-ce pas un émissaire russe, un professeur russo-estonien enseignant le droit des peuples à Saint-Pétersbourg, qui est censé avoir forgé le concept de "crime contre l'humanité" lors de la conférence de La Haye en 1899 ? Il est temps que la Russie se souvienne de sa propre histoire, de son histoire présoviétique. »

Quand il parle, elle ne lui coupe pas la parole. Elle ne lui signale pas qu'elle n'est plus là, qu'elle ne l'écoute plus, car, dans son rêve, elle sait qu'elle se réveillerait dès qu'elle l'interpellerait, tirée du sommeil par sa propre voix.

Leon ?

« C'est seulement quand une Française, quand un Allemand seront prêts à dire que le goulag est notre problème à nous, de la même façon qu'Auschwitz est notre problème à nous, que nous cesserons de nous diriger vers une Europe occidentale, une Europe orientale, une Europe centrale, autrement dit vers le déclin de l'Europe ! »

Leo !

La femme bleue reste jusqu'à ce que le soleil soit couché. Avec le crépuscule, il commence à faire froid. L'eau prend la couleur de l'asphalte. Avant de partir, elle se retourne une dernière fois.

Elle hésite.

Elle estime concevable que certaines personnes consacrent tellement d'énergie à leurs rêves qu'ils se matérialisent.

À ce moment-là, elle est déjà près des bouleaux, au fond de la crique.

Par la fenêtre, on entend les voitures, le grondement des véhicules sur les routes à trois voies et le bruissement des feuilles sur le sorbier des oiseleurs. La fenêtre est entrouverte.

Dehors, les baies du sorbier des oiseleurs chatoient. Le feuillage s'est clairsemé. Depuis la pluie de la nuit dernière, cette cime a elle aussi jauni.

La chambre est glaciale. Là où son corps s'arrête, le drap est froid, et elle s'enfonce sous la couette. L'envie de dormir se dissipe peu à peu. Un pâle soleil colore les murs et le plafond, et se reflète sur le miroir. La porte de l'armoire est ouverte. Elle est de travers depuis qu'elle s'est dégondée, et elle laisse voir les cintres en plastique sur la tringle, rouges, jaunes et verts, comme on en trouve dans les grandes surfaces. Sur les cintres, il n'y a rien. La plupart de ses affaires sont encore chez Leonides. La chemise à pointes boutonnées est dans sa panière à linge, à moins qu'il n'ait fait une lessive depuis. Ce n'est pas lui qui s'en charge. La lessive et le repassage sont assurés par quelqu'un d'autre.

C'est la chemise à pointes boutonnées qui lui manque le plus. Elle était parfaite dans cette ville où les gens s'habillent comme pour rivaliser avec la splendeur de leur cathédrale – des tenues élégantes et bariolées. Helsinki est plus chic que Berlin, elle s'en est rendu compte dès le début, la nuit de son arrivée à la gare centrale où, après huit heures de train, elle a jeté son sweat vert à la poubelle. Les punks avaient l'air de figurants dans un clip de musique.

Elle n'a rien à se mettre car elle a tout laissé chez Leo, *mein Le*. Elle n'a même pas de chaussures adaptées ni de bottes en caoutchouc, et bientôt les gens sortiront de nouveau en bottes. Quand il fait moche, les Helsinkiens enfilent des bottes imperméables qui contrastent avec l'élégance de leur tenue. Ils n'en sont pas moins beaux pour autant. Ainsi chaussés, ils affrontent l'eau qui est omniprésente, apportée par la pluie et par la marée. La mer clapote contre les murs du port et les yoles de pêche, et elle inonde la station au bout de la ligne de tram. Les bourrasques venues de l'archipel se fracassent contre les wagons à l'ancienne, fouettent les façades des imposants immeubles de la grande avenue et font s'engouffrer les gens dans les cafés les plus chers, le Strindberg ou le Kappeli, où le cappuccino coûte cinq euros et la minuscule part de tarte huit euros. À l'entrée, les gens changent de chaussures. Ils enfilent des talons hauts ou des baskets qu'ils sortent de leurs sacs à main et à dos, et ils laissent les bottes sous le porche.

Leonides ne portait jamais de bottes. Il trouvait que ça faisait trop campagne. Avec des bottes, on allait aux champignons, pas dans le centre-ville d'Helsinki et encore moins au Kappeli, le café le plus prisé de l'esplanade. Chaque fois, ils s'asseyaient dans une alcôve avec vue sur l'avenue – deux étrangers reconnaissables à leurs chaussures détrempées.

La lumière du matin est pâle dans le miroir de l'armoire. Ses yeux sont rentrés dans son crâne, comme si quelqu'un les avait enfoncés dedans. Elle presse ses mains sur l'os sphénoïde, l'os lacrymal, l'os zygomatique et les autres os de l'orbite, quel que soit leur nom. Elle ferme les yeux. Ses pupilles sous ses paupières fermées sont dures comme des bonbons acidulés. Quand elle enlève ses mains, les yeux lui font mal.

C'est la tête.

Les cheveux sont coupés ras. Le duvet crisse sous ses doigts, mais c'est peut-être son imagination. Sur la nuque, elle sent deux trous. Elle n'y est pas allée de main morte avec les ciseaux de cuisine. Mais maintenant que les cheveux ne sont plus là, il n'y a rien qui la retienne encore.

Dans l'armoire, un cintre est utilisé. Y est accrochée la robe qu'elle portait à la réception de la mairie, une robe d'été, dessinée par l'une des plus célèbres créatrices de la ville, avec des fleurs, des feuilles et des pommes de pin. Ses couleurs se détachent sur l'intérieur sombre de l'armoire. Peut-être la créatrice avait-elle ce genre d'idée en tête – l'idée que, quand on portait cette robe, on était enveloppée par la sérénité des arbres, jusqu'à ce que leur sève coule dans nos veines.

Il n'a jamais vraiment aimé cette robe, Leo, *mein Le*, raison pour laquelle elle la mettait rarement. Le motif était trop brouillon pour lui et les couleurs trop vives, même s'il refusait de l'admettre. Il ne portait pas de jugements esthétiques, c'était trop trivial et subjectif pour lui. Et puis, disait-il, respecter le goût des autres était un des acquis de la civilisation.

« Quels autres ?

— Ne sois pas aussi pointilleuse. »

Elle insistait :

« Qu'est-ce que tu en penses ?

— Les couleurs t'engloutissent, a-t-il fini par dire. Tu disparais complètement dedans. »

Si elle fait une déposition, elle n'aura que la robe à mettre. Sauf qu'elle est trop fine. Sous ces latitudes de l'hémisphère nord, les robes à épaules nues ne sont pas adaptées au mois de septembre. Elle frissonnait déjà sur le chemin de la station de taxis, en descendant le perron sans veste. Mais elle a eu de la chance, elle n'a pas eu à attendre longtemps dans le froid. Il y avait suffisamment de taxis à la station, et au démarrage le chauffeur a allumé le chauffage. Dans la lunette arrière, elle a vu la mairie rapetisser et Kristina au pied du perron, une cigarette à la bouche, avant que la circulation urbaine les avale.

Elle n'avait pas d'argent sur elle. Quand elle s'en est rendu compte, ils étaient déjà garés devant la villa verte. Le chauffeur a sorti le terminal de paiement, mais elle n'avait pas non plus de carte bancaire. Et comme il ne comprenait pas l'anglais, elle ne pouvait pas lui expliquer qu'il y avait du liquide dans la maison, qu'il devait y en avoir, qu'elle allait entrer en chercher, car chez Leonides il y avait toujours des billets et des pièces qui traînaient. Le chauffeur a laissé le moteur tourner. Il ne lui faisait pas confiance.

Dans le coude de la gouttière, un double des clefs était caché.

Dès le vestibule, l'odeur de café et de lotion après-rasage lui a sauté au nez. Le silence régnait, un silence encore plus profond que d'ordinaire. Elle ne se souvenait pas que cette maison ait jamais été aussi silencieuse. Il y avait toujours du bois qui grinçait, une latte de parquet qui craquait ou le frigo qui bourdonnait. Cette fois, aucun bruit ne troublait le silence. On aurait dit qu'elle était sourde. Elle a posé ses mains sur ses oreilles pour atténuer le silence et a entendu son propre sang gronder. C'était déjà ça.

Elle s'est rappelé que le taxi attendait toujours dehors.

Dans un tiroir, au milieu d'élastiques, de sachets de congélation et de papier brouillon, elle a trouvé quelques billets froissés. Elle a payé le chauffeur et, à peine rentrée dans la maison, a verrouillé la porte derrière elle.

Le marbre de la cuisine brillait dans la lumière du soir.

Dans la cheminée se trouvaient les cendres de la veille. Le lit dans la chambre n'était pas fait. Les draps emmêlés sentaient la précipitation. Leonides avait changé de pantalon au dernier moment parce que le pli n'était pas bien marqué. Le pantalon répudié gisait sur le lit. Il se trouvait à l'endroit où Leonides s'était assis, une ou deux heures plus tôt, en sous-vêtements, avec sa peau translucide, de fines chaussettes en laine vierge grise aux pieds. Tout devait être assorti. Il s'y tenait depuis Bruxelles. Un ami du Parlement lui avait fait la leçon. Un jour, il l'avait pris à part pour lui dire que ses chaussettes juraient avec sa tenue. « À Tartu, personne n'en avait rien à faire. Tant que les chaussettes n'étaient pas rouges ! » Ils avaient ri ensemble de cette vieille blague qu'il avait apprise à l'école, et elle la connaissait aussi.

La lumière du soir entrait par la fenêtre. Elle baignait le mur de teintes dorées. Sur le miroir de l'armoire, on aurait dit qu'une main invisible traçait des lignes blanches – des avions qui venaient de décoller d'Helsinki-Vantaa. L'ombre des bouleaux se promenait sans bruit sur le parquet.

L'inquiétante sérénité avec laquelle le soleil se couchait.

Tout était vivant.

Personne ne l'avait suivie depuis la mairie. Elle s'était absentée un instant et ne revenait pas.

Le petit cataclop qui était là depuis un moment provenait de son corps. Ses mains, ses bras, sa nuque pulsaient. Elle avait la tête courbée, comme si on l'avait prise la main dans le sac – elle se voyait dans le miroir. Elle s'était introduite dans une maison qui n'était pas la sienne, la maison d'un professeur de sciences politiques. Elle y était entrée sans autorisation. Elle s'était procuré la clef par des moyens illégaux. Elle ressemblait déjà à la personne qu'elle était ou serait sans Leonides. La police avait toutes les raisons de l'arrêter, quoi que Leonides dise.

À ce moment-là, ses forces l'ont quittée.

L'eau présente dans son organisme est descendue d'un coup. Elle avait l'impression de se vider, de se déverser, un flot de liquide corporel qui se répandait sur le sol brillant, remplissait les fissures du parquet, s'infiltrait sous le bois et défaisait l'une après l'autre les lattes qui se mettaient à dériver dans la pièce, sans ancrage ni rivage. Et Kristina, la militante, préférait fumer sa cigarette plutôt que de sortir sa corne de brume. Personne ne l'avait prévenue. Personne n'avait été là pour la protéger du raclement de gorge, de ce fantôme allemand sorti de nulle part. Qui avait déchiré la surface lisse du présent, surgi des hauts-fonds du temps, qui avait trouvé son hideux chemin jusqu'au château, le château ensorcelé derrière la mer, derrière trois frontières, trois langues, derrière tout un continent – mais si elle racontait des histoires, avait-il dit, il la retrouverait n'importe où. Et Leonides, au lieu d'envoyer cet homme devant la Cour de justice européenne, lui était tombé dans les bras.

Leonides. Qui avait dit : « Le fait de tolérer les atteintes aux droits humains ronge l'Europe de l'intérieur. C'est la porte ouverte à une nouvelle dictature globale et capitaliste. »

La rage la laissait sans forces.

Elle a ouvert en grand la porte du dressing. Les lumières se sont allumées. Elles éclairaient le contenu rangé, les costumes, les chaussettes, la profusion de vêtements qui avait encore augmenté au cours de la petite année qu'elle avait passée ici, où elle s'était immiscée ici dans l'espoir – un espoir qui la faisait désormais enrager – d'avoir une issue, une meilleure alternative. Elle avait voulu reprendre à l'heure zéro pour effacer « avant nous » sans se douter que ce « nous », qui a commencé avec un muscadet bien frais et une coupe de fruits sur un îlot de cuisine finlandais, avait commencé, plus-que-parfait, déboucherait sur une relation avec un homme qui parlait un double langage.

Le jour où elle avait emménagé, Leonides avait fait de la place dans la partie gauche du dressing. C'était franchement excessif. Elle avait débarqué chez lui avec un sac à dos pour tout bagage. Il avait quand même vidé pour elle des tiroirs et des étagères où ses quelques affaires se battaient en duel. « Formidable, avait dit Leonides, un dressing vide, ça donne envie de compléter sa garde-robe. »

Son pull vert tilleul était posé sur le dessus. Dans le rangement à chaussures se trouvaient les mocassins noirs et souples, les souliers de l'émissaire d'une jeune république. Cousus main. Fabriqués à Tallinn par un vieux cordonnier à qui Leonides les commandait.

L'envie lui était venue d'éventrer les mocassins. « Vas-y, petit Mohican ! »

Son corps sans forces était un corps en résistance.

Elle a rassemblé quelques affaires au hasard. L'ordinateur portable se trouvait sur la table basse, mais sans son cordon d'alimentation. Le chargeur n'était pas là. Il n'était pas branché dans la prise au mur comme d'habitude. Il n'était pas non plus dans le bureau de Leonides ni à côté du fauteuil où elle s'asseyait, au coin de cette cheminée avec vue sur la neige. Sans cordon d'alimentation, l'ordinateur ne servait à rien.

« Tu ne trouveras pas de pièces de rechange pour ce modèle », avait dit l'apprenti, un type boutonneux qui passait ses nuits à tuer des ennemis virtuels sur sa PlayStation dans la salle du personnel de l'hôtel. Il était à peine plus âgé qu'elle, mais il avait un contrat de travail, il était en deuxième année d'apprentissage. Il n'avait aucun remords à lui refiler son boulot, surtout le sale boulot : trier le linge sale, gratter les restes de nourriture – résidus de boulettes, épinards séchés –, tant et si bien qu'elle avait parfois tout juste le temps de dresser les tables du petit déjeuner au sous-sol pour les passagers des cars. Des Russes, des Néerlandais, des Bulgares, quarante, cinquante personnes qui débarquaient en meute et se ruaient sur le buffet. Et lui arrivait tranquillement avec sa démarche dégingandée en se permettant de critiquer les assiettes. Une nuit, alors qu'il se baissait pour prendre un Red Bull au bar, elle lui avait empoigné la nuque et lui avait enfoncé la tête dans le compartiment réfrigéré malgré ses cris. Elle n'avait pas lâché, la tête au milieu des bouteilles d'Aquavit, de Korn et d'eau, et avait exigé qu'il lui donne son vieil ordinateur portable : en échange, elle garderait le silence et couvrirait son addiction aux jeux vidéo.

Le cordon d'alimentation était branché à la prise à côté du lit. À côté de sa moitié de lit, comme Leonides disait. Elle était venue avec un sac à dos et avait fini avec une moitié de lit. Elle ne le disait pas à voix haute, et cette fois-là non plus, pour ne pas le vexer, Leon, *mein Le*.

La carte de transport de Leonides était posée sur le marbre de l'îlot de cuisine. Elle l'a empochée.

La femme bleue apparaît l'après-midi. La lumière est éblouissante. Elle fait sortir des ombres aux contours nets.

Un bateau a été tiré sur la terre ferme et monté sur des palettes en bois. La poupe dégouline encore d'eau. Une odeur de feu de bois et de térébenthine flotte dans les airs.

Je regrette qu'elle ne m'ait pas abordée plus tôt. Tant de journées perdues.

La femme bleue va au bord de l'eau. Elle plonge les mains dans la mer. Ses yeux sont happés par la lumière à la surface et, quand elle sort les mains, on dirait qu'elle va laver son reflet sur son visage. Lentement, son reflet sombre au fond. Les yeux pâlissent sous les masses d'eau qui, d'ici quelques semaines, gèleront sur plusieurs mètres d'épaisseur.

Une journée perdue, dit-elle, c'est une journée où on ne nage pas.

Le chemin de sable cahoteux devant la villa verte débouche sur un axe de circulation important, bordé par une bande d'asphalte que les piétons et les cyclistes se partagent. Le premier embranchement conduit à un parking. Derrière le parking se trouve un pré et, au bord du pré, quelques rochers et une petite plage. C'est là qu'il y a la mer.

Jusqu'en septembre, Helsinki est pleine de touristes. Sur Töölönlahti, sur l'île Seurasaari et sur la rive du Pitkäjärvi, ils s'installent pour pique-niquer aux plus beaux endroits. Dormir à la belle étoile n'a rien d'inhabituel. Ce n'est pas interdit non plus. Une jeune femme qui passe deux nuits abritée du vent par les rochers n'attire l'attention de personne.

Ce n'était pas confortable. Pour dormir, elle coinçait le sac à dos sous sa tête. Les billets étaient glissés dans sa culotte. Il y en avait un certain nombre, mais elle n'osait pas les ranger dans le sac pour la nuit. Elle dormait mieux quand le papier prenait la chaleur de son corps. L'argent de Leonides. Des billets en euros qu'il oubliait dans les tiroirs et dans la coupe de fruits, ou qu'il utilisait comme marque-page. Quand il était pressé et n'avait pas de bout de papier sous la main, il insérait un billet entre les pages du livre pour signaler un passage important. Les passages importants ne manquaient pas. *Modernity in Crisis. The European Journal of Political Research.* Ça lui avait fait mal au cœur de prendre les billets, mais pas à cause de l'argent. Leonides ne comptait jamais, car il n'était jamais à court d'argent. Ça lui avait fait de la peine de supprimer les passages importants.

Le matin, elle a été réveillée par des voix. Deux jeunes hommes ont garé leurs vélos non loin de l'endroit où elle dormait et se sont déshabillés. Ils n'ont gardé que leurs maillots de bain. Ils se sont dirigés vers l'eau avec insouciance, en laissant leurs costumes et leurs mallettes accrochés aux guidons. Manifestement, l'idée que la jeune femme en robe froissée qui avait passé la nuit à la belle étoile puisse voler leurs objets de valeur ne les effleurait pas.

L'un des deux avait les cheveux de Leonides. Il avait la même chair pâle aux muscles rares des gens qui ne passent pas beaucoup de temps à l'extérieur. Leonides n'allait jamais nager. Il ne lui serait jamais venu à l'esprit de s'arrêter sur le chemin du travail pour faire quelques longueurs, même dans l'eau chauffée par l'été. Pour lui, l'eau était toujours trop froide. Ou trop humide, et il trouvait pénible de se déshabiller et de se rhabiller. Les bruits des corps, la profondeur, les crabes dans la vase. Il n'était pas fait pour ça. L'enthousiasme des Finlandais qui allaient se baigner même en hiver lui était étranger. Il n'avait pas de problème de chaleur interne, disait-il – avec la constitution qu'il avait, autant se donner directement la mort.

L'hiver dernier. Il y a six mois. Alors que les soirées étaient d'un froid glacial, que les étoiles étaient hautes et gelées dans le ciel et que, dans l'obscurité, ils étaient arrivés sur un rivage où les gens plongeaient dans la mer par moins vingt. Pourquoi s'infliger de telles souffrances ? Pour Leonides, il n'y aurait eu qu'une raison valable : le fait qu'elle soit en danger. Si elle avait été en danger, avait-il promis, il l'aurait sauvée.

Il avait beaucoup neigé. Comme la Volvo ne démarrait pas, ils avaient pris le bus. Il était censé y avoir un sauna à fumée dans un quartier satellite à l'est de la ville. Elle était tombée dessus sur internet. Les saunas à fumée, avait-elle lu, étaient les saunas finlandais d'origine, dont les fours en pierre étaient chauffés au bois. Au lieu de tuyaux de poêle ou de conduits de cheminée, ils étaient équipés de bouches d'aération au plafond qui laissaient sortir les gaz toxiques tout en conservant la chaleur. Autrefois, ces saunas à fumée étaient un haut lieu de la vie publique, pas moins importants que l'église et le bistrot, un lieu sacré où on lavait les corps et les vêtements, où on nettoyait les morts et mettait les enfants au monde. Et encore aujourd'hui, cette chaleur torride était considérée comme un remède, à la fois purifiant et régénérant : on s'immergeait dans la fumée, et c'était comme une renaissance.

Leonides estimait qu'une naissance par vie suffisait amplement. Il avait connu les saunas à fumée dans le sud-est de l'Estonie, mais il n'avait jamais ressenti le besoin d'y aller. Il était amusé par sa curiosité, et il l'avait accompagnée, quoique à contrecœur. Le bus les avait déposés devant une zone de loisirs avec des parcours sportifs, des pistes de ski de fond éclairées et une buvette. Deux cabanes en bois noircies par la suie se trouvaient non loin du rivage. De la fumée s'échappait entre les rondins. Dès que l'une des deux portes s'ouvrait, des balles de fumée jaillissaient dans l'air glacé, et des gens sortaient en titubant, le regard vitreux. Ils se mettaient des tapes mouillées sur le corps avant de se diriger vers le rivage et de descendre par une échelle dans un trou creusé dans la glace, où une hélice à moteur empêchait l'eau de geler.

Ils avaient laissé leurs affaires au vestiaire qui se trouvait dans un bâtiment au toit plat. Un chemin menait aux cabanes à travers la neige, et comme ils avaient oublié de prendre des claquettes et qu'il fallait laisser les chaussures au vestiaire, ils avaient marché pieds nus, enroulés dans une simple serviette. Leonides jurait. Ils s'étaient mis à courir dans un froid plus froid que les hivers d'Harrachov. Devant les cabanes, un homme était assis sur un tronc d'arbre. Il était entièrement nu, à l'exception du chapeau en feutre sur sa tête, et il riait parce qu'ils étaient de vrais débutants avec des serviettes à la place de maillots de bain.

L'air dans la cabane était incandescent. Ils avaient ouvert la porte, et la chaleur avait déferlé sur eux tel un feu déchaîné. L'eau s'évaporait en sifflant sur les pierres brûlantes d'un gigantesque four qui avait surgi de l'obscurité, comme tombé du ciel. Dans les profondeurs de la pièce, une femme décharnée avait entre les jambes un seau où elle puisait inlassablement de l'eau à l'aide d'une louche que son bras tanné balançait à travers les volutes de fumée. Une seule lampe était allumée. Juste devant elle, Leonides avait rentré la tête dans les épaules et, comme la fumée s'épaississait et que les contours de son corps s'estompaient, elle s'était cramponnée à la rose aux couleurs vives brodée sur la serviette fournie par le sauna. Puis la rose avait disparu à son tour et, à ce moment-là, elle avait perdu ses repères.

La fumée engluait ses paupières et sa bouche, ses yeux brûlaient. Mais la fumée n'était pas le problème. La fumée était douce, presque belle à présent, et elle l'enveloppait. Les gens se détachaient des volutes. Ils étaient assis les uns à côté des autres, avec leurs ombres tremblantes qui montaient jusqu'au plafond. Des mains l'attrapaient, la tiraient, la poussaient et la faisaient passer entre les corps brûlants. Elle s'était retrouvée sur un banc glissant, un banc en bois sur lequel était posée une couverture, de la laine chaude et mouillée. L'humidité gouttait des corps. Elle aussi transpirait, la sueur dégoulinait de ses aisselles, coulait entre ses seins, et c'est dans cet étau de moiteur que son cœur avait recommencé à faire des siennes. Elle essayait de penser à des arbres aux ombres fraîches, à la lumière qui s'égrainait d'un bouleau et, malgré la chaleur, elle s'était mise à trembler. Sa trachée était obstruée par une vague de peur. On aurait dit qu'elle avait la gorge pleine d'eau. L'eau était remontée jusque dans sa bouche. Elle avait inspiré en gargouillant, dégluti encore et encore, mais le réflexe de déglutition ne servait à rien, car il n'y avait pas d'air, pas d'oxygène, il n'y avait que l'eau qui bouchait sa trachée.

Quelqu'un s'était raclé la gorge.

Le raclement de gorge ne venait pas de la fumée. Il ne venait pas d'une des personnes présentes dans le sauna. Ce n'était pas un raclement délicat, un de ceux par lesquels on se fait poliment remarquer. Ce n'était pas un raclement qui exigeait l'attention, pas un raclement de désapprobation, il y manquait l'indignation feinte de sa mère quand elle découvrait qu'Adina était encore à *Rio* tard dans la nuit. C'était tout sauf le genre de raclement par lequel on exprimait quelque chose.

C'était un raclement feutré. Le tic sec d'une gorge sans chair.

Un bruit venu de la mort.

La femme bleue parle de l'eau. Tandis que les vagues roulent, les crêtes d'écume projettent des ombres vers l'avant.

En parlant de l'eau, elle parle de la soif.

Elle dit que si elle vient au port au fond de la crique, c'est pour oublier la soif. Que, chaque fois, la vue de la mer efface le souvenir de la soif.

Nous sommes assises sur le banc au bord de l'eau. Je ne pose pas de questions. Maintenant que la femme bleue se décide à parler pour la première fois, il est exclu de l'interrompre.

Elle dit que la soif n'est pas forcément due à une pénurie d'eau. Que, au contraire, la vue de l'eau peut attiser la soif. Et parfois, dit la femme bleue, on est en manque d'eau sans en avoir véritablement besoin.

Elle dit qu'une foule soulevée par la peur de la soif se divise rapidement entre ceux qui parviennent à dire qu'ils sont en manque et ceux qui n'en ont pas les moyens ni la force et qui sont par conséquent considérés comme insipides, tributaires des marées, dépendants de la lune. On leur attribue des caractéristiques imaginaires, on dit d'eux qu'ils sont changeants comme un fleuve, traîtres comme l'océan. On en fait des sorcières d'eau ou des nymphes aussi fuyantes, marécageuses et voraces que les marais humides. Car quand on est semblable à l'eau, on n'a pas besoin d'eau. Quand on est semblable à l'eau, on peut se passer de boire, on ne meurt pas de soif ou pas de sitôt.

Elle dit que c'est sur cette affirmation que se fondent les revendications des uns, qui prétendent boire autant et aussi longtemps qu'ils en ont envie et soumettre les autres à leur volonté en leur distribuant de l'eau, leur extraire les fluides corporels par les pores, comme si faire pression sur autrui était un droit humain.

Elle dit que seuls ceux qui boivent comprennent quelque chose à l'eau, que c'est une loi d'airain. Cela fait d'eux des sages, des gardiens des sources. Les gardiens empêchent les autres d'accéder aux sources, et par la force. Car en cas de sécheresse, il faut décimer au plus vite les buveurs superflus : un assoiffé ne supporte pas la rivalité.

Elle dit qu'aucune pénurie d'eau naturelle n'est le destin de la foule opprimée, que la soif n'a pas de nécessité génétique. Que la soif est sans cesse ravivée par les images et les mots. Que la pénurie est entretenue par les représentations qui en sont faites.

La femme bleue dit que révéler ce subterfuge mérite qu'on écrive dessus.

Je n'aime pas les gens qui m'expliquent ce qui mérite qu'on écrive dessus.

Avec la femme bleue, c'est différent.

Dehors, la neige tombait.

La neige tombait à gros flocons. Il neigeait sur la serviette mouillée. Les flocons se déposaient sur son visage. Il neigeait sur ses mains. La neige se posait sur ses épaules, ses joues et ses paupières. Elle avait défait la serviette. Les bras grands ouverts, elle avait écarté les pans de la serviette. La neige dérivait sur sa peau nue. Le vent lui piquait le nez et, sur le rivage, des gens nus plongeaient dans la mer glacée.

Leonides avait surgi à côté d'elle. Elle avait senti sa présence sans le regarder. Ils se tenaient côte à côte, enroulés dans les serviettes. De nouveau, l'homme nu avait éclaté de rire. Il était toujours assis sur le même tronc. Tout en riant, il avait déclaré que c'était le meilleur moyen de s'endurcir. La prochaine fois, il leur conseillait d'apporter des chapeaux en feutre. Avec un chapeau, ils ne se brûleraient pas les oreilles. Elle avait touché son crâne. On aurait dit que sa tête était en apesanteur. Que son sommet était ouvert, que sa boîte crânienne s'était fendue en deux, que le monoxyde de carbone avait brûlé sa calotte.

« Si je passais à travers la glace, avait-elle dit d'une voix tremblante en sentant la main chaude de Leonides contre la sienne, si je coulais, si je me noyais comme un chien, qu'est-ce que tu ferais ?

— Je te sauverais.

— Comment ? avait-elle demandé au bout d'un moment.

— Aucune idée. Avec une échelle ?

— Il faudrait déjà que tu en aies une.

— Les gens qui se baignent en ont une, sur le rivage.
— Tu sais comment sauver quelqu'un avec une échelle ?
— En Estonie, on apprend ça à l'école.
— Et toi ?
— Quand il le faut, on sait toujours quoi faire, avait-il dit. Intuitivement.
— Appeler les secours ?
— Oui.
— Avec un portable qui est dans ton manteau au vestiaire ? »

La neige tombait, dense et silencieuse.

« Le temps que les secours arrivent, tu auras vu l'eau glacée m'entraîner vers le bas. Tu m'auras vue disparaître dans les profondeurs. Les cheveux sont la dernière chose à sombrer.
— Tu n'as pas entendu, Sala ?
— Je ne pourrais même pas crier.
— Je t'ai dit que je te sauverais.
— Tu sauterais dans l'eau ?
— Oui, avait-il dit d'un ton agacé. Au besoin, je sauterais aussi. »

Mais il ne l'avait pas fait. Quand il avait fallu sauter, il ne l'avait pas fait.

Les deux nageurs sont repartis à vélo. Dans la crique ombragée, il faisait encore frais. C'était toujours le matin, un matin de septembre. Septembre n'en finissait pas. Ce mois était interminable.

Elle est allée au bord de l'eau. Avec précaution, elle a marché en équilibre sur les rochers envahis par les algues jusqu'à trouver un endroit où l'eau était profonde et limpide. Elle s'est agenouillée. Elle s'est penchée et, à la surface colorée par la lumière du matin, elle a vu son visage : les cheveux qui lui tombaient sur le front, le regard farouche, une trace de boue sur le menton. Elle a frotté la boue et, dans l'eau agitée par ses mains, on aurait dit qu'elle lavait son reflet sur son visage. Elle l'a regardé sombrer lentement au fond. Elle a regardé ses yeux levés vers elle en train de pâlir sous les masses d'eau qui gèleraient d'ici quelques mois.

C'était une autre méthode pour s'endurcir.

La femme bleue attend à la sortie du souterrain. Elle se tient là où l'obscurité du tunnel se change brusquement en lumière. Derrière elle, le chemin est bordé de planches de bois et de bateaux.

Une odeur d'humidité flotte dans le tunnel. Parfois, l'eau des nappes phréatiques stagne dans ce passage creusé dans la roche.

L'écho de mes pas me devance.

Je lui dis que nos rencontres me transforment.

Elle rit. Des rayons se dessinent au coin de ses yeux.

Elle estime qu'il est peu probable qu'une transformation ait lieu juste parce qu'on traverse une rue par en dessous.

L'appartement est silencieux. Les habitants de la résidence sont partis au travail. Ils travaillent dans des tours vitrées comme celles qui sont en chantier derrière la route à trois voies. Des grues s'y dressent. Il s'agit d'un terrain viabilisé qui s'étend jusqu'aux marais situés dans les hauteurs.

« Qu'est-ce qu'il y a, Sala ? Qu'est-ce qu'il se passe ? »

Leonides et sa tendresse, sa tendre autorité. Qui se félicite qu'elle soit du matin, qu'elle ne se lève pas de mauvaise humeur, qu'elle soit capable de commencer sa journée sans transition, loquace, l'esprit clair, bien réveillée par l'odeur du café, par le parfum des grains fraîchement moulus.

« Tu m'inquiètes. Toujours au lit ? Ça ne te ressemble pas. »

Parfois, il voulait qu'elle reste au lit. Elle devait rester couchée pendant qu'il allait à la cuisine et ouvrait le placard où était rangé le café. Il allumait la bouilloire, versait les grains dans un petit moulin électrique et, après le bruit de hachoir de la machine, le silence persistait un petit moment. Elle savait qu'il lisait le journal sur l'îlot tout en attendant que le café qu'il avait versé dans la cafetière à piston infuse huit minutes pile.

Les rares matins où il ne devait pas faire cours, ni siéger quelque part, ni recevoir un appel de Bruxelles, il revenait dans la chambre avec des tasses blanches Iittala et des tartines sur un plateau.

Leonides.

Avec tous les journaux qu'il achète, tous les livres qu'il lit, tous les tableaux dont il s'entoure, il aurait dû sentir quelque chose. Il aurait dû remarquer quelque chose.

Elle faisait semblant de dormir. Il posait le plateau, rangeait ses lunettes à côté et se penchait sur elle. Il embrassait ses paupières. Il lui mettait un bout de tartine dans la bouche. Tout doucement, il lui faisait boire son café, jusqu'au moment où elle ne pouvait pas s'empêcher de cligner des yeux. « Laisse-les fermés », soufflait-il, car elle n'avait pas le droit d'ouvrir les yeux ni de bouger tant qu'il n'avait pas reposé la tasse sur la table de chevet. Alors, il se glissait sous la couette à côté d'elle, et sa tête plongeait vers ses seins, son nombril où il enfonçait sa langue.

Avec son empathie qui s'étend à toute l'Europe, il aurait dû remarquer que quelque chose n'allait pas, quelque chose dans sa peau, dans le mouvement de recul qu'elle avait, un désordre auquel il fallait remédier. « Le bien-être corporel, avait-il dit un jour, c'est le fondement du bonheur, le même pour tout le monde. »

« Leo ?

— Oui ?

— Je crois que c'est une question de rythme.

— Je vais trop vite ? »

Ils étaient restés un long moment en silence dans les draps amidonnés avec le logo de l'université.

« On peut rester encore un peu comme ça ?

— Si tu veux.

— Il faut que je mette de l'ordre à l'intérieur de moi.

— Tu te sens perdue ?

— Parfois, tout est confus.

— Tu pourrais aussi voir cette confusion comme une forme de libération.

— Leo, s'il te plaît.

— Tu as toujours besoin de savoir précisément ce qu'il se passe ?

— Oui. J'en ai besoin. »

Peut-être avait-il remarqué quelque chose, et il s'était simplement abstenu de tout commentaire. Il ne la retenait jamais quand elle reculait. Il ne disait rien quand elle prenait sa main et la posait à côté de sa tête à lui, d'abord une, puis l'autre : il se retrouvait avec les deux paumes vers le haut, et elle pouvait s'appuyer dessus jusqu'à les faire rougir sous la pression. Quand ils couchaient ensemble, elle enfonçait ses mains dans les draps. Elle ne les lâchait pas. Là encore, il s'abstenait de tout commentaire. Peut-être aimait-il cette sensation d'être sous emprise, chaque fois que son corps à elle les enserrait tous les deux, protecteur comme le feuillage des arbres.

« Je veux que tout disparaisse.

— Même moi ?

— Tout sauf toi et moi.

— Ça t'aide à mettre de l'ordre à l'intérieur de toi ?

— Ça m'aide à ne pas oublier où je suis. »

Leonides. Son regard doux et ses égards. Il n'aurait jamais exigé de réponse de qui que ce soit. Pas même d'elle. Il ne lui aurait jamais demandé d'explication. Il voulait qu'elle parle de son propre chef.

Et c'est précisément ce qui était exclu. Unique règle dans l'espace anarchique de ses sentiments.

Il ne l'aurait pas crue.

Elle avait caressé la peau de Leonides du plat de la main. Elle avait défait le cordon de son pantalon et glissé lentement ses doigts à l'intérieur.

« C'est de la torture. Tu ne peux pas me faire ça.

— Chut. »

Elle lui avait fait l'amour seulement avec les mains. Elle l'avait aimé d'une manière qu'il ne connaissait pas. Dans sa nuisette flottaient les effluves d'un parfum qu'il aimait bien, et à chacun de ses mouvements elle enveloppait son corps de ce parfum comme d'une seconde peau.

« C'est insoutenable. »

Elle avait veillé à ce qu'il ne la pénètre pas, pas une seule fois.

« Si tu continues comme ça, avait-il soufflé, tu vas me tuer.

— On n'en meurt pas.

— Tu plaisantes ?

— Chhhut. »

Il aurait dû remarquer quelque chose.

« On n'en meurt pas ? »

Quelque part dans l'immeuble, on tire une chasse d'eau. Elle entend le bruit lourd et soudain des eaux usées qui dévalent les tuyaux dans le mur derrière sa tête. Elle doit terminer d'écrire le mail. Elle doit reprendre là où elle a été interrompue la veille par le coup de sonnette à la porte. Il est temps qu'elle se manifeste auprès de l'association, sans quoi elle ne fera jamais de déposition.

C'est la mission.

D'abord, il lui faut un couteau. En bordure du lotissement, là où la gare sépare les barres d'immeubles des pavillons, il y a un centre commercial. Dans un bâtiment polyvalent se trouvent un salon de coiffure, une pharmacie, le bureau de poste, une épicerie et un magasin de bricolage. À l'étage, des médecins et une bibliothèque. Le snack de la gare vend des saucisses sucrées. De là, des trains conduisent au centre-ville.

Elle a toujours possédé un couteau. Au départ, c'était seulement la lame émoussée d'un petit couteau de cuisine hors d'usage. Ensuite, elle a eu un vrai couteau avec un manche en bois pour nettoyer les champignons ou tailler les branches de tilleul autour desquelles s'enroulait la pâte levée quand, en été, ils faisaient cuire du pain torsadé au feu de camp. Pour ses dix-huit ans, elle a reçu un couteau suisse avec une lime à ongles, un repousse-cuticules, une petite scie, un tire-bouchon et cinq lames. Aucun des couteaux n'était destiné aux situations d'urgence.

Pour acheter un couteau, il faut qu'elle sorte de l'appartement. Pour sortir de l'appartement, il faut qu'elle se douche et qu'elle trouve des vêtements à mettre.

Ce sont les besoins.

Il faudrait déjà qu'elle arrive à se lever.

Des corneilles se posent sur le sorbier des oiseleurs en faisant bouger les branches. Elles se gavent de baies et, derrière les voies rapides, éliminent les graines qui passent l'hiver dans leurs coques sur la terre dure. Ce genre de graines peuvent reposer jusqu'à cinq ans. Elles ne s'ouvrent que quand les conditions s'y prêtent.

« Viens, Sala. »

Il faudrait déjà qu'elle ne reste pas cinq ans ici, dans la coque de cette ville étrangère au bord de la mer Baltique.

« Lève-toi ! »

La mer Baltique qui se trouve au-delà des immeubles en béton. Sur laquelle toutes les rues débouchent. Si on marche assez longtemps, on arrive toujours à l'eau qui, à cause des hauts-fonds et de l'archipel au large du continent, n'a pas l'air d'une mer mais d'un grand lac.

Je m'appelle Adina Schejbal, et je suis reconnaissante. Je vous suis très reconnaissante. Je suis infiniment reconnaissante, et de tout mon cœur, et je fais part ici de ma profonde reconnaissance.

L'association vit grâce aux dons. Elle dépend de ses donateurs. Elle est soutenue par des gens riches, bien intentionnés, empathiques, des gens auxquels elle a des comptes à rendre.

Quelqu'un comme elle, qui a vécu dans une villa en bois, fait des excursions touristiques, campé au bord de la mer et mangé des menus en plusieurs langues dans des *ravintolas* sans nom, n'a pas besoin de la compassion de gens riches.

Quand la femme bleue a-t-elle pris le souterrain pour la dernière fois ? C'est impossible à dire. La saison est terminée. La nuit, la solitude règne entre les bateaux. Le port n'est pas surveillé. Même moi, le soir, je rentre par le souterrain.

Je lui demande depuis combien de temps elle n'est pas allée de l'autre côté.

La femme bleue refuse de répondre. Les événements qui se sont produits avant notre rencontre ne l'intéressent pas. Il n'y a pas d'obligation d'en parler, pas de pacte.

Dans une conversation, dit-elle, il n'y a que le présent qui compte. Elle dit que c'est moi qui prends chaque jour le souterrain. Elle dit que c'est un début.

Elle s'extirpe de la couette et se lève. Elle va à la salle de bains. Elle appuie sur l'interrupteur et ouvre le robinet, utilise les toilettes et la serviette, le linge de maison non plus ne lui appartient pas. Il fait partie du mobilier dont, selon le contrat de location, elle est responsable.

Si elle ne termine pas la lettre à l'association, si elle n'y arrive pas, elle ne saura jamais si on la croit.

Elle se sèche les mains avec précaution, comme si le tissu éponge risquait de se désintégrer entre ses doigts.

« L'essentiel, ce n'est pas la vie que tu as menée dans l'intervalle de temps, Sala. L'essentiel, c'est que tu te fasses entendre. »

Sur la carte postale dans la cuisine, les taxis sillonnent New York. Au loin, à l'horizon, se dresse l'antenne-relais. Du marc de café est tombé à côté de la poubelle, et elle prend le chiffon pour essuyer les miettes. Maintenant que le soleil est là, elle n'a plus froid.

Les jours clairs, le soleil monte le long de l'antenne-relais et éclaire d'abord les jardinières, puis l'encadrement de la fenêtre avec l'araignée qui y a tissé sa toile, puis la table. Parfois, elle décale la table, tant qu'elle le peut, pour suivre le soleil.

Sur la page internet finlandaise, le drapeau britannique s'agite. Il vole mécaniquement dans le vent numérique. Derrière le drapeau se cache un slogan : *Women in Need – Vision – Mission – Who We Help*. Elle ne clique pas sur le drapeau britannique. Parfois, ça fait du bien de ne rien comprendre. *En voi pettää itseäni näen unta*. Les Finlandais ne sont pas avares en voyelles. Beaucoup sont redoublées, comme si la langue avait été inventée par un enfant. Les enfants sont de bons observateurs. Mais ils prennent les mots au pied de la lettre. Ils croient ce qu'on leur raconte. Leonides a raison : tant qu'on ne sait pas bien où un mot finit et où un autre mot commence, la langue reste inaccessible. On ne s'y retrouve pas.

Je m'appelle Adina Schejbal. Je ne parle pas finnois. Je n'ai pas la nationalité finlandaise, mais ici, je suis en sécurité.

Elle supprime qu'ici, elle est en sécurité. Derrière trois frontières, trois langues, derrière tout un continent.

J'ai peur que les souvenirs me fassent disparaître. Mais je veux essayer. Je veux essayer d'avoir le courage de vous raconter comment ça a commencé. Dans un manoir. Dans un manoir sur la rive de l'Oder, sur la rive allemande de l'Oder, au nord de Schwedt.

Pasewalk, Anklam, Stralsund. À Stralsund, il y a un port. De là, des ferries partent vers le nord. Elle ne le savait pas. Elle n'avait pas réfléchi. Elle n'avait pas prévu d'aller au nord, elle n'avait pas préparé d'itinéraire. Elle était partie, un pas après l'autre. C'était au nord que le ciel était le plus sombre. L'obscurité était une bonne chose. Elle comptait suivre cette obscurité tant que le continent le permettrait, jusqu'au point le plus septentrional, là où il n'y avait plus de villes ni d'habitations, où la terre était ensorcelée parce qu'aucun train n'allait jusque-là, aucun ferry, aucun bus.

Ce n'était pas un voyage, dira-t-elle si l'association a des questions. Au cours d'un voyage, on regarde le paysage, les arbres, les lacs, l'horizon. Quand on fait un voyage, dira-t-elle, c'est pour pouvoir en parler ensuite. On raconte ce que ce voyage vous a fait.

Pour ce genre de fuite, même un continent entier est trop petit.

Elle a traversé toute l'Europe avec Interrail. C'est ce qu'elle a dit à Leonides.

« Seule ?

— D'abord Berlin.

— Tout le monde veut aller à Berlin.

— Ah bon ?

— Et ensuite ?

— Ensuite, je suis montée dans le premier train venu.

— C'est osé.

— Interrail ?

— Tu es partie dans le vaste monde avec la même naïveté que moi. La question se pose : notre soif d'aventures est-elle le résultat des années d'anarchie post-ère soviétique ou avons-nous simplement grandi livrés à nous-mêmes ?

— Tu ne sais pas comment j'ai grandi.

— C'est vrai. Et je ne me serais pas lancé dans un voyage pareil sans un ami avec moi.

— Il faut déjà en avoir un. Un ami, je veux dire.

— À vingt ans ?

— On s'habitue à ne pas en avoir.

— Tout de même, a-t-il dit. Tout le monde ne traverse pas l'Europe seul.

— Tu ne peux pas savoir à quel point j'attendais ça.

— Tu n'avais pas peur ?

— Si. »

Leonides. Qu'elle n'a pas envie d'entendre pour le moment. Qui ne lui apporte rien avec ses vérités générales sur le monde – un monde jamais aussi simple que dans sa tête à lui. Il ne remettrait jamais ses propres idées en cause. Et s'il se rendait compte que le monde ne correspond pas à l'image qu'il s'en fait, il accuserait forcément le monde. Il ne lui viendrait pas à l'esprit que ce soit sa représentation qui cloche. Car ça voudrait dire qu'il n'a lui-même rien à faire dans ce monde, et cette pensée ne serait pas agréable.

« Nous ne trouverons de terrain d'entente à l'échelle européenne qu'à condition de donner la parole aux survivants des régimes totalitaires. »

« Pourquoi tu n'appelles pas, Sala ? L'association peut t'aider. Ne complique pas les choses.

— C'est toi qui les compliques.

— Appelle ! Ou est-ce que tu as honte ? »

Elle ne peut pas prendre la parole. Au téléphone, elle n'arriverait pas à prononcer un mot.

Pourtant, pense-t-elle, c'est bien de survie qu'il s'agit.

La femme bleue se tait tout en regardant l'eau, les roseaux qui dérivent au loin dans les marais à travers les couches vaporeuses d'un banc de brume. Le soir, les températures tombent en dessous des dix degrés.

Je lui dis qu'elle m'intéresse avant le début. Que j'aimerais en savoir plus sur elle. Que cette histoire de soif m'intéresse. Sa prédilection pour les langues.

Je voudrais lui demander son nom, mais j'ai l'impression que le moment est passé depuis longtemps.

Le port inhospitalier est plongé dans le crépuscule. Des bâches mal attachées claquent contre les yoles à la coque posée sur des poutrelles rouillées.

La femme bleue dit que, pour elle, ce port n'est pas inhospitalier.

Elle dit qu'elle n'est pas la personne que je cherche.

Je m'appelle Adina Schejbal. Si je ne vous écris pas, je vais mourir.

Le curseur clignote.

« Raconte, petit Mohican ! Que se passe-t-il ? Qu'est-il arrivé ? Pourquoi n'as-tu pas donné de nouvelles pendant tant de temps ? »

Ce sont les questions.

Motion Eye, l'œil de la caméra, la dévisage.

Elle lui rend son regard sans ciller. À *Rio,* ce serait facile. À *Rio,* il y avait toujours quelqu'un pour écouter. À *Rio,* l'idée qu'elle puisse avoir honte ne serait venue à personne. À *Rio,* on n'avait aucun problème à la croire car tout le monde savait qui elle était. Les noms permettaient d'éventer le secret d'une vie dans l'autre. « Petit Mohican. »

À présent, elle ne sait même pas avec quel nom signer le mail. Nina. Ou Adina.

« Sala ! »

« Tu ne peux pas savoir à quel point j'attendais ça. »

C'est ce qu'elle a dit à Leonides, et même si tout ce qu'elle lui disait n'était pas vrai, car elle omettait ou enjolivait beaucoup de choses, cette phrase n'était pas un mensonge.

Elle attendait le matin de son départ depuis qu'elle avait douze ans. À l'époque déjà, elle voulait partir, descendre vers Tanvald et poursuivre sa route, et ce qui n'était à l'origine qu'une vague envie d'ailleurs avait perduré. Elle était jeune et curieuse de savoir ce qui se cachait dans le lointain brumeux derrière les sommets, là où tout le monde s'en allait, le partisan, les skieurs, le soleil couchant et les deux jeunes femmes qui, un beau jour, avaient traversé Harrachov à bord d'une Škoda bleue – un monde trépidant et excitant à découvrir et à conquérir et duquel profiter jusqu'à être plein de vie à ras bord comme un sac à dos bien rempli.

« Parle, petit Mohican ! »

La Škoda traversait Harrachov, ce qui n'avait en soi rien d'extraordinaire. Tous les jours, des Škoda traversaient Harrachov. Mais celle-ci s'était arrêtée près d'elle. La voiture avait des ailes argentées et ressemblait à un cygne aux plumes hérissées.

« Arrête de nous faire languir ! »

Elle allait au bureau de poste quand la Škoda bleue s'était arrêtée près d'elle. Deux femmes en tenue de ski étaient assises à l'intérieur – l'une des deux était tellement blonde que ses cheveux étaient presque invisibles. C'était un hiver froid avec beaucoup de neige, et quand elles avaient demandé leur chemin, leur souffle était resté en suspension devant leurs bouches. Elles parlaient allemand. Elles utilisaient des termes inconnus et disaient des choses qu'Adina ne comprenait pas. En riant, elles avaient sorti un dictionnaire de poche.

« Je vous ai vus ! avait écrit Adina le soir, dans sa chambre sous les toits, à ses amis de *Rio*. Vous êtes à Harrachov ! »

Adina avait appris un peu d'allemand au lycée. Les négations : *kein, nein* et *nicht*. Quand les femmes lui avaient proposé de monter pour faire un bout de trajet avec elles, elle n'avait pas utilisé de négation.

« Vous avez une voiture bleue qui ressemble à un cygne ! »

Les deux femmes s'entendaient bien, ça se voyait de la banquette arrière. Les yeux de la conductrice brillaient et, au démarrage, leurs mains s'étaient touchées sur le levier de vitesse.

« Tu sais bien que tu ne peux pas nous voir, petit Mohican », avaient répondu les amis de *Rio*.

Adina savait que *Rio* et Harrachov étaient deux endroits différents. Qu'on était soit Adina soit le dernier des Mohicans. Les jeunes femmes dans la Škoda étaient des vacancières comme les autres. Elles s'étaient perdues. Mais assise sur la banquette arrière pour leur montrer le chemin jusqu'à la pension, Adina avait eu le sentiment d'être aux deux endroits à la fois, comme si, à Harrachov aussi, elle était le petit Mohican.

Elle avait fait faire un détour aux femmes. Comme les routes étroites du village étaient verglacées, elles roulaient lentement, et la conductrice parlait des pistes qu'elles avaient testées et d'un accident sur la crête où une tempête de neige les avait surprises. Elle était tombée dans l'un des trous de plusieurs mètres de profondeur qui se formaient près des perches à neige, et elle n'avait pas réussi à en ressortir seule. On avait mis des heures à la retrouver. Enfermée dans la glace, dans l'obscurité froide, au bout d'un moment, elle n'avait plus fait qu'un avec la neige. Elle avait perdu le contrôle et tout sentiment de responsabilité. Un néant noir qui avait tout du bonheur.

Adina avait essayé de se le représenter. Ce néant. Ce devait être un peu comme dans le car, quand elle rentrait la tête dans les épaules. Le car avait trente places vides et allait à Harrachov juste pour elle. Elle s'asseyait toujours au fond et se faisait toute petite. Dans ces moments-là, il n'y avait personne dans le bus, et on ne la voyait plus du tout. Mais elle était quand même là, et tant qu'elle était là, ce n'était pas le néant qui était dans le bus, même si c'était l'impression que ça donnait, et ça ne rendait pas heureux.

« Vous savez ce qu'est le néant ?

— Tu en poses, des questions ! Alors disons : *Rio*. Si tu coupes ton ordinateur, *Rio* n'est rien. Dès que tu arrêtes de nous parler, nous ne sommes rien. Mais ce néant est provisoire et n'existe que pour toi. Il ne faut pas l'oublier. Tout le monde n'éteint jamais son ordinateur en même temps. Mais tu voulais raconter ton histoire. »

« Le bonheur n'est pas noir », avait dit la femme sur le siège passager au bout d'un moment en faisant un clin d'œil à Adina dans le rétroviseur. Alors, elle avait pris son courage à deux mains, et elle s'était mise à parler de ses expéditions, des sentiers secrets, à l'écart des chemins, que l'exploratrice qu'elle était empruntait, guidée par les éclairs de sa lampe frontale dans la forêt fantomatique. Les femmes avaient ri et expliqué qu'en Allemagne il y avait des bourses pour les jeunes exploratrices, les exploratrices comme elle, à Munich ou à Berlin, et elles avaient promis de lui rapporter un prospectus, la prochaine fois, l'hiver d'après, l'année suivante, quand elles reviendraient.

Cet après-midi-là, Adina n'était pas rentrée tout de suite à la maison. Après les au revoir, elle avait fait semblant, mais au tremplin de saut elle avait rebroussé chemin et était retournée à la pension. À l'une des fenêtres d'en bas, la lumière était allumée, car la nuit commençait à tomber. Contre la façade de la maison se trouvait un tas de bois que le vent avait recouvert de neige. Adina avait escaladé la congère et s'était approchée du bord de la fenêtre, une main sur la bouche pour ne pas être trahie par son souffle. Et comme la fenêtre était entrouverte, un pan de rideau flottait dehors. Derrière, on distinguait une ombre. Une seconde ombre l'avait rejointe et, avant que les deux ombres se fondent l'une dans l'autre, Adina avait fermé les yeux.

« J'ai pris la voiture avec vous.

— Enfin, petit Mohican, pourquoi montes-tu dans une voiture que tu ne connais pas ?

— Pour rester plus longtemps avec vous. »

Le lendemain, elle était retournée à la pension. Cette fois, elle avait enfilé des sous-vêtements de ski pour ne pas avoir froid quand elle resterait à la fenêtre. Elle avait escaladé le tas de bois et s'était redressée lentement, en tremblant aussi fort que les épingles en cours de physique quand l'énergie électromagnétique les attirait vers les aimants.

Le rideau à la fenêtre était tiré. Une lampe à pied était allumée. Les deux jeunes femmes étaient assises sur le canapé, dans les bras l'une de l'autre. Quand elles s'étaient embrassées, Adina l'avait senti dans tout son corps, jusqu'au duvet sur sa peau. C'était comme si elle était incluse dans ce baiser, comprise dedans, comme si les deux autres étaient venues vers elle et l'avaient prise par la main sans qu'elle ait besoin de demander où elles allaient.

« Prends garde, petit Mohican. Nous ne passons pas par chez toi. Tu le sais bien. À quoi crois-tu que *Rio* sert ? »

Les amis de *Rio* ne comprenaient pas toujours tout. Par exemple, ils ne comprenaient pas que *Rio* était encore là même quand elle avait éteint l'ordinateur portable depuis longtemps.

« Ne fais pas de bêtises, d'accord ? Et donne-nous de tes nouvelles bientôt. Bonne nuit, petit Mohican. »

L'hiver d'après, tous les week-ends, elle avait attendu devant le panneau du village. Elle regardait la route qui descendait vers Tanvald. Elle y avait passé des heures, sous le couvert des pins, en janvier, février et mars. Les vacanciers d'Allemagne et des Pays-Bas arrivaient par cette route. Ils montaient du carrefour d'en bas où il y avait une nouvelle station essence, une grosse. De là, on pouvait partir soit vers le sud direction Vrchlabí, soit direction Tanvald puis Jablonec où sa mère allait parfois lui acheter un pantalon ou une paire de chaussures. Après Jablonec venait Liberec, et après Liberec, la frontière.

Adina regardait toutes les voitures qui arrivaient de la vallée. Parmi elles, il y avait des Škoda, des rouges, des vertes et des bleues. Elle scrutait chaque voiture de vacanciers jusqu'à ce que le véhicule perde sa couleur sous les rafales de neige et ne soit plus qu'une ombre parmi les ombres des pins sur le blanc tout neuf. Mi-mars, le dégel avait commencé. Adina avait quitté son poste d'observation au panneau du village. Elle était passée devant la station essence avec ses pompes orphelines. La pension était au bord d'une piste de ski. C'était une petite maison perchée sur une pente. L'arrière du toit touchait la montagne. Quand il y avait beaucoup de neige, les skieurs passaient sur le toit. Ils quittaient la piste, allaient jusqu'au faîte et reprenaient leur élan au niveau de la cheminée.

Cette fois, il n'y avait aucun skieur. La maison était plongée dans l'obscurité. Il y avait toujours le tas de bois contre la façade, mais la fenêtre était fermée. On n'entendait aucune voix. Pas un bruit, à part le ruissellement discret de l'eau qui tombait des arbres. Adina s'était penchée. Avec ses doigts nus, elle avait arraché un gros morceau de neige dure. Il pleuvait depuis des jours, et la pluie avait formé des trous bien nets dans la glace. Elle s'était frictionné le visage avec de la neige jusqu'à en avoir mal.

« Sala ? »

Quand elle s'était redressée, la brise de mars avait caressé sa peau à vif.

« Sala ? Tu m'entends ? »

Le soleil couchant s'est emparé des hangars à bateaux, de l'eau et des rochers couverts d'algues.

Des feuilles jonchent le sable, le vert moucheté de jaune des bouleaux. Les troncs sont humides, les lichens noircis par l'humidité.

La femme bleue remonte du rivage. Quand la rougeur se dissipe, un reflet s'attarde sur son visage, le fait bouger, le réagence. La peau semblable aux plis du sable. Elle me rappelle quelqu'un.

J'évoque le chagrin qui me submerge parfois. Dans chacun de mes livres, il y a des personnages auxquels je me suis attachée. Au fil des ans, je me suis séparée de nombre d'entre d'eux, et ils sont nombreux à avoir disparu. Tant d'adieux – plus qu'une seule personne n'est capable d'en supporter en temps normal. Parfois, je me demande ce qu'ils sont devenus. Ce qu'ils ont bien pu devenir. Où ils sont à présent.

Pendant un long moment, la femme bleue ne dit rien.

Elle me demande si je sais que la vie et les histoires qu'on raconte sont deux choses différentes. Un personnage permet au mieux d'en savoir plus sur son autrice. Sur celle qui l'a inventé. Ma question n'a de sens que si je souhaite savoir ce que c'est que d'être moi.

Elle ne prétend pas que la vie lui appartient. Elle trouve seulement que, parfois, il faut la protéger contre les histoires.

Partie 2 (*Boutique de Rickie*)

Ce que je peux nommer ne peut réellement me poindre.

Roland Barthes

Le matin qu'elle attendait depuis si longtemps, elle était montée dans un car. Le car était plein, mais elle avait trouvé une place près de la fenêtre. Sa mère était dehors, sur l'aire de stationnement.

C'était un matin gris, un matin sans soleil, sans pluie ni vent, et Adina avait été étonnée qu'un moment attendu avec autant d'impatience n'ait absolument rien de spécial.

Pendant vingt minutes, le car avait roulé dans un *no man's land*. La route était bordée par une clôture en métal qui commençait au milieu de rien, ne délimitait rien et ne débouchait sur rien. Pour finir, la clôture s'était interrompue sans crier gare. Ensuite, Adina avait aperçu un panneau bleu avec des étoiles jaunes sur lequel était écrit : *Bundesrepublik Deutschland – République fédérale d'Allemagne*. Le paysage derrière les vitres était redevenu paysage. Il y avait des buissons, des prés, puis un premier arbre. Le soleil perçait à travers les nuages. Le car avait fait halte à Dresde avant de rouler d'une traite jusqu'à la gare routière centrale au pied de la tour radio de Berlin. La tour radio aux airs parisiens.

« Où es-tu, Sala ? »

Sur l'autoroute entre Dresde et Berlin, elle avait roulé son pull en boule, le vert en laine qu'elle avait depuis toute petite. Elle l'avait calé sur la vitre en guise d'oreiller, s'était pelotonnée contre et, en silence, s'était entraînée à parler la langue du pays que le car traversait. En allemand, les autres langues se terminaient en « *isch* » – *Tschechisch, Slowakisch, Polnisch, Französisch, Englisch, Indisch, Russisch*. Mais la langue allemande se disait « *Deutsch* » et non « *Deutschländisch* » ou « *Deutschisch* ». Ces gens qui accordaient un statut spécial à leur propre langue devaient être des gens spéciaux, se disait Adina tout en regardant la forêt défiler dehors, une forêt plus lumineuse que celle d'Harrachov, des pins clairsemés, bien alignés, élancés, dont les rares branches étaient tellement hautes qu'on aurait dit les palmiers en pot à l'entrée du Zlatá Vyhlídka.

« Ne t'enfuis pas ! »

Une fois le soleil couché, il commence à faire froid. Un feu de navigation aiguise l'obscurité grandissante.

Je demande à la femme bleue si ce n'est pas l'inverse. Si ce ne sont pas les histoires qui doivent être protégées contre la vie, contre l'habitude, contre l'oubli, contre le temps qui passe.

La femme bleue remet son foulard en place.

Chaque soir, je rentre par le souterrain. Chaque soir, l'écho de mes pas couvre le bruit de nos conversations.

La femme bleue me regarde.

Elle dit que si elle ne veut pas raconter, ce n'est pas pour me cacher des choses. Que le fait de raconter ordonne les événements et les transforme en une histoire qui ferait d'elle une inconnue. On ne demande de raconter leur histoire qu'aux inconnus. Mais ici, il s'agit d'elle et de moi. Ce n'est pas un hasard si nous nous retrouvons dans un port.

C'est dans l'inexploré, dit-elle, que nous devenons intimes.

Les mots d'une poétesse. Elle a oublié laquelle.

C'était un lundi qu'Adina avait quitté la gare routière de Liberec à bord d'un car à destination de l'Allemagne. Lundi 18 septembre 2006. Pour la première fois au cours des cent trent-cinq années d'existence de l'Allemagne, une femme était à la tête du gouvernement. Adina l'avait appris à la radio. Et elle aurait applaudi avec ferveur le discours inaugural de la première chancelière allemande qui, devant le Parlement allemand, avait déclaré avec assurance : « Renonçons aux rituels éculés et aux cris d'orfraie quand nous voulons changer les choses. Personne ne peut nous empêcher d'emprunter de nouvelles voies. » Sauf qu'Adina n'avait pas entendu ces paroles. Le discours de la chancelière tout juste élue n'avait pas été diffusé à la radio tchèque. Mais, dans les semaines et mois qui avaient suivi, la voix d'Angela Merkel s'était régulièrement fait entendre.

Adina avait vingt et un ans. Elle était assise dans un car qui allait dans la bonne direction, et elle avait un sac banane rempli d'argent. Dans le filet au-dessus de sa tête se trouvait le sac à dos de cinquante litres. Aux pieds, elle avait ses bottines préférées et, dans le car, il faisait bon. C'était le début d'un nouveau siècle.

Une demi-heure après Dresde, elle avait eu une bouffée de panique. Mais l'argent était toujours là, des euros tout neufs, sans le moindre pli, la preuve que tout ça n'était pas une illusion, un mirage provoqué par la longue attente. Les billets dégageaient l'odeur piquante de l'air glacé. Ils étaient plus fiables que le papier mou et flasque qu'elle avait apporté à la banque pour faire le change : de l'argent récupéré à la consigne, de l'argent gagné en vendant du vin chaud, de l'argent donné par sa mère. Rien que l'état des billets montrait qu'ils ne valaient rien : elle en avait donné beaucoup plus qu'elle n'en avait reçu. La guichetière avait déposé les euros sur le comptoir en s'humectant le doigt.

Pour son bac, une de ses camarades de classe avait eu droit à un billet Interrail. Un autre, à un voyage à Rome. Adina avait perdu beaucoup de temps à la fin du lycée. Elle était allée travailler. Elle avait donné un coup de main dans les cuisines du Zlatá Vyhlídka, au spa et au bar. Parfois, elle avait le droit de tirer les bières. Le plus souvent, elle lavait les verres ou remplaçait les serviettes trempées de sueur par des serviettes propres dans un spa qui faisait penser à ceux de l'Ouest. Les clients sur les transats parlaient principalement russe. Les Russes n'étaient pas les mêmes que dans le temps. Dans le temps, ils portaient les uniformes militaires des Soviets et logeaient dans les montagnes, à la Špindlerova bouda qui avait été un camp allemand pour prisonniers de guerre soviétiques avant de devenir un camp de base de l'Armée rouge. Après le départ des Soviets, la Špindlerova bouda était redevenue un hôtel de tourisme avec billard, table de ping-pong et restaurant panoramique.

Les Russes qui venaient désormais avaient beau ne plus être des Soviets, ils avaient des crânes rasés de soldats. Ils portaient des shorts de bain qui leur arrivaient aux genoux et qu'ils n'enlevaient pas après s'être baignés. Tout trempés, ils se vautraient sur le bois sec des bancs du sauna en laissant des taches sombres d'humidité. Leurs voitures étaient trop grosses pour les rues du village. Leurs femmes en bikinis trop petits pour leurs seins ne se levaient des transats que pour se faire masser à la thaï par la Vietnamienne. La Vietnamienne tenait un *potraviny* asiatique au village. Elle utilisait des huiles coûteuses que les femmes russes, sitôt le massage terminé, allaient rincer aux douches où une couche visqueuse restait sur le carrelage. Chaque fois que les Russes venaient, Adina devait faire le ménage après eux.

« Arrange-toi pour ne pas les croiser, disait sa mère, convaincue qu'ils gagnaient leur argent avec des activités criminelles : trafic d'armes, de femmes, de drogue. On ne devient pas aussi riche sans faire des choses illégales. »

Un jour, un type avait jeté sa serviette mouillée dans la panière qu'Adina s'apprêtait à vider. Un pan de la serviette l'avait giflée au visage, et son pote dans la piscine avait éclaté de rire, avec ses bras tatoués et adipeux posés sur le rebord. L'éclairage subaquatique transformait son visage en face grimaçante. Quand il s'était péniblement hissé hors de l'eau, des bandes bleu clair étaient apparues le long de sa colonne vertébrale poilue. En un clin d'œil, le ruban kinésiologique avait réduit à néant cette vilaine apparition.

Adina avait honte pour sa mère. Elle n'avait pas honte de la chemise de nuit délavée dans laquelle sa mère, le teint gris, sortait de sa chambre en milieu de journée, ni du fait qu'elle avait arrêté d'aller chez l'esthéticienne pour pouvoir payer le chauffage et l'électricité. Adina avait honte d'être en colère contre elle alors qu'elle savait combien le travail de nuit était pénible pour sa mère, huit heures à la réception du Zlatá Vyhlídka à distribuer des clefs de chambres et à chauffer les chaussures de ski. Avant, sa mère rentrait du travail de bonne humeur. Elle n'avait pas le teint gris. Elle gagnait bien sa vie et n'aurait jamais plié l'échine devant les Russes. Avant, elle aurait offert un cours de langue à sa fille pour fêter la fin de sa scolarité. Elle aurait payé à Adina le voyage en Allemagne, comme les parents de ses camarades de classe.

« Un mois et demi, avait dit sa mère à la table de la cuisine la veille de son départ. Ça ne va pas changer la face du monde », comme pour se convaincre elle-même qu'elle avait raison de laisser partir Adina, seule dans une grande ville inconnue. « Tu seras de retour en moins de temps qu'il n'en faut pour le dire ! »

Sa mère était aussi excitée que si c'était elle qui partait. Elle avait fait du thé et rempli la Thermos qu'elles emportaient pour aller à la Labská bouda, chaque printemps à la fonte des neiges, un rituel à l'occasion duquel elles passaient la nuit dans le refuge qui surgissait des falaises au-dessus de la source, sinistre comme un vaisseau spatial.

« Si ta grand-mère savait ça ! » Sa mère préparait des sandwichs au pâté de foie et au fromage, et elle coupait deux pommes en quartiers qu'elle glissait dans un sachet en plastique où ils deviendraient marron et gluants. « Ta grand-mère serait fière de toi. »

Les quartiers de pomme avaient accompagné Adina toute son enfance. Ils étaient là pendant les randonnées, soigneusement emballés dans leur sachet en plastique ; ils étaient sur la table du petit déjeuner du dimanche ; et, dans la lunch-box, ils ramollissaient les sandwichs au pâté de foie. Et voilà que, dans les premiers rayons du soleil, elle allait monter dans un car et partir loin de sa mère, sans personne pour lui dire de manger les quartiers de pomme oxydés qui avaient toujours un petit goût de crème hydratante.

Juste avant Schönefeld, elle avait glissé le sachet avec les quartiers de pomme dans le filet du siège de devant.

Berlin était gigantesque. Elle n'était encore jamais allée dans une ville de cette taille. Les sommets, les ravins, les vallées, le fleuve – tout était en béton. Même les plantes et les arbres étaient bétonnés. « Kebab » était le premier mot qu'elle avait lu. Sous le panneau « Kebab », deux caniches aboyaient. Tout autour se dressaient des immeubles aux façades grises derrière lesquels il y avait encore plus d'immeubles et de façades, encore plus de béton. Les feux de signalisation et les panneaux publicitaires changeaient de couleur, les métros étaient jaunes et, dans la station souterraine, un homme jouait de l'harmonica. Elle avait roulé longtemps à travers l'obscurité, dans un wagon qui sentait l'ail et le métal. Elle avait traversé des stations carrelées et d'autres multicolores. Son arrêt ne venait pas et au bout d'un moment elle avait eu peur de l'avoir raté et d'être depuis longtemps ressortie de la ville ou arrivée dans une autre. Mais dans le quartier de Lichtenberg, quand elle avait monté l'escalier et retrouvé la lumière du jour, la ville était la même : toujours des immeubles, des kebabs, des feux de signalisation, du béton. Seule la tour qu'elle avait sous les yeux avait changé.

Rickie avait été la première personne à lui adresser la parole. Rickie sous un hêtre pourpre, sur une place où se trouvaient des tables en bois et des chaises rouges, celles du café du trottoir d'en face. Sur les tables étaient posées des lanternes en papier, des bougies colorées qu'un coup de vent aurait suffi à éteindre. Sauf qu'il n'y avait pas de vent. Les feuilles du hêtre étaient agitées par une brise légère, et Rickie lui avait offert un chai latte. « Qu'est-ce qui t'amène à Lichtenberg ? »

La frondaison de l'arbre recouvrait toute la place. Ses feuilles rouges s'étendaient jusqu'aux voitures garées le long du trottoir. Des taches d'ombre tombaient sur la petite terrasse et, plus tard, quand il s'était mis à pleuvoir et qu'elle s'était rendu compte qu'elle avait laissé son imperméable à l'auberge de jeunesse, le feuillage l'avait abritée.

Chaque matin, en allant prendre le métro, elle passait devant ce hêtre pourpre. L'auberge de jeunesse était juste à côté. C'était un bâtiment de trois étages sans fioritures. Sur le tableau noir de la salle commune, des événements étaient annoncés : un barbecue, des soirées pizzas, un happy hour spécial vin – le programme de la dernière semaine d'août. Le mois d'août était terminé depuis longtemps. Devant l'auberge de jeunesse, il y avait une cour avec des râteliers à vélos et des bennes à ordures et, quand elle franchissait le grand portail pour sortir dans la rue, elle se retrouvait face à un stand de pizzas à emporter. Plus loin, il y avait une terrasse de café dont les parasols étaient encore fermés tôt le matin. Avant d'arriver à la station de la U5, elle traversait la place au hêtre et, chaque fois, elle s'arrêtait quelques instants pour sentir le pouls de la ville, qui ne vibrait pas forcément sous ses pieds, mais toujours dans sa tête. Les gens la dépassaient à toute vitesse. Ils avaient un but. Mais elle aussi en avait un. Chaque jour, elle mettait le cap sur un grand bâtiment moderne dans le quartier de Mitte. Là-bas, dans une salle aux murs nus qui surplombait la ville mugissante, elle réfléchissait aux modes verbaux et aux participes pendant que les coups de sonnette des trams et le bruit changeant des moteurs pénétraient par les fenêtres entrouvertes. Les participes lui plaisaient. C'étaient des mots qui n'avaient pas à se décider. Ils pouvaient être verbe et adjectif à la fois.

Les autres élèves étaient plus âgés qu'elle. Ils avaient des métiers dans leur pays d'origine, ou bien ils en avaient eu un qu'ils avaient laissé tomber. Pendant les pauses, ils restaient généralement entre personnes de la même zone linguistique : les Syriens avec le Libyen, la Chinoise avec le Taïwanais, les ingénieurs géorgiens avec la professeure ukrainienne. Au départ, Adina n'osait pas ouvrir la bouche en cours, alors qu'elle connaissait le vocabulaire.

Le dimanche, son premier à Berlin, elle avait mis ses devoirs et sa grammaire dans son sac à dos, et était partie réviser sur la place au hêtre pourpre. Le beau temps faisait sortir les gens dans les rues. La terrasse était pleine. Mais sur le côté, il restait une table libre, juste au bord du trottoir – elle devait faire attention à ce que les pieds de la table ne basculent pas. Les enfants jouaient à la marelle. Les parents lisaient des journaux coincés dans de longues pinces en bois et buvaient du café dans de grandes tasses sous l'arbre qui projetait des ombres aériennes. Une brise légère agitait les feuilles, mais la circulation couvrait leur bruissement.

Elle ne savait pas si quelqu'un allait venir prendre sa commande.

Au lieu d'un serveur, c'était Rickie qui était venue.

« Qu'est-ce que tu es en train de réviser ? » Sans faire de façons, Rickie s'était assise sur la chaise en face d'elle.

« De l'allemand. » Adina venait d'ouvrir son livre. À l'abri de cet arbre, elle comptait s'entraîner à dire des choses au conditionnel.

« Tu es nouvelle ici, pas vrai ? Tu loges à l'auberge de jeunesse, là-bas ? »

Rickie ne ressemblait à personne. En tout cas, à première vue, elle n'avait rien de commun avec les femmes qu'Adina connaissait. Ses mouvements économes et déterminés avaient quelque chose de raide et de pragmatique. Sa voix était grave, mais plus douce que celle d'un homme, et elle contrastait avec son corps mince et plat qui disparaissait dans ses vêtements. Elle portait un pantalon brodé de toutes les couleurs, une chemise noire aux manches retroussées et, par-dessus, un gilet en cuir souple qui n'était pas fermé, le tout légèrement trop grand.

« Tu ne m'as pas l'air d'être du genre Shot-Rail. Pas la backpackeuse habituelle. »

Rickie était coiffée d'un couvre-chef de style oriental avec des petits miroirs qui brillaient au soleil.

« Et personne ne t'a donné les bonnes adresses. (Du menton, Rickie avait désigné les gens alentour.) Des Souabes pleins de fric, ça se voit au prix des gâteaux. »

Autour de ses poignets s'enroulait un entrelacs de bracelets qui, à y regarder de plus près, se révélait être de l'encre injectée sous sa peau.

« Il n'y a pas très longtemps, c'était encore un quartier ouvrier. Avec des bistrots où on pouvait se payer à boire. (Autour du cou, Rickie portait un collier. Au bout d'une chaînette scintillaient les ailes bleu-vert d'un papillon.) Il suffit de regarder le nombre de grands ensembles. Les quartiers ouvriers se trouvaient principalement à l'est.

— Pourquoi ?

— Pourquoi ? (Rickie avait éclaté de rire.) Parce que le vent qui apporte l'air frais vient de l'ouest. Et qu'est-ce qui t'amène à Lichtenberg ?

— Je veux étudier, avait dit Adina.

— Tiens donc.

— Les sciences de la terre. La géophysique, la géologie… »

Devant Rickie était posé un petit sachet de tabac. Elle avait roulé une feuille, léché la tranche et coincé la mince cigarette sans filtre derrière son oreille, comme si elle la gardait pour plus tard.

« Tu es ambitieuse, hein ? »

Adina avait haussé les épaules. Mais, dans son for intérieur, elle était d'accord avec Rickie.

« Je le vois bien, avait repris Rickie. Berlin, le nombril du monde : c'est un bon début. » Elle avait fait un grand sourire sans qu'Adina sache si c'était censé être une blague. Au fond, elle était d'accord aussi.

Rickie avait tendu une main par-dessus la table. « Ne te laisse pas déstabiliser par moi. Tu iras loin. Crois-moi, je le vois. Je suis photographe. Tes petits camarades se contentent de faire la fête. Ils passent deux ou trois jours sur place et, une fois qu'ils ont vu Checkpoint Charlie, ils croient tout savoir de la guerre froide. Et toi, tu restes ici à réviser. Ce qu'il te faut, c'est un peu de distraction. »

La main avait disparu, Rickie s'était renversée en arrière.

« L'art, ça te connaît ? »

Adina avait secoué la tête.

« Je me disais bien, avait poursuivi Rickie. Regarde-moi. Allez, regarde-moi. »

Adina avait regardé ce visage clair au front anguleux, barré de trois rides souples et régulières.

« Écoute, avait fini par déclarer Rickie. J'ai une idée. En ce moment, je suis sur un gros projet, et tu pourrais me filer un coup de main. Qu'est-ce que tu dirais de faire quelques tests photo ? Histoire de te changer de tes révisions. »

Sa cigarette derrière l'oreille, Rickie était assise avec décontraction sur la vieille chaise de jardin.

« Ce que je fais va te plaire, j'en suis sûre et certaine. Esthétique androgyne – je parle juste de l'aspect physique. Je rends au monde la beauté que j'y vois. Pas de mannequins squelettiques. Des mannequins squelettiques, tu n'en trouveras pas chez moi. Ce qui compte pour moi, ce sont les corps, qui sont à la fois une frontière et le franchissement de cette frontière. *Lagom*, si jamais ça te parle. »

Rickie était rapide, elle était renversante, elle était trop. Coriace mais courageuse : c'était son mot d'ordre, qu'elle plaçait régulièrement dans la conversation. La ville scintillait sur les petits miroirs de son couvre-chef.

« Qu'est-ce que tu en penses ? *You and I ?* Mon studio est à deux pas. »

Elle n'était pas allée au studio de Rickie. Peut-être que c'était trop pour une première fois. Ou peut-être qu'elle avait le sentiment que Rickie n'était pas tout à fait vraie. Elle était comme ce scintillement. Adina n'avait pas l'impression que Rickie la menait en bateau. Mais tout allait un peu vite, et c'était déconcertant. Sauf que, au fond, *Rio* non plus n'était pas tout à fait vrai, au sens grammatical du terme. *Rio* était hypothétique. Et Adina avait fini par se dire qu'une hypothèse n'était pas forcément moins vraie qu'une certitude, elle décrivait simplement une réalité située dans le futur. Elle anticipait l'avenir.

« Personne ne mérite de loger dans une auberge de jeunesse pleine de pisse, avait dit Rickie, et le ciel s'était couvert. Franchement. Juste parce que tu viens d'Europe de l'Est ?

— De la limite entre Europe centrale et Europe de l'Est.

— Justement ! »

La pluie d'été s'était mise à tomber d'un coup, en tambourinant sur le feuillage du hêtre.

Le soir, Adina s'était allongée avec le pull en laine vert en guise d'oreiller, sur la couchette supérieure du lit superposé de droite. Elle avait la chambre pour elle toute seule. La saison Interrail était terminée, l'auberge de jeunesse était presque vide. L'homme à l'accueil avait remarqué sa déception, et il avait essayé de lui remonter le moral : pas de mauvaises odeurs, pas de ronflements, personne pour débarquer bourré en pleine nuit et la bassiner avec ses états d'âme. Elle n'était pas complètement d'accord. Mais, au bout d'un moment, elle s'était rendu compte que ce n'était pas si grave. Malgré le silence, l'austérité des murs blancs et les traces de moustiques morts au plafond, la chambre était agréable. Berlin s'étendait derrière la fenêtre. La ville étincelait. Elle était à portée de main. Alors, Adina s'était installée confortablement, la tête sur le pull, pour penser tranquillement, et elle avait pensé à Rickie. Le pull était vieux. C'était son préféré, un pull d'aventures, le pull d'une exploratrice. Elle l'avait porté à chacune de ses expéditions. Il avait grandi avec elle. Sa mère voulait le jeter à la poubelle depuis longtemps mais, sur le lit de quatre-vingt-dix centimètres de large de l'auberge de jeunesse, il était parfait.

Chaque matin, avant d'aller à l'école de langues, Adina faisait un tour. Elle se levait de bonne heure. Après réflexion, elle avait conclu qu'une ville devait s'explorer exactement comme une forêt ou une montagne, par des expéditions à pied.

Au lieu d'aller vers la place au hêtre pourpre, elle partait dans la direction opposée. Elle longeait les rails du tram. Elle regardait les vitrines des boutiques encore fermées, les cafés qui étaient en train d'ouvrir, les façades des immeubles qui l'entouraient de toutes parts, et elle essayait de se sentir telle qu'elle était : une jeune privilégiée qui avait réussi à quitter son village dans les montagnes pour la grande ville. Et pas n'importe quelle ville, pensait Adina. Berlin était la capitale de l'Europe.

Avant, elle n'avait pas conscience que tant de monde vivait ici. Elle savait qu'il y avait beaucoup de gens. Elle avait regardé le nombre d'habitants sur internet. Mais en marchant elle se rendait compte qu'elle n'arriverait jamais aux limites de la ville, qu'elle ne la traverserait jamais d'un bout à l'autre, car elle avait beau poursuivre sa route, elle continuait à voir surgir immeuble après immeuble, pâté de maisons après pâté de maisons. Chaque rue débouchait sur une nouvelle rue, se divisait en deux, en trois, et finissait par croiser un nombre incalculable d'autres rues, des rues qui menaient à d'autres quartiers et débouchaient sur de nouvelles rues flanquées elles aussi d'innombrables pâtés de maisons et d'immeubles à plusieurs étages qui possédaient une arrière-cour avec d'autres bâtiments, laquelle conduisait elle-même à d'autres cours avec encore plus de bâtiments, tous de cinq étages et plus, où il y avait non pas un, mais trois ou quatre appartements, habités au moins par une personne, généralement par plusieurs.

Elle avait la possibilité de faire la connaissance de tous ces gens. Cette pensée lui donnait le vertige. Elle manquait de temps. Six semaines n'étaient pas suffisantes pour une ville de cette taille. Le pire étant qu'elle risquait aussi de passer à côté de tous ces gens, de ne pas faire leur connaissance, alors que c'étaient potentiellement des gens importants, des gens avec lesquels elle devait à tout prix faire connaissance, car ils compteraient pour elle, et à partir de là se posait la question suivante : comment était-elle censée faire la différence entre les gens qui comptaient et ceux qui ne comptaient pas tant que ça ?

Tous les jours, Adina suivait un itinéraire légèrement différent à travers Lichtenberg. Mais elle finissait toujours par arriver devant une fontaine où était agenouillé un homme en bronze, avec un poisson à l'agonie dans son poing levé, et c'est qu'il était temps de faire demi-tour. Parfois, au terme de son expédition, elle entrait dans un café. Elle s'offrait une boisson chaude à emporter et un des croissants qui embaumaient, encore chauds, sur un plateau. Et quand les jeunes femmes coiffées de visières lui répondaient en allemand et pas en anglais, elle en avait le souffle presque coupé de joie. Elles ne se rendaient pas compte qu'Adina n'était pas d'ici. Pour elles, Adina était des leurs. Elle s'installait sur la terrasse, sous les parasols désormais ouverts, et buvait son café lentement, comme on sirote le liquide le plus précieux du monde. Un courant d'air frais caressait ses jambes. Il flottait une odeur de cendre de cigarette, de lait brûlé et d'air vicié sorti des égouts, et les camions faisaient trembler l'asphalte sur leur passage. C'était bruyant et beau.

C'était dans ces moments-là qu'elle voyait Rickie. Elle surgissait entre les parasols. Une fraction de seconde qui ne durait pas plus qu'un coup de tonnerre dans le ciel. Mais à l'endroit où elle avait été, l'éclair persistait. Adina avait le visage de Rickie sous les yeux, aussi net que celui de Božena Němcová sur le billet de cinq cents couronnes.

Dans la U5 qu'elle prenait pour aller à l'école de langues, elle avait cru voir Rickie à plusieurs reprises, Rickie avec son couvre-chef à miroirs et son pantalon de toutes les couleurs au milieu des autres passagers. Des inconnus étaient assis sur les sièges en plastique, sacs à main et à dos entre les jambes, les oreilles colmatées. Mais dès qu'Adina se replongeait dans son cahier de vocabulaire, elle avait le sentiment que Rickie l'observait depuis les profondeurs du wagon. Elle ne voulait pas. Cette idée avait quelque chose d'inquiétant.

Un après-midi, Rickie avait été là pour de bon. Elle se tenait en haut de l'escalier qui menait du quai du métro au grand jour. Sa présence n'avait rien d'extraordinaire. Rickie habitait à Lichtenberg. Son studio photo était juste à côté. Mais le fait qu'elle se trouve là à ce moment précis, en plein après-midi, donnait l'impression qu'elle attendait. C'était comme si Rickie avait été missionnée par *Rio*, qu'on l'avait envoyée exprès à Berlin, et voilà qu'elle était ici pour elle.

Deux backpackeurs l'avaient bousculée sans s'excuser.

Rickie était toujours là. Elle était aveuglée par le soleil. Adina la voyait d'autant mieux, auréolée par la lumière du jour. Quand elle était arrivée en haut de l'escalier, la luminosité s'était encore accentuée, comme si les derniers nuages s'étaient dissipés. Le ciel était d'un bleu cosmique outrancier.

« Eh bien, avait dit Rickie qui avait un vélo avec des pots de peinture au guidon. Coriace mais courageuse ? »

Une fois de plus, Adina s'était dit qu'elle ne comprenait pas bien. Coriace mais courageuse : ce n'était pas forcément contradictoire. Pour Rickie, c'était justement ce qui était drôle. Quand elle parlait, son but n'était pas forcément de faire tout ce qu'il fallait. Son but était de se sentir bien, de s'approprier cette langue dont la logique n'était pas la sienne. Dans une langue correcte, disait Rickie, il n'y avait pas de place pour quelqu'un comme elle.

« Quoi de prévu, aujourd'hui ? »

Un pot menaçait de tomber du guidon, et Adina l'avait rattrapé.

« Tu pourrais m'accompagner à la boutique », avait dit Rickie, et cette fois il n'y avait pas de raison de décliner la proposition. Elles s'étaient éloignées, et l'asphalte berlinois résistait à leurs pas.

Le studio de Rickie était situé dans une rue transversale. La porte de l'immeuble était couverte de graffitis. L'endroit abritait autrefois une boutique qui vendait du muesli, du miel et des huiles essentielles. Les affaires ne marchaient pas bien car, à l'époque, Lichtenberg était encore Lichtenberg, un quartier ouvrier. « Une poignée d'ouvriers venaient y acheter leur petit déjeuner, avait dit Rickie, et ils voulaient de la saucisse fumée et de la bière. »

Elle avait loué le local pour une bouchée de pain et en avait fait un atelier. « Atelier » – c'était le mot qu'utilisait Rickie. Il s'agissait d'une grande pièce à moitié vide en rez-de-chaussée avec des fenêtres qui donnaient sur la rue. Les toilettes étaient dans le couloir. Derrière une porte en verre dépoli se trouvait une cuisine qui permettait d'accéder à une arrière-cour et, comme elle était au-dessus d'une saillie, la fenêtre ne s'ouvrait qu'à l'aide d'une longue tige en fer. Une ficelle était tendue à travers l'atelier. Au niveau du plafond, elle traversait la pièce de part en part comme une corde à linge, chargée de bikinis et de jupons, de soutiens-gorge et de collants en nylon. À côté d'une perruque rousse, une paire d'escarpins violets étaient attachés par leurs lanières. Adina n'était encore jamais allée dans un endroit où des escarpins pendaient du plafond.

« C'est *lagom* ? »

Adina avait retenu le mot parce qu'il était obscur et évocateur, et parce qu'il ne lui disait absolument rien, comme c'était souvent le cas des termes qu'elle gardait en mémoire.

« Ce sont les restes d'un vieux projet. Un projet politique, si tu veux. Sauf que personne n'a compris. Mais j'ai tourné la page, avait dit Rickie. Les gens ne comprennent la portée politique que quand c'est *mainstream*. Personne ne prend de risque, et surtout pas les artistes, les prix leur tombent tout cuits dans le bec. Enfin, plus ils se gavent de prix, plus ils font de la merde. »

Pendant qu'elle emportait les pots et les sacs à la cuisine, Adina avait eu le temps de tout examiner. Des murs orange. À côté de la porte de la cuisine, trois strapontins de cinéma au tissu rouge élimé. Au milieu de la pièce trônait une longue table à tapisser. Des trépieds se trouvaient dans un coin, avec un futon recouvert de vêtements posé à même le sol. Il y avait des chemisiers, des pantalons brodés et encore d'autres couvre-chefs de style oriental – Rickie semblait en avoir toujours un sur la tête.

« N'hésite pas à essayer des trucs, avait dit Rickie en revenant. Se déguiser un peu, ça ne peut pas faire de mal. Ça fait diversion. (Elle avait fouillé dans le tas sur le futon et en avait sorti une chemise bleu foncé.) Ça, je suis sûre que ça va t'aller. Une pièce unique, une vraie. Je n'aurais jamais pensé trouver ça en friperie. (Elle l'avait mise devant le buste d'Adina pour voir.) Pointes boutonnées. Ça te plaît ? »

La chemise était douce comme de la soie et légère comme une plume.

« Je te l'offre. Il ne te manque plus que le bon soutif. (Elle avait attrapé un bikini sur la corde à linge.) Ça, ça pourrait le faire. C'était celui d'une amie. Ou plutôt : d'une fille que je pensais être une amie. Une des nôtres. Elle avait les bonnes opinions, elle avait lu les bons textes, elle voulait faire le ménage dans les institutions sexistes et, en public, elle parlait notre langue. Un peu pathétique, un peu politiquement correcte. Malheureusement, je m'en suis rendu compte trop tard. Elle prêchait la bonne parole avec un peu trop de zèle et avait un peu trop tendance à fricoter avec les puissants, surtout les vieux machos. (Elle avait fait claquer la ficelle du bikini.) Elle ne reculait devant rien pour se mettre en avant – même les contrevérités ne l'arrêtaient pas. Quand elle a raconté qu'elle était la filleule d'un homme politique important, tout le monde l'a crue. Le type était mort et ne pouvait pas rectifier, et elle a menacé sa femme pour qu'elle ne l'ouvre pas. Avec cette histoire de parrain, elle s'est bien fait remarquer. Personne ne remettait sa parole en cause. Ce genre de mensonges gros comme une maison, ça passe toujours. Depuis qu'elle a obtenu une distinction importante grâce à cette combine, elle fait partie des intouchables. »

Une drôle d'expression était apparue sur le visage de Rickie. Puis elle avait fait volte-face.

« Enfin bref. On n'a pas besoin de ça. (Elle avait négligemment jeté le bikini sur la montagne de fringues.) Alors ? avait-elle demandé en lançant un coup d'œil impatient à la chemise. Essaye-la ! »

Adina avait inspiré profondément. Quelques instants plus tôt, elle sortait seule du métro, avec une longue soirée devant elle, après avoir enfin réussi à prendre la parole en cours. Et voilà qu'elle se retrouvait dans l'un des immeubles tout en hauteur qu'elle ne connaissait jusque-là que de l'extérieur, et qu'elle n'avait plus aucune envie de repartir.

« Maintenant ?

— Oui, maintenant. »

Rickie avait loué une épicerie et en avait fait un atelier. Un peu comme la Vietnamienne d'Harrachov qui avait repris le vieux magasin d'alimentation pour ouvrir un commerce asiatique. Sauf que la Vietnamienne n'avait fait que changer les produits dans les rayonnages. Rickie avait transformé toute la boutique. C'était une artiste. Quelqu'un qui vous faisait découvrir l'art.

« Ou est-ce que tu as peur que je te mate ?

— Comment ça ?

— Tu as peur de te déshabiller devant moi ? »

L'idée de se déshabiller n'avait pas effleuré Adina. Elle n'avait pas envie de se déguiser. Elle n'avait jamais aimé ça. Même si ce n'était pas tout à fait vrai. Car elle avait beau ne pas se déguiser, chaque fois qu'elle allait à *Rio*, elle était une personne différente. Sans avoir besoin de changer de vêtements pour ça.

Pour faire plaisir à Rickie, elle avait enfilé la chemise. Le tissu était frais et souple et, alors qu'elle hésitait encore à la rentrer dans son pantalon, Rickie avait posé deux chaises au milieu de la pièce. Elle s'était assise à cheval sur l'une des deux et avait demandé à Adina de se mettre en face d'elle.

« Pour voir. »

Ce n'était pas une demande compliquée. S'asseoir sur une chaise n'aurait pas dû lui poser problème. Et pourtant, sous le regard de Rickie, Adina avait l'impression de ne plus être capable de faire cet enchaînement tout simple de mouvements.

Elle s'était laissée tomber sur la chaise à la hâte.

« Très bien, avait dit Rickie. Oublie l'objectif. Regarde-moi, c'est tout. »

Avant de commencer à faire des photos d'un air grave, Rickie avait enflammé de la sauge dans un récipient en terre cuite et, au bout d'un moment, une odeur forte et âpre avait envahi le studio.

Quand Adina était rentrée à sa chambre de l'auberge de jeunesse, tard le soir, l'odeur de sauge flottait encore autour d'elle. Elle était partout, dans ses habits, ses cheveux, et jusque sur sa peau. Adina était imprégnée de sauge, à croire qu'elle s'était baignée dedans.

À partir de ce moment-là, Rickie avait voulu la voir tous les jours. Et Adina, qui avait jusque-là passé ses après-midi à traîner dans la salle commune, à surfer sur l'ordinateur en libre accès ou à discuter avec des backpackeurs égarés – toujours les mêmes conversations sur les tickets *low cost* et les endroits à ne pas manquer –, et ses soirées couchée dans son lit à se réciter son vocabulaire toute seule, était ravie de passer plus de temps dans la boutique de Rickie. Dès qu'elle se levait le matin, elle avait hâte que l'après-midi arrive.

Une fois rentrée de l'école de langues, elle attaquait ses devoirs, révisait les tournures passives et les phrases relatives. *Das Kind, das sich verlaufen hat, wird von der Polizei gesucht – L'enfant qui s'est perdu est recherché par la police.* Puis elle rangeait ses cahiers dans son sac à dos et préparait ses vêtements pour le lendemain matin. Elle posait soigneusement le pantalon et le haut sur le dossier de sa chaise, comme elle le faisait depuis sa plus tendre enfance. Ensuite, elle partait voir Rickie. Elle traversait la place au hêtre pourpre qui semblait avoir rétréci. Et elle avait beau être pressée, elle s'arrêtait toujours quelques instants pour jeter un coup d'œil aux gens installés aux tables de jardin. C'étaient toujours les mêmes : des Souabes pleins de fric – maintenant, elle savait.

Rickie tenait à commencer avant la tombée de la nuit. Les grandes fenêtres sales laissaient entrer la lumière pâlissante qui se fondait dans l'orange de la pièce. Plus que de la vraie lumière, on aurait dit de la matière en apesanteur. Rickie fermait les rideaux et allumait deux spots qui agressaient l'orange sous différents angles.

Au départ, Adina n'avait pas su où poser les yeux. Impossible de savoir comment elle était censée tourner la tête ou positionner son bras, jusqu'au moment où Rickie s'était avancée vers elle, avait déboutonné le haut de la chemise et l'avait délicatement tirée sur ses épaules.

« Montre-nous tes jolis bras bien définis.

— Comment ça, “définis” ?

— C'est une expression. Quand il n'y a pas de graisse sur les muscles.

— Je pensais qu'on définissait seulement les concepts. »

Ses épaules et son cou étaient dénudés parce que Rickie le voulait et, comme les mains de Rickie s'y attardaient un instant, tièdes et fermes, la tension s'était relâchée.

« À ton avis, de quoi sont faits tes bras s'ils ne sont pas faits de concepts ? »

Personne ne l'avait jamais touchée comme ça. Une légère pression, et les mains étaient reparties. Rickie avait retiré sa chemise noire et son gilet en cuir. Pour travailler, elle portait un simple débardeur côtelé avec son pantalon brodé et un de ses couvre-chefs à miroirs. Sa poitrine était plate. Elle n'avait pratiquement pas de seins, et Adina s'était dit que ce n'était pas Rickie qui portait les bikinis sur la corde à linge. Ils étaient bien trop grands. Sur Rickie, un bikini aurait eu l'air d'une paire de lunettes tombée trop bas.

« Tu ne me crois pas ? avait demandé Rickie.
— Si.
— Alors pourquoi tu ris ? »
Elle riait à cause de la dégaine que Rickie aurait eue en bikini.
« Tu ne te sens quand même pas exploitée. »
Cette fois elle avait ri parce qu'il n'y avait rien à exploiter chez elle.
« Sérieusement, avait repris Rickie. Pourquoi tu es venue avec moi ?
— Parce que tu as dit que...
— Quoi ?
— Que je devais te filer un coup de main. *You and I*, tu as dit...
— Non, *darling*. On ne va pas pouvoir continuer comme ça. Tu dois pouvoir répondre à cette question.
— Je suis une exploratrice, avait déclaré Adina avec détermination. Une exploratrice en expédition.
— Et moi, je suis une terre inconnue que tu explores ?
— Exactement. La plupart des gens ne connaissent que leur propre terre.
— C'est vrai. (La mine de Rickie s'était éclairée.) Et encore ! »
Adina avait l'impression de flotter un peu. Des volutes de lumière l'enveloppaient, et la voix de Rickie était là, qui tantôt la félicitait, tantôt l'interrogeait, tantôt la rappelait à l'ordre et lui demandait de rester concentrée, de ne pas gigoter.
« Qu'est-ce qu'il se passe ? (Rickie avait surgi de derrière l'objectif.) Il y a un problème ? C'est juste moi, détends-toi.
— C'est la première fois que je fais ça.
— Quoi ? Poser pour une séance photo ?
— Oui. »
Rickie avait suspendu un disque argenté aux airs de toile de trampoline.
« Tu aurais eu envie ?

— Je ne sais pas. Non. À *Rio*, mon rêve, c'était qu'on me voie.

— Tu es allée au Brésil ?

— Non, sur l'ordinateur, sur le forum. Personne ne savait quelle tête j'avais. La plupart des gens ne connaissaient que mon nom, sauf que ce n'était pas le bon. Enfin, c'était le bon, mais personne ne m'aurait appelée comme ça au lycée.

— Et comment on aurait dû t'appeler au lycée ?

— À *Rio*, j'étais le dernier des Mohicans. Mais en général, on m'appelait "petit Mohican".

— C'est mignon. »

Rickie la regardait entre ses bras levés. Son regard semblait dire : Ah, enfin ! Il y a donc quelque chose qui pulse dans cette enfant des montagnes, derrière ce front bohémien.

« Ma mère voulait m'offrir un appareil photo. Mais ensuite, elle a perdu son travail. »

Rickie fixait un point derrière la tête d'Adina.

« Le dernier des Mohicans ? Et personne ne l'a jamais vu ?

— Non.

— C'est dommage.

— Quand ma mère a retrouvé du travail, elle ne gagnait toujours pas assez. C'était juste un petit boulot au Zlatá Vyhlídka. Ça veut dire "Vue d'or", un hôtel spa avec des palmiers à l'entrée. Elle tient la réception de nuit. Et elle n'aime pas vivre la nuit, avait dit Adina. Elle ne peut pas se passer de la lumière du jour. Ma mère a besoin de luminosité pour travailler. Comme elle est styliste, elle ne peut rien faire dans le noir, parce que, sans ça, elle ne voit pas ce qu'elle dessine. Les jupes et les chemisiers, les gens veulent les porter de jour. Je veux dire : il faut que ça rende bien. Moi, j'aime bien la nuit aussi. Et il ne fait pas si noir que ça car la neige brille. »

Elle s'était emmêlé les pinceaux. Les mots allemands ne se pliaient pas à sa volonté. Au lieu de dire ce qu'elle voulait, elle disait le peu qu'elle arrivait à dire, mais ses paroles semblaient suivre la logique de cette langue étrangère au lieu de traduire ses pensées.

« La neige fait tout briller, avait-elle ajouté comme si c'était précisément ce qu'elle voulait dire. Et quand on sort, la nuit, et qu'il fait vraiment froid, les étoiles sont toutes proches. »

Rickie manipulait une lampe.

« Et tout l'univers autour de vous, c'est *Rio,* avait poursuivi Adina, reprenant confiance en son allemand. Comme si on vous éveillait à la vie. Comme maintenant.

— Au contraire. (Rickie avait levé les yeux.) Je crois que tu dois mourir.

— Quoi ? Comment ça, mourir ? Qu'est-ce que tu veux dire ? Tu dois mourir ?

— *Not I. You !* Je parle de toi. »

Sur le visage de Rickie, il n'y avait aucune trace d'ironie.

Adina s'était mise à avoir chaud.

« Tu parles de moi ?

— Tu écoutes ce que je te dis, oui ou non ?

— Oui. »

Elle se sentait ridicule. Elle avait tout compris de travers. *Rio,* le Zlatá Vyhlídka, sa mère. Quelqu'un comme Rickie devait trouver ça grotesque. Rickie qui disait des choses cool, des choses comme « Coriace mais courageuse » ou « Tu dois mourir ». C'était peut-être ce qui se disait dans cette ville. Ou alors, c'était juste Rickie qui parlait comme ça, parce qu'elle faisait ce qu'elle voulait avec la langue, à la différence du reste du monde.

« Tu veux que je te le dise en anglais ?

— Non !

— *Darling,* avait repris Rickie. Le problème, c'est que tu te caches. Et depuis beaucoup trop de temps.

— Je ne me cache pas.

— Je ne suis pas d'accord avec ça.

— Et devant qui je me cacherais ?

— Qu'est-ce que j'en sais ? (Agacée, Rickie tripotait son appareil photo.) Comment veux-tu que je le sache ?

— Mais c'est toi qui m'as abordée, avait rétorqué Adina qui sentait la sueur lui monter au front. Au café. Si je me cachais, tu ne m'aurais pas vue.

— Qu'est-ce que ça peut faire, devant qui vous vous cachez ? avait répondu Rickie à son objectif. Vous vous cachez, et c'est déjà assez grave comme ça. »

Les spots étaient brûlants, et la sueur chatouillait Adina sous sa chemise. Elle n'avait rien pour s'essuyer.

« Pourquoi je devrais mourir si je me cache ?

— Parce que, sans ça, tu ne sortiras jamais de ta cachette. Parce que tu ne te rends même pas compte que tu y es. (Rickie avait pris une photo.) Tu es trop jeune. (Pour faire ses photos, elle n'avait pas besoin de regarder à travers le viseur. Elle regardait simplement Adina.) Si tu n'étais pas aussi jeune, tu ne parlerais pas de la mort à la légère comme ça.

— C'est toi qui as commencé !

— Adina-Alexina-*darling*, avait dit Rickie. On ne naît pas nu. Tu portes des vêtements avant même de venir au monde. On t'a habillée alors que tu n'étais même pas encore capable de choisir tes propres vêtements. Et ça continue comme ça jusqu'à la tombe, dans laquelle tu descends toujours habillée. Ta langue, ce sont tes vêtements. Tu es déjà *dressed* par les mots alors que tu n'es encore qu'un poisson qui nage dans l'étang, ils te vont comme un gant, à la perfection, à peine perceptibles, parce qu'ils ont des coutures plates et qu'ils te font comme une seconde peau, ils sont tes mouvements, tes humeurs. Il faut avoir de la chance, une chance folle, pour te rendre compte que les autres mots, les mots qui te sont interdits, t'iraient beaucoup mieux. Et ça déclenche quelque chose en toi. D'un coup, tu as l'intuition, le pressentiment confus qu'il existe autre chose, un monde pluriel. C'est pour ça que tu m'as trouvée, Adina-Alexina. Parce que tu flaires un monde où rôde le sourire sans chat. Les gens comme les autres n'en veulent pas. Ça leur fait peur. Les gens comme les autres préfèrent rêver de retourner dans la forêt pour humer le tapis d'aiguilles de pin comme quand ils étaient enfants. Les étoiles sont à portée de main. Retrouver l'innocence du regard. Comme si elle avait jamais existé. Le regard des enfants n'a jamais été innocent.

— Qu'est-ce que tu en sais ?

— Qui dit que je le sais ?

— Eh bien, toi.

— Et si ce n'était pas vrai ? »

Mais Rickie savait tout.

Elle se servait des spots pour créer un effet. L'effet était puissant. Il était bien visible sur les premières photos qu'elles avaient regardées sur l'ordinateur quelques jours plus tard. Adina ne s'était pas reconnue. Une tache floue et blanche – c'était son visage. Sous la chemise, il y avait un corps qui était caché lors de la séance photo, c'est en tout cas ce qu'Adina avait cru. Le corps était comme délavé, et ce n'était pas le sien. Ce n'était pas le corps qu'elle sentait sur elle ou autour d'elle, quelle que soit la formulation adéquate. Elle avait posé sur la chaise devant l'objectif, avec le corps qu'elle sentait sur elle ou autour d'elle, et, désormais, c'était un autre corps. Ou plutôt, on aurait dit que plusieurs corps avaient été imbriqués les uns dans les autres et superposés les uns aux autres.

« *Lagom*, avait dit Rickie. On s'en est bien sorties, *you and I.* C'est exactement ce qu'ils veulent. »

Rickie parlait des acheteurs, des amateurs d'art, des galeristes qu'elle attendait de pied ferme et qui s'apprêtaient à venir ouvrir leurs galeries à Lichtenberg, ou peut-être qu'elle parlait d'autres gens encore – avec elle, on ne savait jamais trop.

« La gentrification, ce n'est pas forcément de la merde. »

Quand Adina avait levé la tête, trois femmes étaient assises sur les strapontins de cinéma.

C'était un jeudi. Chaque jeudi, il y avait un test de vocabulaire, et Adina avait bien révisé et su répondre à toutes les questions à part une. Après le cours, comme d'habitude, elle était allée chez Rickie, plus stressée que les autres jours, car elles avaient prévu de regarder les photos. Enfin, elle allait voir ce que Rickie voyait. Après les longues séances des derniers jours, elle allait se voir avec les yeux de Rickie. Il n'avait pas été question de spectateurs ni de clients.

Son premier réflexe avait été de revenir à l'écran. Elle avait regardé sa photo sur laquelle elle était démultipliée. Mais les femmes ne disparaissaient pas. Elles restaient immobiles sur les strapontins, muettes, comme si elles étaient au cinéma multiplexe. Elles avaient acheté un billet, elles étaient entrées, et elles attendaient que le film commence. L'une d'elles portait de grandes lunettes noires.

Les trois femmes la regardaient.

Rickie ne semblait rien remarquer. Elle avait ouvert la photo d'après. Elle avait zoomé deux cents fois et déplacé la photo sur l'écran pour voir les détails.

« Hum, avait-elle dit. Ce n'est pas encore tout à fait ça. On va devoir y retourner. »

Les femmes étaient entrées en catimini. Elles portaient des robes noires sans manches et étaient assises là comme si elles faisaient partie du décor. L'une d'elles jouait avec un fil sur l'ourlet de sa robe, et elle l'avait arraché d'un coup sec. Aucune des trois ne parlait.

« Mauvais timing, avait lancé Rickie sans lever les yeux de la photo. On n'avait pas dit huit heures ? Adina et moi, on a d'abord une sélection à faire. Pas vrai, *darling* ? Huit heures précises. »

Rickie n'avait pas obtenu de réponse. Les bras posés sur les accoudoirs, les femmes étaient figées comme des statues de sel. Sur le visage de Rickie flottait l'esquisse d'un sourire. Comme si elle savait ce que ressentait Adina parce qu'elle n'avait jamais mentionné devant elle ce qui était censé se passer à huit heures.

La femme du milieu avait remonté ses lunettes de soleil sur ses cheveux plaqués vers l'arrière. « J'explose de rire, avait-elle dit. Ça dure depuis combien de temps ? »

Adina avait mis un moment à comprendre que la femme s'adressait à elle. Elle parlait très distinctement. Elle prononçait les mots comme s'ils étaient posés un par un sur une chaîne de montagnes désertes.

« Quoi ?

— Votre tête-à-tête. »

Adina avait regardé Rickie, mais Rickie était en train de cliquer sur une photo.

« Vous parlez des tests photo ?

— Les tests photo ! (Les yeux de la femme étaient gris acier.) C'est un remarquable euphémisme. Tu la détestes ?

— Qui ça ?

— Rickie.

— Pourquoi ?

— Parce qu'elle fait ce qu'elle veut avec toi. Avec chacune de ses gamines, elle fait ce qu'elle veut.

— Je ne suis pas sa gamine. »

Cette fois, la femme avait éclaté de rire pour de bon, un rire sonore et irrépressible – elle avait explosé de rire.

« Dans ce cas, elle ne t'a pas dit que tu cherchais le sourire sans chat ? »

À leur tour, les autres s'étaient esclaffées.

« Ça suffit, les filles, était intervenue Rickie d'un ton calme. Vous êtes en avance. Vous pouvez investir la cuisine jusqu'à huit heures. Il reste un bout de plafond à peindre. Vous savez où est le café. Il y a aussi du merlot, si jamais rire vous a donné soif. »

Les femmes s'étaient levées.

« Je ne condamne pas le culte des désirs, avait dit celle aux lunettes de soleil avec hauteur en quittant la pièce. Je déplore la vulgarité.

— Fais donc. »

Rickie avait fermé la porte de la cuisine derrière elles.

« Pardon. J'aurais dû te prévenir. (La froideur et l'indifférence affichées par Rickie devant les femmes s'étaient envolées. Elle avait jeté un coup d'œil faussement désespéré au plafond.) Elles sont comme ça, mes chères amies. Mais elles font des glaces fantastiques. Vanille noire. Miel au safran, que des recettes originales. Elles ont une manufacture de glace à Prenzlauer Berg. Et ce sont mes plus impitoyables critiques.

— Elles restent ici ?

— Pas d'inquiétude, avait dit Rickie. Elles ne te feront rien. »

La boutique s'était assombrie. Le soleil avait disparu derrière le toit de l'immeuble d'en face, et les arbres devant la fenêtre obscurcissaient la lumière du soir. Aucun bruit ne provenait de la cuisine. À croire que les femmes n'avaient jamais été là. Adina s'était dirigée vers la chaise sur laquelle sa veste et son sac à dos étaient posés. Elle espérait que Rickie allait lui emboîter le pas et l'empêcher de s'en aller pour qu'elles continuent à regarder les photos, juste toutes les deux, comme avant. Les femmes avaient dû entrer par la porte de l'arrière-cour. Elles pouvaient aussi repartir par là.

Puis elle s'était rendu compte que, quand elle parlait des gens « qui veulent exactement ça », Rickie pensait peut-être aux femmes en robe noire, ses plus impitoyables critiques. Il était possible que ce soient elles qui aient commandé les photos. Par exemple pour décorer les murs de leur manufacture de glace. Dans ce cas, les photos n'étaient plus une affaire entre Rickie et elle. D'autres allaient les voir, des inconnus venus s'acheter une glace, miel et safran, un nombre incalculable de personnes parmi les centaines de milliers qui vivaient à Berlin. Et Adina avait beau être à peine reconnaissable sur les photos, elle y posait comme on ne pose que quand on est en confiance. Elle avait beau avoir confiance en Rickie, elle ne voulait pas ça.

Elle s'était retournée, mais Rickie était déjà devant elle.

« Il faut que je t'avoue un truc. (Rickie avait posé les mains sur ses bras.) J'aurais dû le faire tout de suite. Mais j'avais peur de t'effrayer. Tu vois bien comment je suis. »

Rickie portait le débardeur côtelé et le pantalon brodé. Elle avait le même visage ouvert que d'habitude, des lignes verticales sur les joues. Ses yeux étaient verts dans la lumière qui entrait par la fenêtre.

« Je couche avec des femmes.

— Avec les trois ?

— Pas avec elles. Avec les femmes que je photographie. Les mains voient ce que les yeux ne voient pas. (Rickie lui tenait les bras comme si elle ne comptait plus jamais les lâcher.) Un corps, c'est quelque chose d'abstrait. J'ai besoin de le toucher pour le faire sortir de sa cachette. »

Des platanes se dressaient derrière la fenêtre. Leurs troncs étaient madrés de clair. Adina devait être tellement concentrée sur la porte couverte de graffitis qu'elle n'avait jusque-là pas remarqué les platanes ni la lumière tamisée par les feuilles sur le trottoir.

« *Fuck !* » s'était écriée Rickie.

Mais Adina s'était déjà libérée de son étreinte. Elle avait repoussé ses mains, était passée dessous et s'était jetée sur l'ordinateur. En un clin d'œil. Elle était arrivée à la table à tapisser avant Rickie.

« Ne fais pas ça ! »

Sur l'écran, la dernière photo qu'elles avaient regardée – son visage craintivement tourné sur le côté – était toujours affichée.

« Tu veux me faire du mal ? »

Les joues, le nez et le menton étaient flous, pas assez nets pour correspondre à son visage, au visage d'Adina. On aurait dit que son visage était en train de se décomposer, de glisser. Mais si c'était vrai, si c'était la réalité de son visage, sa véritable expression, un visage qui débordait, qui dépassait les contours des os et de la peau, alors Rickie était capable de rendre visible ce que personne ne voyait, Adina comprise, même si elle le devinait.

« *Don't freak out !* avait dit Rickie. Avec toi, c'est complètement différent. Tu es comme moi. Crois-moi. On se ressemble trop, *you and I !* »

La photo sur l'écran était en gros plan. Et après tout ce remue-ménage, après l'apparition subite des glacières qui lui avait donné le sentiment de ne pas être dans la confidence, d'être exclue, Adina s'était calmée. Elle avait tranquillement observé le portrait. Il ne s'agissait pas d'être regardée, ni même d'être photographiée. Il s'agissait d'être vue. Elle savait qui la photo sur l'écran représentait. C'était sans équivoque. Derrière la façade de son visage, derrière la peau, les os et le crâne, Rickie avait fait apparaître le dernier des Mohicans.

« Écoute, avait dit Rickie. L'érotisme, ça ne fonctionne pas quand on se ressemble trop. »

Et si elle ne rêvait pas, si c'était bien la réalité, si Rickie était capable de faire apparaître le dernier des Mohicans au grand jour, de remonter à l'enfance pour le sauver, de le ramener à Berlin et de le rendre visible pour la toute première fois, prouvant ainsi que le dernier des Mohicans était plus qu'un fantasme, alors c'était un miracle. C'était de la magie noire contre laquelle la sauge ne pouvait rien. Alors Rickie comptait plus que toutes les autres personnes qu'elle avait rencontrées jusque-là.

« Je ne suis pas comme les mecs, crois-moi, avait ajouté Rickie. C'est juste que la plupart des femmes ne sont pas connectées à elles-mêmes. Elles se mettent à poil pour sentir quelque chose. Mais un corps nu est un corps masqué comme les autres. Personne ne comprend que ce ne sont pas les vêtements qu'il faut retirer. »

Le débardeur côtelé de Rickie était remonté et dévoilait une partie de son ventre.

« Je m'en fous, de ces histoires de femmes à la con, avait dit Adina.

— Ces histoires de femmes à la con ?

— Il faut que j'y aille.

— *Darling.* »

Rickie avait fait un pas vers elle.

Adina avait mis son sac sur son dos. Elle éprouvait le même sentiment qu'au tout début, sous le hêtre pourpre, devant le chai latte : Rickie était trop. Elle voulait retourner à l'auberge de jeunesse, dans sa chambre avec les deux lits en hauteur. Son pull vert lui manquait.

« Qu'est-ce qui est censé se passer à huit heures ? avait-elle demandé sur le pas de la porte.

— À huit heures ?

— Ce que tu as dit à tes amies.

— Ah. On peut annuler, ce n'est pas obligé que ce soit aujourd'hui.

— Mais quoi ?

— Réfléchis bien, avait répondu Rickie. La nuit porte conseil.

— Dis-moi.

— Reviens demain, Adina-*darling*.

— Je ne partirai que quand tu m'auras dit.

— Tiens donc. »

Le visage de Rickie avait changé d'expression. Une étincelle était apparue dans ses yeux. Tout son corps semblait dire : je sais que tu veux partir, mais tu ne peux pas. C'est comme ça, tu n'y arrives pas, Adina-*darling*. Tu as envie que je te prenne dans les bras. Que je te retienne. Parce que tu as vu quelque chose de beau, quelque chose qui nous lie l'une à l'autre. Sauf que je ne peux pas le faire, car tu penserais que je te saute dessus.

Et c'était vrai. Rickie avait raison. Les gens comme elle avaient des antennes. Une sorte de radar qui lui permettait de capter les échos de son entourage, des échos d'émotions dont les autres n'avaient même pas encore conscience. À l'aide de ces ultrasons, elle obtenait une représentation 3D de la réalité, disait Rickie, et chaque fois qu'elle faisait un mouvement, elle évoluait dans cette représentation. Si les gens comme Rickie faisaient ça, c'était parce que, autrement, ils auraient mis trop de temps à trouver leurs repères. L'environnement dans lequel elle vivait n'était pas fait pour elle. Dans la langue ordinaire, elle n'existait pas. Mais les gens comme Rickie faisaient surtout ça pour se reconnaître entre eux.

Adina essayait de se couper du reste du monde. Je ne fais pas d'écho, pensait-elle, mais elle savait que c'était absurde. Le moindre frémissement de l'âme produisait de l'écho. Et l'âme se trouvait derrière les yeux, Adina le savait. Elle avait donc tourné la tête pour regarder les platanes.

Des rires provenaient de la cuisine.

« Est-ce que ce qui se passe ce soir a un rapport avec la cachette ? avait-elle fini par demander. Si ça a un rapport avec la cachette, je reste ici.

— D'accord. »

C'était la dernière fois qu'elles avaient regardé les photos. Elles avaient arrêté de les faire défiler. Elles n'avaient plus fait de séance, et elles avaient décidé de ne montrer les portraits à personne. Adina avait gardé sa découverte pour elle. C'était trop nouveau et trop surprenant, elle manquait trop de confiance en elle et avait aussi un peu honte, car peut-être qu'elle s'était trompée. Il était possible que Rickie voie tout autre chose sur cette photo. Et quoi qu'il en soit, la condition pour en parler aurait été d'être seule avec Rickie.

Les femmes avaient rapporté du vin rouge de la cuisine. Elles avaient ouvert les fenêtres et posé la bouteille et les verres par terre. Il y en avait cinq. Puis elles avaient commencé à ranger. Elles avaient débarrassé la table à tapisser, mis les appareils photo et les trépieds de côté, retiré les dossiers de photos. Elles avaient empilé les dossiers dans un carton avant d'enlever de la table l'ordinateur sur lequel la photo du dernier des Mohicans était encore affichée. Mais elles avaient refermé l'ordinateur sans y prêter attention.

Elles avaient décroché la corde à linge et jeté les perruques, les soutiens-gorge et les escarpins dans un grand panier. Elles travaillaient machinalement et, tout en rangeant, elles bavardaient. Elles parlaient avec fièvre, la même fièvre avec laquelle elles s'étaient tues auparavant. Leur ton était cassant et hostile comme les rues. Mais elles étaient prêtes à accepter Adina parmi elles. Les cinq verres en témoignaient.

Elles ne parlaient pas de photos ni de la fabrication des glaces. Elles parlaient de politique et d'un livre qui était paru récemment, et la conversation avait viré à la dispute. Ce livre était le manifeste d'une scientifique qui mettait en garde contre la possibilité d'une guerre civile en Europe, et l'une des femmes racontait des manifestations et des *sit-in* auxquels elle avait participé, en disant que, à l'avenir, elles devraient toutes en faire autant.

« Tout à fait, avait dit Rickie qui s'était assise sur le futon comme pour sauver ses couvre-chefs à miroirs du naufrage, malgré les progrès économiques et technologiques, l'Allemagne reste esclave d'un sexisme historique et institutionnel.

— Aide au lieu de raconter n'importe quoi, avait lancé la femme aux lunettes de soleil.

— D'après les statistiques, parmi les PDG allemands, il y a plus d'hommes appelés Thomas que de femmes.

— Plus tu montes dans la hiérarchie, avait dit une autre dont les cheveux étaient noués par un ruban en cuir, plus tu trouves d'hommes blancs d'âge mûr dont les épouses gèrent le foyer. »

La femme aux lunettes de soleil avait éclaté de rire.

« Et Rickie reste les fesses posées comme un vrai mec.

— J'insiste sur le “comme” », avait rétorqué Rickie.

Au milieu de la table à tapisser, on tendait un filet.

« Dîner au restaurant avec un homme, disait la femme au ruban en cuir, c'est la déception garantie. On se retrouve à tous les coups avec la plus petite pièce de viande. Avec Rickie aussi, j'ai droit à la plus petite pièce, parce que les serveurs ne regardent que la longueur des cheveux. Je ne vais pas me couper les cheveux pour autant. Mais je fais toujours un scandale. (Elle était toute menue et n'avait pas l'air d'être du genre à avaler d'énormes pièces de viande.) Et l'autre jour, au théâtre, j'ai eu une révélation. Toujours la même femme nue sur scène, et le pompon, c'est le bon vieux viol. De la misogynie financée par les impôts, et ça fait des décennies que ça dure !

— J'aime trop le théâtre pour continuer à y aller », avait dit Rickie.

La femme aux lunettes de soleil avait arrêté de ranger.

« Et la chancelière ? avait-elle demandé. Est-ce qu'elle n'est pas la preuve à la fois que les gens de l'Est peuvent se faire une place sur la scène politique occidentale et que les femmes peuvent se faire une place dans un monde d'hommes ? Une femme qui maîtrise la physique quantique cloue enfin le bec à tous ces machos et ces avocats conservateurs.

— Certes, mais elle s'y prend comment, la dirigeante de l'Europe, pour ne pas dire de l'ensemble du monde démocratique ? Elle fait des pieds et des mains pour que les autres oublient qu'elle n'est pas un homme.

— Sauf que ça ne fonctionne pas, toute cette poudre aux yeux.

— Tu n'y comprends rien, avait lancé la femme aux lunettes de soleil à Rickie qui était toujours assise sur le futon. Merkel est pragmatique, et ce pragmatisme est celui des gens qui ont choisi de consacrer leur vie non à leur accomplissement personnel, mais à se défaire de la peur. Elle n'écrit pas le mot "je" en capitales. »

Rickie avait agité la main sans rien répondre.

La table à tapisser était devenue une table de ping-pong. Trois raquettes étaient posées d'un côté, deux de l'autre. Des manches droits avec des picots en caoutchouc, comme ses camarades en utilisaient autrefois sur la dalle en pierre derrière le lycée. Dans la boutique de Rickie, ces raquettes étaient des objets cultes. Vintage, d'après les femmes.

Derrière les fenêtres ouvertes, un groupe de touristes passait. Ils devaient croire que la boutique de Rickie était un studio fitness ou un club de ping-pong. Pour les gens dans la rue, Adina faisait partie de ce club.

« On va juste jouer au ping-pong ?

— Demande à Kyrill, avait répondu Rickie en montrant la femme aux lunettes de soleil.

— Comment ça, "juste" ?

— Je pensais qu'on allait faire autre chose, avait insisté Adina. Rickie a parlé d'une cachette. »

À l'autre bout de la table, les trois femmes se regardaient.

« En temps normal, Rickie choisit ses gamines avec soin. Ou alors elle évite de nous les présenter, avait déclaré la femme au ruban en cuir. Mais toi (elle s'était tournée vers Adina), tu es à croquer, pas vrai ?

— C'est un peu terre à terre, avait dit la troisième des femmes. Pour ne voir dans une chose que la chose elle-même, il faut être terre à terre.

— Ou très jeune, avait suggéré Rickie en se levant du futon.

— Tu as quel âge ?

— Je suis une enfant de la révolution de Velours. » Adina en était fière.

Les femmes la regardaient.

« *West is best !* Quand j'étais petite, c'était écrit sur toutes les devantures. Avant, c'était écrit : *Pour la paix et le socialisme !* »

Les femmes continuaient à la regarder comme si elles avaient du mal à la comprendre. Seule Kyrill souriait.

« À ma naissance, la ČSSR existait encore. La République socialiste tchécoslovaque s'est effondrée quand j'étais petite. J'ai grandi dans le *no man's land* du changement de régime. Ce qui fait que je suis vraiment une enfant de la révolution. »

Le *no man's land* n'existait que dans sa tête. Elle était trop petite au moment de la révolution. Mais elle se souvenait de l'écrivain qui était devenu président. Avec un président-écrivain, la vie était comme un livre, et dans un livre les gens ne mouraient pas vraiment. Seules les révolutions étaient synonymes de danger mortel, une révolution avec des chars qui roulaient sur une place piétonne, comme ce 29 décembre sur les images jaunâtres à la télévision. Chaque année, le 29 décembre, elle avait le droit de veiller tard. Sa mère changeait exceptionnellement ses horaires de travail et achetait des mandarines au sirop, et elles s'installaient confortablement sur le canapé pour regarder le président gravir en gros plan un podium sur la place Vencesclas, fils de la bourgeoisie qui prétendait redonner au pays la place qui était la sienne avant la Seconde Guerre mondiale, en plein cœur de l'Europe. Dans l'imagination enfantine d'Adina, c'était comme si les têtes de lions étaient revenues sur les pieds de table d'un coup de baguette magique.

Sa mère était présente sur la place Vencesclas. Chaque année, Adina la cherchait dans la foule, convaincue qu'une caméra l'avait filmée, et, quand son doigt touchait l'écran, on aurait dit qu'elle faisait bouger les gens sur la place Vencesclas. Les images vieillissaient d'année en année, et sa mère restait invisible. Mais elle avait aidé à reprendre Prague, les rues et les places de sa ville, sans canons braqués sur elle comme en 1968. Ensemble, et en l'espace de dix jours, les gens avaient balayé le régime que ces chars leur avaient imposé pendant trente ans. La suite importait peu – l'addiction aux drogues du président-écrivain, l'écart entre ce que sa mère gagnait avant et ce qu'elle gagnait désormais –, ces jours et ces nuits avaient soudé ceux qui les avaient vécus, et pour toujours.

« Ma mère a assisté à la chute de l'État.

— Tu m'en diras tant, avait répliqué celle au ruban en cuir. Et officiellement elle est majeure.

— Tu es seule ici ? »

Adina avait le sentiment que les femmes faisaient exprès de la comprendre de travers.

« Et tes parents ? Ils ne s'inquiètent pas pour toi ? »

Depuis le début, elles n'avaient fait que parler politique, mais la révolution, le coup d'État et le pays dont elle venait n'avaient pas l'air de les intéresser. Dans l'absolu, elles n'étaient pas très intéressées, elles ne s'intéressaient pas à ce que Rickie avait prévu ce soir-là. En tout cas, tout ça n'avait pas grand-chose à voir, et Adina s'en voulait de ne pas être partie.

« Père inconnu, avait-elle répondu d'un ton sec.

— Un héros, on voit le genre ! »

La femme au ruban en cuir avait fait rebondir la balle de ping-pong sur la table.

« Assez bavardé. (Rickie avait attrapé une raquette.) C'est vous qui servez. Kyrill ? »

Comme elles étaient cinq, elles devaient courir. Elles couraient dans le sens inverse des aiguilles d'une montre. Les femmes avaient l'habitude. Elles lançaient la balle, la frappaient avec précision, levaient le bras et smashaient. Adina n'avait pas joué depuis longtemps. Elle n'était pas particulièrement douée. Mais elle suivait le rythme, et elle avait réussi quelques bonnes frappes. Elle n'était pas n'importe quelle gamine. Elle n'était pas non plus trop jeune. Elle avait vécu une révolution, elle avait une vraie révolution d'avance sur les glacières. Par deux fois, elle avait réussi à aller en finale, mais elle avait perdu. Une fois contre Rickie, une fois contre Kyrill, qui s'exprimait avec une telle véhémence que toutes ses paroles sonnaient comme des axiomes. Kyrill jouait avec agressivité. Rickie contrait en douceur, mais elle ne prenait pas de pincettes. Elle envoyait valser les balles au-dessus de la table. Elle servait en pliant légèrement les genoux et envoyait la balle au ras du filet. Et Adina, qui devait la réceptionner, avait été éliminée.

« Le service est let.

— Quoi ?

— La balle a frôlé le filet.

— Nous n'existons jamais là où nous sommes. Notre réalité est extérieure à nous, avait dit Kyrill. Le soi est réel. Mais le soi, ce n'est pas moi. Ce n'est pas toi. (Elle pointait sa raquette vers Adina.) C'est un instant fugace, la perception d'une sensation fugitive.

— Mais qui est-ce ou qu'est-ce qui perçoit, qui est-ce qui ressent ? avait demandé la femme au ruban en cuir.

— Je disais juste que le service était let. »

Kyrill s'était tournée vers les autres.

« Et si on s'occupait un peu de son cas ?

— Pas besoin ! (Rickie les avait arrêtées d'un geste.) C'est mon affaire. Ne vous mêlez pas de ça. »

Mais les autres l'avaient ignorée, et Kyrill s'était dirigée sans équivoque vers Adina, au point qu'elle s'était sentie forcée de reculer. Son dos avait percuté le mur. « Attention ! » Elles se faisaient face, la femme dure aux lunettes de soleil et elle qui ne savait pas où regarder et avait sous les yeux le décolleté de la robe noire avec la poitrine qui montait et descendait.

« Dans cette ville, des milliers de personnes comme toi attendent que leur destin bascule. Tu le sais, j'imagine. J'espère qu'elle le sait ? avait dit Kyrill d'un ton sévère à Rickie. Tu le lui as bien dit ? Et toi ? avait-elle demandé à Adina. Qu'est-ce que tu es venue faire ici ? »

Un petit sourire sur ses traits inflexibles semblait indiquer qu'elle n'était pas vraiment sérieuse, que c'était seulement un jeu, une sorte de prolongation du match de ping-pong. Mais ce n'était pas non plus une certitude.

« Je vais devenir géoscientifique.

— Ah », s'était exclamée Kyrill, l'air tout de même satisfait. Après une brève hésitation, elle avait ajouté : « Mais tu vas tenir le coup ? Avec la pression de l'assimilation ? Devoir réussir, t'adapter, maîtriser le plus vite possible les codes d'un pays inconnu ? Il y a des milliers de gens comme toi auxquels personne n'a dit que les Allemands eux-mêmes, un bon tiers d'entre eux, vivent en immigrés dans leur propre pays, et ce depuis vingt ans. »

Elle parlait lentement, comme si Adina était une demeurée – une étrangère demeurée.

« Tu penses que c'est plus facile pour les gamines de Rickie ?

— Comment ça ?

— Tu es la nouvelle gamine de Rickie, oui ou non ?

— Je vous l'ai déjà dit.

— C'est vrai. Tu l'as déjà dit. La compulsion de répétition est notre destin. Tu n'as pas mieux comme réponse ? »

Personne n'intervenait, même pas Rickie. On aurait dit qu'elle avait perdu de sa puissance face à Kyrill.

« Pourquoi j'inventerais quelque chose si c'est vrai ? avait risqué Adina, intimidée, en se demandant fébrilement comment se sortir de cette conversation. Pour le coup des femmes, Rickie m'a expliqué. Mais entre nous, c'est autre chose.

— Quoi alors ? »

Sous le regard de ces yeux gris pleins de sévérité, Adina aurait aimé dire la vérité.

« Parle, gamine ! avait lancé celle au ruban en cuir.

— Sur une des photos, Rickie m'a...

— Il y a des milliers de Rickie », l'avait coupée Kyrill d'un ton cassant.

La bouche d'Adina était devenue sèche. « Il faut que j'y aille, avait-elle murmuré en essayant de passer derrière Kyrill. Il faut que je révise pour mon cours de langue. »

Kyrill l'avait bloquée.

« Vous avez entendu ? Elle apprend à parler.

— Je veux dire : pour le cours d'allemand. J'apprends l'allemand.

— Tu sais déjà parler ? »

Désemparée, Adina avait regardé Rickie dans le dos de Kyrill.

« *Umím mluvit jako Hurvínek a Spejbl.* Mais vous et vos amies ne comprendriez pas.

— C'est poli de me vouvoyer, avait répondu Kyrill. Mais ce n'est pas la peine. »

Près du filet, d'un geste lent et délicat, Rickie faisait glisser sa main sur la table à tapisser transformée en table de ping-pong. Les platanes derrière la fenêtre bruissaient. Le bruit était fort. Adina avait l'impression de s'y perdre.

Elle voyait la main délicate de Rickie sur la table, et elle luttait contre le bruissement des platanes. Mais le bruit ne faisait que s'intensifier, une tentation qu'elle connaissait, qu'elle avait déjà expérimentée, étant enfant, un jour, sur une plage de la mer Baltique polonaise. C'était la première fois qu'elle partait loin de la maison, pour une semaine, en camp de vacances. Et après ça, rien n'avait plus été. Chaque nuit, les battements affolés de son cœur la faisaient suffoquer. Ce jour-là, au bord de la mer Baltique, elle avait couru pour sauver sa peau, coupant à travers la plage pour atteindre les dunes. Elle y était déjà quand les sbires l'avaient rattrapée. Ils l'avaient jetée dans les roseaux tranchants, lui avaient empoigné les chevilles et les poignets, et l'avaient traînée jusqu'au rivage. Ils l'avaient laissée tomber aux pieds du chef du camp. Sa poitrine velue était tendue d'un filet de pêche. Sa tête était coiffée d'une couronne garnie d'algues et de varech, et il avait un trident en carton à la main. À cause de la balle de ping-pong verte qu'il avait dans la bouche, on ne comprenait pas ce qu'il disait. Une cheffe de groupe traduisait ses braillements. Les sbires l'avaient forcée à s'agenouiller devant lui. Elle s'était débattue, et le chef de camp avait posé un pied sableux sur sa nuque. Le rituel avait continué. Les sbires attrapaient d'autres enfants du groupe, des filles et des garçons, pour leur faire embrasser les pieds de Neptune. Les enfants se rendaient, tous autant qu'ils étaient. Ils criaient le nom de Neptune et embrassaient ses pieds verts et, quand le chef de camp avait giflé Adina avec une algue parce qu'elle essayait de repousser le pied sur sa nuque, ils avaient éclaté de rire. Ils avaient tous eu la tête plongée sous l'eau, et ils avaient bu le mélange de lait, sel, vinaigre et moutarde. Elle avait été la dernière à passer dans la baignoire avec les méduses vivantes. On lui avait pincé le nez pour lui faire ingurgiter la mixture, « Avale ! », et on lui avait enfoncé la tête sous l'eau. C'était le baptême, comme les autres disaient, qui faisait d'elle l'une des sirènes de Neptune, qu'elle le veuille ou non.

Rickie souriait. Ce n'était plus Rickie. C'était juste une femme près d'une table de ping-pong, une femme qui ressemblait à Rickie.

« Je ne suis pas une gamine à la con.

— Regardez-moi ça, avait dit celle au ruban en cuir. Elle y arrive quand même.

— La langue nous dit qui nous sommes, avait repris Kyrill d'un ton plus doux. Elle nous fait croire que nous sommes réels. Que nous sommes ce que nous sommes, d'où nous venons. Alors que nous ne sommes que l'instant fugace d'une sensation fugitive. »

Kyrill la dévisageait. Elle l'observait comme si Adina était une radiographie sur laquelle il aurait été possible de suivre précisément le trajet de la rage et de la douleur, matérialisées sous forme de traits rouges.

Interrompant ce bras de fer inégal, Rickie avait déclaré : « Ça suffit. Adina, *darling*, pardonne-lui. Elle était chez les pionniers, avant. Quelque chose a mal tourné, et c'est trop tard pour rectifier le tir.

— Remettre sans arrêt le sujet sur la table, ce n'est pas ce qu'il y a de mieux à faire », avait dit Kyrill sans quitter Adina des yeux.

Rickie était restée de marbre.

« On peut sortir la gamine de la dictature, mais pas la dictature de la gamine.

— Ce n'est pas parce qu'un lien de cause à effet n'est pas exclu qu'il existe forcément.

— Des œillets pour le socialisme ! »

Pendant cette brève passe d'armes, les autres étaient restées muettes.

« L'enracinement de l'être humain est une métaphore, avait lancé Kyrill à Adina d'un ton pénétrant, lent et articulé, comme pour s'assurer qu'Adina comprenait bien tous les mots. Les seules racines que nous possédons sont dans notre bouche. À quoi bon avoir des racines si on ne peut pas les emmener avec soi ?

— Kyrill a raison, avait répondu Rickie en s'écartant de la table. Nous la vénérons. »

À ce moment-là, Kyrill avait brusquement fait volte-face.

« Si tu tiens vraiment à elle, Rickie, arrête de la traiter comme une irresponsable. Cette ville n'épargnera personne. »

La partie avait repris.

Les femmes couraient autour de la table en choppant et smashant. Adina était adossée au mur, comme assommée. Les femmes, la partie de ping-pong, tout le local se brouillaient devant ses yeux. Mais Kyrill, aussi redoutable soit-elle, avait dit quelque chose qu'elle aurait aimé mieux comprendre. Sous le coup de l'excitation, elle n'avait pas bien écouté, et elle n'aurait jamais osé poser de question. L'enjeu lui échappait, et Rickie aurait été la dernière à lui donner des explications. Rickie avec son couvre-chef de toutes les couleurs. Rickie avec ses allures de jeune prêtre. Rickie qui faisait un revers coupé. La balle était tombée juste derrière le filet, et Kyrill, faute d'avoir réagi suffisamment vite, avait été éliminée.

« Faute !

— Laisse tomber, Kyrill, avait dit Rickie. Tu dégages. »

L'espace d'un instant, on n'avait plus entendu que les voitures dans la rue.

« Dégage ! » avait soudain crié Rickie. Une veine saillait sur son cou. L'ambiance avait changé.

« Dégage ! Dégage, dégage, dégage ! »

En silence, Kyrill était retournée aux strapontins. En s'asseyant, elle avait passé une main devant ses yeux. Le geste n'était pas lent, mais on aurait dit qu'il avait un temps de retard.

« Maintenant, tu sais ce que ça fait », avait dit Rickie, brisant le silence.

Kyrill avait baissé la main, l'air épuisée.

« Contrairement à vous, je le sais depuis longtemps.

— Oui, avait répondu Rickie. Comme toujours, tu as une longueur d'avance sur nous, toi qui sais tout sur tout.

— Non, Rickie. Aux bêtes dressées et nanifiées comme moi, il faut d'abord apprendre la gestion des tâches ménagères et le goût du travail bien fait. »

Rickie l'avait dévisagée.

« Ne me dis pas que ça ne te dit rien ? Tu ne lis pas les journaux ? C'était dans le *Frankfurter Allgemeine Zeitung*. Un célèbre pédagogue allemand recommandait cette méthode d'éducation pour toutes les femmes de l'Est, mot pour mot, avait repris Kyrill. En 1991. L'époque où les femmes de l'Est perdaient leur travail en masse sous prétexte que les gens de l'Ouest, tout droit sortis de l'âge de pierre, ne pouvaient pas imaginer des femmes ingénieures, informaticiennes, conductrices d'autobus ou dentistes. Alors ne me donne pas de leçons d'exclusion. »

Devant la boutique, une voiture faisait un créneau. La fenêtre était ouverte. Adina était allée se pencher à l'extérieur. Elle avait l'impression que l'oxygène de la pièce s'était raréfié.

Dehors, sur l'aire de jeu, un enfant était perché dans un cercle en acier et tournait sur lui-même. Adina avait regardé la scène jusqu'à en avoir le tournis. Et dans ce flou, dans cette confusion du vertige, elle avait dû s'avouer qu'elle n'était pas à sa place ici. Pas plus avec Rickie qu'avec Kyrill – elle n'était pas à sa place dans cette boutique.

Trouver en si peu de temps quelqu'un qui comptait dans une ville de cette taille était improbable. Et si Rickie comptait, plus que tous les autres gens qu'elle avait rencontrés jusque-là, alors les personnes qui comptaient pour Rickie ne pouvaient pas ne pas compter pour elle, sans même parler de la mettre mal à l'aise.

Les femmes avaient recommencé à jouer. La dispute semblait close, à croire qu'elle n'avait jamais eu lieu. Elles se connaissaient peut-être depuis tellement longtemps qu'elles n'étaient plus à une dispute près. Mais, manifestement, Kyrill avait grandi en RDA, et Rickie non. Elles se connaissaient au maximum depuis seize ou dix-sept ans, car ce qu'on appelait le socialisme avait disparu à ce moment-là. Mais même dans cette hypothèse, la durée de leur amitié aurait été équivalente à celle d'une vie, la vie d'Adina.

Elles n'avaient pas l'air d'adultes. Il ne serait jamais venu à l'esprit d'adultes qu'on n'aurait pas dû être la personne qu'on était. Tout le monde avait des racines, venait de quelque part. On avait une mère et un père, même quand il n'était pas là, et ces derniers avaient des pères et des mères auxquels on était relié comme par des fils invisibles. Mais pour Kyrill, il y avait de quoi en douter.

Ce qui pesait le plus dans la balance, c'était la photo. En dehors de *Rio*, personne n'avait jamais aperçu le Mohican. Il était impossible d'être Adina et le Mohican en même temps. *Rio* était le seul lieu où un nom éventait le secret d'une vie dans l'autre. Sauf que, dès les premières photos, Rickie avait fait apparaître le Mohican. Elle avait pressenti ce qu'elle ne savait pas, ou peut-être qu'elle ne l'avait même pas pressenti, car Adina n'avait pas tiré la chose au clair, elle n'avait pas eu le temps de vérifier que Rickie voyait la même chose qu'elle sur la photo. Mais si le radar de Rickie captait les ultrasons des émotions, alors il captait aussi ceux du petit Mohican, sachant que personne ne savait quelles émotions il ressentait, qui il était au juste, Adina ou pas Adina – on savait seulement qu'il n'était pas le fruit de l'imagination, qu'il n'était pas un fantasme athlétique. Il avait des muscles, et ces muscles étaient bien définis. Il avait une silhouette aux contours palpables. Mais pour en parler, la langue ne suffisait pas.

Elle aurait aimé poser la question à Rickie.

Sauf que Rickie était en pleine partie de ping-pong. Kyrill smashait toutes les balles. On n'entendait que la balle qui rebondissait, les chaussures qui crissaient, et parfois un cri. Et elles avaient beau jouer comme des enfants, il était difficile de croire qu'elles avaient un jour été des enfants. Peut-être parce qu'elles étaient trop vieilles : elles avaient au moins trente ans. L'enfance remontait à trop loin. Il était possible qu'elles aient oublié d'où elles venaient. L'accent d'Adina la trahissait. Elle venait d'ailleurs. Et quand elle s'appliquait pour prononcer un mot sans accent, le résultat était aussi artificiel qu'une annonce de gare. Mais d'où était-elle censée venir si elle ne venait pas d'ailleurs ? Elle n'y avait pas encore réfléchi. Et à Berlin, tout le monde venait d'ailleurs.

Elle aurait pu mettre son enfance en avant à tout moment. Une seule invitation à le faire, et elle aurait eu plein de choses à raconter. Sur *Rio*. Sur une Škoda bleue et sur ses expéditions sur la Labská louka, ce haut plateau battu par les vents qui ne méritait pas le nom de prairie.

Son allemand aurait suffi.

Il aurait suffi pour parler de l'homme à la station essence qui faisait le service aux deux pompes, toujours en combinaison, avec les mâchoires rouges d'une pince qui sortaient de sa poche de poitrine. Pendant des années, il avait fait le plein à sa grand-mère gratuitement. C'était pour lui que sa grand-mère avait continué à prendre le volant alors qu'elle n'arrivait plus à conduire correctement. Avant de descendre avec sa Lada jusqu'à la station essence à l'entrée du village, elle se recoiffait et se laquait les cheveux, raison pour laquelle il régnait toujours une légère odeur de laque dans la voiture. L'homme à la pompe à essence ne lui adressait pas la parole. Il ne décrochait pas un mot. Il prenait le pistolet sur la pompe et le glissait lentement dans l'orifice du réservoir en regardant la grand-mère. En général, il regardait sa permanente. Sa grand-mère croyait entendre un grésillement électrique tandis que les chiffres tout en angles cliquetaient pour s'afficher sur le cadran. Il n'encaissait jamais l'argent. Sa grand-mère avait fait le plein d'essence gratuite jusqu'au jour où une publicité pour une marque de cigarettes américaine était apparue sur la pompe. Par leur accord tacite, sa grand-mère et l'homme en combinaison avaient ruiné le socialisme. « N'oublie jamais ça, répétait régulièrement sa mère, si on a changé de régime, c'est à cause de ma mère, ta grand-mère ! »

Si elle avait voulu se vanter, Adina aurait aussi pu parler de son arrière-grand-père qui sciait les pieds de table pour désembourgeoiser le mobilier. Ou de Ronny, le snowboardeur avec son duvet au-dessus de la lèvre supérieure qui s'était pris un pylône de remontée mécanique à cause d'elle. Elle aurait pu dire qu'elle était le dernier adolescent de tout le village, descendante d'un partisan. Dans cette grande ville, ce devait être aussi vintage que des raquettes à picots.

« Service ! » avait dit Rickie.

Elle n'avait rien raconté de tout ça. Kyrill avait ses raisons de douter de l'intérêt des racines. Et aucune des autres n'avait posé de question.

À la fin de cette longue soirée, avant que les amies de Rickie repartent, la femme au ruban en cuir avait glissé un billet à Rickie. Elle avait fait ça vite et à moitié cachée derrière la porte de la boutique. C'était un gros billet, cent ou deux cents euros, que Rickie avait fait disparaître au creux de sa main dans la poche de son pantalon. En guise d'au revoir, Rickie avait embrassé la femme au ruban en cuir sur la bouche. Elle avait serré la main à Kyrill avant de rester immobile sous le faible halo des lampadaires. Elle n'avait pas serré Adina dans ses bras, elle s'était contentée d'effleurer ses épaules, et les broderies de son pantalon s'étaient confondues avec les graffitis de la porte.

Après cette soirée, elles n'avaient plus fait autant de photos. Elles avaient aussi arrêté de se retrouver tous les après-midi. Rickie avait accepté une grosse commande et n'était disponible que le week-end. Le mois d'octobre avançait, Adina préparait son examen qui comprenait un QCM, une rédaction en allemand et un exercice de compréhension orale, et elle aussi manquait de temps. Mais les rares fois où elle s'était rendue à la boutique de Rickie, tout s'était passé comme d'habitude. Le nuage de lumière orange, les mains de Rickie désormais familières sur ses épaules, ses instructions concises, ses éclats de rire qui mettaient du baume au cœur. Et au lieu de poser à Rickie toutes les questions qui lui tournaient dans la tête le soir venu, une fois allongée dans son lit en hauteur sous le plafond semé de cadavres de moustiques, elle s'abandonnait, profitant de sa présence protectrice.

« Qui est-ce ou qu'est-ce qui perçoit, qui est-ce qui ressent ? »

Elle repensait parfois à cette question.

Au début du mois de novembre, dans un ascenseur, la question lui avait de nouveau traversé l'esprit – sans raison, elle avait eu un accès de panique qui l'avait poussée à attraper le couteau suisse dans la poche de son pantalon, fiable et tiède comme son propre corps, un canif rouge au bout d'une chaîne en métal attachée par un mousqueton à un passant de son jean. Elle l'avait attrapé comme si une brise, un souffle de vent froid l'avait caressée. Le garçon qui était avec elle dans l'ascenseur souriait. Il lui souriait.

« Qui est-ce qui ressent ? »

L'ascenseur l'emmenait loin de Berlin. Elle ne voulait pas partir. Elle voulait rester au moins jusqu'à Noël, jusqu'à ce que Rickie fasse une grosse fête dans sa boutique. À l'occasion de cette fête, elles comptaient montrer les photos pour la première fois, y compris celle du Mohican que Rickie n'avait jusque-là même pas encore fait tirer. Il y avait toujours des contretemps, et le jour où elles avaient enfin prévu de se retrouver dans un magasin de reprographie près de la boutique de Rickie pour imprimer une série de photos sur du papier haut de gamme, une série dont la photo du Mohican faisait partie, il y avait eu une nouvelle dispute avec Kyrill, et après ce genre de disputes, Rickie n'était là pour personne pendant plusieurs jours. Les rideaux de sa boutique restaient fermés.

Ce jour-là, où toquer à la porte, crier et sonner n'avait servi à rien, Adina était allée manger une glace seule à la manufacture qui avait appartenu à Rickie et Kyrill et dont Kyrill était désormais la seule propriétaire, tout ça parce qu'on ne pouvait pas faire confiance à Rickie, parce qu'elle était brouillon, comme l'avait dit la femme au ruban en cuir avant de mettre un supplément de glace au safran sur la gaufre d'Adina, et Adina n'avait pas vu de raison de la croire.

Le garçon lui souriait d'un air encourageant. Puis il avait appuyé sur le bouton du cadran, et la porte s'était fermée irrévocablement. La porte d'un ascenseur dans lequel elle était entrée à l'âge de vingt et un ans et dont elle était ressortie âgée de vingt-deux ans à un autre endroit du globe, une région où le climat est tellement hostile que les fenêtres ne peuvent que s'entrouvrir.

Dans l'intervalle de temps, il avait fait noir. Comme si l'ascenseur était resté coincé entre les étages. La cabine bloque, repart, descend d'un cran et reste coincée pendant que la lumière s'éteint. C'était ce qui aurait pu se passer. Elle était partie tout en étant encore là. Comme autrefois, dans le bus qui allait à Harrachov juste pour elle. Elle rentrait la tête dans les épaules, et on aurait dit qu'elle n'existait plus. Aurait. Conditionnel. Dans cet ascenseur, c'était une absence sans ambiguïté et sans défense.

Le genre de chose qui n'existe pas.

On ne peut pas ne plus exister pendant cinq mois et demi, comme si ces mois avaient été effacés de notre vie.

On ne meurt jamais juste pour un temps.

La femme bleue n'est pas venue. Sa place près des bouleaux est orpheline depuis des jours.

Elle ne me doit rien. D'où elle vient, où elle va – elle n'a pas de compte à rendre à ce sujet.

Le chemin du souterrain débouche sur une butte. De là, on embrasse la crique du regard. À l'est, les silos et les immeubles bordent la rive d'en face. À l'ouest, le port est délimité par une décharge. Une barrière le sépare de la route à trois voies.

La femme bleue ne s'est jamais annoncée, n'a jamais fait de promesses.

La chercher ne sert à rien.

Partie 3 (*Manoir au bord de l'Oder*)

La vie qui nous traverse et fait de nous des étrangers, qui invente et use notre visage.

Octavio Paz

Le manoir se dressait, isolé, au bord d'un affluent de l'Oder. De ce côté, la rive était allemande. Les prairies inondables de l'autre côté étaient polonaises. Le fleuve sortait de son lit des deux côtés.

L'auvent qui surmontait le perron de la demeure était soutenu par des colonnes, couronnées de deux têtes d'agneaux. Derrière le manoir, où se trouvaient un préau en béton couvert et une grange abîmée par les intempéries, commençaient les champs, qui n'étaient plus exploités depuis longtemps et étaient envahis par les mauvaises herbes. Adina était descendue de la camionnette Barkas dans un vent froid qui se glissait sous sa veste, et des buses planaient au-dessus des aulnes et des noisetiers. Une odeur de feu de bois flottait dans les airs. Après une fin d'été et un début d'automne à Berlin, elle se retrouvait à nouveau perdue en pleine campagne.

Sans entrain, elle avait mis son sac sur son dos. L'herbe sous ses pieds était sèche et rêche. Des feuilles pourrissaient au bord du chemin. Elle avait l'impression d'être de retour chez elle, à Harrachov, où le crépi s'effritait sur les bâtiments délabrés, noircis par la suie et la pluie. De gros morceaux de la façade étaient tombés. De l'eau jaillissait d'une gouttière percée. Seule l'aile droite du manoir avait été remise en état. Les fenêtres y étaient équipées de lourds volets. Une véranda donnait sur une petite terrasse.

La propriété appartenait à l'un des clients de Rickie. Il était originaire du coin. Il comptait parmi les rares entrepreneurs à investir dans la région de l'Oder, en plein Uckermark, à la frontière de la Pologne. Quelques années plus tôt, il avait ouvert un village vacances au bord d'un lac non loin de là et acheté une poignée de tirages à Rickie, « de la déco », comme elle disait avec dédain, « des trucs superficiels pour les gens qui ont de l'argent mais qui ne savent pas regarder à l'intérieur d'eux-mêmes ». Il touchait des subventions pour le domaine. L'administration du Land soutenait la réhabilitation du manoir qui était censé devenir une institution culturelle : promouvoir les échanges culturels au seuil de l'Europe de l'Est figurait sur la feuille de route des politiques. C'était tout ce que Rickie lui avait dit.

« S'il n'y avait que ça, avait dit le garçon avec lequel elle traversait le parking pour monter dans une vieille Barkas blanche. On parie qu'avant, c'était un des espoirs du parti ? Issu d'une vieille famille communiste. »

Le garçon s'appelait Ira. Il avait un corps mince et nerveux, ses cheveux lui descendaient jusque dans la nuque, et sa tête était coiffée d'une casquette de baseball qui lui donnait des airs bravaches – une bravacherie chapeautée. Sur la visière de sa casquette, il était écrit : « Les vrais hommes ne mangent pas de miel. Ils mâchent des ABEILLES ! »

Le garçon avait allumé le moteur et la radio, et ils étaient sortis de Berlin pour prendre l'autoroute. Ils traversaient des villages dont le nom se terminait toujours en « OW ». Passow, Casekow, Tantow.

« C'est quand même un type bien. Qui regarde le monde en face. »

Sur un pont, il y avait des hommes en bleu de travail. Des voitures s'arrêtaient sur le bas-côté. Des voitures allemandes. Les hommes sur le pont s'approchaient des vitres baissées et, après un bref échange, montaient à bord.

« C'est là que les Polonais font le trottoir », avait dit Ira sur le même ton qu'il avait dit avant : « Ici, c'est la vallée de la basse Oder » ou « Là, c'est les digues estivales. »

« Ils te retapent ton toit ou ils te creusent un puits, avait-il repris. Ils coûtent tellement pas cher que tu peux en embaucher plusieurs à la fois.

— Une affaire ! » Elle avait fait la grimace.

Mais Ira ne comprenait pas ce qu'elle trouvait de drôle là-dedans. Elle était la fille d'origine slave, la stagiaire d'Europe de l'Est censée faciliter les échanges culturels entre Est et Ouest. On attendait d'elle qu'elle soit solidaire de ses compatriotes, pas qu'elle fasse des commentaires stupides.

Le stage était l'idée de Rickie. Adina avait besoin d'argent, et Rickie avait pensé à cet entrepreneur qui avait de grands projets et qui cherchait des jeunes gens volontaires et durs à la tâche. Au moment des au revoir, Rickie était restée en souriant à la porte de sa boutique : « À Noël, tu montes dans un train régional et tu viens nous voir. »

Adina ne gagnerait pas grand-chose. Mais le gîte et le couvert étaient gratuits, et ce serait l'occasion d'économiser. Elle glisserait l'argent dans la poche secrète au fond du sac à dos de cinquante litres jusqu'à avoir de quoi se payer le cours de perfectionnement et passer le diplôme de langue. Alors, la voie serait libre, et elle pourrait s'inscrire à l'université. Elle savait déjà à laquelle elle irait. Elle voulait retourner à Berlin.

La première nuit, elle s'était réveillée souvent. Le lit en métal massif grinçait à chacun de ses mouvements, le matelas était plein de bosses. Sa chambre se trouvait dans l'aile non rénovée du bâtiment, le papier peint était couvert de taches d'humidité. Derrière la fenêtre, il y avait un vieux lampadaire et, dans sa lanterne en fer forgée, des insectes s'étaient étranglés avec des fils qui semblaient être là depuis l'été. Ils étaient englués dans une épaisse alvéole gris-blanc qui reliait l'ampoule au sommet de la lanterne. Le lampadaire papillotait parfois, mais il ne s'allumait pas.

Le lendemain matin, le brouillard flottait au-dessus des polders. Elle avait du mal à s'orienter dans la maison avec tous ses couloirs, escaliers, pièces en enfilade. Elle avait mis un moment avant de trouver Ira dans un bureau au rez-de-chaussée. Ensemble, ils avaient passé en revue ce qu'il y avait à faire. Il fallait fabriquer et accrocher un tableau d'affichage. Des liasses de flyers tout juste sortis de l'imprimerie – de la publicité pour une institution qui n'existait pas encore – étaient ficelées dans un carton. Il fallait les sortir, les trier, les plier, les mettre dans des enveloppes et affranchir le tout.

Ce jour-là, ils n'avaient pas fait grand-chose. Perché sur le bord de la table, Ira lui parlait de l'avenir qui l'attendait sans avoir le moindre doute à ce sujet. D'ici deux ans, il serait diplômé de l'université de Francfort-sur-l'Oder. Parmi plusieurs gros cabinets d'avocats, il choisirait le meilleur, se marierait et ferait deux enfants, une fille et un garçon – dans cet ordre. Pour le garçon, il prévoyait de faire l'amour le jour de l'ovulation ; pour la fille, c'était plus compliqué. Il fallait s'en remettre au hasard. Mais c'était le seul impondérable dans ses projets. Ses enfants grandiraient dans un pavillon avec piscine et garage ouvert, idéalement situé entre l'Oder et la jonction avec l'autoroute pour Berlin. Dans le dos d'Adina, il regardait l'avenir qui s'étendait devant lui sans envisager une seule seconde que la réussite promise par ses études de droit économique européen, par la stabilité conjugale et le sens des affaires de ses parents, et par son goût pour les hommes qui regardaient le monde en face puisse lui échapper. Puis il était reparti lire un livre intitulé *Pays de cocagne*.

Elle avait défait son sac à dos. Elle avait rangé ses affaires dans une armoire bringuebalante, ce qui ne lui avait pas pris beaucoup de temps.

Le matin, quand Ira était à l'université, elle était seule au bureau. Il n'y avait pas un bruit à part les voix des ouvriers polonais dehors et le bruit d'une bâche secouée par le vent devant la maison. Le patron n'arrivait pas avant midi. En veste matelassée, il empruntait le couloir de l'étage. Un jour, elle l'avait vu en train de fumer un cigarillo près des ouvriers ; un autre, en train de traîner des rouleaux de papier peint à travers le hall d'entrée. Ira ne savait pas non plus ce qu'il faisait de ses matinées. Le manoir était grand. Sur l'arrière, il y avait deux autres portes d'entrée, une troisième conduisant à un vaste sous-sol aux fenêtres grillagées où se trouvaient des appareils de musculation, des outils et des provisions.

Quand on était dans une aile, on n'entendait pas ce qui se passait dans l'autre.

Elle mettait des flyers dans des enveloppes, triait des factures, écrivait des chiffres dans un cahier. Le temps devenait long, et elle s'était mise à fouiller. Elle errait dans les couloirs, ouvrait les tiroirs d'armoires déformées et feuilletait de vieux prospectus qui montraient le domaine aux siècles passés. Des dessins et des photographies en noir et blanc témoignaient de l'évolution de la propriété. Les bâtiments et les étables se transformaient comme dans un flipbook, le plus frappant étant la croissance des arbres. Sur la dernière page du prospectus, il y avait une frise chronologique. Elle commençait en 1770 avec la construction du logis seigneurial et s'arrêtait en 1990 avec les travaux que la population locale avait effectués pour remettre la bâtisse délabrée en état. « Restauration du toit de l'aile latérale sous la surveillance du premier maire élu démocratiquement, Gunter Ortler. » Dans les premières années du domaine, il ne s'était pas passé grand-chose. Des enfants et des chevaux naissaient qui portaient tous les mêmes noms. Les enfants s'appelaient Wilhelm ou Friedrich, les chevaux Condé ou Thisbe. S'il y avait des juments chez les chevaux, il n'y avait pas de filles parmi les nouveau-nés humains. En tout cas, elles n'étaient pas mentionnées. L'érection d'une stèle en mémoire de la victoire sur Napoléon avait donné au manoir un aspect plus majestueux. La comtesse Henriette Charlotte von Itzenplitz avait introduit de nouvelles méthodes d'exploitation des sols. Le portrait d'une dame en redingote brune coiffée d'un chapeau était ainsi légendé : « Visite de la comtesse Henriette Charlotte von Itzenplitz, mondaine et pionnière agricole, à l'été 1810. » Le 2 juillet 1813, un certain M. von Chamisso avait passé la nuit sur place. À l'époque, il y avait des paons et des parterres de fleurs. En 1945, les fleurs avaient disparu. Elles avaient été remplacées par des camions et des soldats, le manoir était devenu le siège du commandement soviétique. En 1951, une école avait été ouverte dans ses murs et, à partir de 1980, les somptueux intérieurs avaient été utilisés comme camp d'entraînement pour les espoirs olympiques de la RDA. Une photo montrait des haltères et des poids posés sur le luxueux parquet.

Pendant son temps libre, Adina pouvait passer des heures à répéter pour elle-même le nom « Henriette Charlotte von Itzenplitz » le plus vite et le plus souvent possible sans que sa langue fourche, tout en faisant le tour de l'étoile soviétique encastrée dans le sol du hall d'entrée. Elle ne voyait pas bien ce qui aurait pu donner envie à quelqu'un de vivre ici, au fin fond de la campagne, alors que l'Allemagne était un pays riche et grand où il y avait tellement de possibilités.

La pièce qu'elle préférait, c'était la cuisine avec son sol en pierre. Les carreaux blancs octogonaux lui rappelaient la maison de sa grand-mère. En été, ils étaient bien frais, en hiver, ils étaient glacés, raison pour laquelle sa grand-mère portait toujours des pantoufles quand elle restait longtemps debout dans la cuisine. Les fenêtres du manoir laissaient entrer la lumière rare du mois de novembre qui faisait briller le carrelage. Au mur était accrochée une assiette décorative à l'effigie de Max et Moritz. Sur une étagère étaient alignés des bocaux avec des vis, des élastiques et des allumettes, des casseroles en aluminium s'entassaient dans l'évier. Quand elle était petite, elle s'amusait à mettre ce genre de casseroles sur sa tête pendant que sa grand-mère remplissait les bocaux de groseilles ou de cerises chaudes, et les scellait avec de la vapeur sifflante sortie d'un tuyau en caoutchouc. En été, la cuisine surchauffée sentait les fruits et le caoutchouc brûlant.

Elle aurait aimé sortir pour explorer le fleuve, les prairies inondables et les saules en bordure du domaine. Mais il y avait une meute de chiens à moitié sauvages qui restait en liberté pendant la nuit. Un matin, elle avait ouvert la porte d'entrée et elle les avait trouvés là en train de japper.

Le patron s'appelait Razvan Stein. Il ne lui prêtait aucune attention. Il avait beau l'avoir embauchée, il ne lui avait pas adressé le moindre mot, pas même un « Salut » pour lui souhaiter la bienvenue. Il téléphonait, surveillait les ouvriers qui fabriquaient du mortier dans une bétonnière et, en début de soirée, elle le voyait monter dans sa Barkas. Un jour, elle l'avait croisé dans les escaliers. Mais il était accompagné d'un inconnu, et il ne l'avait pas remarquée.

Tous les matins, elle s'occupait des flyers dans le bureau. Les plier en trois, passer trois fois l'ongle du pouce sur la pliure, les mettre dans une enveloppe et coller un timbre dessus. Sur les flyers, il y avait le même genre de frise chronologique que sur les prospectus. Sauf que cette frise s'arrêtait en 1945 avec l'expropriation de la famille de nobles et ne reprenait qu'en 1990. Les réparations faites par la population locale n'étaient pas mentionnées. À la place, il était question du rachat du domaine par un homme d'affaires de Stuttgart. Au cours des années suivantes, la propriété était passée de main en main, jusqu'au 2 octobre 2004, date à laquelle, avec le soutien de l'administration du Land, elle avait été reprise par un natif de l'Uckermark, Razvan Stein.

Au bout d'un moment, Adina était devenue experte en pliage de flyers sans même avoir besoin de regarder ce qu'elle faisait. Derrière la fenêtre, les ouvriers prenaient la couleur du mortier. Leurs visages aussi devenaient gris. Elle les fixait de ses yeux écarquillés et circonspects qu'elle tenait de sa grand-mère. Elle avait le même regard sombre et farouche. Quand elle était petite, elle avait souvent entendu dire ça, et elle voulait avoir son propre regard, pas celui d'une autre. Sans compter que le regard de sa grand-mère n'était pas au goût de tout le monde. Elle dévisageait les autres avec un mélange de curiosité et de surprise, comme si elle était ailleurs ou qu'elle s'était oubliée elle-même, entièrement concentrée sur la personne en face. Mais les gens n'étaient pas habitués à faire l'objet d'une telle attention, et la grand-mère dérangeait.

D'un geste déterminé, Adina coinçait ses cheveux derrière ses oreilles.

Elle avait l'impression que son visage ne laissait pas bien voir qui elle était. Ce qui n'était pas une raison pour être ignorée.

« C'est moi qui plie vos flyers, avait-elle dit à Razvan Stein un des jours suivants. J'aimerais bien faire autre chose. »

Le patron s'apprêtait à sortir. Il portait des bottes en caoutchouc et une veste matelassée sur une chemise grise. Elle s'était mise en travers de son chemin.

Il avait dû y regarder à deux fois avant de répondre : « Ah oui. Tu es la fille de la gouine aux photos. Celle qui ne jure que par l'Est. » Et, comme s'il comprenait enfin ce qu'elle venait de dire, il avait ajouté : « Viens avec moi. »

À sa suite, elle avait traversé une salle destinée à être transformée en galerie et monté un escalier de service. À l'étage, il avait ouvert la porte d'une grande pièce plus confortable que les bureaux du rez-de-chaussée, avec un balcon et un canapé en cuir de bonne taille.

« Comment tu t'appelles ?

— Adina.

— Ira t'a tout montré ? »

Elle avait hoché la tête. Contre le mur de gauche se trouvait une commode en bois foncé et de l'autre côté un grand frigo duquel Razvan Stein avait sorti une bouteille.

« Il n'est pas trop tard pour les salutations officielles, on est d'accord ? (Il avait brandi la bouteille vers la lumière.) Un classique de l'époque impériale. »

Il avait posé deux petits verres sur la table basse, les avait remplis et lui en avait tendu un. Avec entrain, il avait déclaré : « À l'époque, on ne gâchait pas la Berliner Weiße avec du sirop. On y mettait du bon vieux Kümmel prussien », et elle avait secoué la tête. Elle avait refusé sans hostilité, elle avait même porté le verre à ses lèvres. C'était un alcool transparent à l'odeur sucrée.

« Tous mes employés ont droit à leur baptême du feu. Tu ne fais quand même pas partie des petites natures ? »

Il s'était laissé tomber sur le canapé, en bottes en caoutchouc et veste matelassée.

« Alors, vas-y. »

Elle l'avait regardé sans comprendre.

« Raconte-moi. Qu'est-ce que tu as en tête ? »

Il n'avait pas l'allure d'un vieil homme. Il avait un corps vigoureux, des cheveux sombres et épais, des yeux d'un gris douteux. Mais, à l'âge d'Adina, il conduisait des chars. Il avait passé trois ans dans l'Armée populaire de la RDA, avait raconté Ira, et, sur l'ordre de son père, il y était resté au-delà de la durée obligatoire. Puis le mur que son char protégeait était tombé, et il s'était retrouvé dans une clinique à l'Ouest pour se faire soigner, affirmait Ira, plein d'admiration, car on ne croisait pas tous les jours des gens qui faisaient soigner leur vision du monde périmée comme on faisait soigner un rhume ou une éruption cutanée.

À la toute fin des années 1990, Razvan Stein était revenu dans l'Oderland. Il avait racheté le domaine à l'administration du Land : les surfaces agricoles, une poignée d'hectares de forêt et une bande de quelques kilomètres le long du fleuve. La banque du Land lui avait fait crédit. Avec la forêt, il y avait un lac contenant plusieurs milliers de mètres cubes d'eau. Il était même propriétaire des poissons du lac. Quand les gens des cabanons sur la rive voulaient construire un ponton, ils devaient payer un loyer. En contrepartie, Razvan Stein proposait des tours en bateau à moteur dans son village vacances sur la rive d'en face. Des safaris spécial castors. Des sorties pêche au crépuscule dont les bénéfices étaient reversés à la municipalité. Un homme d'action, avait dit le garçon dans la Barkas, qui promettait un bel avenir à ces misérables contrées. Autrefois, ces terres appartenaient aux artisans et aux paysans. Razvan Stein se considérait comme leur successeur légitime et prétendait faire profiter le peuple de cet héritage. Et il comptait aménager le domaine. Sans confier cette tâche à des étrangers, des gens de Stuttgart, de Hambourg ou de Munich, qui auraient été parachutés dans le coin. Son manoir devait créer une synergie bénéficiant à toute la population de l'Oderland.

C'était la première fois qu'Adina rencontrait quelqu'un comme Razvan Stein.

Un homme d'action.

Un type bien.

Son verre était vide, et il s'en était resservi un deuxième.

« Je peux accrocher des tableaux, avait proposé Adina. Je parle trois langues, et un peu russe. Je n'ai pas encore beaucoup d'expérience...

— L'expérience, l'avait coupée Razvan Stein en laissant sa main droite tomber sur le large accoudoir. Elle ne sert plus à grand-chose quand le monde autour change. (Sur son majeur, une bague étincelait chaque fois que le soleil se glissait entre les rideaux en velours.) Pas au sens premier du terme, c'est vrai. Quand il est question d'expérience, quatre-vingt-dix pour cent du temps, on parle des habitudes. Ce que les gens font de la même manière depuis toujours et qu'ils ne feront jamais autrement. C'est comme une couche de moisissure sur les personnalités, et on ne veut pas de ça ici. »

Adina opinait du chef. Face à cet homme, les autres semblaient bien fades, les gens comme les barmen ou le vieux de la pompe à essence, et même sa mère. Au contraire de Razvan Stein, ils étaient passifs. Ils envoyaient promener le monde en le rêvant plus beau qu'il n'était, puis ils se retranchaient dans ce rêve et, parce que rien ne les touchait, ils se sentaient supérieurs à tout. Les gens comme son arrière-grand-père ou Rickie, qui étaient résignés à tout, accueillaient le monde à bras ouverts, à l'image d'Adina elle-même. Mais parce que c'était trop, parce qu'on ne pouvait pas encaisser autant de choses, ils avaient tendance à se sentir inférieurs.

Razvan Stein, lui, regardait le monde en face.

« Je suis prête à en faire plus que d'habitude.

— Jeune et dure à la tâche. (Il avait hoché la tête avec satisfaction.) Les gens comme toi, c'est ce qu'il nous faut. »

Avant de repartir, elle l'avait questionné sur ses chiens. Elle lui avait demandé pourquoi ils n'étaient pas enfermés pendant la nuit. Elle aimait bien les chiens, mais le matin, avant le travail, elle avait envie d'aller se promener à travers champs.

Razvan Stein s'était versé une rasade de Kümmel.

« Il va falloir que tu deviennes un peu plus marrante, avait-il dit en soupirant avant de se relever. Personne n'aime travailler avec des gens pas marrants. »

Au cours des semaines suivantes, alors qu'une vague de froid figeait l'eau de l'affluent de l'Oder et qu'Adina voyait par la fenêtre de petits blocs de glace grisâtres semblables à des éclats de verre frôler la berge, Razvan Stein lui avait confié de petits travaux de traduction. Il l'appelait Nina, pour faire simple, parce qu'il n'arrivait pas à mémoriser son vrai nom.

« Nina, où tu es passée ? »

Elle avait mis un petit moment à s'y faire.

« Nina ! »

La voix de Razvan Stein résonnait à travers le hall d'entrée. Elle devait l'aider à ranger les vieux prospectus, à trier les archives ou à taper à l'ordinateur des notes prises à la main. Un jour, il l'avait fait venir à la cuisine parce qu'il n'y avait pas assez de tasses à café pour les ouvriers. Une ou deux fois, il lui avait montré des photographies d'artistes qui candidataient pour exposer au manoir. Il n'était pas sensible à l'art abstrait. Il appréciait les œuvres figuratives où il reconnaissait des paysages, des villes, des gens, et qui lui inspiraient une anecdote, lui rappelaient un souvenir, lui évoquaient un épisode historique. L'abstraction, pour lui, c'était du chinois – il trouvait la blague tellement drôle qu'il la répétait volontiers en présence d'Adina. Pour ce type de photographies, il la laissait trancher, ce qui était pour lui la preuve que son investissement était rentable et qu'elle avait appris chez Rickie des choses plus utiles que le B.A.-BA du féminisme.

La troisième semaine, il l'avait emmenée à une réunion. « Avoir une Européenne de l'Est sous le coude, c'est une bénédiction. Les financements vous tombent tout cuits dans le bec. » Il était sorti de la réunion de bonne humeur. Il se félicitait d'avoir obtenu une réponse positive de la part de l'administration du Land qui lui avait accordé de nouvelles subventions, et il l'avait invitée à prendre un thé dans la cuisine. Dans ce genre d'occasions, il buvait de l'Earl Grey qu'il conservait en vrac dans une boîte au fond du placard. « Bien jouée, ma grande. Garde toujours les yeux grands ouverts. Ça te servira. »

La première exposition avait fini par avoir lieu. Deux artistes polonais avaient photographié le parc national de la vallée de la basse Oder et accolé à chaque tirage un cliché d'époque montrant le fleuve transformé en charnier pendant la Seconde Guerre mondiale ou la ligne Oder-Neiße après guerre. La lumière dans la pièce n'était pas bonne. Le reflet des spectateurs se superposait aux polders et aux digues. Adina trouvait ça bien. On aurait dit que le paysage ne devenait paysage qu'une fois qu'on était passé devant. Mais les photographes voulaient refaire tout l'accrochage, et elle avait dû négocier avec eux en tchèque. « Polonais, tchèque, c'est du pareil au même », comme disait Razvan Stein avec entrain.

Pour le vernissage, la fanfare des pompiers volontaires était venue jouer. Des politiciens locaux de Francfort-sur-l'Oder et de Szczecin piétinaient en chaussures en cuir et costume sombre dans la boue à moitié gelée du chantier. Ils étaient contents d'être là, moins pour l'exposition que pour le banquet prévu ensuite. Porc à la broche. Agneau à la broche. Derrière le manoir, au-dessus d'une cuve remplie de braises, des bêtes écorchées entières tournaient sur des broches actionnées par une batterie de voiture. Razvan Stein était un hôte généreux. Chez lui, les plaisirs de la chair étaient à l'honneur, et personne d'autre ne s'accordait de telles libertés, en tout cas pas à l'ouest de l'Oder. Dès qu'une voiture arrivait, il se précipitait à sa rencontre. Il empoignait la main de son invité, le félicitait pour une apparition publique, un article dans le *Märkische Oderzeitung*, lui demandait des nouvelles de sa famille et de sa santé – il avait en tête les noms de l'épouse et des enfants, était au courant des by-pass et des opérations des articulations, ce qui donnait à l'intéressé l'impression qu'ils se connaissaient depuis longtemps. Puis il l'entraînait dans la boue comme sur un tapis rouge.

Pour la délégation de l'association des écrivains tchèques, au lieu d'alcool fort, on avait servi du champagne. Razvan Stein estimait que c'était le bon choix pour ces hommes dont l'art était selon lui indissociable d'une certaine forme de féminité. Les écrivains voulaient louer le domaine pour un grand congrès avec leurs confrères allemands et polonais. Razvan Stein avait demandé à Adina de servir d'interprète et, mal à l'aise, elle s'était retrouvée au milieu de ces hommes dont certains étaient censés être célèbres et qui, quand elle traduisait les paroles de Razvan Stein en tchèque, ne la regardaient pas elle mais lui. Elle avait repensé à l'écrivain de son enfance qui était devenu président. Lui aussi avait dû se tenir un jour au milieu d'un groupe similaire, flatté et courtisé par un propriétaire terrien allemand. Ce qui signifiait que ces hommes faisaient déjà partie du monde trépidant dont elle rêvait depuis toujours et qu'elle imaginait de l'autre côté de la frontière, derrière les montagnes, dans un lointain flou et brumeux où le soleil se couchait – et, emportée par ces pensées, elle avait perdu le fil de la conversation. Elle avait dû faire répéter deux fois. Autour d'elle, on faisait la moue.

« Qu'est-ce qui s'est passé, Nina ? Tu dormais ? »

Après avoir fait le tour du manoir, et malgré le champagne et l'accueil VIP, la délégation était repartie sans donner son accord.

« On leur déroule le tapis rouge et ils ne sont pas intéressés ? Je dois pouvoir compter sur toi ! »

Au cours des jours et des semaines suivantes, plusieurs des associations venues voir le domaine étaient reparties sans rien signer. Des clubs de lecture locaux, des cercles artistiques, un comité germano-polonais pour la promotion des échanges culturels bilatéraux. Le refus de la délégation tchèque préoccupait Adina. Elle n'arrêtait pas de se repasser la conversation dans la tête et, chaque fois, il lui venait des formulations plus justes et plus convaincantes. À la fenêtre ouverte, agitée et brûlant d'envie de courir à travers champs pour se défaire de ce sentiment d'échec, elle avait pris conscience que ce monde prometteur et encore inconnu était sans doute bien plus proche qu'elle ne le pensait, car ces hommes célèbres venaient du même endroit qu'elle.

Ira avait secoué la tête.

« Ils ne voulaient pas faire leur congrès sur un chantier.

— M. Stein pense que c'est à cause de ma traduction.

— Il n'a qu'à traduire lui-même.

— C'est ce qu'il fait maintenant. »

Ira avait éclaté de rire. « Ses espoirs fondent comme neige au soleil. C'est ça qui le stresse. Le discours sociétal ne s'influence pas au niveau local, et encore moins en pleine pampa, avait-il déclaré, fier de son expertise. Je l'aurais cru plus malin. Quand on en fait trop, ça rend les gens méfiants. »

Elle ne prenait pas les choses avec la même légèreté qu'Ira. À la fin de la semaine, contrairement à son habitude, Razvan Stein ne lui avait pas laissé d'enveloppe sur le bureau, « C'est pas le gros lot, ma grande, mais un jour, ça payera », et elle s'était abstenue de le lui faire remarquer. Dans l'enveloppe, il y avait chaque fois un billet de cinquante euros et, quand la semaine s'était bien passée, un billet de dix en plus. La déception d'Adina avait une autre cause non moins importante. Au fond d'elle, elle savait que, avant cet épisode, elle s'était engagée sur une voie dont l'issue resterait pour toujours incertaine maintenant que la délégation n'avait pas choisi le manoir.

De toute évidence, les affaires ne marchaient pas bien, en tout cas pas aussi bien que Razvan Stein l'avait imaginé. Au village vacances, les choses se passaient sans accrocs, mais ici, elles manquaient de fluidité – la fluidité avec laquelle il sortait ses cigarillos de son étui chromé. Les flyers envoyés par la poste restaient le plus souvent sans réponse. Le ministère avait retiré son soutien financier. Pour les espaces d'exposition, il y avait eu quelques candidatures, mais elles émanaient d'obscurs artistes spécialisés en céramique et de militaires à la retraite qui voulaient exhiber leur collection de médailles. Les coûts de la rénovation explosaient. Impossible de vendre les surfaces agricoles. Personne n'en voulait. Et, par principe, Razvan Stein ne vendait pas aux Chinois. C'était ce qu'Adina avait compris des coups de fil qu'il passait dans l'escalier, à voix haute et sans la moindre gêne.

« Ne lui dis pas », avait dit Ira. Mais un jour Adina avait dit à Razvan Stein : « On se fait du souci. »

Monté sur un escabeau, il était en train de dévisser un store qui pendait depuis plusieurs jours, en bout de course, en travers d'une fenêtre.

« Est-ce qu'Ira et moi, on va se retrouver à faire le trottoir avec les Polonais ?

— Ah, tout de suite les grands mots », avait-il dit en défaisant la dernière vis. Il s'était retourné : « Viens par ici. »

Elle s'était levée pour s'approcher de lui.

« Comment elle s'appelle, déjà ?

— Qui ça ?

— La gouine aux photos.

— Rickie.

— Ah oui. »

Il était descendu de l'escabeau tant bien que mal. La vue sur le préau et sur les saules au loin était de nouveau dégagée.

« C'est un service que j'ai rendu à cette Rickie, avait dit Razvan Stein en balançant le store sur la table. Ce stage rémunéré. Le genre de truc qui n'existe pas chez moi. (Il l'avait toisée.) Tu vois ce que je veux dire ? (Depuis qu'il avait compris à quoi elle pouvait lui servir, il n'y regardait plus à deux fois. Il la fixait droit dans les yeux.) Alors souviens-toi d'une chose : chez moi, on ne baisse pas les bras comme ça. »

Elle avait hoché la tête. La regarder dans les yeux n'était pas déplacé. Elle aussi, elle était issue d'une vieille famille communiste, et elle était la descendante d'un partisan.

« Bien. Dans ce cas, va chercher ta veste. »

Peu de temps auparavant, elle avait trouvé la veste dans un sac en plastique devant sa porte. C'était une veste matelassée qui avait déjà été portée, mais le temps était devenu froid et changeant, et elle était contente de l'avoir. À part sa veste en cuir, elle n'avait qu'un imperméable fin avec elle.

Razvan Stein l'avait rejointe dans le hall d'entrée. Il avait enfilé ses bottes en caoutchouc et lui avait fait signe de le suivre.

Dehors, il avait passé la laisse à deux de ses chiens et avait pris le chemin à travers champs. Le reste de la meute courait derrière eux en jappant.

« Prends le temps de regarder autour de toi, Nina. »

De loin, les saules avaient l'air petits. Quand on approchait d'eux, ils devenaient des arbres au tronc épais avec de longues branches qui s'élançaient vers le ciel.

« Prends bien le temps de regarder autour de toi. (Razvan Stein foulait le sol boueux d'un pas rapide.) Région de malheur. Depuis la chute du Mur, il ne s'y est rien passé. On la laisse livrée à elle-même. De la tourbe et du sable. Un champ de bataille. Faite pour les combats plus que pour les semis et les moissons. C'est là qu'ont eu lieu les batailles les plus sanglantes sur le sol allemand. Pendant des siècles. Et ensuite, on a reconstruit. Le cœur confiant et résolu. Collectivement. Envers et contre tout. Mais qui ça intéresse ? Les vies que mènent les gens d'ici, leurs convictions, leurs tourments, leur dignité : là-haut, au niveau fédéral, on n'a aucune idée de ce que c'est. Il faut bien que quelqu'un s'en soucie, tu ne crois pas ?

— Si, avait répondu Adina.

— Je pense aussi. »

Razvan Stein s'était immobilisé. Il avait donné un coup de botte dans un des troncs. Puis il avait tendu le bras pour arracher une branche. « Des terres difficiles. (Il avait enfoncé la branche dans le sol à côté de sa botte.) Avec le niveau des nappes phréatiques, c'est un miracle que les fondations n'aient pas été complètement foutues. Mais comme dit le dicton : qui veut édifier de hautes tours doit longuement travailler à leurs fondations. »

Il avait sorti la branche de la terre et l'avait examinée comme si c'était une jauge. « Il y avait tout l'Oder dans le sous-sol. Il a fallu tout faire sécher du sol au plafond.

— Pourquoi acheter une maison pourrie ?

— Parce qu'on a des rêves pourris.

— À ce compte, je l'aurais achetée aussi. »

Razvan Stein avait éclaté de rire. Une lumière grisâtre flottait au-dessus des prés. Grand et les épaules larges, il se tenait à côté d'elle et, ensemble, ils regardaient au loin, de l'autre côté du fleuve, en direction de l'Oder qui devait se trouver quelque part par là.

« Il me manque encore le savoir-faire occidental. Mais avec ce qu'on bricole ici, on tient un truc. Je ne lâcherai pas l'affaire comme ça. »

Les prés, l'air sentaient l'humidité et les marais. Elle était à l'aise à ses côtés, et ses inquiétudes se calmaient – tout ce qui lui causait du souci : sa rémunération et le cours de perfectionnement et les études à Berlin.

« J'ai toujours voulu être là où les choses se jouent. Et où est-ce que ça commence ? Avec ceux qui ouvrent leur bouche, les artistes, le milieu de la culture. »

En l'entendant prononcer ces mots, elle avait éprouvé de la fierté. Razvan Stein, qui regardait le monde droit dans les yeux, estimait qu'il était temps de lui montrer les prairies inondables, la zone frontalière et le fleuve, à elle, Adina.

« La vie est courte, mais l'art est long. »

Elle avait envie de se remettre en marche pour suivre le fleuve jusqu'à l'embouchure et arriver aux grèves marécageuses de l'Oder. Il y avait toujours un chemin le long de la rive. Elle s'y connaissait en cours d'eau, et elle aurait aimé voir l'Oder, cette frontière rectifiée dont tout le monde parlait. Mais Razvan Stein ne bougeait pas, et l'humidité des prés commençait à s'infiltrer sous la veste matelassée d'Adina.

« C'est sympa de bricoler ici, avait-elle dit en faisant attention à bien prononcer le mot "bricoler".

— Des terres difficiles », avait répété Razvan Stein avant de raccourcir la laisse des chiens.

Et ils avaient rebroussé chemin.

Il ne voulait pas qu'elle sorte seule. Les prairies inondables étaient traîtres, le coin n'était pas sûr. Si elle avait besoin de faire de l'exercice, au lieu d'aller vagabonder dans la zone frontalière, elle n'avait qu'à courir sur le tapis de la salle de gym. Il l'avait emmenée au sous-sol pour lui montrer les appareils et les douches. Il lui avait expliqué comment programmer le tapis de course et, en quittant la salle, elle lui avait demandé si lui aussi avait eu un partisan dans sa famille, un partisan qui était resté au front. Si tous les partisans possédaient des meubles bourgeois qu'ils avaient détruits par conviction ou par peur des leurs, si lui aussi avait parfois peur des siens.

Razvan Stein n'avait pas répondu. Il avait eu un geste d'impatience en direction de l'escalier du sous-sol.

Au fond, il ne la voyait toujours pas. C'était devenu évident le matin où il l'avait attrapée par le menton. S'il l'avait vue, il ne l'aurait jamais attrapée par le menton, il aurait préféré se couper la main. Mais, du coup, les choses avaient dérapé.

En hiver. Après une nuit de gel.

Une semaine d'un froid glacial où elle commençait ses journées transie dans la cuisine. Ses mains étaient engourdies par l'humidité de la chambre et, avec son café, elle se blottissait contre le radiateur ronflant. Razvan Stein était à Berlin, en train de boucler une affaire importante. Les chiens continuaient à se promener en liberté jusqu'à midi. Le froid ne leur faisait rien.

Adina consacrait de plus en plus de temps au Mohican. Elle ne pouvait pas sortir, la connexion internet était lente et, le soir, elle n'avait rien à faire, car à part deux ou trois BD, il n'y avait ni DVD ni livres. Ira lui avait prêté le sien, mais elle n'avait pas accroché et, au bout de quelques pages, elle l'avait reposé. Elle avait essayé d'écrire une lettre à Rickie. Mais elle n'avait encore jamais écrit à Rickie, et ça lui faisait drôle. Elle avait fini par lui écrire dans sa tête. Elle lui parlait de la photo. Elle lui racontait que le dernier des Mohicans avait surgi des traits flous de son visage, qu'il en était sorti sans crier gare, comme une feuille d'arbre se détache du sol durci par l'hiver.

Sa chambre n'avait pas de miroir. Mais il y en avait un dans les toilettes, au-dessus du lavabo fissuré. Et parce qu'il ne se passait rien, que le manoir était silencieux, qu'Ira était chez lui et Razvan Stein au village vacances où un entrepreneur du bâtiment originaire de Szczecin célébrait le mariage de son fils, elle était allée aux toilettes se regarder dans le miroir. Les deux mains posées sur le bord du lavabo, elle avait braqué son regard sur son reflet. Elle n'avait jamais vraiment vu le Mohican. Ni à l'âge de douze ans, quand il était sorti de nulle part, ni plus tard, alors que tous les gens de *Rio* s'y étaient faits et que la plupart ne connaissaient pas son vrai nom. Elle ne s'était jamais demandé à quoi il ressemblait. Elle sentait sa présence. Il avait grandi avec elle. Mais, depuis la photo, la certitude qu'il devait être beau s'était imposée à elle.

Une lumière gris-jaune émanait des néons. Adina s'était approchée le plus près possible du miroir. Sa vue s'était brouillée, et son visage s'était estompé. Elle avait plissé les yeux pour accommoder. Ses paupières délimitaient son champ de vision comme les deux rives délimitaient le fleuve. Du fleuve avait surgi une ombre. C'était une ombre lumineuse aux contours diaphanes. Adina s'était concentrée. Une tête sortait du miroir, des traits nets, des cheveux longs. On distinguait déjà le front, haut et fier, et à ce moment-là son nez avait cogné contre la glace, juste avant que le petit Mohican apparaisse.

Elle essayait d'adopter sa démarche. Son pantalon descendu sur les hanches, elle marchait d'un pas souple. Ses cuisses semblaient se raffermir. Ses muscles et ses seins gagnaient en vigueur. Tout son corps se compactait, ou peut-être était-ce elle qui se compactait dans ce corps qu'elle sentait sur elle ou autour d'elle. Elle se demandait ce que Rickie penserait de tout ça. Rickie qui savait à quoi s'en tenir. Qui avait mentionné sa cachette. Sauf que Rickie n'appelait pas.

Le lendemain matin, Ira allait faire des courses, et elle lui avait demandé de lui rapporter de quoi coudre. Elle avait décousu trois de ses T-shirts, comme elle avait vu sa mère le faire. Elle avait eu un mal de chien à faire entrer le fil dans l'aiguille, le chas était beaucoup trop petit, et elle s'était promis d'inventer un jour des aiguilles avec de plus gros chas. Mais à partir de ces T-shirts, elle avait fini par réussir à coudre une cape aux airs de poncho.

Avec ce poncho, elle se promenait dans le manoir. Elle marchait sur la pointe des pieds – non, à pas de loup –, c'était sa démarche à elle, une ombre diaphane. Si seulement Rickie l'avait vue. Ça lui aurait plu. Il faut te sortir de ta cachette, avait-elle dit, et c'est ce qui était en train de se passer. C'est ce qu'Adina était en train de faire.

« Pourquoi tu ne l'appelles pas ? » avait un jour proposé Ira en lui tendant son portable. Mais Rickie n'avait pas décroché.

Un matin qu'Adina, les mains rougies par le froid, était assise contre le radiateur, Razvan Stein était entré dans la cuisine bien plus tôt qu'à son habitude. Il s'était rasé. Il portait un costume et avait une clef de voiture à la main. Il avait débarqué avec l'énergie nerveuse d'un homme pressé qui n'avait pas beaucoup de temps mais comptait en profiter pour déplacer des montagnes. S'il avait eu des éperons, ils auraient tinté.

« Allez, on n'a pas que ça à faire ! »

Lentement, elle avait levé la tête. Elle avait croisé son regard, ce gris venteux, avec les yeux mi-clos. Le Mohican ne dévoilait pas ses yeux. On ne devait pas lire dedans. À ce moment-là, Razvan Stein l'avait attrapée par le menton. Il l'avait soulevé comme on sort du placard une tasse qui se brise entre vos doigts.

« Nina la bricolo, qu'est-ce que c'est que ce cirque ? Ça fait un moment que je t'ai à l'œil. »

Jamais personne ne l'avait attrapée par le menton comme ça. Elle avait voulu repousser sa main, mais il avait été plus rapide. Il avait intercepté son bras dans les airs et, pendant une fraction de seconde, elle avait cru entendre le bruit d'un arbre qu'on déracine dans la terre durcie par l'hiver.

« Tu es malade ? Tu as une maladie dont je n'ai pas été informé ? Prends exemple sur les autres, avait-il dit. Et enlève-moi ces guenilles ridicules. »

« Les autres », c'étaient ses voisines de chambre. Depuis peu, elles étaient trois à coucher dans la même pièce. Du sous-sol, on avait remonté un sommier auquel on avait ajouté un matelas en mousse sur lequel dormait désormais une Polonaise et, quelques jours plus tôt, était arrivée une jeune femme pour laquelle Ira avait installé un futon à même le sol. Elle venait d'une petite ville aux alentours de Minsk, et elle s'était retrouvée avec la place la plus exposée aux courants d'air. Razvan Stein en personne l'avait amenée à la chambre. « Une collègue de Biélorussie. Ou du Bélarus, comme on dit aujourd'hui. » Elles devaient s'entasser les unes sur les autres le temps qu'une autre chambre soit aménagée. « Débrouillez-vous entre vous, toutes les trois. » Il avait regardé Adina comme si la responsabilité lui incombait. Mais la fille du Bélarus ne parlait pas beaucoup. Et quand elle disait quelque chose, c'était difficilement compréhensible, parce qu'elle utilisait un drôle de russe – Adina ne reconnaissait même pas les mots les plus simples.

Parfois, les deux autres rentraient à la chambre en plein milieu de la nuit. Quand elles allumaient la lumière parce qu'elles avaient oublié que quelqu'un dormait déjà, leurs yeux étaient durs. Elles étaient ivres. Seule l'odeur les trahissait. Les jeunes femmes ne disaient rien. Elles ne faisaient pratiquement aucun bruit, ce qui était encore plus inquiétant que l'expression de leur regard. Elles retiraient leurs baskets et se couchaient sans un mot. Le matin, la dureté avait disparu. Elles restaient dans leur lit à feuilleter des magazines de mode et ensuite elles allaient s'occuper de la vaisselle. Elles étaient là pour faire le ménage, pour aider en cuisine. Elles lessivaient les sols, balayaient les escaliers, battaient les paillassons pour enlever la boue du chantier. Certaines nuits, elles ne rentraient pas du tout. Quand c'était complet et qu'on avait besoin de renforts, elles passaient souvent des journées entières au village vacances.

Au début, Adina avait été contente de ne plus dormir seule dans l'annexe. Mais les deux autres ne lui parlaient pas. Quand Adina arrivait dans la chambre, elles lui tournaient le dos.

Au lieu de se déshabiller devant elle, elles allaient changer de sous-vêtements dans les toilettes communes. Une nuit, Adina avait fermé le rideau parce que le lampadaire cassé devant la maison s'était allumé et que la lumière l'avait réveillée et, sans un mot, la Polonaise était allée à la fenêtre pour tirer le rideau d'un geste si brusque que les anneaux avaient crissé sur la tringle. La lumière l'avait giflée au visage. La tête sous sa couverture, Adina avait essayé de se rendormir en pensant avec nostalgie à sa petite chambre sous les toits, à la lueur du Čertova hora derrière la fenêtre.

Elles n'aimaient pas Adina. Ou elles ne lui faisaient pas confiance. Ou elles ne l'aimaient pas parce qu'elles ne lui faisaient pas confiance. Désormais, Adina parlait bien allemand. Le soir, elle ne se couchait jamais tard. Elle n'avait pas non plus à faire le ménage. Quand elles étaient toutes les trois dans la chambre, le comportement des deux autres était tellement hostile qu'on aurait dit qu'Adina et elles ne dormaient pas dans la même pièce, et Adina n'arrivait pas à ouvrir ce rideau invisible.

Les soirs où Razvan Stein restait dans la salle à la véranda ou dans le bureau d'en haut avec d'autres personnes jusqu'à une heure avancée de la nuit, elle s'éclipsait. Elle ne fumait pas et elle ne voulait pas non plus boire, le Mohican méprisait l'alcool et, dans ces moments-là, on buvait beaucoup, il fallait s'amuser. Razvan Stein savait qu'Adina Schejbal n'était pas marrante. Il en avait décidé ainsi, raison pour laquelle c'étaient la Biélorusse et la Polonaise qui faisaient le service.

Un jour, elle avait trouvé le portable d'Ira oublié sur la table de la cuisine. L'appareil n'était pas verrouillé, et elle avait réessayé d'appeler Rickie. Elle voulait savoir ce que Rickie aurait fait à sa place. Mais la ligne était occupée et, à la seconde tentative, personne n'avait décroché.

Rickie avait beau avoir promis de téléphoner, elle n'avait pas cherché à la joindre une seule fois dans le manoir au bord de l'Oder. Elle avait peut-être oublié. Ou alors, elle était occupée. Ou peut-être qu'elle avait appelé, et personne n'avait prévenu Adina.

Depuis le matin où Razvan Stein avait confondu son menton avec une tasse, Adina avait souvent essayé de s'imaginer ce que Rickie ferait. Comment elle réagirait. Ce qu'elle penserait de ses deux voisines de chambre et si elle aurait envie de les prendre en photo. Peut-être faisaient-elles partie des femmes que Rickie devait toucher parce que ses mains voyaient ce que les yeux ne voyaient pas. Mais Adina ne connaissait pas assez bien Rickie. Sept semaines, ce n'était pas assez pour faire connaissance et, dans sa tête, c'était généralement elle qui se comportait autrement qu'elle le faisait en vrai. Elle ou le dernier des Mohicans. Une ombre diaphane. Même si, désormais, elle ne mettait plus le poncho que dans la chambre.

Le Mohican se serait faufilé sans bruit devant les chiens en train de japper. Il aurait passé les premières heures du matin dans les grands fourrés près des saules. Il n'aurait pas rangé son poncho par égard pour les autres ou par crainte de leur réaction, et il n'aurait pas participé aux banquets. Mais, après cette semaine d'hiver d'un froid glacial, tout avait changé.

Ce matin-là, dans la cuisine, Razvan Stein s'était excusé. Il avait écarté les bras comme pour l'attirer contre sa chemise bien repassée qu'il portait ces derniers temps avec une cravate – la tête d'Adina aurait atterri au niveau de son estomac. Puis il avait sorti un sac de glace du congélateur et l'avait collé sur l'épaule endolorie d'Adina. « Tiens. Ça va mieux ? Ça me prend parfois comme ça, ma grande… Ne m'en veux pas. »

Il n'avait pas la tête à ce genre de cirque. Il était sous pression. La banque, les ouvriers, les entreprises chargées de livrer les matériaux – tout le monde lui réclamait de l'argent, il n'avait même pas de quoi faire réparer le toit et la gouttière. Et les hautes sphères du monde de la culture lui restaient inaccessibles.

« Ils ne sont bons qu'à brasser du vent, ces couillons. Ils veulent que les loups reviennent de Pologne, mais il n'y en a pas un pour se sortir les doigts du cul ! Ils ne bougent pas de Berlin et, en attendant les loups, ils se rachètent une bonne conscience en faisant repeindre les façades de trous perdus ! Mais on n'a pas besoin d'aide. »

En sortant, il avait dit : « Et longue vie au domaine ! » C'était la maxime de Razvan Stein, qu'il claironnait à la ronde. « À partir de maintenant, tu es dispensée de paperasse. On a mieux à faire. »

Il s'était avéré qu'elle était également dispensée d'une partie de ce que Razvan Stein considérait comme ses privilèges. Comme avant, elle n'avait pas à participer aux soirées marrantes dans le bureau d'en haut. Mais elle avait dû participer au banquet suivant. L'événement était organisé en l'honneur de l'homme auquel Razvan Stein faisait les yeux doux à Berlin, qu'il voulait gagner à sa cause, un « multiplicateur », un personnage important dans le milieu de la culture qu'il fallait « sensibiliser à la question de l'Europe de l'Est ». Elle était la seule à avoir véritablement grandi en Europe de l'Est et à connaître déjà bien l'Allemagne. À la limite entre l'Europe centrale et l'Europe de l'Est, l'avait-elle corrigé sans qu'il relève. Elle avait humé l'air de la métropole et travaillé dans un studio photo. Son allemand était correct. Le tout pouvait servir.

« Essaye de comprendre comment il fonctionne. Raconte-lui ce qu'on a en tête. Il faut juste le faire mordre à l'hameçon, je me charge du reste. »

Après avoir servi du vin chaud au stand, ramassé des serviettes mouillées dans le sauna du Zlatá Vyhlídka, plié des flyers à longueur de semaine et échoué dans le rôle d'interprète, elle avait une vraie mission. Qui était aussi une preuve de confiance. Razvan Stein la chargeait de s'occuper d'une personnalité du monde culturel.

« Maintenant, tu comprends pourquoi je ne veux pas te voir avec ces guenilles ? »

Il n'aurait pas à se plaindre.

Elle avait du mal à digérer la nourriture.

Razvan Stein faisait servir de grosses boulettes de viande hachée épicée, des haricots blancs, des poivrons farcis et de la feta, d'épaisses tranches de lard luisant, des oignons épluchés entiers et de l'alcool dans des verres à eau, ce qui était dû à ses origines à moitié roumaines aux dires des habituées des banquets, des femmes de la région de Gryfino que Razvan Stein allait chercher l'après-midi avec sa Barkas blanche de l'autre côté de la frontière et qu'il ne payait pas pour qu'elles parlent de l'Europe de l'Est en polonais. Il ne les payait pas du tout. Il n'avait pas d'argent pour ce genre de choses. Elles venaient même sans qu'on les paye. Razvan Stein était un entrepreneur allemand. Son entreprise était plus prometteuse que n'importe laquelle des exploitations agricoles de ce côté ou de l'autre de l'Oder. Les femmes étaient flattées d'être invitées à une fête où des journalistes et des politiciens étaient présents. Là-bas, dans leurs villages, il n'y avait rien, que des débiles, des vieux et des malades, comme disait Ira avec dédain. Les femmes baragouinaient l'allemand. Elles étaient à peine plus âgées qu'Adina, et leurs cheveux étaient noirs comme la nuit sur le Čertova hora. Elles n'avaient d'yeux que pour les yeux des Allemands, ce qu'Ira trouvait pitoyable. Quand il les raccompagnait chez elles la nuit, disait-il, leur haleine alcoolisée flottait encore sur la banquette arrière de la Barkas vide après qu'il les avait déposées.

Ira avait aussi dit quelque chose sur la mère de Razvan Stein. Personne ne devait le savoir. Mais Ira avait un don pour découvrir des choses dont il était persuadé qu'elles lui seraient un jour utiles. Il avait appris l'histoire de la mère de Razvan Stein par hasard et, en dépit de ses résolutions stratégiques, il n'avait pas réussi à la garder pour lui.

À l'âge de quatorze ans, Razvan Stein était allé chercher sa mère sur la digue. C'était l'hiver, et sa mère marchait sur la digue sans manteau, avec un chariot plein de poivrons en conserve. Elle se croyait en Roumanie – la « corbeille à pain du bloc de l'Est » – et prenait l'Oder pour le beau Danube bleu. Il lui avait couru après et, quand il l'avait rattrapée, elle lui avait crié dessus, persuadée que c'était un voleur qui voulait lui prendre ses conserves. Des années plus tôt, dans un hôpital de Bucarest, elle avait mis au monde un enfant mort-né, une sœur que Razvan Stein n'avait jamais vue.

Ce qu'Adina avait trouvé le plus sidérant dans cette histoire, c'était le fait que quelqu'un comme Razvan Stein ait une mère.

Elle avait du mal à digérer la nourriture mais, tant qu'elle mangeait, elle passait inaperçue. Les femmes de Gryfino s'étaient réparties autour de la table, chacune entre deux hommes. Seule la femme à côté d'Adina n'avait pas eu de chance. Elle riait d'un rire forcé, à gorge déployée. Quand elle attrapait un cornichon, une tomate ou un oignon, ses ongles brillaient. Elle glissait l'oignon épluché entre ses lèvres et le suçait jusqu'à ce que la salive dégouline de ses commissures et goutte sur la peau nue entre ses seins. Et elle poussait des cris de plaisir comme dans un train fantôme.

La table prenait toute la salle à la véranda. Mais comme il y avait beaucoup de monde, les gens étaient collés les uns aux autres, et plus l'alcool coulait, plus ils s'agglutinaient. Adina essayait de se faire toute petite. Ces braillements ne la concernaient pas.

Son verre à eau était vide, et la nourriture grasse lui donnait soif. Mais la carafe était au milieu de la table. Elle aurait dû se lever et tendre le bras, raison pour laquelle elle se contentait de fixer la carafe comme si, par la seule force de sa pensée, elle avait pu la faire venir à elle. Son regard s'était fait repérer. À l'autre bout de la table, la jeune Polonaise de sa chambre l'observait. C'était une guetteuse. Sous son maquillage, elle était pâle comme la mort. Mais manifestement, entre ses faux cils, elle voyait ce qui n'était pas censé être vu. Elle s'était levée pour remplir les verres à ras bord, en terminant par celui d'Adina, sans que personne le remarque. En reposant le verre, tout doucement pour qu'il ne déborde pas, la guetteuse lui avait jeté un regard semblable à une bouée de sauvetage.

Après le repas, la guetteuse l'avait suivie à l'étage. Elle portait un parfum fort. L'odeur se mélangeait aux remontées acides d'Adina, provoquées par tout le gras qu'elle avait ingurgité.

Dans la chambre, la guetteuse lui avait pris la main. Elle l'avait entraînée vers le lit sur lequel étaient posés des magazines et des crayons de maquillage. En silence, elles s'étaient assises côte à côte sur le bord. Le plafonnier était allumé et, comme le radiateur soufflant ne fonctionnait pas, il faisait froid. Le corps de la guetteuse était chaud. Être assise à côté de ce corps tiède sur ce lit défait rendait Adina nerveuse.

Dans un nuage de parfum sucré.

Elles étaient restées côte à côte sans mot dire, et Adina avait repensé au mail qu'elle avait envoyé à sa mère depuis Berlin, à l'ordinateur en libre accès dans la salle commune de l'auberge de jeunesse. Elle y parlait de Rickie et du stage au bord de l'Oder et de son projet d'aller à l'université. Sa mère savait où elle était.

Quand la position au bord du lit était devenue inconfortable, la guetteuse avait attrapé un magazine dans les piles. C'était un magazine féminin. La guetteuse l'avait feuilleté jusqu'à tomber sur la photo d'un œil en gros plan. Elle l'avait tendue à Adina. Sauf que ce n'était pas un œil aux aguets. C'était un œil ordinaire, peint avec du maquillage, incapable de voir ce qui était caché. Adina avait secoué la tête. L'époque où elle s'amusait à mettre du vernis et du rouge à lèvres était loin derrière elle, le maquillage était réservé au carnaval.

La guetteuse avait ouvert une boîte à paillettes. Elle avait demandé à Adina de fermer les yeux. Avec délicatesse, elle avait pris son visage entre ses mains, et Adina avait senti comme une bruine, comme une pluie de gouttelettes qui tombait sur ses paupières. Le goût des myrtilles mouillées sur la langue, l'odeur de l'herbe embuée par la pluie dans les narines et, sous les yeux, sa grand-mère en tablier à la fenêtre ouverte de la cuisine, en train de nettoyer des champignons, quand Adina rentrait du jardin après avoir joué, transie de froid, sale et heureuse.

Sauf que la pluie tombait d'une boîte d'ombre à paupières. Adina se l'était rappelé juste à temps. Elle avait détourné la tête, et la guetteuse avait soupiré. Elle lui avait donné une tape avant de retourner au banquet dans la salle à la véranda. Adina était restée assise sur le bord du lit. La chambre était froide, à l'exception de l'empreinte que le corps de la guetteuse avait laissée sur les draps. Sous la main d'Adina, l'empreinte était chaude. Et c'était seulement à ce moment-là, en sentant la chaleur du corps d'une autre sous sa main, qu'elle s'était rendu compte à quel point ce revirement, cette tendresse inattendue étaient étranges.

On entendait le banquet jusque dans le couloir. Elle était allée aux toilettes communes, avait pris un bout de papier toilette et s'était essuyé le visage pour enlever la matière collante. Malgré tout, elle était contente. Pas de s'être fait maquiller, mais d'avoir passé ce moment sur le bord du lit. Le parfum avait persisté dans les airs.

Depuis la semaine d'un froid glacial où Razvan Stein avait voulu boucler sa grosse affaire, la réalité se teintait de plus en plus souvent d'étrangeté. La nuit, quand la lumière était éteinte et que seuls les aboiements d'un chien rompaient le silence, Adina allait et venait entre la veille et le sommeil. On aurait dit que la réalité se dérobait, qu'elle se déroulait au-dehors, quelque part, dans la nuit de l'Oder figée dans l'obscurité glacée. Le poncho était jeté sur la chaise. Le pull vert élimé, témoin de tout ce qu'elle avait vécu jusque-là, était posé à côté de son oreiller. Le souffle des dormeuses emplissait la pièce. Depuis le matin dans la cuisine, Razvan Stein ne l'avait plus attrapée par le menton. Elle avait paré à toutes les tentatives faites par la guetteuse pour lui mettre un peu de couleur sur le visage. Et pourtant, elle craignait que le petit Mohican n'ait été que le fruit de son imagination. Un cirque qu'elle se faisait. Le fantasme d'une enfant qui passait trop de temps seule dans une chambre sous les toits. Et après tout, que prouvait une photo ?

Les gens raisonnables auraient été d'accord avec ça. Et comme, depuis la semaine d'un froid glacial, Adina devait se montrer plus raisonnable, elle commençait peu à peu à se ranger à cet avis. C'était à cause de Johann Manfred Bengel, dont le nom de famille voulait dire « galopin » en allemand. « Tu peux m'appeler Manne. » L'homme qui devait être sensibilisé à la question de l'Europe de l'Est. Un multiplicateur qui disposait de prestigieuses relations à Berlin.

Lors du banquet, à l'imposante table, il était assis à côté d'elle.

Dehors, sous le préau, l'agneau tournait sur sa broche. Il avait été écorché le matin même par des garçons d'un village voisin qui l'avaient suspendu avec les pattes arrière écartées. Razvan Stein avait dirigé les opérations d'une main de maître. Il s'y connaissait en dépeçage. Il avait montré aux garçons dans quel sens tirer la peau sans enlever trop de graisse, jusqu'au moment où il avait perdu patience et attrapé son couteau. Il l'avait enfoncé à main nue dans la bête pour la vider de ses tripes, et un des garçons avait vomi contre le mur de la maison. « Ça veut manger de la viande et ça ne supporte pas la vue du sang, tout ce que j'aime ! » Razvan Stein l'avait aussitôt renvoyé chez lui : qu'il aille aider sa mère à laver les carottes.

Le matin, Johann Manfred Bengel n'était pas là, mais il aurait assisté à ça « avec grand, grand plaisir », comme il l'avait déclaré à son arrivée l'après-midi alors que l'agneau était déjà sur la broche. C'était un homme d'un âge canonique qui portait des baskets, avec des cheveux gris-blond, un visage sillonné de rides et au teint rouge-brun – à croire qu'il était exposé au soleil à longueur d'année, y compris ce jour-là, en plein hiver. Sa Land Rover maculée de boue était garée au milieu de l'allée. Adina avait compris qu'il était âgé dès la première fois qu'il s'était raclé la gorge. C'était un raclement fluet, comme sorti de la gorge d'un vieillard.

Les hommes s'étaient rassemblés sous le préau pour contempler l'agneau. Johann Manfred Bengel n'était pas aussi grand que Razvan Stein qui, quand il racontait quelque chose, ajoutait force détails et faisait des moulinets de bras. Il ne lui arrivait qu'à l'épaule. Et pourtant on aurait dit que Razvan Stein était le plus petit des deux.

Ils étaient rentrés dans le manoir, et Razvan Stein était allé à la cuisine demander à Adina de faire du thé.

« Prends le vieil Earl Grey et les tasses en porcelaine de Meissen, Nina. Du lait et du sucre ? avait-il crié dans le couloir.

— Avec grand, grand plaisir ! (La voix de Johann Manfred Bengel était plus aiguë que celle de Razvan Stein.) Deux dosettes. On a tous nos faiblesses.

— Des dosettes ! avait grogné Razvan Stein avec mépris. Tu vois des "dosettes", toi, ici ? Mets deux morceaux dans sa tasse, avait-il ordonné. Et tiens-toi prête. »

Peu de temps après, ils étaient montés dans la Land Rover. Razvan Stein voulait faire un petit tour sur les routes et dans la forêt pour montrer à son invité le lac gelé. Les lumières du village vacances se reflétaient sur la glace, un spectacle à ne pas louper selon lui.

« Tu peux m'appeler Manne », avait dit Johann Manfred Bengel à Razvan Stein en démarrant en trombe dans la boue du chantier.

Sur la route, il s'était brièvement retourné vers Adina.

« Comment elle s'appelle ? »

Il avait ajusté le rétroviseur.

« Nina.

— Elle parle allemand ? »

Elle était assise sur la banquette derrière l'homme de Berlin. Dehors, le domaine disparaissait dans la cuvette au milieu des terres agricoles. Mais la fumée avait continué à flotter un long moment au-dessus des prairies. Adina avait entendu Razvan Stein répondre que sa stagiaire maîtrisait l'allemand.

L'homme au volant avait hoché la tête.

« Formidable. Nina, vous êtes d'origine russe ?

— Pas exactement. » Avec le bruit du moteur, la voix d'Adina était difficilement audible.

« Des compatriotes russes. Parfait, parfait.

— Je suis bien d'accord, avait renchéri Razvan Stein – la voiture sentait l'arbre désodorisant qui pendait au bout d'une ficelle accrochée au rétroviseur. Nina, raconte à notre ambassadeur culturel une anecdote de ton enfance russe. »

Une fois de plus, les yeux de l'homme de Berlin s'étaient emparés d'elle. « Comme au bon vieux temps ! s'était-il exclamé.

— *Kak poslednije wremja* », avait-elle traduit pour plaisanter, mais, visiblement, ces mots non plus n'étaient pas parvenus à l'avant de la voiture.

Le lac au bord duquel ils s'étaient arrêtés était cerné par une forêt. Des cabanons aux fenêtres clouées étaient dispersés au milieu des arbres. Sur la rive d'en face, on distinguait le village vacances. Razvan Stein racontait le premier coup de pioche – c'était lui qui avait commencé à retourner le sable à lapins du Brandebourg pour viabiliser ce champ de bataille en piteux état. « Trois couches de terre avant de comprendre que le poison vient des nappes phréatiques. J'ai fait planter des tournesols. Selon les paysans, ça enlève les métaux lourds du sol. Ce coin, c'était un Van Gogh ! Pendant deux étés de suite, il y a eu des fleurs à perte de vue. »

Le halo des phares transperçait la pénombre crépusculaire au-dessus du lac. Une fois le moteur coupé, les ombres s'étaient allongées.

« L'homme de l'Ouest vient volontiers passer le week-end chez les sauvages sans cœur. Humer l'air pestiféré… (Razvan Stein s'était interrompu.) Le village vacances marche bien. Mais pour aller de l'avant, Manne, pour répondre aux besoins des nôtres, pour les sortir de la marginalité où ils sont sans arrêt renvoyés, pour ça, j'ai besoin de ton soutien. »

Les profils des deux hommes se découpaient comme des silhouettes en papier sur la neige grise. Et comme Adina ne disait rien, qu'elle restait assise en silence sur la banquette arrière, Razvan Stein s'était mis à parler du passé. Il parlait des étés en uniforme. Des chars avec lesquels lui et ses camarades, quand il n'y avait pas de lieutenant dans les parages, roulaient dans les gravières pour les nettoyer. Un jour, au volant d'un T-72, il avait foncé dans l'eau d'une zone de baignade publique, au bord d'un lac comme celui-ci. Les gens s'étaient écartés d'un bond en faisant voler leurs serviettes, les femmes terrifiées en bikini trop petit s'étaient retrouvées les seins à l'air. Les enfants, eux, étaient ravis. Comme des grenouilles, ils avaient grimpé sur les carrosseries glissantes jusqu'à la trappe d'entrée. Les petits et les soldats s'étaient bien amusés.

Adina connaissait cette histoire. Razvan Stein la racontait quand il pensait que ce serait à son avantage, quand il flairait la sympathie, la sympathie pour un système qu'il disait révolu, mais dont les souvenirs brillaient encore au fond de son crâne comme les braises sous le préau. À l'occasion, elle le dirait à Ira : si les visions du monde dépassées pouvaient être soignées, elles ne perdaient pas leur ardeur pour autant.

« Quand le lac t'appartient, avait conclu Razvan Stein en mettant un bonnet de ski, cette histoire est un peu moins drôle. »

Il avait proposé d'aller marcher sur le lac. Avec le froid des dernières semaines, la glace résisterait.

Johann Manfred Bengel n'avait pas bougé. Il regardait le lac. Les lumières vacillaient à la surface. « Tu as détesté ces années, pas vrai ? Mais le sous-officier humilié est devenu un entrepreneur sûr de lui. C'est ça, les *success stories* de l'Est. »

Razvan Stein n'avait pas répondu. Assis sur le siège passager, il regardait droit devant, comme pour s'assurer de ne pas quitter la chaussée.

« Mon cher, avait fini par reprendre Johann Manfred Bengel, nous avons tous eu des pères. (Les bras appuyés sur le volant, il s'était raclé la gorge.) C'est pour fuir le mien que je suis parti à Berlin-Ouest. Là-bas, on était à l'abri des généraux. »

Au cours de cette petite demi-heure, ce soir-là, au bord du lac, où les hommes étaient partis marcher sur la glace tandis qu'Adina restait dans la voiture, les choses auraient pu prendre une autre tournure. La vie aurait pu suivre un cours différent, sa vie à elle et la vie des silhouettes dehors avec la forêt sombre en arrière-plan. Une couche de glace trop fine. Une poche de chaleur dans le lac. Une lézarde à la surface. Pas besoin de plus. La glace dont Razvan Stein était propriétaire aurait pu céder et se briser sous les pas des hommes. Il ne serait rien resté, pas un bruit, seules les bulles d'air auraient continué à flotter un long moment dans le trou d'eau avant que la glace se referme en partant des bords et, dalle trop lourde pour être déplacée, se dépose sur les corps en train de couler vers les profondeurs – les cheveux dressés sur leurs têtes auraient été la dernière chose à sombrer lentement. C'est ce qu'Adina s'était dit plus tard. Cette demi-heure recelait une alternative qui ne s'était imposée à elle que rétrospectivement.

À la tombée de la nuit, alors que les hommes rentraient du lac, la glace s'étant révélée bien résistante, Adina avait rallumé le moteur de la Land Rover. Le chauffage fonctionnait. Les hommes remontaient la rive et elle entendait des bribes de conversation.

« Définir des objectifs, mon cher ami. » « Livré à son sort. » « Être né ici. » C'étaient les paroles de Johann Manfred Bengel. « Un avenir sans grandes perspectives. »

« Tu t'es déjà demandé pourquoi ? » Désormais, le vent lui apportait plus distinctement leurs mots. « Pourquoi il n'y a pas d'entreprises de taille moyenne ici, pas une seule ? » Razvan Stein avait l'air irrité.

« Tu vas me le dire tout de suite.

— Des gens motivés, il y en avait. À la réunification, ils ont privatisé leurs petites entreprises. C'étaient des artisans, des gens du bâtiment, comme mon oncle menuisier. Mais on leur a collé des dettes sur le dos. Des capitaux fournis par l'État socialiste pour faire tourner l'économie. Soudain, ils devaient rembourser cet argent qui n'avait jamais existé ! Évidemment, ils n'avaient pas de fonds propres. À l'Est, personne n'avait d'argent de côté. Du coup, on ne leur faisait pas crédit non plus. Pendant des mois, certains se sont privés de salaire dans l'espoir de sauver la société qu'ils venaient de créer. En vain. Ils n'ont pas tardé à se retrouver tous sur les rotules. Mais quand un type de l'Ouest rachetait la boîte pour un pauvre mark, terrain compris, à ton avis, qu'est-ce qu'il se passait ?

— Il mettait la clef sous la porte.

— Tout juste. Mais avant ça, il déduisait son investissement à l'Est des impôts qu'il payait. Et comme par miracle, les anciennes dettes fabriquées de toutes pièces disparaissaient de son ardoise. Jamais de celle des propriétaires de l'Est. Tu peux m'expliquer ça ? » Le silence s'était installé.

« Donner des perspectives aux gens malgré tout, c'est ça mon but, avait repris Razvan Stein au bout d'un moment. Cette région, c'est chez moi.

— Oui, mon cher ! Une région pleine de mélancolie. De spleen. C'est plus fort que toutes les politiques, avait répondu Johann Manfred Bengel. On n'en sort pas indemne.

— Avant ça, il y a eu les bombardiers, et on n'en sort pas indemne non plus. (La voix de Razvan Stein s'était radoucie.) Les nazis nous ont flanqué leurs pistes d'atterrissage ici, au milieu du cresson, puis les Soviets ont débarqué avec leurs coucous qui faisaient trembler les villages. Mon vieux ! Tu as déjà vu un Tu-22 décoller ? Un boucan de tous les diables ! Il y avait de quoi devenir sourd, et c'est là que le socialisme envoyait ses concitoyens récalcitrants. Les empêcheurs de tourner en rond de toute la République croupissaient dans l'Uckermark, entre des murs tremblotants. Ça, c'est la mélancolie que je connais.

— Ça me fait penser à cette chanson. C'est comment, déjà ? *La forêt est noire et silencieuse, et des prairies monte la brume blanche...* »

Les hommes étaient presque arrivés à la voiture. Les phares striaient l'obscurité, mais Adina était en dehors du faisceau.

« Claudius. Ma mère la chantait souvent quand j'étais malade et qu'elle restait à mon chevet le soir.

— Je ne suis pas un grand romantique.

— Et pourtant, tu sais que cette chanson date de l'époque romantique. L'Est comme l'Ouest sont d'indécrottables romantiques, mon cher, il n'y en a pas un pour rattraper l'autre. La dernière strophe me donnait la chair de poule. *Alors, mes frères, au nom de Dieu, couchez-vous donc, le vent du soir est froid. Et puissions-nous dormir en paix, et nos voisins malades aussi.* Il manque quelque chose. Mais ça faisait "*au nom de Dieu*". »

Ils s'étaient immobilisés.

« Si je me laisse aller, j'en ai encore aujourd'hui la chair de poule. Pas pour le côté religieux. Mais peut-être justement parce que nous sommes devenus un ramassis de païens. Ma grand-mère maternelle accrochait un crucifix au-dessus de chaque lit. À l'extérieur, le Jura souabe, à l'intérieur, la Bible et le Crucifié. Ça ne remonte pas à tant que ça.

— Écoute, Manne. (À la voix de Razvan Stein, il était clair que la direction prise par la conversation ne lui plaisait pas.) L'armée, le GPL et le bruit de l'usine pétrochimique. C'est sûr, ça ne fait pas rêver. Tant que l'État ne prolonge pas la 198, le coin sera mal relié à Berlin. Du coup, personne n'investit. Les gens veulent, mais on ne les laisse pas faire ! Et ces gens, ce sont les miens. Là-bas, à Gartz où j'ai vécu jusqu'à mes dix ans, on propose aux familles de faire du cyclotourisme en pleine nature. Mais qui va aller se balader à vélo avec ses gamins dans la région qui a le taux de chômage le plus élevé d'Allemagne ? Ils ont la trouille que des chauves tatoués jaillissent des fourrés.

— À juste titre, avait répliqué Johann Manfred Bengel. Les attentats ont été relayés dans toute l'Allemagne par les médias.

— Quand on répète aux gens que ce sont des nazis, ça finit par devenir vrai. »

Un rayon de lumière avait frôlé le lac avant de disparaître.

« Mon cher. La situation n'est-elle pas plus complexe ?

— Ces crânes rasés sont à quatre-vingt-dix pour cent protoslaves. Je te rejoins sur ce point. Mais je ne m'exprimerai là-dessus que quand les gratte-papier du Bundestag percuteront. Est-ce que quelqu'un s'est déjà intéressé à Templin ? La nouvelle chancelière vient de l'Uckermark, mais ça ne se voit pas. Aucune conséquence, que ce soit sur le plan financier ou autre.

— Aux politiciens de choisir comment mettre en scène leur histoire familiale, on ne peut pas leur forcer la main. Mais je suis bien d'accord avec toi. En affaires, il n'est pas bon de s'entêter. Alors que si elle était maligne, elle pourrait capitaliser dessus.

— Je ne supporte pas l'entêtement chez les femmes.

— Je ne parlais pas de la chancelière. (Johann Manfred Bengel s'était raclé la gorge.) Mais j'avoue qu'il y a un certain charme dans la rébellion féminine, surtout chez les brunes.

— La noirceur, ce n'est pas mon truc. (Razvan Stein avait éclaté de rire avant de s'interrompre en voyant que Johann Manfred Bengel ne se joignait pas à lui.) Les femmes là-bas, les Polonaises, elles se teignent les cheveux en noir corbeau. Tu verras ce soir. Toutes les mêmes. On dirait des volatiles crevés. Chez elles, ce n'est pas représentatif d'un état d'esprit. On se demande bien ce que c'est. »

Ils avaient remarqué la présence d'Adina, et la conversation s'était arrêtée là. Johann Manfred Bengel avait fermé la portière, s'était frotté les mains et s'était adressé à elle sans se retourner.

« Ce doit être merveilleux. Merveilleux de contribuer à un projet prometteur, dans un lieu plein d'avenir, quand on vient d'un pays plein de passé ! »

Sur le trajet de retour, il avait voulu savoir si Adina se plaisait dans le manoir au bord de l'Oder, si elle avait déjà un petit prétendant parmi les jeunes du village et si son pays lui manquait. Elle se taisait. Depuis la première fois qu'elle avait vu Johann Manfred Bengel sous le préau derrière la maison, elle avait la sensation de devoir peser chacune de ses paroles pour faire bonne impression à cet homme, à ce multiplicateur auquel Razvan Stein tenait tant. Sous ce sentiment s'en cachait un autre, moins net. Son instinct lui disait qu'elle devait se faire oublier de Johann Manfred Bengel, ce qui allait totalement à l'encontre de sa mission.

Alors que la Land Rover sortait de la forêt, Razvan Stein lui avait jeté un regard qu'elle n'avait pas pu voir – elle n'avait perçu que le mouvement de sa tête – mais qu'elle avait senti brûlant. Et elle avait déclaré qu'elle était allée à Berlin avant de venir ici. Que la ville lui avait plu et qu'elle voulait y retourner dès que possible. Elle n'avait pas répondu à la question sur le prétendant. À la place, elle avait dit qu'elle apprenait beaucoup ici et que le carrelage de la cuisine lui rappelait sa grand-mère, fille d'un partisan.

Johann Manfred Bengel avait haussé les sourcils. Elle avait vu son visage dans le rétroviseur où la lumière des phares se reflétait sur un grand panneau d'autoroute.

« Comment allez-vous, Nina de Russie ? avait-il demandé le soir, attablé à côté d'elle.

— Je ne sais pas, je ne connais pas bien la Russie.

— Inutile de nier, j'adore les Russes ! Et je n'ai rien contre les Polonais. Des gens sympathiques. La ligne Oder-Neiße. J'aime tout ce qui est slave. Honnête et primitif. Mais seule l'URSS était vraiment authentique. »

Sur la table étaient posés des couteaux de chasse destinés à trancher les grosses couennes de porc.

« J'ai tellement baroudé chez vous, Nina ! La Neva. Grand-père Lénine. Les nuits blanches. L'Ukraine – "grenier à blé de l'Union soviétique". La mer Noire ! (Johann Manfred Bengel avait attrapé un des couteaux et posé son pouce contre la lame pour la tester.) Le tout en acier millénaire.

— Le chemin de la lune passe par le pont Charles. »

Il observait la lame et, sur la lame, son reflet tremblotant.

« Einstein disait que, pour aller sur la lune, il fallait tourner à gauche à la tour du pont côté Malá Strana », avait insisté Adina, car elle s'était préparée. Elle avait vu comment Razvan Stein s'y prenait dans ce genre d'occasions. Il n'était jamais à court d'anecdotes et de choses à raconter pour divertir ses invités, et elle avait pris soin de faire des recherches sur l'ordinateur du bureau d'en bas.

Johann Manfred Bengel avait essuyé la lame sur la nappe et planté la pointe du couteau dans un morceau de feta. « J'ai toujours eu un faible pour l'État multinational de Ded Moroz. »

Elle était perplexe.

« Je parlais de Prague. Du pont Charles. »

Bengel avait hoché la tête.

« Le pont qui traverse la Moldau pour aller à Hradčany, avait-elle ajouté par mesure de précaution. La Tchécoslovaquie n'était pas une République soviétique.

— Vous n'aviez pas très envie de nous laisser entrer, avait poursuivi Johann Manfred Bengel en se fourrant le bout de feta dans la bouche. Mais une fois qu'on avait passé le rideau de fer, Nina, une fois le train sur les rails larges, avec l'écartement soviétique... mais je n'ai pas besoin de vous raconter tout ça, vous le savez mieux que moi. (Il parlait en mastiquant.) Est-ce que je peux te tutoyer ? Allez, je te tutoie... Tu es bien placée pour savoir l'effet que ça faisait quand on débarquait avec nos dollars, de l'argent, du vrai – chez vous, ça valait quelque chose ! »

La porte battante s'était ouverte et, au milieu des murmures et des applaudissements, on avait apporté un plateau. La tête de l'agneau trônait dessus. Deux des garçons du matin avaient hissé la broche avec la bête grillée sur leur épaule. Ils étaient passés devant les convives d'un air solennel, et Johann Manfred Bengel s'était empressé d'enfourner un deuxième morceau de feta.

Razvan Stein n'avait pas mis de musique. Mais des chants provenaient du hall d'entrée.

Les garçons avaient emporté la bête au bout de la table pour la poser avec précaution sur une grande plaque en fer blanc. La tête se trouvait devant Razvan Stein. Il avait entrepris d'extraire délicatement les yeux de leurs orbites. Il utilisait un couteau fin, et il ne faisait pas mystère des manipulations qu'il effectuait : il expliquait qu'il ne fallait pas entailler les muscles derrière les yeux et comment procéder pour couper les oreilles.

« Il va de soi que notre invité d'honneur aura droit à une oreille – mais les moutons en ont deux. » Des rires avaient fusé.

Les assiettes tournaient. Elles étaient garnies de gros morceaux de viande, et la voix d'homme dans le hall d'entrée couvrait le bruit de la vaisselle et des couverts. Puis quelqu'un avait fait tinter sa cuillère contre son verre, et le silence s'était fait.

« Je ne suis qu'un petit rouage de la grande machine, avait déclaré Johann Manfred Bengel en repoussant sa chaise pour se lever. On dit de la culture et de ses têtes créatives qu'elles sont le centre névralgique de la société. Mais les décisions se prennent ailleurs. (Il avait attrapé son verre.) Très convivial ! avait-il dit en brandissant son verre à la ronde. Quel magnifique endroit avec de magnifiques personnes. J'ai déjà eu l'occasion de faire plus ample connaissance avec l'une d'entre elles. (Johann Manfred Bengel avait regardé Adina en tendant son verre vers elle. Puis il s'était tourné vers Razvan Stein qui était debout lui aussi, en tête de table, son verre à la main.) Tu as de grands projets, de grandes ambitions pour cet endroit, mon cher Razvan. Tu veux introduire la civilisation dans ce désert, planter notre drapeau sur cette terre sublime et sauvage, et la rendre propre à l'exploitation, je le vois. J'ai de l'admiration pour ce que tu veux faire. Tous mes respects. En finir avec la surexploitation communiste et se faire une place dans le paysage culturel démocratique. *Petit à petit*[1]. (Il s'était raclé la gorge.) Comme l'a dit récemment mon ami, le ministre des Affaires étrangères… (Il avait brandi son verre encore plus haut.)… je trouverai bien un moyen de nous acoquiner ! »

Razvan Stein et Johann Manfred Bengel avaient trinqué avec beaucoup d'air entre leurs verres. Puis Stein l'avait remercié. « Je t'en prie, sers-toi ! Prends ce que tu veux. »

D'un geste, il avait embrassé la salle à la véranda, la grande table chargée de victuailles, les politiciens de Szczecin, les garçons, l'agneau et les femmes de Gryfino, non sans oublier le chanteur du hall d'entrée qui était entré dans la pièce à ce moment-là, avec une veste de costume noire bien trop lourde. Une femme vêtue de sombre le suivait.

« En ton honneur, je me suis permis de prévoir un petit spectacle de chant typique de la région. Notre ambassadeur culturel aime l'authenticité ! » Sur un signe de tête de Razvan Stein, le chanteur, qui portait une balalaïka accrochée à une ceinture dans son dos, avait fait passer l'instrument sur son ventre et s'était mis à en jouer. Il chantait dans une langue incompréhensible. Les yeux fermés, la femme à côté de lui se balançait en rythme.

1. En français dans le texte (N.d.T.).

Quand le geste de Razvan Stein l'avait balayée, Adina s'était penchée en avant pour y échapper. La viande dans l'assiette sentait le thym et la bête.

« Quand on comprend les paroles, avait dit Razvan Stein, ce bougre est à se tordre de rire. Il conte fleurette à sa vieille.

— Depuis quand parles-tu la langue des Tziganes, mon cher Razvan ? avait lancé Johann Manfred Bengel en riant avant de se corriger : Pardon, chers amis, la langue des Sinti et des Roms. »

Parce que son genou touchait la cuisse de Johann Manfred Bengel, Adina s'était décalée, et leurs yeux s'étaient croisés. Il ne regardait plus le chanteur. Il avait posé un bras nonchalant sur le dossier d'Adina, et sa main s'ouvrait et se refermait comme pour étirer ses doigts, tout près des cheveux mi-longs d'Adina.

« Une chanson formidable, s'était exclamé Razvan Stein. Il la complimente pour sa dernière dent ! »

La femme n'arrêtait pas de se balancer, toujours avec un temps de retard.

« Elle est tellement belle, ta dernière dent, elle brille comme une étoile dans ta bouche.

— Très, très sympathique », avait dit Johann Manfred Bengel, et Razvan Stein s'était levé d'un bond, renversant sa chaise avec fracas. Comme il faisait mine d'enlacer la vieille femme pour exécuter quelques pas de danse avec elle, elle avait éclaté de rire, et il s'était avéré qu'elle n'avait effectivement qu'une dent.

Faute de savoir où regarder, Adina gardait les yeux rivés sur les fenêtres sombres. Si ce qu'elle ressentait était de la répugnance, elle faisait de son mieux pour l'ignorer. Elle n'aurait pas su dire qui lui inspirait ce sentiment : le chanteur, la danseuse ou l'homme à côté d'elle, invité d'honneur de cette journée. Elle avait honte pour Razvan Stein. Il faisait des courbettes devant cet homme de Berlin à côté duquel il avait l'air plus petit qu'il n'était.

Bengel était d'excellente humeur. Il s'était adressé aux politiciens locaux. « Les Européens de l'Est ont les meilleures histoires, vous ne trouvez pas, messieurs ? Ils ont l'art de les raconter ! De l'esprit, de la mélancolie, et toujours une fin du monde digne de ce nom. J'aime beaucoup, beaucoup les écouter et les lire. Savez-vous quel est le personnage le plus tragi-comique de la littérature russe ? (Il avait lancé un regard de défi à la ronde.) Je vais vous le dire : un dandy femme. Jeune, excentrique, qui croquait la vie à pleines dents, mais avec le mauvais sexe entre les jambes. Il y a environ un siècle et demi, une amie de Gogol et de Lermontov a écrit un drame charmant sur cette héroïne, suite à quoi les deux femmes, l'héroïne comme la dramaturge, ont été mises au ban de la société. Ce qui, mes chers amis, n'est pas sans me rappeler mon métier : je tiens les rênes d'un savoir abâtardi. (L'oreille de l'agneau était posée, intacte, dans son assiette.) Curieusement, les femmes russes n'aiment rien tant que parler de leur grand-mère. Il faudra que tu m'expliques ça, Nina, avait-il dit en retirant le bras de son dossier. À peine arrivées en Allemagne, vous n'avez plus que vos grands-mères à la bouche. Et ça vaut le détour, ces histoires de grands-mères : elles ont tout vécu, et elles en savaient long sur la vie. C'est de la poésie, de la vraie. Razvan ! s'était-il exclamé. Si tu veux me faire plaisir, monte un projet avec des Russes. Des artistes postsoviétiques, s'était-il corrigé. De la poésie antisystème – sur ce genre de sujets, je vois bien une collaboration entre nous. Je pourrais peut-être même te dégoter quelques subventions européennes. Dès que la Russie est de la partie, l'argent coule à flots.

— Tu seras notre ministre des Finances ! »

Johann Manfred Bengel avait éclaté de rire. « Pour toucher les subventions européennes, tu vas devoir remplir un paquet de formulaires. Mais si ça se trouve, tu peux même devenir partenaire de notre programme Exil. »

Adina avait des remontées acides. Sa voisine de table léchait l'oignon, et un des politiciens locaux lui avait tendu une serviette en papier ; dans la véranda, les garçons coupaient en tranches les pattes arrière de la bête grillée ; au loin, les chiens enfermés jappaient ; sur la berge, les saules noirs se dressaient devant le ciel clair de la nuit d'hiver, et pendant que Razvan Stein servait le Kümmel prussien en entrechoquant la bouteille contre les verres, Johann Manfred Bengel enfonçait la pointe du couteau de chasse dans un nouveau morceau de feta.

Il avait levé le couteau et, le coude planté sur la table, avait approché de la bouche d'Adina la lame avec le bout de feta.

« On ouvre le bec », avait-il dit en se raclant la gorge.

C'était à ce moment-là que la guetteuse avait attrapé la carafe d'eau. Elle voyait ce qui ne devait pas être vu.

Au cours des jours qui avaient suivi le banquet, la guetteuse était devenue plus avenante. Au lieu de se détourner quand Adina arrivait dans la chambre, elle souriait, un scintillement de la petite pierre sur sa dent en haut à droite. Le soir, elle fermait le rideau de la fenêtre de bon cœur. Adina avait le droit d'emprunter des magazines, et un jour elle avait trouvé une plaquette de chocolat polonais sur son lit. La guetteuse continuait à aller aux toilettes communes avec la Biélorusse pour changer de sous-vêtements. Mais si elles faisaient ça, c'était parce qu'elles lavaient leurs sous-vêtements dans le lavabo dès qu'elles les avaient portés une fois. Leurs culottes mouillées séchaient sur les tuyaux d'eau chaude écaillés. Adina ne lavait pas ses sous-vêtements aussi souvent. Elle les entassait dans son armoire avant de les mettre dans la machine à laver au sous-sol.

En époussetant les étagères du bureau d'en haut, la guetteuse avait trouvé un vieux Mastermind qu'elle avait rapporté dans la chambre et, les soirs où il ne se passait rien, où il n'y avait personne au manoir et où le ménage était fait, elles sortaient le jeu de sa boîte et s'installaient confortablement sur le futon. L'une d'elles enfonçait les pions en plastique coloré dans les trous pour créer une combinaison et les deux autres essayaient de la deviner à deux. Il y avait quatre trous et six couleurs. Quand on faisait équipe avec la Biélorusse, on trouvait la combinaison en cinq ou six coups.

Un jour, elles lui avaient proposé une de leurs cigarettes. Adina ne fumait pas. Elle en avait quand même pris une et les avait suivies sous le préau derrière la maison qui était à l'abri des chiens. Elles étaient à trois dans le coin fumeurs, la Biélorusse tremblant de froid. À elle, Razvan Stein n'avait pas donné de veste matelassée.

La guetteuse avait fait tourner la roulette de son briquet. Des étincelles avaient jailli, lui brûlant le pouce. Elle avait juré.

« Plus de gaz », avait dit la Biélorusse qui avait elle aussi un briquet. Il se trouvait dans la poche de sa veste au tissu fin et brillant. La poche était positionnée tellement haut qu'on aurait dit que la Biélorusse glissait une main dans son décolleté. Elle avait donné du feu à Adina. « Tu les trouves comment ? avait-elle demandé tandis que la flamme s'effilochait dans le vent.

— Les cigarettes ? »

La Biélorusse avait fait un signe de tête en direction du manoir. « Bien ?

— Oui.

— Cool. »

Adina avait avalé la fumée avec précaution.

« Le mec aussi ? »

Adina avait lancé un regard interrogateur aux deux jeunes femmes, et la guetteuse avait dit : « Le type de Berlin, celui dans la culture, sur lequel tu es. C'est un mec bien ?

— Il croit que je viens de Russie. »

La Biélorusse avait levé les yeux au ciel.

« Laisse tomber, avait dit la guetteuse. Qu'est-ce que tu veux y faire ? C'est un fétichisme. Mais s'il y a quoi que ce soit, tu nous dis.

— Qu'est-ce qu'il y aurait ? » Adina n'avait pas pu s'empêcher de tousser.

« Première clope ?

— Deuxième. Mais je n'avais pas aimé. »

La Biélorusse avait éclaté d'un rire rauque.

« On ne fume pas parce qu'on aime ça, avait dit la guetteuse.

— Pourquoi, alors ?

— Parce que ça nous rappelle qu'on est immortel. Sans ça, on ne le ferait pas, parce que fumer tue. C'est écrit sur le paquet.

— Tu y crois ?

— Je crois quoi ? (La guetteuse souriait de toutes ses dents.) Que ça tue ou que je suis immortelle ? »

Adina avait tiré une dernière fois sur la cigarette avant que le Mohican la lui prenne de la main. Il avait envoyé la fumée aux quatre vents. « *Sakra !* »

La guetteuse avait reniflé.

À ce moment-là, Adina avait pris son courage à deux mains et posé une question qui la travaillait depuis longtemps.

« Qu'est-ce que vous faites, le soir, dans le bureau d'en haut ? Quand vous ne rentrez pas de toute la nuit ? »

La guetteuse avait pris une dernière bouffée de sa cigarette avant de la laisser tomber par terre, à moitié consumée, et de l'écraser du pied.

« Dans tous les cas, il te faut plus de couleur sur le visage », avait-elle dit avant de se diriger vers la porte.

Les dents de la Biélorusse claquaient. Elle avait hoché la tête. « La couleur, c'est un bouclier magique. Contre les mauvais esprits. Comme la cigarette. »

Adina avait compris ce qu'elle disait, au moins littéralement.

Le lendemain, quand Razvan Stein était descendu de sa Barkas, elle l'avait arrêté. Elle s'était mise en travers de son chemin. Il était en train de décharger de la camionnette un diable avec un sac de mortier et, d'un signe de tête, lui avait fait signe de se pousser. Elle n'avait pas bougé. C'était la première fois qu'on la prenait pour une Russe. Elle n'avait jamais mis les pieds en Russie. Sa langue n'utilisait même pas l'alphabet cyrillique. C'était ce qu'elle lui avait dit.

« Je ne suis pas russe, surtout que c'est un fétichisme pour cet homme.

— Eh bien, formidable ! s'était exclamé Razvan Stein. Et ta grammaire est de mieux en mieux. (Il avait reposé le diable.) Enfin, Nina. Tu ne m'avais pas dit que tu étais prête à en faire plus que d'habitude ? Tu as quelque chose contre les Russes, peut-être ?

— Pourquoi j'aurais quelque chose contre eux ? »

Il avait soupiré. « Si seulement je pouvais m'en occuper moi.

— Et pourquoi vous ne pourriez pas ?

— Parce que tu lui as tapé dans l'œil. Ce type a un grain, qu'est-ce que tu veux y faire ? Les gens sont comme ils sont.

— De toute façon, il ne va pas tarder à s'en rendre compte.

— Dans ce cas, tout va bien, avait dit Razvan Stein en claquant bruyamment la portière de la Barkas. Je préfère demander pardon que demander l'autorisation. »

Le froid persistait. Mais désormais, il neigeait, une neige mouillée et grumeleuse qui ne tenait pas. Un groupe de jeunes traductrices polonaises était venu passer quelques jours au manoir. Elles étaient les premières à loger dans les chambres rénovées de l'annexe qu'on appelait désormais « les écuries ». Les traductrices utilisaient la grande cuisine commune, elles se faisaient à manger elles-mêmes. Un jour, en épluchant les pommes de terre, Adina les avait entendues se disputer avec le jeune Allemand auteur du roman auquel le séminaire était consacré. Tous les matins, Adina préparait du café, de l'eau et des biscuits dans la salle avec le rétroprojecteur, et, le soir, la Biélorusse débarrassait la vaisselle sale. L'écrivain venait lui aussi se faire à manger dans la cuisine. Derrière la porte, Adina l'avait entendu dénoncer l'autoritarisme du président polonais. Selon lui, la situation en Pologne augurait d'une tendance internationale qui se manifesterait à l'avenir par l'arrivée au pouvoir d'autocrates individualistes hostiles à l'éducation et à la culture. Les traductrices n'étaient pas d'accord avec lui. Elles misaient sur la force anarchique souterraine de la société polonaise qui s'était toujours réveillée face aux revendications totalitaristes. Il leur avait reproché leur naïveté et s'était mis à leur expliquer l'histoire polonaise. Depuis sa cachette, Adina avait l'impression que le débat portait sur autre chose. On aurait dit que la dispute avait été déclenchée non par les arguments de l'auteur, mais par son attitude : il traitait les traductrices comme si leurs compétences dépendaient de son bon vouloir. Adina aurait aimé discuter avec elles. Elles lui en auraient peut-être dit plus. Mais l'occasion ne s'était pas présentée. Il n'y avait pas de banquet prévu pour les jeunes traductrices, ni de réception arrosée au champagne, et, après leur départ, le manoir était redevenu encore plus silencieux qu'avant.

Avant les fêtes, elle avait reçu une carte de Kyrill. D'un côté, il y avait un dessin d'enfant représentant un Pinocchio. Sur l'autre face, il était écrit : « Déjà lu Tolstoï ? Bises de Rickie ! » En dessous, Kyrill avait ajouté quelques lignes : elle souhaitait de bonnes fêtes à Adina et lui annonçait que Rickie était au Kamtchatka. Il n'y aurait pas de fête à la boutique pour Noël. Personne ne savait combien de temps Rickie allait rester là-bas. Son visa était valable pour six mois. Après avoir tourné et retourné la carte avec le Pinocchio de traviole sans trouver plus de nouvelles de Rickie, Adina avait sorti son sac à dos de sous le lit. Elle avait rangé dans sa poche secrète l'argent qu'elle avait glissé dans son portefeuille après avoir fait l'appoint pour le billet de train régional. La carte avait terminé à la poubelle.

La couronne de l'Avent dans la salle à la véranda avait commencé à perdre ses aiguilles avant Noël. Ira l'avait rapportée d'une station-service avant de s'en aller le temps des fêtes. Pour la nouvelle année, il partait skier en Suisse romande avec ses parents. La guetteuse serait chez sa mère à Wrocław. Razvan Stein était occupé au village vacances qui était complet à cette période. Il n'y avait plus personne au domaine, à l'exception de la Biélorusse et d'un homme qui venait nourrir les chiens une fois par jour. Les bêtes restaient au chenil jusqu'au Nouvel An.

Le dernier dimanche avant Noël, Adina avait reçu une lettre de sa mère. C'était un jour gris et froid. La lettre faisait deux pages et sa mère lui disait qu'elle n'avait plus besoin de travailler de nuit. Elle avait trouvé un emploi dans une petite entreprise artisanale de Tanvald où elle confectionnait des housses de coussin et des nappes folkloriques sur des métiers à tisser électriques. Elle ne gagnait pas plus qu'avant, mais elle créait ses propres patrons, et elle avait repris goût au travail. Elle espérait qu'Adina rentrerait bientôt à la maison.

Adina s'était emmitouflée dans son poncho. Elle s'était assise à la fenêtre et avait enfoui sa tête dans ses mains. Plongée dans la chaleur laineuse, elle était restée un moment dans cette position. Le silence régnait. Elle entendait comme une petite mélodie qui semblait provenir des saules. Mais ce n'était que la nuit glaciale.

Elle avait décidé de profiter des fêtes pour explorer les prairies inondables et l'Oder. Elle voulait voir de ses yeux ce fleuve légendaire. Puis elle était tombée malade. Elle avait passé le premier jour des fêtes au fond de son lit, fiévreuse, blottie dans l'alvéole gris-blanc de la lanterne derrière la fenêtre, jusqu'à ce que le Mohican la mette en pièces et que les insectes étranglés dégringolent au sol. Dans un halo de lumière, la Biélorusse était apparue avec une casserole de soupe aux choux fumante.

Pendant la convalescence d'Adina, elles avaient joué au Mastermind. Elles allumaient la lumière dans la salle à la véranda et les couloirs pour que le manoir ait l'air habité, et elles laissaient les bougies de la couronne de l'Avent brûler jusqu'à ce que les dernières aiguilles desséchées se consument dans un crépitement. Le jeu n'était pas un vrai jeu, dont l'issue aurait été incertaine. On savait d'avance qui allait gagner. Adina pouvait avoir besoin d'aller jusqu'à la dernière rangée pour trouver la combinaison, alors que la Biélorusse était imbattable. Les mathématiques et la logique étaient son point fort. C'était pour ça qu'elle était venue en Allemagne. Elle voulait un diplôme représentatif de ses compétences scientifiques. Là d'où elle venait, les étudiantes enfilaient des bas résille et des minijupes pour les examens, et c'étaient les professeurs hommes qui les faisaient passer dans des pièces aux portes fermées. Pour épargner ça à leur fille, les parents avaient mis de l'argent de côté. Mais la Biélorusse se refusait à acheter son diplôme. Demeurait toutefois un problème pour lequel la logique n'était d'aucun secours. Elle n'avait pas encore trouvé la combinaison pour rester en Allemagne.

Le soir du Nouvel An, Razvan Stein avait besoin de renforts au village vacances. Le personnel manquait, et il avait proposé à Adina de venir donner un coup de main en cuisine pour cinq euros de l'heure. La nuit avait été longue. Du dîner de fête, elle n'avait vu que les restes. Les assiettes sales revenaient par piles dans la cuisine où l'atmosphère était étouffante. À minuit, elle était sortie sur le pas de la porte avec les autres employés pour assister au feu d'artifice que Razvan Stein faisait tirer et, le lendemain matin, à six heures trente pile, elle était de retour en cuisine. L'équipe de nuit avait préparé le petit déjeuner, Adina devait simplement veiller à ce qu'il y ait suffisamment d'assiettes propres avant que la relève arrive à midi. Tout se passait sans encombre. Jusqu'au moment où l'un des lave-vaisselle avait lâché.

Épuisée par le manque de sommeil, elle avait appuyé sur les boutons, sans résultat. L'arrivée d'eau de la machine ne fonctionnait plus. Le serveur du petit déjeuner l'avait déjà houspillée deux fois. Ce matin-là, Razvan Stein n'était pas au village vacances. Puis elle s'était rappelé qu'il existait un service de dépannage d'urgence. Mais au bout du fil ne résonnaient que des valses enlevées. Malgré l'interdiction de circuler dans l'hôtel en tablier de cuisine, elle était allée à l'accueil où le réceptionniste avait haussé les épaules d'un air las. Il avait tout de même regardé sur son ordinateur et trouvé une entreprise à Eberswalde où, bien que ce soit férié, quelqu'un avait décroché. Ils seraient là d'ici une heure. Adina avait rempli le second lave-vaisselle, vidé le polisseur à couverts et mis à tremper une montagne d'assiettes qu'elle avait nettoyées avec la douchette de l'évier. Deux hommes avaient fini par arriver. Ils avaient ouvert la porte du lave-vaisselle avant de la refermer aussitôt. Ils avaient discuté entre eux dans une langue qu'elle ne comprenait pas, qu'elle n'était même pas capable d'identifier, jusqu'au moment où l'un des deux hommes lui avait demandé, dans un allemand hasardeux, si elle avait utilisé le programme éco.

Elle avait utilisé le programme éco, c'étaient les instructions qu'on lui avait données. Il avait déclaré que, si la machine était cassée, c'était parce qu'elle avait utilisé uniquement le programme éco. Ils devaient emporter l'appareil avec eux. Mécaniquement, les hommes avaient débranché la machine, dévissé les tuyaux, chargé le lave-vaisselle sur un diable et réclamé à Adina cent euros et une signature. L'un des deux lui avait tendu un bout de papier sur lequel étaient facturés quatre-vingts euros de frais de transport supplémentaires. Elle avait secoué la tête.

« Tu veux réparer ou non ? »

L'homme avait fait mine de décharger le lave-vaisselle du diable. Le serveur du petit déjeuner était revenu dans la cuisine, avait bousculé Adina et lancé aux hommes un regard noir. Elle était retournée à l'accueil. À moitié endormi, le réceptionniste avait regardé le bout de papier des réparateurs, pris un billet de cent euros dans la caisse et conseillé à Adina de demander un reçu. La camionnette était repartie avec le lave-vaisselle et, en la voyant sortir de la cour, Adina s'était dit que les choses ne s'étaient pas passées comme elles auraient dû.

Le chef de cuisine avait été le premier à lui passer un savon. Il était arrivé vers midi. Il n'avait même pas écouté son histoire. Elle s'était fait arnaquer, avait-il aboyé. Les entreprises de confiance réparaient les lave-vaisselle sur place. Sur internet, on vous mettait en garde contre ce genre d'escrocs – est-ce qu'elle était bête à ce point ? Adina n'avait jamais eu de lave-vaisselle de sa vie. Le chef de cuisine ne voulait rien entendre, et elle avait oublié de lui dire qu'elle n'avait pas agi seule.

Razvan Stein était de bonne humeur, il avait encore des confettis sur son costume. « Il ne faut vraiment pas être maligne », s'était-il contenté de dire avec entrain. À ce moment-là, Adina ne se souciait déjà plus du lave-vaisselle. Elle était à bout de forces. Ses mains la brûlaient à force de faire la plonge. Seul un chariot à proximité l'empêchait de s'effondrer.

« Mince, ma grande. (Razvan Stein l'avait prise par les épaules.) D'autres gens sont tombés dans le panneau avant toi. Des gens compétents. Au fond, ces escrocs ne font rien d'illégal. (Il l'avait fait sortir de la cuisine en jetant un regard agacé au chef.) Ils promettent de réparer les appareils pour les récupérer et s'en mettre plein les poches. Comme les entreprises de l'Ouest à la Réunification. Assurances, réseaux électriques, banques – sans oublier les milliards de dettes remboursées –, ils ont tout raflé. En gros, tu as donné à ces escrocs une rallonge de cent euros. »

Il l'avait ramenée au domaine en Barkas. Tout en roulant tranquillement au volant de sa camionnette, il avait allumé la radio et s'était mis à siffloter. Adina somnolait sur le siège passager. Après avoir défait sa ceinture et ouvert la portière, elle était en train de descendre et avait déjà un pied sur le sol gelé quand il avait lancé : « Tu me dois cent euros. Il faut que ça fasse un peu mal, Nina. Si j'étais un homme de l'Ouest, je t'aurais aussi fait payer le nouveau lave-vaisselle. »

Johann Manfred Bengel était revenu. Mi-février, la Land Rover noire s'était engagée dans l'allée du manoir. Une femme en doudoune était descendue du siège passager. Ses bottes étaient trop fragiles pour la boue et la tourbe des prairies. En clignant des yeux, elle s'était tournée vers le manoir, vers la fenêtre du bureau à laquelle se tenait Adina, rendue invisible par le reflet éblouissant du soleil sur les vitres sales. La femme avait regardé attentivement autour d'elle. Elle avait fait quelques pas en direction des écuries, foulé les pavés qui venaient d'être posés et inspecté les façades et le toit. Puis elle s'était intéressée au pignon où se trouvaient les vestiges de l'échafaudage, et elle avait noté la présence des troncs à moitié pourris près de la grange, des aulnes dont les castors avaient eu raison et qui servaient désormais de bois de chauffage. Elle n'était plus toute jeune, mais, coiffée d'un bonnet bien ajusté, elle avait une allure juvénile. Tout chez elle était lisse et élégant, ce qui contrastait avec ce paysage rugueux.

Johann Manfred Bengel était descendu à son tour. Comme la dernière fois, il portait des baskets, et sa peau sillonnée de rides était tannée par le soleil, à croire qu'il vivait perpétuellement en été. Le sourire aux lèvres, il avait suivi des yeux le petit manège de la femme qui, après avoir regardé les saules, était revenue au manoir pour inspecter la véranda et la façade. On aurait dit qu'elle voulait boire le paysage et la maison par la paille de son regard.

C'était une agréable journée d'hiver. Il faisait bon, le soleil était réapparu pour la première fois depuis longtemps et, en prévision de la visite, on avait « refait une beauté » à la maison – c'étaient les mots de Razvan Stein –, ce qui voulait dire qu'on avait rangé les bureaux et passé le balai et la serpillière. Il avait descendu lui-même au sous-sol les bottes en caoutchouc crottées et la batterie de voiture du barbecue sous le préau.

Adina avait attrapé quelques flyers et s'était postée à la porte d'entrée ouverte. L'air était limpide et vivifiant. Une fois sa curiosité satisfaite, la femme avait fait volte-face, pris le bras de Johann Manfred Bengel et gravi d'un bon pas les marches du perron. Bras dessus, bras dessous, ils avaient l'air d'être intimes. L'idée que cette femme soit mariée à Johann Manfred Bengel avait effleuré Adina. Razvan Stein n'avait jamais mentionné une quelconque épouse, mais Johann Manfred Bengel n'avait pas forcément dit qu'elle viendrait. Peut-être que, au dernier moment, il lui avait demandé de l'accompagner pour avoir son avis. Son avis comptait pour lui. Auquel cas l'avenir de Razvan Stein dépendait aussi du jugement de cette femme, s'était dit Adina. Elle s'était sentie légère. Elle avait remarqué un miroitement dans les airs, l'herbe scintillait, éclaboussée par le soleil. Le fait qu'il soit venu avec sa femme lui faisait voir Johann Manfred Bengel sous un jour nouveau, et elle était contente de ne pas avoir été impolie la dernière fois.

Elle était sortie sur le perron, sans savoir si elle devait donner ou non un flyer à la femme. Johann Manfred Bengel avait toute la documentation depuis longtemps. Mais si on ne lui donnait pas de flyer, la femme risquait de se sentir ignorée. Adina s'en était voulu de ne pas être mieux renseignée. Si elle n'avait pas toutes les informations, elle risquait de faire d'autres erreurs. La femme s'était avancée vers elle en souriant, et Adina lui avait mis la liasse entière dans la main.

Razvan Stein l'avait présentée avec sa grandiloquence habituelle.

« Personne ne connaît mieux l'espace culturel de l'Europe de l'Est que ma stagiaire. »

Il n'était plus question de Russie.

Dans le hall d'entrée, en guise de salut, Johann Manfred Bengel avait attrapé la main d'Adina. Avec un sourire sur son visage raviné, il l'avait gardée dans la sienne, et pendant que son majeur s'agitait sur la paume de sa main comme un papillon nerveux, il avait murmuré : « Juste une caresse. Très, très agréable », avant de suivre à l'étage Razvan Stein et la femme qui n'avaient rien vu de la scène.

Adina était restée à un pas de l'étoile soviétique, le bras toujours tendu. Elle brandissait devant elle la main que le majeur de Johann Manfred Bengel avait effleurée, comme s'il s'agissait d'un corps étranger.

Quelqu'un avait assisté à la scène. Un noble plus grand que nature, en redingote d'officier bleu marine. Il la fixait. Avec ses boucles blanches, son tricorne et son chemisier à volants, il était accroché dans un cadre doré à mi-hauteur des escaliers.

Elle avait caché sa main dans son dos.

« *Do prdele !* »

Le noble ne la lâchait pas des yeux. Elle avait monté les trois premières marches en lui rendant son regard. Et soudain, elle l'avait reconnu. Jusque-là, elle avait pris le personnage du tableau pour l'un des anciens propriétaires du domaine. Cette fois, elle avait reconnu Razvan Stein en redingote d'officier. Il s'était fait représenter à la manière des anciens portraits à l'huile. Seuls les yeux, la bouche et les ongles en forme de spatule lui ressemblaient.

Le noble lançait des regards menaçants dans le hall d'entrée. Et elle avait ressorti sa main de derrière son dos. Elle l'avait tendue vers le Razvan à l'huile et lui avait fait un doigt d'honneur.

Pas touche.

Ouste !

Fuck off !

C'était ce que pensait le dernier des Mohicans. Il était le seul à avoir ce genre de pensées. Bas les pattes !

Il était encore là. Il pensait, donc il existait.

Elle avait monté les marches deux à deux. À l'étage, elle était passée en courant devant le bureau d'en haut d'où provenaient des voix, des voix d'hommes et une voix de femme, pour aller dans l'aile qui n'avait pas encore été rénovée. Dans la chambre, il n'y avait personne. Elle avait enfilé le poncho à toute vitesse, avait ouvert la fenêtre et brisé le silence des prairies gelées en criant : « Qui est-ce ou qu'est-ce qui perçoit, qui est-ce qui ressent ?! Il est là, bande de salopards ! Vous me voyez ? Il ne partira pas ! »

La femme qui accompagnait Johann Manfred Bengel n'était pas son épouse. Elle représentait une institution importante. Elle était suisse et lisse comme une toile cirée. Mais cet après-midi-là, Adina ne le savait pas encore. Avec son poncho, elle s'était penchée par la fenêtre et avait informé avec emphase le paysage glacé de la présence du dernier des Mohicans : « Il est là. Il est plus fort que vous tous ! Rien ne pourra le faire partir ! »

Tels des Iroquois, les saules au bord des prairies lui répondaient par messages radio.

« Qui ça ? »

Ira était dans l'encadrement de la porte.

« Le ciel, avait-elle dit. Qu'est-ce que tu crois ?

— Tu sais qu'on a de la visite ?

— Bien sûr. J'étais en bas.

— Gueuler sur le ciel, ça ne fait pas bonne impression. C'est quoi, ça ?

— De quoi ?

— C'est un couteau ?

— Non. »

Au moment où Adina s'était penchée dehors, la chaîne avec le couteau suisse s'était accrochée au rebord de la fenêtre. Le couteau avait glissé de la poche de son pantalon et pendait sur sa cuisse.

« Laisse, avait-elle dit alors qu'Ira attrapait la chaîne.

— Qu'est-ce que tu fais avec un truc pareil ? »

Elle avait voulu se retourner pour fermer la fenêtre, mais Ira ne lâchait pas la chaîne.

« C'est autorisé, au moins ?

— Et toi, tu es qui ? avait demandé Adina. Le gardien des sources ?

— Se balader avec un couteau alors qu'une Suisse est en visite ? Je ne pense pas que ce soit autorisé. La Suisse n'est pas dans l'OTAN !

— C'est un couteau suisse.

— Sérieusement ? »

Il avait tiré sur la chaîne et, d'un geste vif, sans laisser à Adina le temps de l'éviter, il avait ouvert le mousqueton. Le couteau avait décrit un arc de cercle rouge vif pour atterrir dans la main d'Ira.

« Génial ! Lime à ongles, tournevis... (Il examinait les lames.) Un Swisschamp, avait-il dit d'un air approbateur.

— Oui. Avec trente-trois fonctionnalités. Donne.

— Ça pourrait m'être utile, un gadget comme ça.

— Rends-le-moi.

— La Suisse est entre nos murs. Les Suisses sont des militants pacifistes.

— Les pacifistes ne sont pas militants. »

Ira lui avait mis le couteau sous le nez.

« Alors, viens le chercher ! Allez. Viens le chercher. »

Ses yeux étincelaient. Il était défoncé. Il était déjà défoncé au moment où il était entré. Il devait avoir fumé. Parfois, il fumait de l'herbe, l'odeur le trahissait. La course-poursuite à travers la chambre avait excité Ira pour de bon. Elle l'avait attrapé par le bras, il s'était dégagé, et la main d'Adina s'était refermée sur le vide. Elle lui courait après alors que c'était la dernière chose dont elle avait envie, elle voulait seulement récupérer son couteau, mais Ira riait et la repoussait.

« Tu es drogué ?

— Nan. Et toi ? »

Elle s'était immobilisée. « Qu'est-ce que tu veux, Ira ?

— Combien tu me donnes en échange ?

— Non, je veux dire : pourquoi tu es ici ? »

Il s'était immobilisé à son tour, le souffle court. Elle avait encore son poncho. Mais Ira ne semblait pas avoir remarqué le vêtement interdit. Il s'était gratté la tête sous sa casquette de baseball. « Ah oui, ça me revient. » Il était venu lui dire qu'elle était priée de se joindre à la réunion de ce soir. C'était le mot qu'il avait utilisé, « priée ». Il avait sorti le cure-dents du couteau et l'avait brandi dans les airs comme un index impérieux. Puis il avait découvert la petite scie.

« Tu me fais flipper, Adina. Qu'est-ce que tu vas découper avec ça ? Des os ?

— Quel genre de réunion ?

— Bengel a activé son réseau. (Ira avait replié le cure-dents.) À vue de nez, la dame de Suisse doit peser un demi-million. » Il avait aussi replié la scie.

« Vraiment ? Comment ça ? »

Ira avait haussé les épaules. « Le chef veut un peu de couleur locale. Tu dois parler du changement de régime.

— Oh non, pas encore.

— De ce que la jeune génération d'Europe de l'Est et d'Europe centrale pense de tout ça. Des luttes pour la répartition des richesses, de la recherche de la vache d'or, tu sais bien. De l'ignorance de l'Ouest qui vous exploite et du climat antioccidental qui commence à se répandre. Mais ce n'est pas lui qui a dit ça. C'est moi.

— Non.

— Non ?

— Je ne suis pas une matriochka !

— OK, avait dit Ira. Dans ce cas, je garde ton couteau.

— Il faut d'abord que Bengel comprenne que je ne suis pas sa matriochka.

— Raconte l'histoire de la pompe à essence. *West is the best !* C'est génial. Le patron dit que tu as quelque chose à te faire pardonner. (Ira avait ostensiblement glissé le couteau dans la poche de son pantalon.) Et il nous filera enfin le fric qu'il nous doit depuis des semaines. Si la Suisse donne son feu vert.

— Nous ?

— Toi et moi, ça fait deux.

— Il te doit de l'argent à toi aussi ? » Adina n'avait jamais envisagé cette possibilité.

« Il va bien finir par nous payer. Compte là-dessus. Alors fais un petit effort, et arrange-toi pour que la Suisse suive. »

Razvan Stein lui devait deux enveloppes d'un montant de cinquante euros, et elle lui devait cent euros pour le lave-vaisselle. Ils auraient pu mettre les compteurs à zéro. Mais comme Razvan Stein n'avait pas fait de proposition dans ce sens, elle se disait que l'histoire des enveloppes lui était sortie de l'esprit, et elle n'avait pas encore osé lui rafraîchir la mémoire. Mais maintenant qu'elle savait qu'Ira n'avait pas non plus touché sa paye, elle avait un allié.

« D'accord, avait-elle dit. Je vais le faire. Mais c'est la dernière fois. »

Dans les douches, la guetteuse était devant le miroir. La spirale de son mascara saturait ses cils un à un. Elle avait jeté à Adina un regard fugace et, d'un air concentré, effleuré son œuvre du bout des doigts. Froide et belle, elle faisait face au vilain carrelage. Et Adina lui avait demandé de rendre son visage plus vivant, de le maquiller juste un tout petit peu. Elle voulait être aussi froide et belle que la guetteuse au moment où elle se présenterait devant la femme suisse.

La guetteuse avait cligné des yeux. « Tu es sûre ?

— Oui. »

La femme suisse représentait une institution importante. D'après Ira, elle disposait de beaucoup d'argent. La convaincre devait être plus difficile que de convaincre un homme comme

Bengel. De son côté, Ira avait l'air de penser que Razvan Stein n'en était pas capable. Et il n'y aurait pas de banquet pour elle, pas de porc ni d'agneau à la broche. Peut-être qu'elle était végétarienne. Mais Johann Manfred Bengel l'était aussi. En tout cas, la dernière fois, il n'avait pas touché à la viande dans son assiette.

« Je ne ferai rien que tu ne veuilles », avait dit la guetteuse.

Le soutien de la femme suisse leur permettrait d'aller loin. Son influence, son avis semblaient compter. Et Adina se disait qu'elle aussi, un jour, elle irait loin, aussi loin qu'Ira. Voire encore plus loin. Car elle ne travaillerait pas dans un coin perdu : elle travaillerait à Berlin.

« Vas-y. »

Elle voulait faire bonne impression. Grâce à elle, les barmen et le partisan, sa mère et sa grand-mère et le vieil homme à la station essence gagneraient à la fois la sympathie et le respect d'autrui – le respect de Johann Manfred Bengel et de toute la Suisse.

En souriant, la guetteuse était allée chercher son maquillage.

Lorsque Adina était ressortie de la chambre plus tard dans la soirée, les prairies inondables étaient pâles et floues. Elle avait de la poudre sur les joues. Ses yeux avaient l'éclat de l'heure bleue, *groovy*, avait dit la guetteuse d'un ton expert. Quand elle passait la langue sur ses lèvres, le gloss était sucré et un peu poisseux. Sur le pas de la porte, elle s'était retournée une dernière fois. Le poncho était posé sur la chaise. La chaise était à côté du lit. Le lit était vide et fait, et le pull vert était plié sur l'oreiller.

L'espace d'un instant, elle avait eu l'impression de contempler son passé. Puis elle s'était ressaisie et s'était dirigée vers l'aile rénovée.

La porte du bureau d'en haut était ouverte. La lumière éclairait le couloir, et des voix d'hommes provenaient de la pièce.

Elle avait entendu Johann Manfred Bengel dire : « Tu peux aussi mal tomber, avec des gens qu'on aurait mieux fait d'affecter à la voirie. Des gens comme ce sénateur. Ça fait déjà quelques années. Depuis, heureusement, ils l'ont envoyé à Bruxelles. »

Il était installé, bras écartés, sur le canapé en cuir. Dos à la porte, Razvan Stein était accoudé sur la commode. Sur la table basse, il y avait plusieurs verres sales, un verre plein de thé à côté d'une coupelle de morceaux de sucre et deux bouteilles. Le frigo gargouillait dans le fond.

« L'homme du sale boulot, avait poursuivi Johann Manfred Bengel. Pas un bon souvenir. C'était le cauchemar de toutes les institutions berlinoises. Sa vision politique se résumait à ça : sucrer toutes les subventions. »

La femme suisse n'était pas là. Peut-être qu'elle était en retard. Ou alors elle était cachée derrière l'un des rideaux désormais tirés qui descendaient jusqu'au sol, à scruter le domaine plongé dans l'obscurité avec son regard-paille.

« C'est de loin le sénateur qui nous a fait le plus de misères. Des réunions de crise à n'en plus finir, poursuivait Johann Manfred Bengel. Et pendant une de ces réunions, alors qu'on était en train de le supplier de ne pas diviser le budget par deux, le voilà, cet – ouvrez les guillemets – enfoiré, qui décroche son portable privé pour tailler le bout de gras avec sa femme. Mais là, j'ai eu mon heure de gloire. "Tiens, mon cher, je lui ai dit, tu la connais, celle-là : quelle est la différence entre un portable et un tampon ?" »

Johann Manfred Bengel avait remarqué la présence d'Adina, mais il ne s'était pas interrompu pour autant.

« "Les tampons ne sont pas pour les trous du cul !" »

Les deux hommes avaient éclaté de rire.

« Je m'étais mis à son niveau. À partir de là, on a été comme larrons en foire. »

Adina avait toqué contre la vitre de la porte. Razvan Stein s'était aussitôt retourné.

« Ah, enfin, Nina ! (La vivacité avec laquelle il avait redressé le dos contrastait étrangement avec son regard.) Viens, installe-toi. Mets-toi à l'aise. (Razvan Stein désignait le canapé comme pour indiquer qu'une place y avait été gardée exprès pour elle.) Notre ambassadeur culturel a plein de questions pour toi. »

Elle n'avait pas bougé.

Les hommes la regardaient.

« Qu'est-ce qu'il y a ? Tu n'entres pas ?

— Ira m'a dit qu'il fallait que je parle de mes origines à la femme suisse. » Sous le regard des hommes, elle avait soudain une conscience aiguë de son visage maquillé.

« Commence par t'asseoir.

— Je préfère rester debout », avait-elle dit en essayant de garder son visage dans l'ombre.

Il y avait eu quelques secondes de silence.

« Mets-toi à l'aise, ma grande, avait répété Razvan Stein. Du thé ? »

Quelque chose clochait dans ce silence.

« Elle boude le bon vieux Kümmel prussien, avait ajouté Razvan Stein à l'intention de Johann Manfred Bengel avant de se retourner vers Adina : Il faut que j'aille au village vacances. Tu vas tenir un peu compagnie à Manne. »

Il la regardait fixement. « Je peux te faire confiance ?

— Où est la femme de Suisse ? »

Razvan Stein avait posé son verre sur la commode. C'était un verre à liqueur qu'il n'avait pas terminé.

« La femme suisse, elle va venir, non ?

— Maintenant, assieds-toi ! (Le ton de Razvan Stein avait fait sursauter Adina.) Tu vas me rendre dingue à rester plantée là ! »

Elle était à la porte. Seuls quelques pas la séparaient du canapé. Peut-être que la femme suisse était seulement aux toilettes.

« Il faut se mettre au niveau des gens, avait dit Johann Manfred Bengel avec un sourire en passant la main dans ses cheveux gris-blond. Ça demande toujours une petite gymnastique. »

Prise de panique, Adina avait compris que la femme suisse n'était pas aux toilettes. La femme suisse ne viendrait pas. Il n'était pas prévu qu'elle soit là.

Dans son dos, personne n'avait encore refermé la porte.

« Si elle ne vient pas, avait-elle dit, je m'en vais.

— Hors de question.

— Je ne reste pas. »

Razvan Stein avait les yeux rivés sur la fenêtre, sur les prairies inondables à l'horizon, ce qui était sa manière de signifier qu'il était en pleine réflexion.

« Parfois, il faut faire des choses qui ne nous plaisent pas, tu sais.

— Pas moi. »

À ce moment-là, Razvan Stein l'avait attrapée par le bras. Cette étreinte lui était familière.

« Tu as déjà fait une bourde, pas deux », avait-il soufflé si bas qu'elle avait été la seule à l'entendre.

Le sourire aux lèvres, Johann Manfred Bengel avait jeté un morceau de sucre dans son thé.

« Toi qui es une experte, Nina, avait-il dit en tapotant la place à côté de lui sur le canapé, tu me confirmes qu'en russe, dans certains cas, on utilise des tournures impersonnelles pour parler de ses propres manifestations corporelles ? "Il me racle la gorge." C'est comme ça qu'on dit : "Il me racle la gorge à qui mieux mieux." »

Le thé était brûlant et sucré.

Elle se cramponnait au verre de thé chaud comme à une bouée de secours. Sauf que la guetteuse n'était pas là. Ni la guetteuse ni la Biélorusse qu'Ira avait conduite au village vacances le matin même – Ira qui avait aussi son couteau.

« Avale bien. Une grande, grande timide. » Toujours souriant, Johann Manfred Bengel avait glissé deux doigts dans un pli du cuir capitonné à côté de la jambe d'Adina.

Elle n'avait pas bu comme quelqu'un qui a soif. Elle avait bu comme une noyée boit la tasse.

Les hommes s'étaient compris d'un regard. Par la suite, cette certitude s'était extirpée de la réalité conservée sous vide de cette nuit-là, en avait transpercé l'emballage protecteur comme la braise incandescente avait transpercé la nuque de Razvan Stein.

Avant de quitter la pièce, il s'était penché vers elle.
« On n'en meurt pas », avait-il dit d'une voix sentencieuse.

Razvan Stein avait raison. Elle était toujours là.
Adina était couchée dans la tourbe, dans la vase froide des prairies inondables, boueuse, lourde et sans fond, aussi marécageuse que les marécages. Elle avait essayé de se relever, et elle s'était sentie entraînée vers les profondeurs. Une odeur intense de pourriture s'élevait du sol. Au-dessus d'elle flottait un visage, un visage souriant.
Aveuglée par la panique à l'idée de sombrer dans la tourbe, elle s'était levée d'un bond. Le visage était à ses trousses, sébum et aspect brûlé.
La chambre était froide.
La lune était encore au coin de la fenêtre.
La tourbe pesait sur elle, clapotait, glacée, autour de ses bras et de ses jambes, et lui coupait la respiration. Adina avait réussi à rouvrir les yeux, et elle s'était rendu compte qu'elle était dans l'annexe, dans son lit. Elle sentait un mouvement confus dans son bas-ventre, comme si un objet y faisait des allers-retours. Puis elle avait aperçu les deux autres. Elles dormaient dans leurs lits. Elle ne savait pas quand elles s'étaient couchées, quand elles étaient rentrées. Elle ne savait pas non plus comment elle était elle-même revenue ici. Par terre, au pied du lit, il y avait son jean, et à côté ses chaussettes. Elle avait dormi en sous-vêtements. Avait-elle emprunté les couloirs froids en sous-vêtements la nuit passée ? Elle n'aurait pas su le dire.
Elle avait repoussé la couverture. Elle s'était penchée pardessus le bord du lit, avait glissé la main dessous – de la poussière, un vieux mouchoir – et fini par tomber sur son sac à dos. Elle l'avait tiré par la bretelle. Si elle ne se dépêchait pas, elle risquait bien d'en mourir malgré tout.
Elle était passée discrètement devant les dormeuses. La guetteuse avait des miettes de maquillage au coin de l'œil. Son œil avait un cerne sombre et baveux. C'était le visage des traîtres. Les traîtres dormaient avec des cernes sous les

yeux. Les traîtres dormaient quand l'affaire était réglée. Ils dormaient à poings fermés.

Adina avait ouvert le placard et commencé à faire son sac. Elle avait fourré ses chaussettes et ses T-shirts à l'intérieur. Elle comptait être partie avant que les autres se réveillent. Le jean lui tombait des mains. Elle n'arrivait pas à mettre les jambes. Elle avait trébuché, s'était rattrapée à l'armoire et avait appuyé ses poings sur ses globes oculaires jusqu'à ce que le voile noir devant ses yeux se dissipe. Puis elle avait laissé le jean en plan et enfilé son jogging. Comme anesthésiée, elle était sortie de la pièce. Les toilettes communes étaient éblouissantes et froides. Elle s'était lavée sans se regarder dans le miroir.

Puis elle avait vu le couteau.

Elle l'avait vu surdimensionné. Elle avait vu sa main se tendre vers lui. Et une ombre aux contours diaphanes, presque invisible, s'était détachée et avait disparu. Elle avait vu, au moment où le couteau lui échappait, le dernier des Mohicans sortir d'elle, s'éloigner et quitter la pièce. Les cheveux négligemment attachés sur la nuque, il était parti dans le couloir. Il marchait sans faire de bruit. Les murs l'avaient avalé. Ils continuaient tout droit au loin, parallèles jusqu'au bout du couloir où ils s'étaient refermés derrière lui.

Elle avait oublié de se sécher. Les mains encore mouillées, elle s'était précipitée hors de la pièce, avait tâtonné le long des murs, du papier peint jaune. Elle palpait les murs, des murs solides, sans fissures, où le dernier des Mohicans avait disparu. Elle voulait le suivre.

Elle avait fini par arriver à l'escalier du sous-sol. L'escalier conduisait à l'air libre. Dehors, elle s'était sentie mal. Le froid l'avait giflée au visage, et elle s'était retenue au mur de la maison en fermant les yeux. Elle était au plus mal. Un poids pesait sur elle, expulsait tout l'air de son corps, pendant que, quelque part en elle, à un endroit mou, quelque chose se brisait, sans que l'homme qui était un multiplicateur s'en soucie.

Il multipliait la douleur.

Elle avait le souffle court. Elle ne devait pas fermer les yeux. Plus jamais. Elle ne devait plus jamais laisser quoi que ce soit échapper à sa vigilance. Elle ne devait plus jamais agir à la légère, ignorer son instinct.

Son instinct fonctionnait encore. Il y avait les orties desséchées à côté du préau, les troncs d'aulnes pourris, la houle de l'air froid. Il y avait les jambes qui faisaient leur travail. Les membres ne cédaient pas. Guidée par la même intuition que sur la Labská louka, elle avait réussi à trouver la femme suisse qui faisait une promenade matinale. Au loin, sa silhouette en doudoune longue ressortait sur les prairies. Il n'y avait pas de chiens. Ce matin-là, ils étaient enfermés.

Adina l'avait rattrapée.

Plus tard, en repensant à ce matin âpre, le premier d'une série de matins où les taupinières transperçaient le jaune gelé de l'herbe comme des yeux éteints surgis du noyau incandescent de la terre – des yeux qui l'observaient, qui l'avaient tous en ligne de mire, aucune possibilité de se cacher –, elle avait été surprise d'avoir réussi à dire quelque chose. Elle avait ouvert la bouche. Des propos de différents diamètres tenaient entre ses lèvres. La peur, la colère – après cette soirée, ça fonctionnait encore. La soirée où la résistance d'Adina avait fini par pousser Johann Manfred Bengel à bout. Après une demi-heure ou une heure. La montre d'aviateur à son bras affichait vingt-trois heures trente.

« Calmez-vous. Je vous en prie, calmez-vous. Vous avez besoin d'un mouchoir ? Attendez, je vous en donne un. (La femme suisse avait sorti un paquet de mouchoirs Tempo de la poche de sa doudoune.) Tenez. Attendez. Je vous le déplie. Vous ne voulez pas fermer votre veste ? Par ce temps, vous allez attraper froid. Vous tremblez. Vous n'êtes pas du tout assez couverte ! »

La femme suisse connaissait bien Johann Manfred Bengel. Elle travaillait avec lui depuis neuf ans. C'était un collègue fiable, un homme d'expérience, un peu caractériel, mais intelligent et apprécié de tous.

« Qu'est-ce que vous dites ? »

Il avait fait connaître le réseau dans toute l'Europe.

« Vous êtes sûre ? Vous êtes bien sûre que ce n'est pas votre imagination ? »

Il avait trois enfants. Il adorait sa femme.

« Calmez-vous, je vous prie. Ce sont de graves accusations. »

Par deux fois, il avait invité la femme suisse chez lui, un appartement lumineux avec des livres au mur et des poufs de toutes les couleurs. C'était le roi des barbecues végétariens qu'il servait avec des avocats frais et de la limonade de citrons verts.

« Ce genre d'accusations est très à la mode en ce moment, non ? »

Avait-elle fait attention à son propre comportement ? N'y avait-il pas des perspectives ici pour elle ? Voulait-elle renoncer à ces perspectives sans plus de réflexion ? Il y avait forcément moyen de comprendre ce qui s'était mal passé, avait dit la femme suisse. Elle jouerait volontiers le rôle d'intermédiaire. Mais d'abord, Adina devait se calmer un peu.

« Les émotions fortes peuvent être comme un miroir qui fait apparaître les choses deux fois plus grosses qu'elles ne le sont en réalité. »

Adina avait entendu quelqu'un dire au loin : « La réalité est extérieure à nous et n'est pas la nôtre. »

Ce qui aurait aussi pu être formulé ainsi : « Le regard-paille de la femme suisse ne saisit que des bribes de la réalité. »

À un carrefour se dressait un panneau. *Pasewalk 45 km.* C'était là qu'elles avaient fait demi-tour. Le manoir avait surgi dans la cuvette sous leurs yeux, et Adina avait eu envie de partir dans l'autre sens. Elle ne voulait pas fuir. Mais elle ne voulait plus retourner là-bas.

À ce moment-là, la femme suisse lui avait pris la main avec un signe de tête encourageant. Elles allaient entrer dans le manoir par la porte de devant, c'était ce qui se faisait, en tout cas pour une femme suisse dont l'optimisme était hermétique à tout ce qui ne venait pas renforcer sa conviction de réussir à instaurer la paix. Cet optimisme tirait sa source d'un pays qui n'était pas dans l'OTAN et assumait depuis des siècles le rôle d'intermédiaire. Sur le plan diplomatique, il y avait toujours une solution à trouver.

Elles étaient entrées dans le manoir par la porte de devant.

Encore en robe de chambre, Razvan Stein se trouvait dans le hall d'entrée. Son ombre était grande, elle tombait sur le noble au mur. La femme suisse s'était dirigée vers lui d'un pas décidé. Johann Manfred Bengel n'avait pas tardé à faire son apparition. Il avait descendu l'escalier pour interroger sa collègue sur sa promenade matinale. Il avait soigneusement contourné l'étoile soviétique, avec encore un peu de mousse à raser sur le menton.

Razvan Stein riait. C'était son rire des bons jours, Razvan Stein était bien luné, et la femme suisse avait joint son rire au sien, l'harmonie régnait en cette belle matinée car, la veille, on s'était entendu sur les modalités financières – ne manquaient plus que quelques signatures. Mais la femme suisse, éclairée par le lever de soleil, avait introduit une fausse note en demandant comment s'était passée la soirée de la veille.

Le perpétuel sourire de Johann Manfred Bengel avait disparu de son visage. Et quand la femme suisse avait machinalement levé la main, on aurait pu croire l'espace d'un instant qu'elle allait le gifler. Mais elle ne faisait qu'attirer son attention sur la mousse à raser, et Johann Manfred Bengel s'était hâtivement essuyé le menton du dos de la main.

« Notre jeune collègue tchèque a l'air un peu surmenée. Je ne sais pas exactement ce qu'il s'est produit hier soir, mais je ne peux que vous inviter à régler le problème au plus vite. »

C'était ce qu'avait dit la femme suisse avant de passer sans transition à un point litigieux des négociations : la formation spécialisée des employés qui conditionnait la participation de sa fondation au financement des bourses Exil. Il était indispensable de sensibiliser les boursiers venus de tous les horizons aux différences entre les cultures. Puis elle avait proposé de se repencher sans tarder sur les conditions de travail des stagiaires.

Le silence de Johann Manfred Bengel.

Razvan Stein s'était ressaisi en premier. « Bonne remarque. » Il s'était passé la main dans les cheveux. Son regard, instable et vacillant, s'était posé sur Adina. « Pourquoi tu ne prendrais pas ta journée ? Repose-toi. »

Le sourire soulagé de la femme suisse. Son sourire était lisse comme une toile cirée. Avec entrain, elle avait pris le bras de Johann Manfred Bengel. « Vous, les garçons, avait-elle dit, vous avez tendance à vous focaliser sur les sujets de fond au détriment des facteurs soft. »

Johann Manfred Bengel lui avait tapoté la main. « Je suis un vilain galopin, avait-il murmuré. C'est vrai, c'est vrai. »

Adina s'était retrouvée seule dans le hall d'entrée baigné de lumière. Le soleil brillait. Il n'était pas tombé du ciel et ne s'était pas éteint. Il faisait bouillonner les couloirs et roussir les portes qui ne se refermeraient plus jamais face à ce monde brutal devenu, comme si de rien n'était, la réalité légitime.

Le noble regardait dans le dos d'Adina. Il fixait un point à l'horizon, derrière les saules, l'air de dire : « Ici, on ne souffre pas, ici, hop hop hop, la vie continue ! »

D'abord, elle devait récupérer son couteau.

Elle avait trouvé Ira dans la salle d'exposition.

« Je ne l'ai plus, avait dit Ira.

— Comment ça ?

— Je ne l'ai plus.

— Tu ne l'as plus ?

— Je viens de te le dire.

— Tu mens. » Sans le couteau, le Mohican ne reviendrait pas.

« Le patron me l'a pris.

— Hier aussi, tu m'as menti. »

Ira avait fait une mine étonnée.

« La femme suisse n'était pas là.

— Et c'est quoi, le rapport avec moi ? avait demandé Ira. Je ne me mêle pas de ça. Ce sont des choses privées.

— Qu'est-ce que tu appelles "privé" ?

— Le côté humain. Ce qui se passe avec ce type, jamais je ne me… » Il avait eu un mince sourire, et elle avait senti son mépris.

Elle avait eu besoin de toutes ses forces pour dire :

« Te foutre de ma gueule, tu appelles ça "humain" ? »

Ira s'était contenté de hausser les épaules.

Elle l'avait planté là et était descendue au sous-sol. Dans la pièce à outils, entre les accessoires de jardinage et les bottes en caoutchouc, il n'y avait pas de couteau, nulle part. Son couteau avait disparu. Sur une longue étagère étaient alignées des bouteilles, des grosses et des petites, pleines pour la plupart. Elle en avait attrapé une au hasard, vodka Held – *Held* voulait dire « héros » –, parfait. Aujourd'hui, personne n'était plus héroïque qu'elle. Elle avait enlevé le bouchon de la bouteille et l'avait portée à ses lèvres, d'un geste agressif, délibéré. Elle n'avait pas perdu toute sa fierté. Elle s'était débattue. La montre d'aviateur affichait vingt-trois heures trente quand elle avait eu l'idée de planter ses dents dans la chair de son bras.

C'était à ce moment-là que le Mohican entre les murs s'était manifesté pour la dernière fois. Il l'avait mise en garde. « Dans un combat à armes inégales, le plus redoutable guerrier n'a aucune chance. »

La vodka brûlait. L'alcool n'était pas assez fort. Mais les contours de la douleur se ramollissaient, et Adina avait emporté la bouteille à la salle de bains. Elle avait enlevé sa veste, retiré son jogging, s'était débarrassée de ses sous-vêtements et mise sous la douche où elle était restée un long moment. L'eau coulait encore et encore et, sous l'effet de ce flux, la douleur était sortie de ses poignets et de son entrejambe, et Adina l'avait imaginée disparaître dans le tuyau d'évacuation tout en buvant de petites gorgées à la bouteille jusqu'à ce que l'étiquette se dissolve dans l'eau chaude. Elle avait tout compris. Elle n'avait pas été si stupide que ça. Elle avait juste été trop lente. Les nuits où la Biélorusse et la guetteuse disparaissaient derrière la porte du bureau d'en haut n'avaient rien à voir avec elle. Pour Adina d'Harrachov, c'était un couloir comme les autres avec des portes comme les autres, car elle faisait un stage, Rickie avait joué le rôle d'intermédiaire, Rickie aux yeux de laquelle le petit Mohican était visible.

Ça n'avait pas pu arriver. Rien n'était arrivé.

Elle avait coupé l'eau.

Plus tard, la guetteuse l'avait trouvée sur le carrelage à côté du bac à douche.

« Tu crois que tu vaux autant qu'un homme. C'est faux.

— Laisse-moi tranquille. »

La guetteuse l'avait relevée de force. « Mais tu es courageuse. » Elle l'avait aidée à s'habiller. Elle l'avait aidée à monter les escaliers, à prendre les couloirs, à passer devant les portes pour aller jusqu'à la chambre et jusqu'au lit, barreaux de fer aux deux extrémités.

Sous son maquillage, la guetteuse était pâle comme la mort.

« Pourquoi tu es aussi pâle ?

— Je ne suis pas pâle.

— Si.

— C'est le maquillage.

— Pourquoi tu te maquilles si ça te rend pâle ?

— Pas pâle, avait dit la guetteuse. Blanche. Blanche comme du papier à cigarettes. Immortelle, tu te rappelles ? Mais maintenant, dors. »

Quand elle s'était réveillée, c'était la fin d'après-midi. Un chien jappait, rejoint par un deuxième. Elle était couchée à l'endroit où elle s'était endormie. Elle n'était toujours pas ailleurs.

Son sac à dos était posé près de son lit. Elle avait fourré le reste de ses affaires à l'intérieur et, après ça, elle s'était assise au bord du lit. Derrière la fenêtre, un ciel jaune soufre flottait dans les airs. Elle attendait. Peut-être qu'elle attendait qu'on soit la veille. Ou peut-être qu'elle attendait Rickie. Au bout d'un long moment, elle s'était rendu compte que Rickie ne viendrait pas, Rickie était au Kamtchatka. En bas, la Land Rover était toujours garée dans l'allée, visible depuis la fenêtre.

Dans le couloir, Razvan Stein l'avait appelée. Elle avait entendu ses pas et, quelques secondes plus tard, il avait surgi dans la chambre.

« Les femmes sont des tiques, Nina. Elles s'arrachent les yeux les unes les autres. Et toi, il a fallu que tu ailles voir une femme. »

Il s'était approché du lit, avait ouvert le rabat du sac à dos et regardé à l'intérieur.

« Sérieusement ? Tu es comme ça, toi ? Du genre à baisser les bras au moindre problème ? »

Elle lui avait demandé sa paye, les deux enveloppes manquantes.

« Toujours l'argent, avait-il dit. Sur ça, tu es exactement comme moi.

— Mais j'en ai besoin. »

Il l'avait rabrouée : « Ferme-la, pour une fois. »

Aussitôt, les larmes étaient montées.

« Enfin, Nina, ne te mets pas à chialer ! Je vais réfléchir à ce que je peux faire. Une fois qu'on aura été voir Manne. On doit tous les deux en passer par là. »

Elle avait secoué la tête, elle n'arrivait plus à arrêter. Il l'avait sortie du lit de force.

« Viens. Et ne fais pas cette tête, on dirait que tu vas chez le dentiste ! »

Il l'avait traînée dans le couloir, dans les escaliers. Devant le bureau d'en haut, il avait hésité. Cette hésitation avait donné de l'espoir à Adina. C'était un homme qui regardait le monde en face. Un type bien. À quatorze ans, il était allé chercher sa mère sur la digue. La veille, il avait été faible, mais cette fois ce serait différent. Et elle ne demandait pas grand-chose. Elle avait de quoi se payer un billet de train. Mais elle n'arriverait pas à aller à la gare toute seule.

Dans le bureau, des bouteilles d'alcool étaient posées par terre. Elles étaient rangées dans des caisses et des cartons qu'Ira sortait de la pièce.

« Inventaire, avait dit Razvan Stein. Ira fait ça très consciencieusement. »

Ira était tellement occupé qu'il n'avait pas levé les yeux en passant devant elle.

« Manne dit qu'il faut mettre tout ça au sous-sol. (Il avait fait sortir le jeune homme et fermé la porte.) Bon. Et maintenant, tu vas nous expliquer ce que tu nous as fait ce matin. »

À la fenêtre se dessinait la silhouette sombre de Johann Manfred Bengel.

Adina s'était mise à trembler de tous ses membres.

« Regarde-la, Manne. Elle n'a aucune idée de ce qu'elle fait. Elle ne se rend pas compte qu'elle aurait pu nous mettre dans de sales draps. »

Sans un bruit, Johann Manfred Bengel s'était écarté de la fenêtre.

« Pourquoi tu la laisses raconter des histoires pareilles ? »

Razvan Stein avait voulu répondre, mais il avait été coupé.

« C'est bien l'arrière-petite-fille d'un partisan, non ?

— Oui. Hein, Nina ? avait demandé Razvan Stein. C'est vrai.

— À la guerre, les partisans ne font que des coups bas », avait déclaré Johann Manfred Bengel.

Razvan Stein avait retiré la main qu'il avait posée sur l'épaule d'Adina. « Elle regrette. Hein, Nina ? Ce qui s'est passé ce matin, tu le regrettes, non ? »

Elle n'arrivait pas à contrôler ses tremblements.

« Mon cher Razvan. Jusque-là, tu ne m'avais pas donné l'impression de vouloir renoncer à tes grands projets. »

Razvan Stein était décontenancé.

« Tu y tiens toujours ?

— Bien sûr que j'y tiens toujours.

— Les tourments, la dignité, la reconnaissance des accomplissements des tiens ? »

Razvan Stein avait hoché la tête.

« Bien, très bien, avait poursuivi Johann Manfred Bengel. En ce moment, tous les regards sont braqués sur l'Europe de l'Est, et ce jusqu'au ministère des Affaires étrangères. Je n'aimerais pas avoir à donner un coup de pied dans la fourmilière. (Il s'était raclé la gorge.) Ça n'a pas été une mince affaire de dissuader notre collègue suisse. Elle s'était mis en tête de regarder tes papiers. Déclaration fiscale. Permis de travail des filles. Il y aurait de quoi faire, n'est-ce pas ? »

La lumière entrait par la fenêtre.

« Si quelqu'un se penchait sur tes papiers, il ne serait plus question de t'accueillir dans notre programme Exil, pas le moindre doute à ce sujet. »

Razvan Stein avait haussé les épaules. Il ne disait rien. L'homme qui regardait le monde en face était muet. Il la fermait, car il avait peur de ses semblables.

La peur le rendait dangereux.

« Laissons les histoires à ceux qui ont l'art de les raconter, n'est-ce pas, mon cher ? »

Le soleil était éblouissant. Son centre était noir, un trou, un cachot, et quand elle l'avait eu sous les yeux ou qu'elle l'avait vu dans les yeux de Razvan Stein, elle avait fait volte-face et s'était enfuie. Il était également possible qu'elle ait crié, qu'elle ait crié sur les hommes, les ait insultés dans sa langue maternelle, enragée, désespérée, et ensuite l'un des deux avait pété les plombs. De ça, elle se souvenait. Que l'un des deux avait dit : « Elle va rameuter toute la baraque. »

Le cachot n'était ni une illusion des sens ni une forme exacerbée de perception. Il était vide. Il n'y avait plus de bouteilles dedans, les bouteilles avaient été rangées ailleurs. Ira faisait l'inventaire. Une fois la porte claquée, il avait fait noir. Pousser, donner des coups de pied ne servait à rien. Les mains glissaient. L'endroit était trop étroit pour les imiter et se laisser tomber au sol. Impossible de s'asseoir ou de se mettre debout, elle ne pouvait que rester accroupie, recroquevillée sur elle-même. Elle s'était débattue, puis les larmes étaient venues. On ne pleure pas, on ne pleure pas. Elle était prisonnière des parois lisses et froides, même ses cris paniqués y restaient prisonniers. Elle s'était tue. Aucun bruit, aucun son ne provenait de l'extérieur. Le silence régnait. Rien n'indiquait que les hommes soient encore là. Si Razvan Stein quittait la maison avec Johann Manfred Bengel pour aller à

Berlin sans prévenir les autres, personne ne saurait où elle était. Même la guetteuse n'irait pas la chercher dans un frigo.

Elle avait réfléchi à toute vitesse : les frigos se fermaient-ils à clef ? Y avait-il des frigos avec des verrous ? Pas de panique, il ne fallait pas paniquer.

Elle tendait l'oreille à en avoir mal à la tête.

Elle commençait à avoir froid. Le froid s'infiltrait dans ses doigts, ses mains et son dos. Ses doigts de pied étaient en train de s'engourdir.

Elle avait une crampe à la jambe. Mais les parois la forçaient à rester agenouillée. Comme elle devait garder la tête penchée, le côté droit de son cou s'était mis à brûler. Elle avait envie de se mettre debout, de bouger, de s'asseoir, d'étirer les bras et les jambes, de tendre les genoux, elle n'arrivait à penser à rien d'autre. Soulager la tête, poser la tête, juste quelques instants. Mais alors, un point glacial se faisait sentir, à partir duquel une stalactite s'enfonçait à l'intérieur de son crâne.

On garde son calme, petit Mohican. Elle ne devait pas dilapider son énergie. L'énergie se transformait en chaleur – théorie de la conservation d'énergie. Dans un frigo, il faisait une température de six degrés. À six degrés, l'eau ne gelait pas. Même aux endroits plats, sur la Mumlava, il n'y avait pas encore de glace. La rivière ne coulait pas plus lentement que le reste du temps, le sang ne coulerait pas plus lentement, et, tant que le sol n'était pas gelé, la neige fondait. Il était possible de passer un moment dehors sans avoir trop froid. Le corps ne tombait pas si vite en hypothermie. Le zéro absolu de la température était impossible à atteindre – troisième principe de la thermodynamique –, et elle n'était pas tombée au fond d'un trou dans la neige.

De l'extérieur, aucun son ne lui parvenait. Les heures passaient, les jours, les minutes seulement peut-être. Elle avait mal partout. Puis la soif était venue. Adina se léchait les lèvres. Les muqueuses se desséchaient, la langue collait au palais. C'était à cause de l'alcool, tout cet alcool, elle avait besoin d'eau. Elle s'était souvenue des pommes, le sachet avec les quartiers de pomme croquants, les pommes coupées de sa mère qu'elle avait glissées dans le filet du siège de devant dans le bus entre Dresde et Berlin. Elle aurait dû les manger ou les mettre dans un frigo. Si elle se retrouvait là-dedans, c'était parce que les pommes prenaient leur revanche.

Elle entendait un bruit de claquement à l'origine non identifiée. Elle avait écouté jusqu'au moment où elle avait compris que c'étaient ses dents, sa mâchoire claquait violemment. Mais impossible de la contrôler. Sa bouche était trop sèche. Ses lèvres. Elle avait essayé de déglutir. Mais sa gorge était comme desséchée. L'air était trop sec. Fébrilement, elle avait essayé de se remémorer les bases de la physique, de se rappeler si l'air était nécessaire à la conservation des fruits et légumes, mais les fruits étaient emballés sous vide dans les magasins, ils n'avaient pas besoin d'air, l'oxygène ne pénétrait pas forcément dans un frigo, et elle allait mourir asphyxiée. Elle se demandait si, dans l'éventualité où elle ne mourrait pas asphyxiée, et sachant qu'elle ne mourrait pas gelée à plus de zéro degré, elle finirait par mourir de soif, et laquelle de ces trois morts était la pire. Ce genre de connaissances élémentaires n'étaient pas enseignées en cours de physique. Elles ne faisaient pas partie du programme.

Elle imaginait de l'eau, de l'eau chaude en train de bouillonner, des robinets d'eau qu'elle n'avait qu'à tourner pour que l'eau coule à flots, elle voyait la cascade de l'Elbe, la source de l'Elbe et ses gargouillements, les tourbillons qui fusaient sur les rochers chauffés par le soleil, elle n'avait qu'à ouvrir les lèvres pour que l'eau jaillisse dans sa bouche. Malgré ses bras et ses jambes endoloris, malgré le froid qui faisait trembler son corps et la peur que personne ne la retrouve, c'était la soif qui l'avait transformée.

Elle avait fait une bêtise. Elle avait été bête de dire d'où elle venait. Elle aurait dû mentir. Quelque chose lui collait à la peau. Et à celle des femmes à paillettes de Gryfino, de la Biélorusse et de la guetteuse – c'était pour ça qu'elle était si pâle. À la peau de Razvan Stein aussi, mais lui avait de l'argent. L'argent changeait tout. Razvan Stein s'était fait repeindre à l'huile, le trompe-l'œil de la peinture fraîche, il faisait désormais partie de la bourgeoisie.

« Ce n'est pas parce qu'un lien de cause à effet n'est pas exclu qu'il existe forcément. »

Kyrill. C'était Kyrill qui avait dit ça. Il y avait de quoi douter de l'importance qu'avaient les origines.

Elle voulait rentrer chez elle.

Partie 4 (*Traverser une rue par en dessous*)

Je ne suivrais pas la côte, mais je partirais vers le large et je me laisserais guider par les étoiles.

George Eliot

Depuis que la femme bleue ne vient plus, les travaux au port de plaisance ont repris. Il y a des établis au milieu des gravats. Les portes des hangars à bateaux ont été retirées. À l'aide de ponceuses, on enlève la peinture sur le bois avant de remettre de la peinture dessus.

Un chalutier posé sur des palettes dégouline d'essence jusque dans le sable. Deux hommes graissent l'hélice. Ils n'ont jamais vu de femme ici. Ils ne peuvent pas attester que la femme bleue a existé.

Il est douteux qu'elle revienne un jour.

Je l'entends dire que les doutes sont légitimes.

Elle était partie vers le nord. Jusqu'à quand allait-elle marcher ? Ça n'avait pas d'importance tant que ses jambes la portaient, tant qu'elle mettait un pied devant l'autre. Même sans itinéraire, on va loin quand on ne s'arrête pas de marcher. Elle était une exploratrice en expédition. C'était son triomphe.

Chaque jour, je prends le souterrain. Je m'assieds sur le banc, je plonge les mains dans la mer, je mets une main en visière au-dessus de mes yeux quand la lumière aveuglante rase les rochers et, le soir, je rentre en passant par le souterrain.

Je ne ressens pas la faim. J'ai soif. Je me réveille parce que la soif m'empêche de dormir. Je trouve deux cartes postales, et je les colle au-dessus de l'évier. Sur l'une, on voit la terrasse d'un café parisien ; sur l'autre, une rue au milieu des gratte-ciel new-yorkais.

L'idée me vient de prendre le souterrain autrement. Peut-être l'apparition de la femme bleue dépend-elle de ma façon de marcher. Si j'ai conscience de mes pas, elle sera là, au-delà des bouleaux, au fond de la crique.

Le souterrain devient un trajet magique. Il se retrouve complètement saturé de signification.

Le sol de la forêt était devenu le fond de la mer. Elle marchait sur le sable humide et ondulé dans un air qui semblait liquide. Les pousses d'arbres se balançaient – des plantes sous-marines, agitées par un léger courant. Tout en haut, loin au-dessus d'elle, elle voyait la surface, ridée par la cime des pins qui laissaient passer les éclaboussures d'un tiède soleil de printemps. L'eau se refermait au-dessus d'elle, la mer la prenait sous son aile et la dissimulait.

La pluie a inondé le souterrain. L'eau monte jusqu'aux genoux dans le tunnel plongé dans la pénombre.

Elle ne s'écoule pas par le béton des voies rapides. Le gel de la nuit s'accumule dans les fossés et y fond, les transformant en profonds canaux.

S'il se met à faire plus froid, le tunnel pour piétons gèlera, et le port sera inaccessible.

La femme bleue dirait que je manque d'optimisme.

Dans le soleil couchant qui disparaît derrière les immeubles en béton, le toit-terrasse d'en face scintille. Le rouge évanescent des flaques sur le goudron irradie jusqu'à être effacé par la lumière des réverbères. C'est le mois de septembre. L'ombre de l'avion tombe sur le monde argenté.

L'appartement est propre. Il n'y a pas de miettes sur le plan de travail, pas de reste de café. Pas de poussière sur le rebord de la fenêtre ni sur la télé. L'horloge affiche une heure quarante.

Elle pose les mains à plat sur la table pour se calmer, se calmer juste un peu, sur ce bois sain et de qualité qui, une fois abattu, fendu, scié, compressé et taillé aux bonnes dimensions, est devenu un objet utilitaire monnayable. Une table à laquelle on aime s'asseoir.

L'horloge affiche huit heures dix. Les continents luisent.

Elle regarde de nouveau le cadran.

« Concentre-toi, Sala. »

On dirait que le temps passe sans elle. Elle est dans un immeuble en béton oublié par le temps qui s'écoule ailleurs, les heures n'arrivent pas jusqu'à elle. Elle ne sait pas quelle heure il est. Où s'en est allée la journée. Elle ne se souvient pas de la dernière douche qu'elle a prise. Dans le placard de l'entrée, il y a un seau et une serpillière. Dans la salle de bains, du shampoing et du savon. Le pain de savon est posé au bord du lavabo, sur son emballage. L'eau savonneuse a détrempé le papier.

« Tu ne t'es pas déjà douchée ce matin ? »

C'est Leonides. Leonides qui devait penser que toutes les femmes faisaient ça, qu'elles se douchaient plusieurs fois par jour, même si elle n'est pas une femme. Sauf qu'elle ne le lui a jamais dit, il ne pouvait pas le savoir, et elle n'est pas non plus un homme, « petit Mohican », car ce genre de distinctions ne la concerne pas, parce qu'elles ne servent à rien, des nécessités inutiles inventées par d'autres. Leonides ne se formalisait pas de toutes ces douches. Dans ce pays, l'eau ne manque pas. C'est un pays avec une politique sociale, l'université règle aussi la facture d'eau.

À travers la porte-fenêtre ouverte, le froid s'engouffre dans la pièce, l'odeur de la Finlande.

La Finlande sent l'obscurité, la pluie et le raphia humide.

La femme bleue n'est pas venue. Dans l'angle aigu formé par la décharge et la rive se dresse un sorbier des oiseleurs solitaire. Son ramage est jaune.

Les oiseaux font bouger les branches. Ils se gavent de baies avant de décoller lourdement dans un ciel bas.

Une averse approche, franchissant la voie rapide, les silos et les bâtiments en construction du terrain viabilisé qui se ressemblent à s'y méprendre. Seule leur orientation les distingue.

Bientôt, les nuages effacent jusqu'à cette différence.

Elle sort sur le balcon fermé. La chaleur de son corps embue les fenêtres, de la vapeur d'eau qui se condense sur la vitre. Elle pose une main dessus, à l'endroit où se trouve l'érable sur le trottoir d'en face. L'érable fait pile la taille de sa main. Et elle appuie. Elle écrase l'érable sous sa paume. Les branches et les rameaux ploient et se brisent, de la sève sort.

C'est le sang.

En frottant l'humidité, elle entend sa mère. « Une main lave l'autre. »

Sa mère qui ne sait rien de cet érable. Rien de l'égarement des plantes, de la lumière du Nord et des immeubles en béton dans des rues identiques. Sa mère n'a jamais entendu le nom de Sala. Elle ne sait rien non plus des nuits d'avril dans une forêt allemande, rien des fossés glissants le long de la chaussée qui, au bout d'un moment, ressemblent tous à un ruisseau, tous au même ruisseau, la Mumlava, s'il n'y avait pas, de temps à autre, le bruit d'une voiture qui approche, roulant vers Pasewalk, vers Stettin, et des phares qui extirpent les arbres de l'obscurité avant de les laisser y retomber. Une fois, un phare avait croisé son visage. En marchant, elle le tenait à deux mains, comme si c'était le seul endroit fiable de la forêt cette nuit-là.

Sa mère n'est jamais partie. Elle vit dans la maison au mélèze, car il y a des gens qui rêvent d'ailleurs, d'autres qui ont peur de l'ailleurs, et d'autres encore qui sont trop vieux pour partir. Qui, jour après jour, déblaient la neige et doivent bosser de nuit, et essayent de s'en sortir au mieux sans jamais s'en sortir bien. Comme sa mère. Qui ignore tout des toilettes rapides faites dans les W.-C. publics, de l'odeur de pisse des gares régionales allemandes et de la vitesse à laquelle on apprend à se débrouiller sans argent. De la manière dont on apprend à se débrouiller tout court. Sa mère ne sait rien des mange-debout d'une buvette exposée aux courants d'air autour desquels on tourne dans l'espoir que quelqu'un laisse ses frites sans les avoir terminées. Et elle ne sait rien non plus de l'homme d'un certain âge qui, dans un train régional allemand, a la présence d'esprit de dire que la jeune femme au sac à dos est avec lui, comme ça, par gentillesse, parce qu'il l'a vue paniquer à l'arrivée du contrôleur.

Sa mère a entendu parler des ferries qui traversent la mer Baltique. Trois fois par jour, les ferries accostent à Sassnitz. Dans le port, des lignes blanches sont dessinées sur l'asphalte, c'est là que les voitures font la queue. L'asphalte est craquelé et fissuré, couvert des cloques de goudron qui se sont formées aux jointures pendant la canicule de l'été précédent, une cartographie de l'errance qu'Adina n'avait pas tardé à connaître par cœur. Elle allait et venait entre le bistrot, le bureau de change et la passerelle. Sous son lourd sac à dos, la sueur lui dégoulinait dans le dos et, quand un ferry appareillait, elle et les agents en gilet orange restaient seuls dans le port vide. L'un d'eux se dirigeait vers elle, et elle s'éloignait à toute vitesse, tête baissée. Jusqu'à ce que de nouvelles files de voitures se forment, de camping-cars et de caravanes, qu'un ferry accoste et reparte, puis le suivant sous une pluie devenue diluvienne, et que, au milieu de toute cette tôle multicolore, une rasta, pas plus âgée qu'Adina, ouvre à la volée une portière de voiture en criant : « Quelle idée à la con de faire du stop par ce temps de merde », et qu'elle se retrouve sur la banquette arrière d'une vieille Fiat, le sac à dos trempé à côté d'elle, en train de s'engager dans la coque du bateau, direction le parking C3. Il fallait qu'elle s'en souvienne. Elle devait garder « parking C3 » en tête car il ne fallait pas compter sur la rasta et son ami qui, aussi défoncés l'un que l'autre, étaient décidés à aller au cercle polaire. Le cercle polaire bougeait. Adina avait appris ça dans l'escalier envahi par les gaz d'échappement qui menait au pont supérieur. Le cercle polaire ne faisait pas plus d'un mètre par jour, mais il se déplaçait dans deux directions simultanées. Chaque année, il faisait à la fois quinze mètres vers le nord et quatre cent cinquante mètres vers le sud. Avec ces vagabondages, il y avait de quoi s'interroger sur la fiabilité de tous les systèmes de coordonnées, et le couple de rasta voulait voir ça de ses propres yeux. Pour Adina aussi, les systèmes de coordonnées étaient contestables. Il était logique qu'elle se joigne à eux. Elle était une auto-stoppeuse. Une backpackeuse. Quelqu'un qui s'était retrouvé à court d'argent en plein voyage Interrail à travers l'Europe. Shot-Rail, comme avait dit Rickie.

Après une douche contre une pièce de deux euros, des saucisses bouillies sucrées et une bière légère offerte, tandis qu'ils quittaient le parking C3 à bord de la Fiat pour débarquer du ferry, elle était restée assise sur la banquette arrière, résignée, épuisée, comme assommée. Le couple de rastas n'avait rien contre. Trois paires d'yeux voyaient plus que deux.

À Luleå, elle en avait eu assez. La fumée des joints sentait le renfermé et l'humidité, et lui donnait mal au cœur, souvent dès que la voiture démarrait. À force de passer ses nuits sur la banquette arrière, elle avait les membres tout endoloris. Le couple dormait dans une tente double car, dans le pays qu'ils étaient en train de traverser depuis plusieurs jours, on pouvait camper n'importe où, sur des places de camping, sur des rives de lac, sur des aires de stationnement, au milieu de forêts de pins. Luleå était complètement mort – c'était le verdict de la rasta. Le couple n'avait pas voulu abandonner Adina aux moustiques qui, en dépit de la crème antimoustique, vous bouchaient la vue comme le mur de Berlin pendant quarante ans, et ils avaient décidé d'aller la déposer à Oulu. D'après le GPS, Oulu était une grande ville. Le trajet avait duré trois heures et demie, des rennes broutaient au bord de la route. À la gare d'Oulu, deux trains étaient prêts à partir : l'un était à destination d'Helsinki et, de là, il y avait des vols pour rentrer chez elle. En guise d'au revoir, le rasta lui avait donné un billet de cinquante euros, de l'argent qu'elle lui rembourserait à la prochaine occasion. Il avait dit ça comme s'il y croyait et, même si c'était elle qui partait, elle s'était sentie moins abandonnée. Un dernier Coca partagé à trois à la buvette de la gare, un dernier nuage d'haleine défoncée et de nœuds de cheveux. Le train avait mis huit heures. Elle était arrivée à Helsinki dans l'obscurité.

Mais qui est cette fille qui ment, vole de l'argent et des cartes de transport, et verse de l'alcool dans son café sans être capable de rentrer chez elle, pas capable du tout. Qui n'y arriverait jamais, juste comme ça, « *Ahoj*, me revoilà », comme avant. Qui ne peut même pas s'approcher de la maison dans sa tête, la maison avec le mélèze à côté du perron et toute la neige. La neige qui crisse sous les bottes de sa mère en train de descendre les trois marches jusqu'au jardin avec la pelle à neige pour dégager le chemin, histoire que rien n'empêche sa fille de revenir, ni tas de neige, ni homme de neige. En entendant des pas, elle lève les yeux. Elle croit reconnaître la démarche, mais ce doit être une erreur. Personne ne répond à ses lettres depuis longtemps. La petite est occupée. Elle s'est faite à sa nouvelle vie, elle doit couper le cordon, elle a trouvé une amie, elle va bien, car elle s'apprête à passer son diplôme de langue allemande, bientôt, quand elle aura de quoi se le payer, d'ici quelques semaines, six mois. Sa mère se redresse, et la pelle à neige lui glisse des mains tandis que presque deux années de soucis balayent son visage comme au ralenti. Elle attire Adina contre elle et la serre fort. « Ta grand-mère serait fière de toi. »

C'est le mois de septembre. En septembre, il n'y a pas de neige à Harrachov.

Et elle n'est pas non plus partie dans le vaste monde pour finalement rentrer les mains vides, les poignets ballants, comme dégondés. Elle est partie dans un bon pays, pas dans un de ces pays de merde, comme disait la rasta, où on n'a pas le droit de rire et où il y a des hommes armés encagoulés, et elle n'est pas partie dans de mauvaises conditions. Sa mère y avait veillé, dès le début. Elle avait fait ce qu'elle pouvait. Elle l'avait emmenée en balade, alors même qu'Adina était encore trop petite pour voir au-dessus du tableau de bord. Sa mère posait un coussin sur le siège avant à côté d'elle, et elles allaient au cinéma à Liberec ou au château de Vrchlabí. Avant les fêtes, elles faisaient le tour des usines textiles. Toutes les fabriques autour des monts des Géants, des bâtiments industriels monotones au fond de vallées qui étaient pluvieuses en été et grises en hiver, pleines de neige mouillée sur laquelle venait se déposer la suie des hautes cheminées. Les vallées suivaient les méandres des cours d'eau qui jaillissaient des montagnes. Dans les contreforts d'en bas, leurs lits s'élargissaient, et les routes sinuaient le long des rivières. C'étaient des routes étroites : sur les berges, il ne restait guère de place pour la chaussée. La falaise d'un côté et la forêt dense et escarpée de l'autre plongeaient les vallées dans l'ombre, une ombre humide que les rayons du soleil ne perçaient que quelques heures par jour. Sur les routes à double sens, les voitures devaient ralentir pour prendre les virages au pas. En hiver, les camions restaient coincés sur les routes mal déblayées. Et quand les branches des pins se déchargeaient sur la chaussée, la neige voilait la vue.

Parfois, des convois russes avec des véhicules militaires d'un vert sale traversaient la vallée. Des occupants en train de rentrer chez eux ou d'aller on ne sait où. Chaque fois, sa mère mettait les gaz. Il était interdit de dépasser les convois de l'Armée rouge. Mais sa mère accélérait. À l'époque, elle n'avait pas peur des Russes. Dès qu'aucune voiture n'arrivait à contresens sur la route étroite, elle écrasait l'accélérateur, déboîtait, dépassait les véhicules militaires à toute allure et freinait avant le virage en épingle suivant, hors d'haleine, hilare, pour se rabattre juste sous le nez d'un des colosses d'acier, véhicule léger ou de reconnaissance. Les grandes roues des colosses sans fenêtres moulinaient péniblement à travers la boue. Dans la lunette arrière, on voyait chaque fois le même soldat soviétique, un visage pâle et émacié au regard triste et vide braqué droit devant, comme si la Lada jaune n'avait pas à l'instant forcé le conducteur à donner un violent coup de frein. Leur voiture devenait le point lumineux du convoi, le soleil radieux dans le gris-vert, avant que sa mère ne se lance dans une nouvelle manœuvre de dépassement.

Les usines textiles étaient situées aux coudes des rivières, là où les berges s'élargissaient, des bâtiments en brique tout en longueur avec plusieurs étages et de grandes fenêtres aveugles. Chaque fabrique était accompagnée d'une villa qui se trouvait à l'écart. Elle trônait généralement au sommet d'une colline et avait jadis appartenu à un des barons du textile. Après les avoir chassés, on avait transformé en crèches ou en maisons de retraite les villas qui s'étaient alors délabrées. Le châssis des fenêtres moisissait, les fondations pourrissaient, mais les vieux aussi étaient pourris, et les enfants n'avaient pas leur mot à dire.

L'endroit qu'elle préférait, c'était Jilemnice, dans la vallée de la Jizera. Dans la grande salle chaude et sonore, il y avait un boucan de tous les diables. Les métiers à tisser avalaient des centaines de fils et les recrachaient de l'autre côté sous forme de tissus, en couches épaisses qui étaient automatiquement enroulées en gros ballots. Sa mère s'y connaissait en machines. Elle avait suivi une formation d'ingénieur textile qu'elle avait complétée par une formation en design textile. Les tisserandes l'appréciaient. Ce n'était pas une fonctionnaire. Elle ne passait pas de tissu en tissu sans faire attention. Elle n'aurait jamais confondu une peluche avec un défaut de tissage. Elle feuilletait les ballots pour inspecter les étoffes colorées, fruit de ses rêveries sur papier concrétisées par d'habiles combinaisons de fils.

À Jilemnice, Adina avait droit à un chocolat chaud et à des petits biscuits qu'elle piochait dans une boîte. Une fois ses vérifications terminées, sa mère fixait, pour chaque nouveau tissu, le nombre de mètres que les tisserandes avaient le droit de garder. Ces coupons étaient tamponnés. Ils étaient considérés comme des rebuts, impropres à l'exportation. Les tissus produits dans les usines textiles au bord des rivières étaient presque tous exportés dans des pays qui ne faisaient pas partie du Comecon, et les coupons tamponnés étaient les seuls à ne pas disparaître pour toujours, derniers échantillons de son travail que sa mère recroiserait au gré des rues.

Les tissus les plus beaux et les plus chers étaient destinés à l'Italie où ils serviraient à confectionner des chemises, robes et pantalons, et les tisserandes en rapportaient souvent plusieurs mètres chez elles. En guise de remerciement, elles offraient à ma mère du café, qui était hors de prix, et des chocolats à la liqueur, qui se retrouvaient ensuite sur l'étagère de la maison. Une main lave l'autre, disait sa mère. « C'était comme ça sous les Soviets, et ça n'a pas changé. »

Une main lave l'autre.

Elle laisse la porte-fenêtre ouverte derrière elle. Elle traverse le salon pour aller à la salle de bains. Le savon est posé au bord du lavabo. Elle laisse l'eau couler, met le savon dessous et d'une main lave l'autre avant de les sécher avec la serviette, ce tissu éponge rugueux dont, d'après le contrat de location, elle est responsable.

La question est : quelles mains Leonides a-t-il lavées ? Pour protéger les droits humains, doit-il laver les mains de ceux qui portent atteinte à ces droits ? Alors même qu'il s'agit de l'un des droits les plus élémentaires : celui de disposer de son propre corps.

« Peu importe de quel droit il s'agit ! »

Mais il n'y a personne pour répondre à cette question.

Tant que j'attends, il faut se contenter des souvenirs. Je me remémore ce dont nous avons parlé ces derniers jours. De ce qui est habituel. De l'intimité que recèle le silence, la discrétion.

« C'est dans l'inexploré que nous devenons intimes. »

À la bibliothèque où je vais rechercher cette citation, je découvre qu'elle vient d'Ilse Aichinger. Ça ne m'est pas d'une grande aide.

Je me remémore sa manière de regarder la mer dans cette lumière. Le bleu de ses yeux qui se liquéfiait. Son sourire. Mais peut-être l'ai-je mal saisie.

À sa place, je reviendrais une dernière fois au port. J'apparaîtrais sur les rochers, au-delà des bouleaux, au fond de la crique. Je m'arrêterais pour remettre de l'ordre dans mes cheveux, et le foulard à ma main flotterait au vent.

Je m'assurerais de son existence.

Sans ça, je finirais par croire que je me suis rencontrée moi-même.

Dans les placards de la cuisine se trouvent des casseroles et des assiettes, des tasses et des couverts propres. Dans un tiroir sont rangées des épices. Entre le placard intégré et la fenêtre, il y a un espace avec les balais, deux sacs de courses sont suspendus à un crochet. Sur l'étagère au-dessus trône une boîte en carton. Elle tend le bras et arrive à l'attraper.

C'est la faim.

Quand on a faim, on ne vérifie pas que les pâtes sont encore bonnes, et d'un coup elle a tellement faim qu'elle se sent mal. Elle déchire le paquet et verse les pâtes dans l'eau bouillante, même si elle n'a rien pour les accompagner. Pas de sauce tomate ni même d'huile. Mais les pâtes contiennent des glucides. Et les glucides ne disparaissent pas une fois la date de péremption dépassée. Le corps les transforme en énergie, et elle a besoin d'énergie si elle veut faire sa déposition.

Il ne s'agit pas de dire enfin la vérité. Entre elle et le monde, il y a un immense fossé. Une terre sans vie et sans arbres. Peu importe les mots qu'elle prononcera dans une salle lambrissée de bois, devant une juge en robe noire – ses paroles ne changeront rien à ce désert. Mais bientôt, il y aura une possibilité en plus. Bientôt, ce qui s'est passé dans le manoir au bord de l'Oder sombrera dans l'obscurité. Tout ça deviendra pour toujours une zone grise qu'on boute hors de sa vie, une de ces ombres qui vous apprennent la peur dès le berceau.

Le tintement de la cuillère brise le silence. Désormais, le silence n'est plus redoutable. Elle lave l'assiette, et l'eau tambourine violemment dans l'évier. La robe à fleurs et pommes de pin est suspendue dans la chambre. Elle n'a pas l'intention de sortir de l'appartement aujourd'hui. Malgré tout, elle enfile le plus beau vêtement qu'elle a – la robe de la créatrice célèbre. Elle lisse le tissu sur son ventre et ses hanches pour en éliminer toute fébrilité et toute agitation avant de s'asseoir devant l'ordinateur portable. Elle regarde Motion Eye.

L'œil inerte lui rend son regard.

Elle ne ressent pas de gratitude. Les yeux dans les yeux avec Motion Eye, les demandes de faveurs deviennent ridicules. Elle ne demande pas de faveurs. Elle n'a pas besoin d'une association pleine de fleurs et d'espoir. Elle ne donnera pas bonne conscience aux gens riches. Elle peut se passer de leur charité et de leur pitié. Elle peut se passer de beaucoup de choses car, au fond, elle n'en veut qu'une : une personne en face d'elle qui lui rendra son regard, franc et déterminé – pas une association ni une fédération avec des membres et des employés qui, le soir, rentrent chez eux siroter un muscadet coteaux de la Loire. Elle a besoin d'une personne attentive, qui supporte d'être là et qui n'est pas broyée par la confortable résignation de la femme suisse. Les gens ont systématiquement et invariablement des explications en réserve. Des explications qui leur conviennent. Pour préserver leur tranquillité d'esprit, ils se fient à des raisonnements tordus plutôt qu'aux évidences implacables, comme la femme suisse. Mais la femme suisse ne mérite pas qu'on pense à elle.

Elle se relève pour aller chercher la bouteille dans le frigo. Elle aimerait avoir de quoi se faire un cocktail, un vrai, comme les barmen d'Harrachov, avec une rondelle d'orange ou de citron. Mais il n'y a que des glaçons laissés par quelqu'un d'autre dans le congélateur.

Elle a besoin d'une personne qui monte sur les barricades. Qui est là où la terre brûle. Comme avait dit Leonides. Quelqu'un comme Kristina.

Kristina avec sa cigarette pas encore allumée à la bouche, au pied du perron de la mairie, en train de suivre le taxi des yeux. Kristina dont elle ne connaît que le prénom.

Quand je me réveille parce que la soif m'empêche de dormir, je sors sur le balcon fermé. Je pose ma main sur les vitres obscurcies par la nuit, et je regarde les flaques en bas.

La journée, je vais à l'université. Je reprends mes recherches. Avec mon vélo de location, il me faut une demi-heure. Des racines d'arbres ont éventré l'asphalte des pistes cyclables, mais il n'y a pas encore de neige. Le Collegium for Advanced Studies est situé dans une rue escarpée du centre-ville. Il jouxte l'ancienne bibliothèque à côté de laquelle se trouve un café en libre-service.

Au café, je croise Leonides. Il a l'air fatigué et tendu. Il a des ennuis dans l'un de ses séminaires. Deux doctorants estoniens l'accusent d'avoir trahi la patrie sous prétexte qu'il n'aurait pas condamné les émeutes sanglantes provoquées par la minorité russe en avril 2007 à Tallinn avec suffisamment de virulence devant l'Union européenne. Les manifestants protestaient contre l'enlèvement du soldat de bronze dans le centre-ville de Tallinn. Le monument avait été érigé par l'Union soviétique à la fin de la guerre. Un robuste soldat soviétique, pour lequel un célèbre lutteur estonien avait posé, censé commémorer la libération de l'Estonie par l'Armée rouge. Dans la nuit du 27 au 28 avril, suite à une décision du gouvernement, le monument avait été démonté et déplacé dans un cimetière militaire isolé. Sur ce, une partie de la population russe de la ville s'était soulevée, encouragée par Poutine qui avait pris des sanctions officieuses contre l'Estonie. « Tant qu'il ne s'agira que d'effacer les zones grises de l'histoire, il y aura toujours des émeutes. » C'était la phrase du discours prononcé par Leonides devant le Parlement européen que les doctorants lui reprochaient.

Il me demande où j'étais passée pendant tout ce temps.

Il y a une tache sur sa cravate. Je l'invite à boire un *kahvi* accompagné d'une brioche roulée.

C'est agréable de ne pas penser à la femme bleue pendant quelques instants, ce qui me fait tout de même penser à elle.

De nombreuses personnes s'appellent Kristina. Des chanteuses de variété, des joueuses de tennis, et même une reine. Sur une bonne partie de la planète, Kristina compte parmi les prénoms féminins les plus populaires. Le moteur de recherche liste différentes orthographes – en polonais, en espagnol, en allemand, en anglais et en finlandais : Christina, Krystyna, Kristina ; en langue des signes et en braille – qui ne doivent être ni canoniques ni chrétiennes, et en suédois Kristina symbolise la protection. Internet sait beaucoup de choses. Mais il ne sait rien du monde tant qu'il ne connaît pas la femme en chemise blanche.

Elle fait une nouvelle tentative. Elle entre dans la barre de recherche les mots de Leonides : « Kristina qui est là où la terre brûle. » Les glaçons dans le verre tintent. Parmi les résultats qui renvoient à des sites de cabinets médicaux, des vidéos de feux de brousse australiens ou des clips de chansons de variété sur YouTube, il n'y a rien de pertinent. Un lien mentionne un recueil de poèmes allemands. Elle n'a pas parlé allemand depuis longtemps. Depuis le manoir au bord de l'Oder, tout ce qui est allemand s'accompagne d'un raclement de gorge. Le texte qui s'affiche sur l'écran est rédigé en vers. Il s'agit de poèmes d'un auteur du nom d'Erich Mühsam. Elle les lit à voix haute, c'est le seul moyen de décrypter les mots. Elle lit chaque vers comme si quelqu'un écoutait dans l'encadrement de la porte entre la cuisine et le salon.

« Les étoiles sont plus basses que jamais / et regardent la terre, brillantes d'angoisse. / Elles sont le reflet des tourments larmoyants de l'humanité. »

« Tourments larmoyants » – c'est ce qu'elle aurait dû dire à Leonides. « La terreur gronde », et au présent, pas au conditionnel, au beau milieu de l'Europe de Leo où la nature est une nature de tableaux de peintres hollandais, à notre époque, et en définitive jusqu'entre elle et lui, alors que le poème a près de cent ans. Les similitudes ne se limitent pas aux formulations. « La terreur gronde. La terre brûle. »

« Que la honte nous consume face aux étoiles au firmament ! »

Une telle admonestation réduit même un raclement de gorge au silence.

Leonides Siilmann a commencé à m'intéresser il y a deux ans, quand j'ai séjourné au Collegium for Advanced Studies grâce à une bourse. Il donnait une conférence sur la politique culturelle européenne. Ce jour-là, je n'avais pas d'obligation à l'université, j'avais seulement rendez-vous avec Tuomas pour me faire masser gratuitement, comme c'était proposé aux *fellows* du Collegium une fois par mois. Le massage terminé, une violente averse de neige mouillée s'est mise à tomber. En attendant qu'elle s'arrête, j'ai flâné dans le Collegium et emprunté une passerelle vitrée conduisant à la bibliothèque qui n'était pas assombrie par l'averse de neige mouillée. Tous les étages baignaient dans la clarté du puits de lumière ovale. De là, je me suis rendue dans le bâtiment adjacent. Une petite foule s'était formée devant une salle, des étudiants qui patientaient avant le début d'une conférence, et, n'ayant rien d'autre de prévu, je me suis laissé entraîner dans la salle. La conférence était en anglais. Je n'aurais pas de problème de compréhension, d'autant plus que je n'étais pas dans le bâtiment des médecins ou des mathématiciens, mais dans celui des sciences humaines. Ce serait peut-être l'occasion d'apprendre quelque chose.

En voyant le conférencier, j'ai été déçue. Avec sa veste en velours côtelé et sa chemise grise brillante, l'homme qui s'est avancé vers le pupitre avait l'air gauche, une dégaine typique de l'Est – on aurait dit le maire d'une petite ville dans un film postsoviétique. Son anglais était irréprochable.

Et à mesure qu'il parlait, il a perdu sa dégaine de l'Est, son corps s'est raffermi. Il en est venu à la peinture hollandaise, les peintres de l'âge d'or spécialisés dans le paysage avec leurs à-plats, la place centrale des arbres qui se dressaient devant de vastes ciels couverts de nuages et leurs teintes bleu, vert, ocre, mouvement artistique qui représentait selon lui la quintessence de la culture européenne, et il m'a fait une meilleure impression. Il est devenu intéressant quand une étudiante lui a demandé ce qui, selon lui, avait forgé la conscience européenne et qu'il a répondu : « Les paysages de Van Goyen et de Vermeer, le chant des rouges-gorges, Mozart, le sauna finlandais, *L'Archipel du Goulag* de Soljenitsyne et les camps de concentration. »

« Les Roumains qui triment dans les fermes à fourrure finlandaises ? s'est écrié au fond de la salle quelqu'un que je ne voyais pas. Les jeunes Européennes de l'Est qui sucent les Allemands à la chaîne ? *Fuck* l'Europe ! C'est juste un prétexte pour que les uns exploitent les autres quand ils en ont besoin. »

Dans les rangs devant moi, une poignée de personnes plus âgées se sont levées pour quitter la salle.

« C'est bien ce que je dis, a répondu tranquillement Leonides Siilmann. Deux réalités coexistent au sein de l'Europe, qui reposent sur des régimes mémoriels antagonistes. Il est plus que temps de nous pencher sur cette question. »

J'ai mis un moment à comprendre que Leonides venait d'Estonie. Au début, il ne parlait que de Bruxelles et de semaines plénières à Strasbourg, de réunions de groupes parlementaires, de trilogues, de séances de la commission du développement et de la sous-commission pour les droits humains, autant de termes qui, pour moi, ne correspondaient pas à grand-chose. Il a remarqué mon trouble, et il s'est excusé, ou plutôt : il a excusé mon ignorance en précisant que Leonides n'était pas un nom typiquement estonien. J'ai éclaté de rire : je n'aurais pas reconnu non plus un nom typiquement estonien. Même Tartu ne me disait rien, alors qu'il s'agissait d'une ville universitaire importante dans le Sud-Est de l'Estonie où sa femme enseignait dans un établissement scolaire. Il la voyait plus souvent depuis qu'il passait moins de temps à Bruxelles. Il était à Helsinki trois jours par semaine, son logement était payé par l'université. Il me l'aurait volontiers montré, mais il m'a fait comprendre qu'il n'y vivait pas seul. Pour ne pas la mettre elle dans l'embarras, il évitait de le crier sur tous les toits. L'une de ses oreilles était en feu.

Depuis, je me suis donné pour objectif de mieux le connaître. Les histoires complexes m'intéressent.

Je lui pose des questions sur sa femme. Il verse du sucre dans le *kahvi*, tout un sachet. Je lui demande comment elle va. Il opine du chef en souriant. Elle a une classe avec des élèves filles très douées en informatique. Puis il me regarde, comme s'il se préparait à être interrogé sur l'autre femme, celle d'Helsinki.

À la place, je lui demande s'il va faire quelque chose à propos des reproches des doctorants.

Soulagé que l'autre question lui soit épargnée, il secoue la tête. Puis il prend une gorgée de café. En ces temps mouvementés, dit-il, les voix de droite s'élèvent de plus en plus souvent. L'Estonie aux Estoniens et ainsi de suite. C'était un symbole du défi immense que représentait, pour un pays balte, le fait d'être indépendant tout en maintenant un ordre social et moral qui garantisse à chaque individu une existence fière et digne. Ce qui en 1990 semblait élémentaire se révélait aujourd'hui une tâche des plus ardues.
Je lui demande ce qu'il entend par là.

Une jeune démocratie, dit-il, doit apprendre à respecter aussi les minorités et leurs points de vue, même si la relation avec la Russie n'est pas simple. « Après tout, ce sont ces gens qui, avant 1990, nous tiraient des balles en plein visage, à nous les Baltes, et ce pendant que les Européens de l'Ouest fermaient les yeux. »

Mes questions le flattent. Il ne serait pas étonné d'apprendre que je m'inspire de lui pour imaginer un personnage de roman. Il trouverait ça logique. Leonides est un homme qui se consacre corps et âme à sa cause, qui se considère comme sa voix, son incarnation.

Les écrivains sacrifient toujours quelqu'un – ce sont les mots de Joan Didion.

La femme bleue est particulièrement sensible à ces choses-là.

Elle lit les vers du poète étranger à voix haute, et la terre prend feu. Kristina se tient à la lueur des flammes, en chemise noire, les bras croisés devant la poitrine, comme sous le tableau à l'huile de la mairie pendant que le paysan jetait une botte de foin sur elle.

Sur internet, Kristina s'écrit avec deux i.

La femme qui, il y a quelques jours, taquinait Leonides est une autre femme sur internet. Kristiina avec deux i est titulaire d'une thèse en sciences sociales et engagée en faveur des droits humains, députée au parlement finlandais depuis 2006. Chose que Leonides n'a pas mentionnée.

Her research involves studies of work restrictions, cultural norms and perceptions and the impact of racism on the workplace and homes of people. She is a member of the Committee for the Future and the Employment and Equality Committee.

Depuis l'ordinateur, elle regarde au loin, tournée vers le futur. Insouciante mais pas désinvolte, sans sourire forcé censé donner de l'espoir et du courage, ce sourire d'une inconscience abyssale qui le rend absolument épuisant. Kristiina est décontractée. Sa posture est décontractée, toute sa personne l'est. Ses cheveux sont blonds. Elle respire une décontraction qu'elle ne peut pas tenir de là d'où elle vient – un village près de Tampere. Ce genre de décontraction ne s'apprend pas dans les villages.

Si je ne vous écris pas, je vais mourir.

Kristiina a l'allure d'une femme capable de conquérir tous les droits, y compris le droit de disposer de son propre corps

– droit pour lequel il est peu probable qu'elle ait jamais à se battre à titre personnel.

L'image devient floue. L'écran se met à papilloter. La dernière goutte qu'elle lèche sur le bord du verre est amère et, d'un coup, tout se met à tourner, le salon, la table et l'horloge ont la tête à l'envers. Des deux mains, elle se cramponne à la table. L'amertume, le vertige et la colère sont de vieilles connaissances. Mais les voilà qui se retournent contre elle sans la moindre pitié. Car la femme à la lueur des flammes lui rappelle une vérité. Et cette vérité est la suivante : les circonstances auraient moins joué contre vous si vous aviez eu plus de prestance, plus de confiance en vous, plus de décontraction. Personne n'oserait jamais contester à une femme comme Kristiina le moindre droit.

L'écran brille.

« Ne te laisse pas distraire, Sala. Concentre-toi. »

À la lueur des flammes, le mot « Contact » surgit. Elle l'attrape avec la souris et clique dessus. Un organigramme s'ouvre, une page pleine de petites cases où Kristiina se trouve relativement bas. Tout en haut, la présidente finlandaise, une femme solide à l'air enjoué, aux cheveux coupés court, avec des petites lunettes et un visage rond, qui se révèle être la fille d'une infirmière et d'un ouvrier du bâtiment. Mais si la présidente vient d'une famille modeste, alors la fille d'une gardienne de nuit, échouée dans ce pays inconnu, n'a pas à se sentir mal. Elle est autorisée à demander de l'aide, même si elle manque de prestance, de confiance en elle et de décontraction.

Avant d'envoyer le mail, elle ajoute sa signature en bas.

Le dernier des Mohicans

La femme bleue est derrière moi. Elle me fait faire volte-face. Elle rit.

Elle était là depuis le début.

Je n'aurais eu qu'à me retourner, à jeter un coup d'œil derrière moi, un regard par-dessus mon épaule.

Sous ses bottes, l'herbe gelée fond.

Je lui dis que je suis à la merci de sa présence. Que nos rencontres modifient mes intentions. Qu'elles me font douter de mon projet initial.

Je lui dis que je n'arrive plus à me fier aux concepts abstraits. Que la Finlande comme charnière entre Est et Ouest, pour reprendre les mots d'un professeur estonien qui enseigne les sciences politiques à l'université, n'est plus un terrain d'observation pertinent.

Je lui dis qu'il s'agit d'elle. Que, sans elle, je n'ai plus de raison d'écrire. Que le livre perd son importance.

Mais je ne me laisse pas duper.

Elle estime que c'est excessif dans les deux cas.

L'ombre du sorbier des oiseleurs derrière la fenêtre de la chambre est noire. Ses mains sur les draps gris sont sombres, ses jambes plus fragiles que de jour, de la matière luisante, les genoux plus que des os. Elle serre ses mollets entre ses doigts et se penche en avant jusqu'à ce que sa tête soit posée sur ses jambes pliées.

Des éclairs zèbrent le ciel, une lumière blanche intermittente, pas de tonnerre, juste ces éclairs de chaleur dont elle ne sait pas quand ils ont commencé. Comme si l'univers vidait sa batterie, de gigantesques décharges électriques illuminent la chambre. Elles court-circuitent son corps qui est pris de spasmes et ajoute à son pouls un deuxième battement plus rapide, une palpitation synchronisée avec le ciel clignotant. Et le voilà. Dans la lumière qui erre sur les murs, elle l'attrape, le Mohican avec un visage et des mains, avec des muscles et des genoux et un pouls à lui, avec un corps qui est celui d'Adina et qui fait du bien quand elle caresse ses jambes du bout des doigts et, entre les jambes, le sexe lourd et ferme, les lèvres bombées, une douce résistance. Le Mohican est là. Il est de retour. Il n'a pas disparu dans les murs.

Elle se calme. Une pesanteur nouvelle gagne ses membres, ses bras et ses jambes se sont regondés depuis que ce ne sont plus que ses bras et ses jambes à elle. Et d'un coup, elle a envie de dormir. Elle trouve le sommeil, elle s'endort, et l'orage se dissipe. Seul le bruissement du sorbier des oiseleurs s'immisce jusque dans les rêves.

À l'aube, elle se lève pour aller chercher un verre d'eau, fébrile, alarmée par les ombres, les taches sombres dans le couloir, et ces taches deviennent des inquiétudes qui tournent autour d'une question : et si Kristiina ne répondait pas ? si, dans sa vie riche et compliquée, il n'y avait pas de place pour une personne qui n'a rien à apporter sur le sujet des répercussions du racisme sur le lieu de travail ? et si Kristiina ne la croyait pas ou, pire – murmures de la honte indélébile –, si Leonides apprenait l'existence de son mail ? et si le racleur de gorge n'avait toujours pas quitté Helsinki ?

Quand le jour se lève, seule la date sur l'ordinateur a changé. Le 18 septembre suit invariablement le 17. La boîte mail est vide. La réponse de Kristiina se fait attendre, même au bout de plusieurs heures pendant lesquelles le Mohican reste patiemment immobile devant l'ordinateur ouvert et le soleil du matin éclaire son visage, ses seins et ses bras, et bientôt son ventre et ses jambes.

Pour la première fois depuis plus d'un an, elle pense à Rickie. Elle est plantée dans un appartement qui n'est pas le sien et, soudain, la voilà dans la boutique de Rickie.

Les platanes tamisent la lumière. Dans cette lumière, les yeux de Rickie sont presque verts. Ils la regardent comme seule Rickie regarde les gens. Kyrill est là aussi. Elle est assise sur le strapontin de cinéma contre le mur. Kyrill qui est si difficile à comprendre et qui a tant à dire. Rickie lui tourne le dos. Elle va à la cuisine se servir un nouveau verre de vin ou s'asperger le visage pour se rafraîchir après une dispute, et Kyrill dit : « Elle a pour l'Est une faiblesse typique de la gauche libérale, et cette faiblesse est un puits sans fond. D'où son penchant pour toi. Tu devrais être lucide là-dessus, Adina : elle ne fait pas ça par amour. Ou, en tout cas, pas seulement. »

Rickie qui voit plus de choses que tous les autres. Qui l'a fait sortir de sa cachette. Elle, le dernier des Mohicans.

Pas par amour – ou, en tout cas, pas seulement.

En avril, lors de cette nuit pluvieuse, elle aurait pu partir de l'autre côté. Rien ne l'obligeait à aller vers le nord. Au panneau jaune avec l'inscription « Pasewalk 45 km », elle aurait pu faire demi-tour. Sur les routes mouillées par la pluie à trois heures du matin, rien ne l'empêchait de prendre la direction de Berlin, de Rickie, pour aller toquer aux fenêtres fermées de sa boutique avec des mains ballantes, comme dégondées.

Rickie l'aurait crue. C'est imaginable, car elle a bien le droit d'imaginer les choses ainsi.

La femme bleue m'attrape le bras. Elle me fait pivoter par le coude, comme pour vérifier qu'il y a toujours chez moi quelque chose qui lui plaît.

Elle dit qu'on ne perd pas ses convictions comme ça. Que les terrains d'observation ne perdent pas leur pertinence du jour au lendemain.

La pluie verglaçante a moucheté le toit des hangars à bateaux. La cale du quai a gelé. Il y a de l'eau dans les sculptures des pneus d'une remorque à bateau.

C'est à ce moment-là que l'envie me quitte. La femme bleue m'a trop fait attendre. Au fond de moi, j'ai sans doute renoncé à elle depuis longtemps. À force d'attendre, j'ai insensiblement perdu l'intérêt que j'avais pour elle.

Je m'en vais. Je tourne les talons, et je la laisse plantée là. Je laisse la femme bleue près des bouleaux. Sachant bien que c'est la dernière fois que je viens ici, je me dirige tout droit vers le souterrain.

*

« Attends ! »

La femme bleue me rattrape. Elle court sur les rochers, sur la mousse couverte de glace. Le foulard autour de son cou vole au vent. Elle a troqué son manteau en daim contre une doudoune. Aux pieds, elle a des chaussures qui résistent aux intempéries.

Elle m'appelle.

Le vent secoue les bâches. De l'eau jaillit des flaques de verglas. Le souffle court, la femme bleue s'arrête devant moi.

Elle aimerait bien m'accompagner de l'autre côté du souterrain. Si je le veux, dit la femme bleue, elle vient avec moi.

Elle ne me fera pas avaler une chose pareille. Je ne la crois pas. Jamais elle n'irait de l'autre côté du souterrain.

Elle me demande si ce n'est pas ce dont je rêve depuis des jours.

Elle a raison. J'en rêve depuis que nous nous sommes rencontrées. Mais après tout ce temps : pourquoi maintenant, pourquoi aujourd'hui plutôt qu'un autre jour ?
Elle dit que certaines choses doivent se faire quand l'occasion se présente.

Une occasion ne se présente pas sans raison, dis-je.

La femme bleue approuve. Mais elle ne souhaite pas révéler ses raisons n'importe quand.

*

En dessous de nous, la mousse crisse.

Soudain, « Sala » me traverse l'esprit. Et je dois avoir prononcé le nom à voix haute, tellement à brûle-pourpoint que nous en sommes toutes les deux surprises. La femme bleue recule d'un pas. Je répète : « Sala », tout en cherchant une explication qui nous contenterait toutes les deux et qui ferait que je n'aie plus peur, peur qu'elle disparaisse de nouveau sans un mot. Ce nom, dis-je, me vient dès que je pense à elle.

Sala.

Ses yeux sont rivés sur les hangars aux toits recouverts de papier goudronné brillant de pluie.

Le nom lui plaît.

Il pourrait venir de l'espagnol, de l'italien ou du letton – de nombreuses langues. Preuve qu'il est utilisé aux quatre coins du monde. Le prénom d'une personne n'est pas forcément révélateur de ses origines, et encore moins de l'endroit où elle est.

Elle trouve que c'est un bon nom. Elle peut imaginer s'appeler Sala.

Je lui dis que j'en suis ravie.

*

La femme bleue sort un sachet de fruits rouges. Ce qui m'aide à dissimuler mon soulagement.

Je lui demande si ce sont des baies du sorbier des oiseleurs.

Non, dit la femme bleue, les sorbes ont été mangées par les oiseaux. Derrière les voies rapides, dans le reste de la ville gris brouillard et baignée d'eau, ils éliminent les graines qui passent l'hiver dans leurs coques sur la terre dure. Elles ne s'ouvrent que quand les conditions s'y prêtent.

Les fruits dans le sachet sont des cerises.

À cette période de l'année, et sous de telles latitudes, il est impossible de trouver des cerises.

Elle plonge la main dans le sachet et m'en donne une poignée pour me prouver qu'elles sont mangeables. Des noyaux et des queues tombent sur le chemin.

*

Elle aimerait bien être de retour avant la tombée de la nuit, dit la femme bleue. À l'entrée du tunnel, elle s'immobilise. Elle me dévisage. Une partie de son corps est éclairée tandis que l'autre est déjà happée par l'obscurité du tunnel.

La femme bleue aimerait savoir pourquoi je pleurais.

Je n'ai pas pleuré.

« Tu avais les larmes aux yeux, à l'instant, quand je t'ai appelée. »

Je nie. Je proteste. Je dis que j'avais seulement les yeux qui coulaient. Que c'est le froid qui m'a fait pleurer.

La femme bleue ne veut pas entendre ce genre d'excuses. Son regard me retient. Si je ne m'explique pas, dit-elle, elle n'entrera pas dans le tunnel.

Alors, je lui raconte mon cauchemar de la nuit passée. La pluie verglaçante tambourinait contre la fenêtre. Je me suis réveillée comme si on m'avait rouée de coups. Toutes mes dents étaient tombées de ma bouche.

La femme bleue m'encourage d'un signe de tête.

Je n'omets aucun détail. Tandis que nous pénétrons dans le tunnel, je remonte jusqu'à l'enfance. Je lui parle des années 1970, de l'impuissance des enfants et d'une pédagogie qui datait de la guerre. On conseillait aux mères de laisser pleurer leurs nourrissons. Elles ne venaient pas les consoler dans leurs berceaux, elles ne réagissaient pas aux pleurs. Pour qu'un enfant change de comportement, on le laissait seul. Toute une génération d'enfants impuissants. Les mères ne répondaient pas quand les enfants appelaient. J'explique à la femme bleue que c'est exactement pareil pour moi. Que personne ne répond à mes appels. Je lui cours après comme si je cherchais des cas désespérés pour confirmer mon impuissance. Elle se dérobe. Elle m'évite, elle reste invisible pendant des jours. Elle m'a manqué, et j'en ai souffert.

La femme bleue n'a rien à redire à ça. Elle prend mes mains dans les siennes.

Les cas désespérés ont de la chance, dit-elle à voix basse. Toute une génération qui s'occupe désormais d'eux.

*

Nous sommes en train de traverser la rue par en dessous.

Le chemin descend en pente raide jusqu'au milieu du tunnel puis se met à remonter.

Où allons-nous ? Nul ne le sait. C'est comme si la femme bleue ne survenait que dans ce port, derrière le souterrain. Comme si elle n'existait pas ailleurs.

La faire venir dans mon appartement est hors de question. Dans la salle de bains, des sous-vêtements sont encore en train de sécher sur le radiateur. La table basse est couverte de livres, dont un de Leonides tout en haut. Le placard avec l'égouttoir est ouvert. Ces placards ont beau ne pas avoir de fond et s'aérer par le bas, l'idée de fermer les portes me répugne. Enfermer de la vaisselle mouillée dans un placard me paraît absurde, même si, dans les maisons finlandaises, il est courant de faire sécher les assiettes et les tasses à l'endroit où on les range. Ou alors, c'est une invention d'Europe de l'Est. Depuis que je n'ai plus confiance en Leonides, je ne sais plus ce qui est vrai des deux.

La femme bleue n'a pas envie d'aller dans mon appartement. Elle propose la bibliothèque du centre commercial. Elle ne sait pas si la bibliothèque existe encore. Elle n'est pas allée de l'autre côté des voies rapides depuis longtemps.

Je lui demande si l'endroit où on atterrit est le fruit du hasard.

Rares sont ceux à pouvoir se permettre autre chose, dit la femme bleue.

Alors l'argent abolirait le hasard ? L'argent ou la bonne fortune ?

La femme bleue me rappelle que la bonne fortune est un autre nom pour le hasard. Elle me dit que ces deux termes servent l'un comme l'autre à décrire le déroulement d'une existence.

Sa voix se répercute contre les plaques de tôle ondulée fixées aux rochers à l'aide de vis en acier.

Elle dit que cela ne dispense pas de réfléchir à sa propre destinée. Sans hasard, il n'y a pas de choix. Mais le fait de choisir et de prévoir donne l'impression que les choses ont un sens. Ainsi, la décision de traverser une rue par en dessous apparaît comme la conséquence logique d'événements antérieurs.

À ce moment-là, nous sommes déjà à la sortie du souterrain, au seuil qui mène à la lumière du jour.

*

La lumière est plus forte qu'au port, au fond de la crique.

La femme bleue dirait que c'est mon imagination.

Je lui dis que, depuis qu'elle m'a suggéré de le faire il y a quelques jours, j'ai commencé à écrire sur la lumière.

Elle espère que je comprends la lumière mieux que je n'interprète les rêves. Elle n'accorde aucun crédit à mes conjectures.

Son ton factuel me met un coup.

Elle me demande si j'ai vraiment envie de conférer à une pédagogie dépassée un tel pouvoir sur mes émotions que mes dents en tombent de ma bouche la nuit. Ou de conférer à la guerre un tel pouvoir sur les mères. Si ça me rend plus riche. Elle dit que ça nous rend plus pauvres, elle et moi.

Je réplique que la violence se transmet de génération en génération. Que la science en a la preuve.

Mais le plus important, dit la femme bleue avec un sourire qui me touche en plein cœur, c'est de savoir si le vague à l'âme est lui aussi transmissible.

Un petit chemin mène du tunnel aux immeubles en béton. Les routes portent le nom de grades militaires. Majurinkatu. Komentajankatu. La rue du Major est empruntée par des bus. Seules quelques centaines de mètres séparent les arrêts les uns des autres, pour que ce ne soit pas trop pénible de marcher jusqu'au bus quand il fait mauvais.

Le regard de la femme bleue est braqué droit devant, sur les gens qui rentrent chez eux après le travail, avec leurs sacs à dos, leurs sacs de courses et les photos de leurs maris et de leurs femmes, de leurs enfants et de leurs animaux de compagnie dans leur portefeuille – photos qu'il leur arrive de sortir dans le bus pour se délester de leurs soucis auprès d'inconnus, le temps que leur arrêt soit annoncé.

J'essaye de suivre le rythme.

*

Au croisement de la rue du Commandant et de la rue du Major, un homme à VTT évite de justesse la femme bleue. Elle ne lui prête aucune attention. Pour moi, le cycliste est la preuve qu'elle marche à côté de moi. Même entre les immeubles en béton, elle a l'air insaisissable.

Je lui parle du quartier où j'ai grandi et qui ressemble à celui-ci. On y trouve aussi des immeubles modernes à cinq étages disposés en quadrilatères. Sauf que, à l'époque, les sous-sols des immeubles étaient sécurisés par des portes blindées censées transformer les celliers remplis de conserves en abris antiaériens. J'essaye de transposer le terme « abri antiaérien » en anglais. En allemand, le mot « *Luftschutzbunker* » a le même sens littéral qu'en français, et on a l'impression qu'il s'agit seulement de se protéger contre l'air. Alors que la bombe risquait à tout moment de tomber du ciel pour s'écraser sur les étendoirs à linge. Mon enfance avait été placée sous le signe de la bombe atomique. Le soir, avant de m'endormir, j'avais peur qu'elle ne s'abatte en pleine nuit entre les barres d'immeubles, sur le préau avec les étendoirs. Au petit matin, je me réveillais en ayant mal au ventre. Un jour, les crampes avaient été si fortes que mes parents m'avaient emmenée aux urgences où les médecins n'avaient rien trouvé. Les maux de ventre avaient beau n'avoir aucune cause médicale, ils avaient une raison : j'aurais risqué ma vie pour protéger nos étendoirs. Je dis à la femme bleue que le nom des rues m'évoque l'apologie de la guerre typique de la RDA.

Elle me fait remarquer que je parle de la guerre depuis que j'ai raconté mon rêve, comme si la guerre était un événement incontournable. Elle dit qu'en Finlande la Seconde Guerre mondiale n'a pas eu lieu.

La femme bleue parle avec le même calme qu'au port.

Elle dit qu'il n'y a pas eu non plus de Grande Guerre patriotique comme en URSS. Entre 1939 et 1945, il y a eu trois guerres – la guerre d'Hiver contre les Soviets, la guerre de Continuation avec les Allemands contre les Soviets et la guerre de Laponie pour chasser la Wehrmacht allemande. Au lieu de parler de l'intransigeance des mères, on parle de la résistance et de l'ingéniosité du Nain. Le nom des rues reflète la capacité d'un petit pays à tenir tête, contre toute probabilité, à deux puissants ennemis.

Je lui dis que toutes les paix qui nous forcent à partir chaque jour au combat sont une invention des soldats, des majors et des commandants – un état de guerre permanent. Chez nous, à la réunification, ce genre de rues avaient été rebaptisées.

Elle dit qu'on peut rebaptiser les rues. Mais est-ce qu'on peut rebaptiser les gens ? Elle aimerait bien savoir si ça marche avec eux.

Je lui réponds que je n'en sais rien. Mais que les mots que nous avons en tête sont le monde dans lequel nous évoluons.

Elle approuve.

C'est peut-être par égard pour moi. Elle est prévenue. Elle n'a plus envie de voir des larmes.

*

Au pied de l'immeuble, la femme bleue se recoiffe.

Je lui dis que si elle veut, elle peut sans problème attendre en bas. Je dois aller chercher mon portefeuille à l'appartement, je ne prends jamais rien quand je vais au port.

Nous nous faisons face, à l'entrée du deuxième bâtiment de la Kirjurinkuja, qui veut dire rue du Scribe. Sur la plinthe de l'escalier, un nettoyeur à chaussures à trois brosses est vissé.

La femme bleue propose de monter avec moi.

Je m'en serais bien passée.

Dans l'encadrement de la porte d'entrée, nous nous rentrons presque dedans. Je résiste à l'envie de battre en retraite face à cette soudaine intimité.

Elle passe devant.

Au troisième étage, elle s'arrête. Elle fait un pas vers la porte de mon logement provisoire. Sous les trois sonnettes, y compris la mienne, il y a des noms finlandais sur les étiquettes.

La femme bleue dit qu'elle reconnaît ce paillasson.

Une inscription imbibe les fibres de coco du paillasson : *Tervetuloa komeat miehet.* La femme bleue se met à rire. Elle n'arrive pas à croire qu'il soit encore ici. À l'époque, elle l'avait retourné à l'envers.

Elle baisse la tête comme pour tendre l'oreille. Aucun bruit ne provient de l'intérieur de l'appartement.

*

L'entrée est baignée de lumière. En retirant nos chaussures, nous nous cognons l'une contre l'autre. Dans cet espace réduit, dans la chaleur des corps, il n'est guère possible de s'éviter. Elle retire son manteau, et un bracelet scintille à son bras, une large bande d'argent martelé. Je pensais qu'elle ne portait pas de bijoux.

Elle sourit. Et me demande ce que je pense d'autre.

Je trouve étrange qu'elle connaisse le paillasson. Qu'elle ait deviné derrière quelle porte j'habitais. Je n'en dis rien.

Elle entre dans la cuisine en chaussettes. Mes chaussettes sont grises, les siennes noires. Le placard avec l'égouttoir est grand ouvert.

Devant les cartes postales, elle s'arrête. Elle les reconnaît aussi.

Je lui dis que je viens seulement de les trouver. Que je les ai accrochées parce que je l'imaginais bien, elle, dans ces lieux – Paris, New York. Que ça m'a aidée pendant son absence.

La femme bleue dit que ce genre d'images favorisent un vague à l'âme chronique.

Je réplique que ce n'est pas l'envie de voyager qui m'a fait accrocher les cartes, ni le regret de ne pas être à New York ou Paris.

Son regard est indéchiffrable. Par contraste avec elle, la cuisine est très lumineuse. La clarté est incompatible avec son pull sombre, avec les ombres au coin de ses yeux. Je lui demande si les bâtons de marche dans l'entrée ne seraient pas aussi les siens. Si elle connaît les araignées sur l'étagère du balcon et tous les noms des étiquettes en dessous des sonnettes. Et les sous-vêtements dans la salle de bains ? Les culottes et les soutiens-gorge, est-ce qu'ils sont aussi à elle, comme les cartes postales et le paillasson ?

La femme bleue me demande un verre d'eau. Nous sommes toutes proches l'une de l'autre, dans une cuisine qui n'est pas plus grande qu'un boyau.

Sans animosité, la femme bleue me dit que c'est à cause de la mer qu'elle est restée. Que, dès qu'elle s'en éloigne, la soif revient.

Est-elle froissée par mon accès de colère ? C'est impossible à dire.

Elle vide son verre.

Je lui demande d'où vient ce problème de soif. Depuis combien de temps elle en souffre. Si elle a déjà consulté un médecin à ce sujet. Je lui dis que la soif peut être un symptôme de diabète ou d'autres maladies.

Sur son visage apparaît une expression d'indulgence. Il m'est pénible de la voir dans cet appartement.

Au lieu de me dire d'où vient la soif, elle me dit d'où vient l'eau potable qu'un tunnel en granit de cent vingt kilomètres de long apporte à Helsinki. Les soixante-dix millions de mètres cubes d'eau qui alimentent la capitale chaque année sont pompés dans le lac Päijänne. Au cours des vingt dernières années, la consommation a augmenté de quarante pour cent. L'eau de ce lac est si douce que la femme bleue n'a jamais eu à détartrer un appareil de cuisine, et si propre qu'on la soupçonne de favoriser les allergies.

La femme bleue parle comme une employée municipale de la gestion des eaux.

Sur certains sujets, me répond-elle en souriant, il convient de se renseigner précisément.

*

J'ai honte de mon accès de colère. En silence, nous savourons l'eau d'Helsinki. J'ai envie de lui demander si elle a habité ici, quand et pendant combien de temps. J'aimerais bien savoir ce que signifie l'inscription sur le paillasson. Mais j'ai l'impression d'avoir laissé passer le moment pour le faire.

Je pense à Kurt Tucholsky. Nous parlons de lui. Elle aime cet auteur à la plume acerbe pour lequel l'eau n'avait pas le même goût à l'étranger – une observation qui parle à la femme bleue. Elle regrette juste que Tucholsky n'ait pas fait cette expérience parce qu'il voyageait, mais parce qu'il était apatride. Nous sommes d'accord là-dessus.

Soudain, la cuisine est métamorphosée. Comme si les objets étaient la preuve de mon absence – les verres, l'évier, l'égouttoir dans le placard. Depuis que la femme bleue s'en est peut-être servi, ils recèlent une époque où je n'existe pas. La cafetière qu'elle n'a jamais eu à détartrer, le lit et la baignoire où elle s'est couchée. Désormais, l'idée de m'en resservir me fait l'effet d'une transgression, d'une intimité impossible. En effleurant la vie qu'elle menait sans moi, j'enfreins les limites de la femme bleue.

Boire de l'eau m'apaise.

Sous-louer un logement implique que les meubles, la vaisselle et la lunette des toilettes aient déjà été utilisés. La plupart des appartements ont été habités avant nous. Ça ne m'a jamais dérangée. Je n'y ai vraiment pensé qu'une seule fois, au milieu des années 1990, à l'époque où j'habitais une petite chambre dans une résidence étudiante. C'était à Potsdam-Golm, sur un campus au milieu des champs avec une petite gare qui reliait le village à la capitale du Brandebourg. Un gardien dans une loge actionnait la barrière à l'entrée du site. Les bâtiments avaient été construits dans les années cinquante et soixante, et ils n'avaient pas encore été rénovés. L'aménagement datait lui des années soixante-dix, jusqu'au carrelage dans les douches communes. Ma chambre était spartiatement meublée. S'y trouvaient une table en presspahn et un canapé rouge élimé. Au temps de la RDA, des hommes formés à la guerre psychologique par l'école de la Stasi avaient dormi sur le matelas à ressorts. Quand le matelas se réchauffait sous mon corps, des émanations invisibles s'élevaient – la transpiration nocturne, les cauchemars de ces officiers. À l'époque, j'étais tombée malade. Je m'étais mise à avoir une forte fièvre qui m'avait clouée au lit pendant des semaines, avant que je comprenne : j'aurais dû déménager depuis longtemps. La peau est un organe perméable.

La femme bleue me regarde. Elle n'arrive pas à me déchiffrer. C'est la première fois que ça lui arrive avec moi. Après nos rencontres au port, après toutes nos discussions, mon silence me rend énigmatique à ses yeux. Alors que c'est tout simple. L'idée de dormir dans le lit où elle a dormi avant moi me coupe le souffle.

Ce qui ne veut pas dire que je la croie.

Elle ne me fera pas avaler qu'elle a vécu ici précisément, bâtiment D, troisième étage, au numéro 4 de la rue du Scribe.

La femme bleue dirait que je suis libre de douter. La vérité n'a pas plus de garantie qu'il n'y a de mot pour décrire une soif violente et irrépressible. Ce sentiment n'a pas de nom. La fringale n'a pas d'équivalent.

Le soleil éclaire son visage de côté et fait briller ses cils clairs.

Elle m'entraîne vers la fenêtre. Accoudée sur le rebord, elle me demande si j'aime les champignons. Elle dit qu'il y en a beaucoup au sud, derrière la crique. Elle va souvent à la cueillette depuis qu'elle habite là-bas. Mais parfois, elle est tourmentée par le souvenir du nuage toxique. Elle estime possible qu'il y ait encore de la radioactivité dans les nappes phréatiques.

Je lui dis que je ne savais pas qu'il y avait une zone résidentielle derrière le port, que je pensais qu'il n'y avait que la forêt, des roselières et des saules centenaires. Mais que, parfois, au loin, on voit une lumière étinceler dans les airs.

Elle opine du chef. Elle dit que ce sont les télescopes des passionnés d'oiseaux. Dans des affûts surélevés au milieu des roseaux, ils guettent les espèces rares.

Je lui demande si c'est pour ça qu'elle est partie de la rue du Scribe. Pour les champignons. Ou pour les oiseaux dans les roseaux.

La femme bleue dit qu'elle n'est pas partie.

Elle évite mon regard.

Elle n'a pas habité ici ?

Elle me demande d'où je sors ça.

Dans cette barre d'immeuble, bâtiment D, troisième étage ?

Elle dit qu'elle vit dans une maison en bois au sud du port.

Depuis toujours ?

Elle hoche la tête.

Je lui demande comment il se fait qu'elle connaisse aussi bien cet appartement.

La femme bleue s'excuse et va à la salle de bains.

*

Son silence me déstabilise. Il me ramène brutalement à mon enfance. La femme bleue remue des strates qui semblaient disparues. Comme si ma vie tenait à un unique fil rouge, je m'y cramponne en prenant le chemin de mes origines à rebours. Je rêve à nouveau de moi enfant.

Alors que je ne me suis plus intéressée à la RDA depuis que j'ai publié un roman sur le détournement vers Berlin-Ouest d'un avion Tupolev polonais parti de Gdańsk. À l'époque, j'avais trente ans, et j'avais vécu aussi longtemps en RFA qu'en RDA. Le discours allemand m'ennuyait. Être étiquetée « autrice d'Allemagne de l'Est » était fastidieux. C'était à croire qu'il n'y en avait qu'une à la fois, car dès qu'une nouvelle arrivait, celle d'avant était oubliée. Personne ne se fatiguait à faire la distinction entre une fille d'officier, une fille d'artiste d'État ou une fille d'instituteur comme moi. Quand il était question de nos livres dans les pages culture, nous avions toutes la même origine simpliste et indifférenciée. Les pages culture étaient accaparées par l'Allemagne de l'Ouest. Les journaux nationaux appartenaient à l'Allemagne de l'Ouest. Toute la culture était aux mains de l'Allemagne de l'Ouest. Même les maisons d'édition avaient leur siège en Allemagne de l'Ouest. Une seule autrice d'Allemagne de l'Est avait droit à la parole dans l'Allemagne postréunification, et la presse nationale avait ruiné sa réputation. On l'avait réduite au silence en l'accusant d'être une ancienne agente de la Stasi. Le pire étant que ce déséquilibre entre Est et Ouest confortait ceux qui voulaient voir dans le discours façonné par l'Allemagne de l'Ouest une doctrine leur interdisant de s'exprimer dans le pays de la liberté d'expression.

Au bout d'un certain temps, j'étais moi-même devenue une Allemande de l'Ouest, comme si la socialisation était une sorte de brouillard qui pénétrerait notre corps exposé. C'était dans le bouillonnement de Paris, de New York et d'Helsinki, dans l'air salé du Pacifique et dans les étendues glacées de Laponie que ce brouillard s'était dissipé.

Je n'ai pas eu la chance d'aller dans tous ces endroits pour reprendre maintenant le plus fastidieux de tous les fils.

Si je suis ici, c'est à cause des histoires que je n'ai pas vues jusque-là. Peut-être n'ai-je pas vu non plus la situation exceptionnelle qui est la mienne, comparable, selon Leonides, à celle de la Finlande. Dans le contexte européen, la Finlande est une interface entre Est et Ouest, même s'il m'est arrivé de réfuter cette affirmation.

Une chercheuse en sciences politiques du Collegium m'avait ouvert les yeux à ce sujet. Nous étions dans la salle commune, en train de faire le plein de lumière sous la lampe de luminothérapie. La chercheuse réfléchissait à un article qu'elle voulait rédiger pour le *European Journal of International Relations.* Ce qu'elle m'avait raconté était nouveau pour moi, et j'en avais oublié une bonne partie le jour même. Mais un aspect était resté gravé dans ma mémoire : l'Europe de l'Est et l'Europe de l'Ouest correspondent non seulement à deux zones géographiques différentes, mais également à deux temporalités différentes. Tandis que l'Ouest a considéré la formation d'une identité européenne comme achevée une fois les événements de la Seconde Guerre mondiale assimilés, dans les pays du bloc de l'Est, les souvenirs de la guerre, pétrifiés dans un oubli soigneusement orchestré pendant des décennies, n'ont refait surface qu'à l'effondrement du régime soviétique. Avant ça, le tabou était tellement puissant qu'on n'osait même pas se fier à ce qu'on avait vécu.

C'est ainsi que certains regardent vers l'avenir tandis que d'autres sont tournés vers le passé. On s'accuse mutuellement de colonialisme ou d'orientalisme. En Finlande, au contraire, on peut sans problème regarder des deux côtés. La Finlande, pays capitaliste le plus socialiste d'Europe pendant la guerre froide, avec un système scolaire comparable à celui de la RDA et une économie sociale de marché comparable à celle de la RFA, est un cerveau à deux mémoires.

Leonides a aiguisé mon regard sur ces questions. Il ne m'invite pas à prendre la parole. Il ne lui viendrait jamais à l'esprit de me mettre au centre des conversations. Pour Leonides, ma position d'auditrice va de soi.

La femme bleue ne m'accorde pas une seconde cette position.

*

Connaît-elle l'appartement ? Nul ne le sait.

Je ne la soupçonne pas d'être calculatrice.

Mais à l'avenir je la retrouverai au port. Tant que nous sommes dans cet appartement, je perds la distance.

Je l'entends dire qu'elle a hâte de découvrir mon prétexte.

*

L'horloge au mur affiche huit heures dix. Ça me paraît étrange car, dehors, la lumière est seulement en train de se retirer. À cette époque de l'année, la nuit commence à tomber dès l'après-midi. En novembre, la luminosité diminue vers trois heures, et à quatre heures il fait noir.

L'horloge s'est arrêtée, dit la femme bleue qui m'observait. Je sursaute, car je la croyais encore dans la salle de bains.

Elle sort de l'ombre. Elle décroche l'horloge, et le jonc argenté brille sur son bras tendu. Sa silhouette devant le mur blanc me fait perdre toute présence d'esprit.

« Sur cette horloge, faire le tour du monde ne prend qu'une minute. C'est plus rapide qu'avec un vaisseau spatial qui aurait besoin d'une heure et demie. Elle aimait bien cette idée. C'était représentatif de la relation qu'elle avait avec ce qui était derrière elle. »

Je lui demande de qui il est question.

« Alors qu'une minute dans cet appartement correspondait au moins à une heure dans sa temporalité mentale. »

La femme bleue retourne l'horloge à l'envers.

« Elle ne m'aurait jamais permis de mettre l'horloge à l'envers.

— Qui ça ? »

Elle ouvre le compartiment et sort les piles vides de leurs pôles.

« Elle aurait eu peur que les aiguilles se cassent. Que l'avion tombe du ciel. »

Je lui demande de qui il est question.

Appelons-la Sala, dit la femme bleue avec un sourire en levant les yeux.

Un mercredi, Sala entra dans le bureau de Kristiina. Elle portait des bottines à semelles épaisses avec une boucle sur la cheville. Son pas était ferme et décidé. Son regard ne l'était pas. Il erra sur les murs, les grandes fenêtres teintées, sur les livres et les dossiers dans les étagères, et il s'arrêta sur un poster. On y voyait des gens en burqa bleu vif arpenter les îles enneigées d'un archipel finlandais.

« C'est moi. »

Kristiina était en train de travailler à une feuille de route en dix points visant à améliorer la situation des travailleurs intérimaires roumains dans les fermes à fourrure d'Ostrobotnie. La feuille de route devait être présentée lors de la prochaine réunion du groupe parlementaire. Mais Kristiina n'arrivait pas à se concentrer. Déjà parce qu'elle avait trop fumé la veille au soir et n'avait pas réussi à dormir. Mais aussi parce que le problème du travail intérimaire ne faisait pas partie des priorités du gouvernement. Sans compter qu'elle était préoccupée par le flyer d'une association de protection des animaux qu'une collègue lui avait fait parvenir le matin même. Les protecteurs des animaux réclamaient l'interdiction des fermes à fourrure ostrobotniennes où l'on gazait ou tuait par électrocution anale des visons, des renards et des martres pour récupérer leur fourrure. Les photos montraient de petits animaux blancs avec des plaies béantes et des oreilles entamées par des morsures dans de toutes petites cages. La protection des animaux ne relevait pas des attributions de Kristiina. Mais c'était flagrant :

les animaux étaient encore plus à plaindre que les travailleurs intérimaires.

Quand la porte s'ouvrit, elle glissa le flyer sous ses papiers, soulagée. Cette jeune femme lui était familière. Elle l'avait déjà vue quelque part. Elle la reconnaissait malgré la capuche. À ce moment-là, Kristiina se rappela le mail.

« Le dernier des Mohicans ?

— Oui. »

Elle n'eut qu'une seconde d'hésitation. « C'est exactement comme ça que je l'imaginais. »

Ce n'était pas tout à fait vrai. Chaque matin, elle parcourait sa boîte mail. Certains mails retenaient alors son attention. L'avant-veille, elle en avait reçu un qu'elle avait lu de la première à la dernière ligne. La signature n'était pas banale. Mais Kristiina devait partir en réunion. Elle avait chargé la secrétaire de prendre les rendez-vous, dont un avec l'expéditeur de ce mail légèrement maladroit, et elle n'y avait plus pensé.

Le regard de la jeune femme s'arrêta sur le poster au mur. La neige y était rougie par le soleil, ce qui jurait avec le bleu des burqas.

« C'est une amie à moi qui a fait cette photo. L'original a été exposé au musée Kiasma l'an dernier. Les burqas transforment le paysage finlandais.

— Elles se cachent, dit la jeune femme sans enlever sa capuche.

— Tu trouves ?

— Il faut qu'elles sortent de leur cachette.

— Je les trouve belles. Ces femmes ont laissé leur misère derrière elles. Mais elles ont pris l'essentiel : elles-mêmes. L'endroit d'où elles viennent est tout ce qu'elles ont.

— Leur misère est tout ce qu'elles ont.

— OK », répondit Kristiina. À la vue de la capuche lui était venue une comparaison qu'elle écarta aussitôt, car il existait toutes sortes de raisons de se couvrir la tête.

« De quoi s'agit-il ? »

La jeune femme retira sa capuche avec précaution. Les cheveux dessous étaient coupés ras. Elle s'assit au bord de la chaise qui se trouvait devant le bureau de Kristiina. Il y eut quelques secondes de silence.

À ce moment-là, une poussière se glissa dans l'œil de Kristiina. Elle se pencha en avant, ferma un instant les yeux et appuya les doigts dessus. Dans l'obscurité de ses paupières closes, elle prit conscience d'un regard. C'était le regard de la jeune femme en face d'elle. Il était posé sur elle, brûlant – il brûlait.

Quand Kristiina rouvrit les yeux, la jeune femme avait encore l'allumette à la main. Elle souffla dessus pour l'éteindre et la remit dans la boîte qu'elle posa dans le vide-poche où se trouvaient aussi des trombones et un paquet de chewing-gum entamé. Puis elle poussa sur le côté du bureau la grosse bougie qui n'avait jamais été allumée jusque-là et qui était désormais en train de se consumer. Elle leva la tête. « Il s'agit de justice. »

Kristiina avait un dicton sur le bout de la langue, mais elle le garda pour elle. « La bougie est un cadeau.

— Elle est pleine de poussière.

— Tu as envie de mettre le feu à d'autres objets du Pikkuparlamentti avant qu'on se penche sur ta demande ? (Kristiina éteignit la bougie.) Si on n'a pas de chance, le détecteur de fumée va se déclencher. Si on a encore moins de chance, ce sera l'alarme incendie. Le système est encore en rodage, même si ça dure depuis des mois. C'est pour ça que la bougie reste éteinte. Ce qui me rappelle que je ne voulais plus jamais me retrouver enfermée dans un bureau comme celui-là. »

Il n'y eut pas d'alarme incendie. Mais cet après-midi-là, dont la progression fut jalonnée par les différentes taches de lumière au mur, Kristiina ne put s'empêcher de se demander à plusieurs reprises d'où lui venait ce besoin de s'excuser auprès de la jeune femme pour ce bureau avec des dossiers et une secrétaire dans la pièce d'à côté, comme si le poste qu'elle occupait depuis le début de la nouvelle législature l'embarrassait.

Elle essayait de se souvenir où elle avait rencontré cette jeune femme, mais en vain.

« S'il ne s'agissait pas de justice, finit par dire Kristiina, je n'aurais jamais remis le pied au Pikkuparlamentti.

— Qu'est-ce que ça veut dire, "pikku" ?

— Ça veut dire "petit". Le "petit parlement".

— Pourquoi tu n'es pas dans le grand ? »

Kristiina éclata de rire. L'odeur d'allumette brûlée embaumait encore la pièce, et Kristiina eut envie d'une cigarette. La pause déjeuner remontait déjà à un moment. C'est à ce moment-là que ça lui revint. En pensant au paquet dans sa poche, elle revit le perron de la mairie et se revit, elle, au pied des marches, avec sa cigarette et son briquet, en train de suivre un taxi du regard. La jeune femme dans son bureau était celle qui accompagnait Leonides à la réception au château. C'était pour ça qu'elle lui était familière. Même si elle avait changé. Avec sa tenue noire et ses cheveux ras, elle était méconnaissable. Seul son caractère semblait être resté le même. Elle avait quelque chose d'impulsif que Kristiina avait déjà remarqué à la mairie. Au milieu de tous ces invités au ventre bien plein et rompus aux mondanités qui débitaient leurs politesses, la jeune femme dégageait une impression d'immaturité. Des traits anguleux, un regard vacillant et farouche : ça ne passait pas inaperçu. Elle portait une robe de créateur, une robe sans manches style Marimekko – Kristiina s'en souvenait à présent –, mais la robe était posée sur elle comme un accessoire de cinéma et lui donnait une allure d'autant plus juvénile. Les bras nus et les jambes puissamment galbées étaient dénués de matière superflue sans être trop maigres, ce qui lui donnait l'air encore plus jeune qu'elle ne pouvait l'être. Mais elle restait trop jeune pour Leonides. C'était symptomatique des hommes comme lui, symptôme qui semblait s'accentuer avec l'âge. Cela dit, Kristiina avait été surprise de découvrir qu'il aimait les femmes androgynes.

Elle avait voulu fumer une cigarette avec Sala, et Sala l'avait laissée en plan. Ça n'arrivait pas souvent à Kristiina. En général, c'était elle qui plantait les gens : depuis qu'elle était au Parlement, ils étaient nombreux à lui tourner autour lors des événements ou des conférences, mais dès qu'il s'agissait de concrétiser les grandes promesses, il n'y avait plus personne. Rares étaient ceux à oser la contredire en public. C'était dû à une certaine beauté qu'on lui trouvait mais qu'elle se refusait à compter au nombre de ses succès personnels – elle avait cette chevelure indomptable depuis l'enfance. De plus, une femme qui en imposait aux hommes inspirait le respect. Après avoir découvert ça, hostile à la hiérarchie comme elle l'était, elle avait arrêté de mépriser les figures d'autorité pour mépriser les gens qui faisaient d'elles ce qu'elles étaient.

« Si tu veux, on peut aller voir le grand Parlement. »

Avoir dans son bureau la jeune femme de la mairie, avec ces cheveux en brosse et ce teint maladif, étonnait Kristiina. Il ne pouvait y avoir qu'une explication : quelque chose s'était produit.

« Le bâtiment est une des pires erreurs du néoclassicisme. Quand je traverse le hall pour aller à la salle plénière, j'ai l'impression d'être dans un mauvais film. »

Des points lumineux papillotaient sur le mur, signe que le soleil avait atteint les fenêtres du dernier étage en face et qu'il était en train de se coucher. La feuille de route sur le travail intérimaire allait devoir attendre le lendemain.

« Tu l'imaginais ? demanda la jeune femme à voix basse.

— Quoi ?

— Le dernier des Mohicans.

— Pour être honnête...

— Comment ? demanda-t-elle.

— Comment ?

— Oui, comment tu l'imaginais ?

— Ça dépend.

— De quoi ?

— Ça dépend toujours de ce qu'on a envie de voir, non ?

— Et qu'est-ce que tu as envie de voir ? »

Kristiina regarda l'heure. « Dis-moi d'abord pourquoi tu es venue. D'ici une demi-heure, je vais devoir y aller. Mon prochain rendez-vous m'attend.

— Donc tu ne voyais rien du tout. »

Quand elle parlait, la jeune femme ne la regardait pas. Elle fixait la bougie éteinte sur le bord du bureau et, malgré elle, Kristiina se demanda comment Leonides s'en sortait face à tant d'opiniâtreté.

« Je vois une personne à l'écoute de sa propre voix, dit Kristiina doucement et sans réfléchir. Une personne belle et forte, qu'elle soit en robe Marimekko ou en sweat à capuche. »

La jeune femme garda le silence. Elle glissa les mains dans la poche ventrale de son sweat.

Puis elle dit, tournée vers ses genoux : « Si tu fais allusion à Leonides, il n'existe plus.

— Tu es Sala, c'est bien ça ? Leonides nous a présentées l'une à l'autre la semaine dernière.

— Il n'est plus là.

— C'est dommage que tu aies dû partir aussi tôt. Mais je dois dire que j'étais jalouse. J'aurais donné cher pour partir avec toi ! »

Kristiina avait gardé un souvenir précis de Leonides ce soir-là. Il était taquin, spirituel et charmant comme rarement, même si le départ précipité en taxi faisait tache dans ce tableau. Tout laissait supposer que la soirée avait été moins plaisante pour la jeune femme. Quelque chose avait dû se produire après les saluts échangés sur le perron. Kristiina décida d'attendre. Dans les situations comme celle-ci, où elle décelait intuitivement une profonde vulnérabilité, le chemin qui allait des pensées aux paroles était fragile, la capacité à trouver les mots si volatile que rien ne devait bouger, ni la lumière ni l'atmosphère de la pièce, et Kristiina espérait que le soleil s'en tiendrait lui aussi à cette consigne.

« Il ne doit pas savoir que je suis venue ici », articula Sala.

Kristiina hocha la tête.

« Il ne doit pas l'apprendre.

— D'accord. »

Sur le visage de Sala se jouait quelque chose que des personnes moins attentives que Kristiina auraient qualifié de « combat intérieur ».

« Tu sais quoi, proposa Kristiina après un long moment à rester sans bouger, je vais annuler mon rendez-vous d'après. »

Elle décrocha le téléphone et remarqua la chaîne accrochée au pantalon de Sala par un mousqueton. La chaîne disparaissait dans sa poche droite. En appuyant sur la touche pour joindre sa secrétaire, Kristiina se demanda s'il s'agissait d'une montre à gousset ou d'un couteau. Mais si c'était un couteau, le service de sécurité n'aurait pas manqué de lui faire enlever sa chaîne.

Elle dit que je ne dois pas m'imaginer une beauté. La voix de la femme bleue flotte dans l'obscurité.

Elle dit que l'essentiel, c'est le visage qui surgit parfois des mots quand elle parle. Comme s'il sortait de ses paroles, à la manière d'une feuille d'arbre qui se détache du sol boueux une fois la terre devenue dure comme de la pierre.

Elle dit qu'on prétend vouloir faire quelque chose et que le visage fait l'inverse.

Elle dit qu'à la fin, le visage trahit les mots.

« Il n'y a pas de retour en arrière », dit Sala dans le bureau de Kristiina en cassant un morceau du chocolat à la réglisse.

Kristiina avait demandé à la secrétaire d'annuler le rendez-vous avec la chargée des questions migratoires pour aujourd'hui et d'apporter de l'eau minérale, des fruits et du chocolat, car le chocolat était un remède aux pires symptômes de carence alimentaire.

Supposant toujours qu'il s'agissait d'une rupture, d'un chagrin d'amour, Kristiina avait souri en entendant Sala s'exprimer de manière aussi définitive. Pas de retour en arrière. Kristiina était touchée par la jeune femme au teint blême assise devant son bureau, qui aurait avalé la plaquette de chocolat Fazer en entier d'ici cinq minutes si elle continuait à ce rythme. Il avait fallu que cette personne aux manières abruptes et spontanées développe des sentiments pour un homme gauche, pédant, aussi égocentrique que tous ses congénères, que rien n'intéressait et ne convainquait tant que ses propres arguments. La réciproque semblait moins vraie. Peut-être Leonides s'était-il lassé d'elle. Elle avait commencé à poser des exigences, ou bien elle n'était pas à la hauteur du niveau d'instruction de Leonides – dans ce contexte, on employait volontiers le concept de « population à faible niveau d'instruction » ou encore celui d'« individu issu de l'immigration d'Europe de l'Est ». Ou encore, à la longue, il s'était rendu compte qu'elle était tout de même trop jeune pour lui. Ce chagrin d'amour était une première pour elle, se disait Kristiina. Sans ça, elle n'aurait pas sérieusement cru qu'il n'y avait pas de retour en arrière, qu'elle était la dernière de sa tribu – ce qui permettait de tirer des conclusions intéressantes au sujet de la signature en bas du mail, ce personnage pour le moins inquiétant inventé par James Fenimore Cooper. Aux yeux de Sala, ce Mohican semblait doté d'une signification nouvelle.

Mais Kristiina était là depuis huit heures du matin, à la merci de la climatisation. Des conditions inhospitalières pour une personne habituée à travailler fenêtres ouvertes les fois où elle devait rester dans un bureau – Kristiina avait passé les deux dernières années à se promener en pleine nature, à respirer l'air frais vivifié et gorgé d'oxygène par les plantes qui obéissait aux lois de la gravité. Dans ce bureau à l'atmosphère artificiellement asséchée, l'esprit de Kristiina dépérissait complètement. Il n'était pas exclu que son approche des choses en soit déjà altérée.

« "Mohican", c'est comme ça que je dois t'appeler ? » demanda-t-elle doucement.

Il y eut un silence. On n'entendait que le bruit du chocolat qu'on casse – Sala reprenait un morceau – et le claquement du siège pivotant. Sala se fourra le bout de chocolat dans la bouche et se mit à mastiquer. Puis elle secoua la tête qu'elle gardait baissée.

« Je n'ai aucune raison de raconter à Leonides que tu es venue me voir, ajouta Kristiina dans l'espoir de relancer la conversation. Mais j'aimerais bien savoir pourquoi je ne dois pas en parler. »

Sala restait muette.

« Explique-moi. »

La jeune femme continuait à regarder ses genoux. « Leon prétend qu'il défend les droits humains.

— C'est ce qu'il fait, oui. C'est vrai.

— Tant que ça ne lui fait pas mal, dit-elle à voix basse.

— Qu'est-ce que tu veux dire par là ?

— Il n'a aucun scrupule. Ou alors, il ne se rend compte de rien. Il ne se rend compte de rien du tout. »

Kristiina prit le décapsuleur sur le plateau et ouvrit deux bouteilles d'eau minérale avant d'en faire glisser une sur la table.

« L'égoïsme va croissant avec l'âge. Mais on y prend moins de plaisir. »

La jeune femme ne toucha pas à la bouteille.

« De quoi est-ce que Leonides aurait dû se rendre compte ?

— Qu'il serrait la main d'un criminel, lâcha Sala, avec la même véhémence que lorsqu'elle avait insisté pour que sa visite reste confidentielle. S'il ne se rend pas compte de ça, comment va-t-il faire pour envoyer les fantômes devant la Cour de justice européenne ?

— Des fantômes ?

— C'est lui qui l'a dit.

— Bois un peu, dit Kristiina – la jeune femme lui faisait de la peine. Ou prends une pomme. (Elle aurait aimé lui proposer plus, mais tout ce qu'il y avait était déjà sur la table.) À quel criminel a-t-il serré la main ?

— À un Allemand.

— À un criminel allemand ? Leonides ?

— Au château.

— Ça ne lui ressemble absolument pas.

— Tu lui as sans doute serré la main aussi.

— Moi ?

— Oui.

— Certainement pas.

— Faire ça, ce n'est pas se rendre complice ? »

Sala ne touchait à rien de ce qu'il y avait sur la table. On lisait une tension fébrile dans son regard, des ombres recouvraient son visage et, distraite, Kristiina s'aperçut que le soleil avait fini par se coucher.

« En Finlande, la poignée de main n'est pas courante, dit-elle. Je ne serre pas la main comme ça. »

C'était une échappatoire qu'elle trouvait elle-même étrange et déplaisante.

« Indépendamment des spécificités culturelles, se corrigea-t-elle en allumant le lampadaire près de son bureau, pour autant que je sache, une simple poignée de main ne rend coupable de rien. »

En embrasant la bougie alors qu'on ne lui avait rien demandé et en mentionnant la présence d'un criminel à une réception officielle, Sala faisait diversion, Kristiina en avait conscience. C'était un moyen de cacher qu'elle était à fleur de peau, une chair à vif. Aucun intrus n'avait pu se mêler aux invités du château. Il était impossible d'y entrer sans invitation personnelle, les listes étaient passées au crible, chaque invité avait répondu présent. Mais à y regarder de près – et, cherchant une explication pour son agacement, Kristiina y regardait de très près –, elle venait de se justifier. Et on se justifiait quand on avait été accusé. Elle se fit cette réflexion, et sa compassion s'envola. La jeune femme lui faisait nettement moins de peine.

À ce moment-là, elle repensa au yacht. Un élégant voilier en bois de vingt mètres de long aux voiles immaculées avec un salon victorien sur lequel Leonides avait fêté son trente-cinquième anniversaire, quelques années plus tôt, au mois de juin, à l'époque où les nuits étaient claires – c'était un enfant du soleil de minuit. Accompagné d'un ami, il avait traversé la mer Baltique avec ce yacht pour le rapporter de Käsmu à Helsinki, réalisant ainsi un de ses rêves. Le yacht avait jeté l'ancre dans la marina de Tervasaari. Si Kristiina était montée à bord, c'était uniquement pour faire plaisir à Leonides.

Ce jour-là, elle revenait d'un gros chantier. Elle n'avait pas eu le temps de repasser chez elle et s'était changée dans les toilettes de la marina, retirant son pantalon de travail gris maculé de boue pour enfiler un jean propre avec une chemise blanche toute simple. Elle venait de là où on veut changer le monde – les baraquements des travailleurs à trois euros de l'heure – et arrivait là où le monde ne devait pas bouger – la sphère des gens riches et beaux.

Elle avait emprunté l'étroite jetée permettant d'accéder au bateau. La fête battait son plein, et Kristiina avait beau connaître certains invités personnellement ou parce qu'elle les avait déjà vus de loin ou à la télé – l'ancien ambassadeur américain de Finlande, l'ambassadeur estonien, quelques secrétaires d'État, politologues et autres chercheurs, plus âgés pour la plupart, des fonctionnaires du monde de la culture, des collègues de FINGO et de KIOS, la présidente du Conseil national des femmes –, elle ne s'était pas jointe aux conversations. Elle n'avait pas l'intention de rester longtemps.

« Personne n'a l'intention de rester longtemps, avait dit Leonides quand elle l'avait trouvé – il testait un micro qui était intégré au mât de misaine. Mais tout le monde a envie de caviar. Du vrai béluga de la mer Caspienne. »

Pour Leonides, ce n'était pas le prestige qui comptait. Ce n'était pas la richesse qui comptait. Ni lui ni son ami d'enfance ne se souciaient de ce que le type de chez Gazprom, qui les avait rejoints à l'avant du bateau, appelait « l'esthétique du luxe ». Le toit de la cabine du capitaine faisait office d'estrade. La cabine, les mâts, le gréement et le mobilier d'époque du salon victorien avaient été restaurés à grands frais. Le tout financé par le type de chez Gazprom – investissement que l'on devait à sa passion pour les bateaux d'époque, ainsi qu'il l'avait expliqué. « Un hommage à ma famille », avait ajouté l'ami d'enfance dans son petit discours. Il venait de Käsmu, un petit village de la côte baltique au nord de l'Estonie. Son grand-père maternel y avait fait l'école de navigation maritime et était devenu capitaine. Son petit-fils ne connaissait de lui qu'une photo tendue d'un ruban noir. Naviguer sur cette goélette, avait conclu l'ami d'enfance avant de passer le micro à Leonides, était une manière de délivrer son grand-père de son ruban noir après toutes ces décennies. Il en était reconnaissant au type de chez Gazprom.

La gratitude de Leonides était modérée. Il avait raconté les circonstances dans lesquelles il avait fait la connaissance de son ami, à l'âge de onze ans, en jouant dans une barque, l'été où il avait passé quelques semaines dans le camp de pionniers de Käsmu, « protégé et surveillé par la patrouille soviétique ». Ce genre de patrouilles frontalières existait depuis la première occupation. C'étaient des hommes muets et armés auxquels le grand-père de son ami d'enfance avait eu affaire. En dépit de leur mutisme, le grand-père avait réussi à engager la conversation avec eux. Et ce grâce à sa formation de capitaine ou à sa sociabilité naturelle. Il s'était mis à espérer. On ne se faisait pas tirer dessus par des gens avec qui on parlait. Il avait donc persévéré. Pendant la guerre, il n'avait pas embarqué pour la Finlande avec tous ses biens comme l'avaient fait ses voisins, et il avait aussi tenu bon lors du deuxième grand exode de ses compatriotes de l'autre côté de la mer Baltique. Un jour, l'une de ces patrouilles frontalières l'avait mis en garde. Sa famille était sur une liste. S'y trouvait le nom des personnes qui devaient être déportées – une bonne partie du village. Le lendemain, on viendrait chercher la famille du capitaine à deux heures de l'après-midi. C'était en 1949. « Ce que mon ami ne vous a pas dit », comme l'avait répété Leonides à plusieurs reprises pendant son discours.

Parmi les choses que son ami d'enfance n'avait pas dites, il y avait aussi l'âge de sa mère – douze ans – quand, un beau matin, son capitaine de grand-père avait annoncé qu'il allait au sauna. Quelques heures plus tard, la gouvernante était venue la voir, dans tous ses états, parce que le père de famille ne rentrait pas du sauna. Il n'était jamais revenu. Il s'était pendu, juste avant deux heures de l'après-midi, heure à laquelle le camion de la police secrète soviétique s'était garé devant la maison du capitaine. La gouvernante, qui parlait russe, avait entendu les agents de la police secrète discuter dehors. Pour finir, l'un d'eux avait décidé de ne pas prendre avec eux le reste de la famille, de la laisser avec le mort.

« C'est à ce grand-père, avait poursuivi Leonides, que je dois d'avoir fait la connaissance de mon ami : il est né en bonne santé, ce qui n'aurait pas été le cas si sa mère avait été déportée, comme des milliers d'autres, à Semipalatinsk, l'un des sites d'essais nucléaires de l'Union soviétique. » Les petits garçons avaient onze ans et, dans cette barque qui prenait l'eau, ils voulaient tous les deux devenir capitaines, comme le jeune homme sur la photo au ruban noir.

L'histoire n'était pas adaptée à une soirée de fête. L'eau étincelait, les températures étaient déjà estivales, le caviar menaçait de fondre – tout ça n'avait pas échappé à la femme en robe claire qui était sortie du premier rang pour s'avancer vers Leonides et glisser son bras sous le sien. C'était jour de fête, on avait envie de trinquer, les gens faisaient la queue pour féliciter Leonides, et sa femme voulait lancer les festivités. Elle avait du caractère et était pleine de joie de vivre, et c'était l'unique fois que Kristiina avait rencontré la légitime épouse de Leonides. Sur le yacht dans la marina de Tervasaari.

Qui était un hommage à la famille de son ami d'enfance. Hommage grâce auquel Leonides avait réalisé un rêve de longue date. Et qui était en partie financé par un manager de Gazprom, entreprise d'un État qui opprimait les minorités, interdisait le journalisme d'opposition, autorisait la torture et utilisait son armée pour commettre des meurtres de masse – en un mot : un État où le stalinisme existait toujours, sans idéologie rouge. Comme le brouillard, la personnalité d'un tel État déteignait sur la personnalité de ceux qui le fréquentaient. De ce point de vue, tout le yacht, tous les gens présents à bord étaient des criminels.

Sala toussa. Elle avait avalé le chocolat de travers.

« Il n'y a pas de criminels à ce genre de réceptions, déclara Kristiina, ramenée à la réalité par cette quinte de toux. On n'y entre que sur invitation. »

La jeune femme reprit sa respiration et s'empara de la bouteille d'eau. Elle but. Elle vida la bouteille sans la reposer et dit : « Si je suis ici, c'est parce que... parce que je veux qu'il soit jugé.

— Leonides ?

— Pas Leonides. L'autre. L'Allemand. (D'une main, elle attrapa sa capuche.) Sinon, ma peur sera toujours devant moi. »

Au cours de cette soirée, Kristiina comprit que la capuche lui servait à ne pas être reconnue. Se couvrir la tête était une protection. En quittant le Pikkuparlamentti – dans les couloirs, l'éclairage de nuit était déjà allumé, la plupart des collègues de Kristiina avaient terminé leur journée depuis longtemps –, Sala remit sa capuche. Dans la rue, elle la tira sur son visage. Alors qu'Helsinki n'était pas une ville dangereuse. La Finlande était considérée comme l'un des pays les plus sûrs d'Europe. L'indice de sécurité tournait autour de quatre-vingts pour cent. Le taux de criminalité était au plus bas depuis des années. Kristiina connaissait les chiffres les plus récents. Quatre-vingt-dix pour cent des enfants prenaient régulièrement le bus ou le tram seuls et, dès l'âge de sept ans, faisaient le trajet pour aller à l'école sans leurs parents. Quand elle rentrait chez elle la nuit après une soirée, Kristiina n'avait jamais craint pour sa sécurité, pas une seule fois. Mais cette jeune femme avait peur en plein centre-ville. Et avait peut-être un couteau au fond de sa poche.

Ce soir-là, Kristiina comprit un certain nombre de choses. Elle s'était d'abord heurtée à une barrière qui était une première pour elle. En temps normal, les difficultés ne la rebutaient pas. Elle se mettait souvent dans des situations inconfortables, voire risquées. Elle défendait les travailleurs intérimaires et aux salaires bas, ce qui n'allait pas toujours sans attaques de la part de ses adversaires, et, comme elle connaissait les dernières études sur la résilience post-traumatique et les dernières statistiques sur la pauvreté et l'exclusion, elle était armée pour affronter la détresse. Mais quand Sala s'était mise à parler en regardant le poster au mur, d'une voix d'abord hésitante, puis plus assurée, mais sans le moindre mouvement de cil, quand elle lui avait fait le récit factuel de ce qui s'était produit dans un manoir en Allemagne, Kristiina avait machinalement sorti le flyer caché sous les papiers. Les visons aussi en bavaient. Mais les visons étaient une impression papier en quadrichromie, et Kristiina avait dû s'avouer que l'immédiateté d'une personne qui avait été violée et torturée était trop pour elle.

Kristiina comprit aussi que c'était elle qui aiderait. Elle le sut au moment où elles se dirent au revoir au pied du feu rouge. Sala lui tendit la main. « Merci. » Et Kristiina se dit : si quelqu'un doit le faire – si quelqu'un doit l'aider –, c'est moi, et je ne dois le faire ni par héroïsme, ni par devoir, ni même par pitié, mais parce que je le peux. En même temps, elle avait l'impression que la honte l'empêchait de regarder Sala droit dans les yeux, et elle avait attrapé sa main en fixant le centre de ses grands iris sombres.

« Tu vas réussir à rentrer chez toi toute seule ?

— Oui.

— Tu sais quel tram prendre ?

— Oui.

— Tu as un ticket ?

— Oui.

— Tu ne veux pas que je te raccompagne ? »

La jeune femme eut un sourire timide, peut-être même narquois. C'était le premier sourire que Kristiina voyait sur son visage. Puis elle disparut dans les lumières de la gare.

Kristiina connaissait quelques personnes. À dire vrai, elle en connaissait beaucoup. Elle avait un bon réseau. Il lui arrivait de déjeuner avec une avocate spécialisée en droit pénal qui assistait parfois les parties civiles dans des affaires de violences sexuelles.

Ce soir-là, elle rentra à pied. Elle ne prit le bus que sur la dernière partie de la voie rapide. Une fois chez elle, elle ouvrit les fenêtres et appela sa mère. Sa mère avait cuisiné des champignons matsutaké qu'elle avait trouvés cet été-là près du perron de la maison. Elle se faisait un dîner japonais. Elle n'avait pas de saké, mais, au Japon, les champignons étaient considérés comme un mets de luxe. Sa mère savait tout sur les champignons. Où on les trouvait, comment on les cuisinait et le nombre de sexes qu'ils avaient – quatre-vingt mille. Elle était capable de distinguer plus de cinquante espèces de champignons sans avoir besoin de vérifier dans un livre, et elle laissait généralement le bolet jaune commun aux novices pour cueillir à la place le polypore oblique ou le gomphide glutineux. Elle avait acquis ces connaissances seule à l'adolescence, en s'aidant d'un guide des champignons. C'était la seule chose qui lui avait jamais valu un compliment de la part de son père – elle avait quatre grands frères qui s'en sortaient mieux qu'elle dans tous les domaines, sauf qu'ils n'étaient pas capables de faire la différence entre un bolet à pied rouge et un bolet Satan.

Kristiina regarda la lune derrière les arbres. Elle avait dans la bouche le goût du sparassis crépu aux œufs brouillés, plat qui, dans son enfance, supplantait même les cèpes poêlés. Sa mère faisait souvent des cèpes. Il y en avait tellement dans les forêts qu'ils étaient faciles à trouver. Kristiina aimait aller à la cueillette avec elle. Mais quand sa mère croquait dans un bolet roux ou un pied-de-mouton blanc, et en mastiquait un morceau pour voir si les champignons étaient encore bons, Kristiina se sentait mal à l'idée qu'elle risquait de s'empoisonner à petit feu.

« Écoute, si tu n'as rien d'important à me dire, je vais aller piquer une tête dans le lac avant qu'il fasse nuit.

— Il fait déjà nuit, Elena. Et il fait trop froid aussi », dit Kristiina. Elle entendit le grincement de la porte d'entrée et le souffle court de sa mère sur l'escalier en bois dont les marches glissantes permettaient de descendre au lac sans passer par les rochers, et elle sut que, comme d'habitude, rien n'empêcherait sa mère de faire ce qu'elle voulait.

Elle tapa sur son portable le numéro d'une connaissance. Cette femme travaillait au Centre culturel allemand de Tampere, et Kristiina voulait savoir si le nom de Johann Manfred Bengel lui disait quelque chose. Pendant que la femme réfléchissait, Kristiina s'alluma une cigarette. À la fenêtre ouverte, dans un drôle d'état où se mêlaient pitié et extase, elle souffla la fumée vers la lune.

Le nom ne disait rien à l'employée du Centre culturel allemand. Elle n'était pas allée en Allemagne depuis trop longtemps. Mais, selon elle, ce pays grouillait de types de cet acabit, et c'était pour ça qu'elle était partie en Finlande. « Au risque de devenir folle ! » Il était tard ce mercredi soir, et la femme riait avec un peu trop d'insistance pour quelqu'un qui prétendait ne pas avoir bu. « Dans les années quatre-vingt, quand on était une femme et qu'on quittait l'Allemagne pour Helsinki, on devenait folle à tous les coups. » Mais elle ne l'était pas devenue, malgré sa coiffure improbable, qu'on la croie ou non. Kristiina perdait patience. « Évidemment, depuis, la Finlande a changé du tout au tout », dit la femme avec son petit accent brouillé par l'eau-de-vie maison avant de promettre de se renseigner.

Ce soir-là, Kristiina ne contacta pas Leonides. En pleine nuit, elle se mit à avoir faim. À part le chocolat à la réglisse et la pomme, elle n'avait rien dans le ventre. Affamée, elle restait couchée dans son lit, un lit double dont seule la moitié était occupée, à penser à la jeune femme. À se demander dans quel genre de lit elle dormait. Si elle arrivait à dormir. Comment elle se sentait. Quelle dose d'esthétisation serait nécessaire pour donner un sens aux cicatrices – mais c'était déjà une question de trop. Kristiina savait que Sala n'avait encore jamais raconté l'agression à personne. Elle n'en sortirait pas indemne. Je n'en suis pas sortie indemne non plus, se dit Kristiina en se tournant et se retournant. Elle finit par se lever et fouilla dans le placard de la cuisine à la recherche de pain croquant et de Kalles Kaviar Abba, une pâte d'œufs de poisson qu'elle avait toujours en stock en grandes quantités pour les fois où elle oubliait de faire les courses.

Sala ne quittait pas son esprit. Le lendemain, au cours de deux réunions qui n'en finissaient pas et d'un entretien avec la chargée des questions migratoires consacré au plus grand obstacle à la recherche d'emploi – le fait que les employeurs exigent que l'on parle couramment finnois, même sur un chantier –, elle repensa encore à Sala, à sa poignée de main au moment des au revoir, à son visage blême ombragé par la capuche. Aux obstacles qu'elle allait avoir à surmonter. À la mairie, dans sa robe, elle lui avait fait l'effet d'une femme séduisante et indépendante, peut-être justement parce qu'elle donnait l'impression de ne pas porter souvent de robe. Chingachgook, le dernier des Mohicans. En rentrant chez elle, Kristiina fit un crochet par la bibliothèque pour trouver un exemplaire de ce roman historique, et elle se perdit dans la contemplation du visage charismatique et buriné sur la couverture, avec deux plumes dans les cheveux.

La femme bleue ment-elle ? La question reste ouverte. Nous évoluons dans un espace sans contours fait d'ombres en train de se dissiper.

Je la soupçonne d'avoir déjà vu l'appartement de ses yeux. D'y avoir vécu. Bâtiment D, troisième étage.

La femme bleue me regarde.

Je lui demande si c'est pour moi qu'elle dit des choses fausses. Si elle déforme les faits. Si elle invente des choses pour me plaire. Si elle veut me plaire.

Elle ne répond pas.

Je lui demande si un malentendu est concevable.

Elle me contredit sans hausser la voix. Notre proximité physique l'en empêche.

Les accusations de cet ordre, dit la femme bleue, ne servent qu'à dissimuler plaisamment les abîmes. Les choses désagréables sont masquées sous d'agréables atours.

C'est ainsi que naissent les mythes comme le mythe de la femme qui ment.

« J'ai quelqu'un sur les bras », dit Kristiina au déjeuner. Des radiateurs infrarouges étaient allumés sur la terrasse du restaurant du Lasipalatsi. Ce bâtiment du quartier Kamppi venait d'être rénové et de nombreux restaurants y proposaient un buffet et une sélection de boissons à moitié prix pour le déjeuner. Le cabinet de l'avocate se trouvait dans le même bâtiment et Kristiina n'avait qu'une petite marche à faire. Pourtant, elles ne s'étaient pas vues depuis deux semaines. « Une jeune femme originaire de Tchéquie. Elle a une odyssée derrière elle.

— Une conquête ? »

Il y avait de la condescendance dans la voix de l'avocate. Ce n'était pas son genre. Ce n'était pas approprié non plus car, au téléphone, Kristiina avait annoncé qu'il s'agirait d'une conversation professionnelle, qu'elle voulait l'avis d'une experte. Passer cet appel n'avait pas été facile pour elle. Après plusieurs tentatives d'endormissement à l'aide de millepertuis, d'un CD de méditation et de tryptophane – tentatives qui s'étaient toutes soldées par un échec –, elle avait fini par quitter son lit à cinq heures du matin pour aller s'installer à la table du salon en pyjama. Dehors, le petit matin était pâle. Attablée devant sa tasse de café, au lieu de se concentrer sur la feuille de route en dix points, elle avait fixé l'obscurité par la fenêtre jusqu'à ce que le soleil se lève comme un champignon rouge et spongieux derrière les bouleaux et qu'il ne soit plus trop tôt pour décrocher le téléphone.

Sur la terrasse, les températures étaient automnales, le radiateur ne chauffait que d'un côté. Kristiina essayait de rester factuelle, ce à quoi elle parvenait rarement en présence de cette femme au rire pétillant, aux cheveux gris argent qui lui tombaient sur les épaules et au charme diffus. Les deux femmes étaient faites du même bois. C'était avec la même passion qu'elles obéissaient à leurs convictions respectives. Et pourtant, en termes d'élégance, de subtilité et de connaissances, l'avocate avait sur Kristiina autant d'avance qu'elle avait d'années de plus. Elle était trop intelligente pour être condescendante.

« J'aimerais bien savoir quelles seraient ses chances au tribunal. »

Deux assiettes de salade étaient posées sur la table. L'avocate n'avait pas encore touché à la sienne, elle écoutait avec attention. La réponse qu'elle finit par donner était formulée avec la détermination dont elle était coutumière, sans plus aucune trace de condescendance.

« On lui demandera pourquoi elle a attendu six mois pour porter plainte.

— Les traumatismes de ce genre suivent leur propre rythme.

— De quoi vit-elle ?

— Ça finira bien par s'arranger. »

Les yeux de l'avocate prirent une expression que Kristiina connaissait : réfléchie et concentrée.

« Elle pourrait aller à la police ici. Je sais que les collègues géreront l'affaire sans brutalités inutiles. Mais le mieux, ce serait d'y aller en Allemagne. C'est aussi là-bas que le procès aurait lieu. »

Quelques clients retardataires arrivèrent du buffet avec des plateaux surchargés et s'assirent à une des tables voisines.

« Mais de ce que j'en sais, en Allemagne, sur cent plaintes pour viol, seules dix aboutissent à une condamnation. C'est dans la moyenne des chiffres européens. La plupart des agresseurs sexuels sont acquittés.

— Ça ne l'effraiera pas.

— C'est la raison pour laquelle seuls cinq pour cent de toutes les violences sexuelles sont dénoncées. Dans les pays scandinaves, c'est cinquante pour cent.

— Et on diabolise la cigarette ? s'exclama Kristiina. Il n'y a personne pour se demander combien la violence des hommes coûte à la société ? Les décennies de thérapie ? Les arrêts de travail ? La perte de potentiel créatif ? Ça doit nous revenir bien plus cher qu'une poignée d'affections pulmonaires ! »

L'avocate garda son calme.

« Elle a besoin de quelqu'un pour l'accompagner.

— Je sais. » Kristiina y avait déjà pensé. Cette idée l'avait empêchée de dormir la veille au soir. Mais sans lui laisser le temps d'ajouter quoi que ce soit, l'avocate empoigna la main droite de Kristiina qui jouait avec le paquet de cigarettes.

« Tu vas y arriver ?

— Je n'en sais rien. »

Le brun de ses yeux étincela avant de s'assombrir, et l'avocate sortit son portable pour taper quelque chose dessus.

« Séquestrer une personne dans un frigo recouvre différents délits : coups et blessures, privation de liberté, contrainte physique, dit-elle en regardant l'écran. Elle devait être au bord de l'asphyxie.

— Elle avait atrocement soif.

— Il y a des témoins ? Ce serait bien qu'elle l'ait raconté tout de suite à quelqu'un. Peut-être que le propriétaire de ce domaine a eu des remords et lui a envoyé un message ensuite ? (L'avocate reposa son portable.) Se retrouver enfermée dans le frigo en plus du reste, c'est une circonstance aggravante. Mais la question, ce n'est pas ça. »

Kristiina sortit une cigarette du paquet et dut s'y reprendre à trois fois avant de réussir à l'allumer.

« La question, c'est : va-t-elle y arriver ?

— Je n'en sais rien non plus.

— Elle a besoin d'un soutien psychologique.

— Elle ne veut pas voir de psy. Elle veut faire une déposition.

— L'affaire relève du pénal. Elle ne pourra pas revenir en arrière.

— Elle dit qu'il n'y a pas de retour en arrière pour elle.

— Qu'elle y réfléchisse à deux fois. Elle n'aura pas le droit de retirer sa déposition. »

Kristiina se rendit compte qu'elle suivait le moindre mouvement des mains de l'avocate. C'étaient des mains fines et puissantes, et la droite était agitée d'un léger tremblement incontrôlable. Tous les endroits de son corps qui avaient connu leur caresse réagissaient. L'assurance et le pouvoir muet de ces mains l'avaient transpercée, pendant toute une nuit, et encore une fois avant le petit déjeuner – après quoi elle avait fait le lit sans changer les draps car l'odeur flottait encore entre les oreillers et la couverture : la fièvre, les larmes, le parfum de cette femme avec laquelle elle venait de vivre une nuit qui resterait unique.

« Fais-lui bien comprendre ça !

— Je ne lui dirai pas, rétorqua Kristiina sur le même ton sec.

— Il est possible que l'accusé soit assis juste derrière elle, à moins de cinquante centimètres de son dos.

— Dans la même pièce ?

— L'avocat de la défense risque de lui chuchoter des insultes que la cour n'entendra pas. Mais elle si.

— Depuis quand la victime doit-elle supporter la présence de son agresseur au tribunal ?

— L'avocat de la défense va tout faire pour la briser. Si elle n'a pas de chance, il utilisera les mêmes méthodes que son agresseur, avec d'autres mots.

— Devant la cour ? »

L'avocate passa sa main dans ses cheveux. Elle portait une bague surmontée d'une seconde bague avec un diamant cerclé d'argent. Remarquant le regard de Kristiina, elle laissa sa main retomber sous la table pour la poser sur sa jupe en tweed.

« En Allemagne, on se moque de mes consœurs et confrères quand ils demandent ne serait-ce que d'augmenter l'espace entre la victime et l'accusé. Les Allemands ne se soucient pas des blessures morales ou psychologiques, je ne sais pas si c'est à cause de leur histoire ou de leur amour de la pomme de terre. En tout cas, ça ne se reflète pas dans la législation. L'intégrité de la personne est *pikkupikkupikkuseikka.* (Avec son pouce et son index, elle matérialisa un interstice de la taille d'une puce.) Ce qui compte, c'est ce qu'on possède. Quand on compare les différentes sanctions, ça fait mal au cœur. Le moindre vol est puni plus sévèrement qu'une agression physique. Plutôt que de piquer son portefeuille à un Allemand, il vaut mieux lui toucher l'entrejambe : *tervetuloa !*

— Quand tu te fais voler ton portefeuille, personne ne cherche à savoir si tu n'es pas en train d'accuser à tort le soi-disant voleur. On te croit tout de suite. Quand tu te fais agresser ou violer, personne ne te croit. C'est exactement pareil en Finlande !

— C'est pareil dans le monde entier. Partout, la violence sexuelle est considérée comme un crime sans danger.

— Et nous, on reste assises là à flirter ? » laissa échapper Kristiina.

L'avocate attrapa sa fourchette. Elle se servait de sa main droite légèrement tremblante, l'air concentré sur la salade – blettes, laitue rouge, mâche. Mais au lieu de porter la fourchette à ses lèvres, elle la laissa dans son assiette et posa son menton au creux de sa main. Son regard croisa celui de Kristiina.

« Tu es comme un courant haute tension. On respire plus vite. On vit plus vite, dit-elle avec la douceur qui était la sienne – il n'y avait plus d'ombres dans ses pupilles brunes. J'aime mon mari, Kristiina. (Le brun était dégagé, comme si la nuit qu'elles avaient passée ensemble reposait au fond de ces yeux.) Kristiina ?

— Oui. Tu me l'as dit.

— Je l'ai laissé une fois – pas deux. »

La femme avec qui Kristiina était en train de déjeuner au Lasipalatsi était l'une des avocates les plus chevronnées d'Helsinki. On disait que certains juges la craignaient. Et chaque fois que cette belle et redoutable femme s'ouvrait, se livrait et donnait à voir sa fragilité sans craindre de perdre la face, Kristiina était touchée en plein cœur.

Une pensée lui vint à l'esprit. « Souvent, ce qu'on a la force de faire dépend de ce qu'on a envie de faire, Liv. La jeune femme me l'a rappelé, et pas qu'un peu.

— La prochaine fois, viens avec ta petite maligne de protégée. »

En marchant, l'avocate attrapa le bras de Kristiina et se laissa légèrement tomber contre elle. Entre elles, c'était ce qu'il y aurait de plus proche d'un aveu.

Sur la Mannerheimintie, Kristiina traversa sans voir le tram qui arrivait. Ce fut le coup de sonnette qui la ramena à la réalité, et elle grimpa *in extremis* sur le trottoir. C'était vendredi. La ville grouillait de monde. Le tram redémarra, et Kristiina pressa le pas. Elle avait une réputation à tenir. À en croire cette réputation, on respirait et vivait plus vite avec elle – elle ignora volontairement l'arrière-goût amer que cette pensée lui laissait. L'air lui faisait du bien. La lumière lui faisait du bien. Elle allait sécher la réunion du groupe parlementaire. Elle préférait marcher. Elle pouvait tourner à droite ou à gauche. Si elle prenait à gauche, elle reviendrait au Parlement – elle décida donc de prendre à droite, de passer devant le grand magasin Stockmann et de suivre la direction du théâtre suédois et de l'esplanade pour se promener aux alentours de l'université. À partir de la cathédrale, on pouvait faire un grand tour à travers le quartier en friche derrière la gare avant de revenir sur la Mannerheimintie.

Il n'était pas impossible que Leonides soit à l'institut. Elle n'était pas d'humeur à le voir. Mais, une fois en chemin, elle se dit qu'elle pouvait bien passer une tête dans son bureau. Pour son groupe parlementaire, Kristiina avait rédigé un projet de loi qui venait d'être retoqué, alors qu'elle avait consacré les six derniers mois à écumer les coins les moins hospitaliers de Finlande, et les conseils de Leonides pouvaient lui servir. Le partenaire de coalition du parti au pouvoir considérait le logement des travailleurs intérimaires comme une question secondaire. Quelques recommandations stratégiques seraient les bienvenues. Elle avait une autre raison de passer voir Leonides, mais elle remit à plus tard toute justification à ce sujet.

Après être entrée dans l'institut par la mauvaise porte, elle se fit renvoyer de l'autre côté par le gardien, et elle réprima sa mauvaise humeur avec peine. Elle avait eu tort de se faire réélire au Parlement. Avec des manifestations et des pétitions, on n'obtenait pas beaucoup plus de résultats. Mais, à la fin, la satisfaction était plus grande, car les grandes causes n'étaient pas broyées par la mesquinerie des conflits d'intérêts, des arrangements et des manigances des uns et des autres. Si elle s'était laissé convaincre, c'était seulement parce que la présidente réélue avait du chien et un sens inébranlable de la justice. Mais à moins d'un miracle, songeait Kristiina, même Tarja Halonen n'échapperait pas à cette moulinette. Leonides s'y était bien pris. Il avait conservé certaines qualités qui le faisaient passer pour naïf parmi les politiciens de métier – une honnêteté et la foi qu'il fallait impérativement avoir dans les instances morales quand on prétendait améliorer les choses.

Il était en manteau, et elle avait fait l'impasse sur les formules de politesse. « Un de mes projets de loi a sauté. J'ai besoin de tes conseils de toute urgence. »

Il portait un manteau léger de demi-saison qui lui allait remarquablement bien.

« Je suis désolé, Kristiina. J'étais en train de partir.

— Tu es en train de partir depuis que je te connais.

— Mais aujourd'hui, ce n'est pas comme d'habitude : je pars pour Tartu, répondit Leonides en tirant la fermeture éclair de son sac en cuir. Je ne me souviens même pas de la dernière fois que j'ai passé un week-end à la maison.

— De vrais héros, tous autant que vous êtes, dit Kristiina. Il suffit que votre armure prenne le moindre coup, et vous courez chez vous pleurer toutes les larmes de votre corps. »

Elle avait parlé sans réfléchir. L'air de la pièce était sec, et Kristiina mit son commentaire stupide sur le compte du manque d'humidité, de la déshydratation – et rien d'autre.

« Alors la nouvelle s'est répandue.

— Quelle nouvelle ?

— On m'a quitté, déclara Leonides avec une grandiloquence dont il n'était pas coutumier. Ce n'était pas ce à quoi tu faisais allusion ? »

Par la fenêtre derrière lui, la façade de l'immeuble d'en face s'embrasait, et quelque chose dans ce spectacle poussa Kristiina à faire un pas vers Leonides.

« Excuse-moi. (Elle posa une main sur son bras.) Ça m'a échappé. J'ai vu Sala monter dans le taxi, l'autre jour, à la mairie. Je voulais fumer une cigarette avec elle, et elle s'est précipitée en bas du perron...

— Cette maudite réception !

— On aurait dit qu'elle était en fuite. »

Le manteau de Leonides était particulièrement élégant. Si Kristiina le remarqua, c'est parce que Leonides s'habillait souvent avec un goût discutable.

« Je m'en veux, dit-il.

— Pourquoi ? C'est toi qui l'as fait fuir ? »

Il prit un air triste, et Kristiina retira sa main sans creuser l'idée qui venait de lui traverser l'esprit – le manteau avait peut-être été choisi par la femme de Leonides. « Il faut que tu ailles prendre le ferry, dit-elle. Je ne veux pas te retenir.

— Je regrette d'avoir insisté pour qu'elle m'accompagne.

— Tu as dû insister ? Pourquoi est-ce qu'elle ne voulait pas venir ?

— Aucune idée. Je n'en sais rien. Je n'ai pas de réponse à toutes ces questions. (Leonides reposa son sac en cuir. Soudain, il ne faisait plus mine de partir.) Elle allait bien. Elle m'a certifié qu'elle allait bien.

— Je l'ai trouvée vraiment sympathique. Elle n'avait pas l'air d'aller mal.

— C'est ce que je ne comprends pas. Elle a disparu sans crier gare.

— Vous vous êtes disputés ?

— Quand il y avait des malentendus entre nous, dit Leonides, ils étaient surtout d'ordre linguistique. Mais ce jour-là ? Non !

On s'amusait bien. La limousine qui était venue nous chercher nous a fait rire. Chauffeur en livrée, tu connais ça.

— L'éclat d'une époque qui n'a jamais existé pour la majorité des gens de ce pays. »

Leonides s'essuya les yeux sous ses lunettes.

« Si c'est moi qu'elle fuit, je n'ai aucune raison de la chercher.

— À moins que tu ne veuilles savoir pourquoi elle a fui.

— Je n'ai pas la moindre piste. »

Kristiina garda le silence.

« Je ne saurais même pas où la chercher, reprit Leonides. Qui aurait cru que je traverserais une crise pareille ? » Il se laissa tomber sur le bureau comme si on avait dégonflé son corps.

Kristiina avait hâte de changer de sujet.

« N'importe quel idiot peut traverser une crise. Ce qui me préoccupe, c'est la vie de tous les jours – pour reprendre les mots d'un grand poète russe. C'est pour ça que j'ai besoin de tes conseils, Leon. »

Leonides regarda sa montre sans remarquer l'heure ni même son geste. « Elle aurait au moins pu dire au revoir. On est quand même en droit d'attendre un au revoir. Tu ne crois pas ? Elle ne m'a même pas laissé le temps de vraiment la connaître ! »

Kristiina fouillait dans sa mallette à la recherche de cigarettes.

« Pas un mot d'explication, pas un seul. Ç'aurait tout de même été le minimum, non ? Manifestement, elle n'a pas la moindre idée de la douleur que me cause son départ inexpliqué. Départ… Mais est-ce le bon mot ? »

L'humeur de Leonides menaçait de basculer. Elle risquait à tout moment de virer à la sensiblerie, et ses verres de lunettes étaient déjà embués. Mais il était facile de voir dans cette observation de Kristiina une crainte nourrie par ses expériences passées, par la fréquentation d'hommes tellement saisis par leur propre vulnérabilité qu'ils en devenaient sentimentaux – un sentimentalisme nourri de la conviction que le monde n'existait que pour eux, sans qu'ils aient besoin de le dire ou seulement de le suggérer, car c'était une telle évidence qu'ils n'avaient pas besoin de posséder la moindre empathie pour s'en sortir. Il y avait un lien entre sentimentalisme et violence. Kristiina n'avait pas l'intention de rejeter sur Leonides les fautes commises par d'autres. Pourtant, ses jérémiades déclenchaient en elle une répulsion dont la virulence la prit de court.

« Est-ce que Sala sait que tu es marié ?

— Tu crois que c'est à cause de ça ? (La surprise se lisait sur le visage de Leonides.) Tu lui en as parlé ? (Avant qu'elle ait eu le temps de répondre, il l'arrêta d'un geste.) Je voudrais juste comprendre.

— Je n'avais aucune raison de lui dire.

— C'était peut-être un des collègues. Cette maudite réception !

— Tu n'es pas sérieux, quand même ? (Kristiina avait réussi à sortir une cigarette et était en train de chercher son briquet.) Elle n'était pas au courant ?

— Je voulais lui montrer Käsmu et l'emmener à Tallinn, poursuivit-il. Elle a refusé.

— Et ta femme ? »

Leonides, brusquement dérangé dans sa douleur, leva les yeux. « Comment ça ? Je vais lui écrire pour lui dire que je prends le ferry d'après.

— Quand tu la laisses plus d'une nuit, elle fait avec ?

— Ma femme ?

— Elle fait avec ?

— Nous sommes des êtres libres, Kristiina. »

Kristiina nota un léger changement de ton.

« Nous avons lutté pour en arriver là. Notre individualité, notre caractère propre, notre idiosyncrasie qui nous rend uniques et ne saurait être partagée. (Il parlait comme à une tribune.) Même la hiérarchie des valeurs capitalistes et bourgeoises ne peut plus nous retirer ça.

— Certains pensent ne pas pouvoir faire avec.

— Est-ce que le principe de la liberté, ce n'est pas d'avoir la possibilité de choisir entre une chose et son contraire ? »

La lumière de l'après-midi projetait une réplique dorée de la fenêtre sur le mur, et Kristiina dut bien s'avouer que sa mauvaise humeur n'avait rien à voir avec Leonides. Elle l'avait apportée avec elle. Elle la subissait depuis le déjeuner. Sa mauvaise humeur avait pour objet sa propre impuissance. Elle avait espéré la garder sous le seuil de perception jusqu'au moment où elle se serait dissipée comme le brouillard après la pluie. Liv la désarmait. Liv qui passait sa main baguée dans ses cheveux, Liv avec ses rides délicates et caractéristiques au cou et son bronzage des îles de l'archipel, Liv bien consciente que les regards qu'elle lançait désarmaient et décontenançaient quelqu'un comme Kristiina qui n'était pas habituée à une telle impuissance.

Dans la cour intérieure de l'institut, une mouette poussait des cris perçants.

« Est-ce que Sala avait des problèmes avec l'intimité ? » demanda-t-elle d'un air aussi dégagé que possible.

Leonides la dévisagea avec effroi à travers ses épais verres de lunettes. Ses pupilles ressemblaient à deux petits poissons prisonniers d'un aquarium.

« Je veux dire : est-ce qu'elle arrivait à être intime avec toi ? Intime physiquement ? Nue ? »

Ils n'étaient pas amis, pas au sens fort du terme, ils n'étaient pas assez proches pour qu'elle puisse se permettre de le questionner sur sa vie amoureuse, lui que son propre corps incommodait avec ses bruits et ses odeurs. Mais s'il continuait comme ça, s'il restait encore longtemps à regarder dans le vide à travers ses lunettes, incrédule et muet, tous les ferries pour l'Estonie allaient partir sans qu'ils aient terminé leur conversation. Kristiina aurait donné cher pour savoir ce que cet homme, député à Bruxelles, voulait de Sala, à part du sexe. Mais, à en croire Sala, le sexe n'avait pas pu être simple, et Kristiina la croyait. Elle l'avait crue dès leur première rencontre à la mairie.

Leonides s'approcha de la fenêtre. Il l'ouvrit et, soudain, il fut de nouveau possible de respirer dans l'atmosphère sèche de la pièce.

« Tu m'en demandes trop. »

Kristiina lâcha le paquet de cigarettes et sortit sa main du sac. « Excuse-moi. Mais, parfois, il se passe des choses qui ne devraient pas avoir de rapport avec la personne qu'on aime. Et pourtant, elles se répercutent sur tout.

— Tu es aussi énigmatique que le sphinx.

— Selon les statistiques, une femme sur trois est victime de violences sexuelles.

— Sala ? (Leonides fit volte-face.) Non. Jamais ! Je n'y crois pas.

— Une sur trois.

— Qu'est-ce que tu veux dire par là ?

— Je dis juste la vérité.

— On a tendance à faire ce genre d'affirmations à la légère. » Leonides corrigea le tombé du rideau droit qui s'était emmêlé.

« Tu ne trouves pas que ce chiffre est dingue ?

— C'est possible, Kristiina. Mais permets que j'attire ton attention sur une certitude plus fiable que tes statistiques, dit-il – il s'était ressaisi. La génération qui est celle de Sala s'est retrouvée confrontée à une liberté qui n'existait plus depuis des générations. Dans les années d'anarchie qui ont suivi la fin de l'ère soviétique, en faire usage n'a pas dû être facile. Les jeunes avaient de moins en moins de repères. Ils sont nombreux à être partis dans le vaste monde en toute innocence. Mais Sala était sur la bonne voie. Pour me faire plaisir, elle faisait semblant d'étudier. Et je pense que, un jour ou l'autre, elle y prendra goût.

— Ta femme, Sala et moi. Une sur trois.

— Tu vois trop de misère sociale.

— Non, Leon, je commence à comprendre que je suis une exception totale.

— Le fait est, dit Leonides après un petit instant de réflexion, d'une voix hésitante et sans regarder Kristiina, le fait est… (Il fit une nouvelle pause.)… que Sala a emporté un peu d'argent. (Il remit ses lunettes en place.) Environ cinq cents euros, je dirais. Et si je n'avais pas la stupide habitude d'utiliser des billets comme marque-page...

— C'est vrai ?

— Je lui aurais donné l'argent n'importe quand. »

Sur le mur, la réplique de la fenêtre virait au rouge incandescent. Mais Kristiina se remémora Sala, son sourire timide et narquois, et ce souvenir ne provoqua qu'un réflexe en elle. Le réflexe était fort, alors que personne ne connaissait son existence, pas même sa mère, ce qui était inhabituel. C'était le réflexe de la protéger.

« Le déclassement social qui va de pair avec un changement de système, poursuivit Leonides, je connais ça. L'argent perd la moitié de sa valeur, et les gens aussi. Je suis froissé qu'elle ne m'ait pas fait confiance.

— Effectivement. »

C'était un drôle de vendredi après-midi.

« Je me doute de ce que tu penses. (Leonides retira son manteau pour le poser sur l'une des chaises destinées aux visiteurs, comme s'il se préparait au combat.) Mais mariage ou pas, pour moi, ça ne change rien. »

La réunion du groupe parlementaire avait commencé depuis longtemps. Dans la salle de réunion, Kristiina se serait essentiellement consacrée à l'organisation de son week-end, même s'il n'y avait pas grand-chose à organiser. Un simple coup d'œil à son agenda permettait de constater qu'elle n'aurait pas le temps d'aller au sauna ni de faire la virée en kayak dans les îles qu'elle prévoyait depuis longtemps, car elle devait terminer la feuille de route en dix points avant de partir pour Leppävaara le dimanche expliquer ses droits à une jeune femme – les droits d'une victime de violences dans une démocratie occidentale.

« Tu es en train d'accuser Sala de vol parce qu'elle t'a plaqué ?

— Qu'est-ce qui te prend ? Je t'ai fait une confidence !

— On a tendance à affirmer à la légère qu'on a été volé. »

Quelques secondes s'écoulèrent, puis elle vit que Leonides saisissait l'allusion.

« Avec tous les sujets sensibles auxquels nous sommes confrontés chaque jour, Kristiina, la suspicion devient notre pire ennemi. Je te manque ? »

Il était quatre heures ce vendredi après-midi, et le fait que Leonides, après avoir raté son ferry, se lance sur un tel terrain prouvait qu'ils devaient changer d'allure. Il était trop tôt pour le cognac. Mais Leonides avait toujours une bouteille en réserve. Dans chacun de ses bureaux, même ceux qu'il n'occupait que provisoirement, il gardait du cognac pour les situations qui exigeaient un remontant – un mélange de café et de cognac –, et Kristiina ne fut pas surprise qu'il propose d'aller chercher deux cafés dans la cuisine commune, noirs, sans sucre.

La fenêtre était ouverte. Il était interdit de fumer dans l'enceinte de l'université. Mais une fois Leonides sorti de la pièce, Kristiina fut incapable de résister plus longtemps. Elle sortit le paquet et se pencha dehors pour allumer sa cigarette. Elle tira dessus, et aucun détecteur de fumée ne se déclencha, personne ne lui cria d'avertissement d'en bas et, à l'immeuble d'en face, un étage plus haut, elle aperçut une femme à la fenêtre, elle aussi avec une cigarette à la main. Elle faillit lui faire signe.

Le soleil et la fumée baignaient la cour d'une lumière maladive. Le visage buriné sur la couverture du livre qu'elle avait longuement observé à la bibliothèque surgit devant elle. Chingachgook. Un livre qui n'était plus guère emprunté, avait dit la bibliothécaire : aujourd'hui, quand ils lisaient, les enfants lisaient des mangas. Dans un fondu enchaîné, le visage du Mohican prit lentement les traits de Sala, jusqu'à ce que la jeune femme la regarde sur la couverture, avec les yeux du vieil autochtone. Kristiina décida d'aborder aussi ce sujet, dimanche, à Leppävaara. Malgré toutes ses conjectures, elle n'arrivait pas à comprendre pourquoi Sala utilisait un pseudonyme pareil. Ne serait-ce que d'un point de vue éthique, c'était délicat. Après tout, personne n'avait exterminé en quasi-totalité le groupe ethnique dont elle faisait partie. Et même en prenant les choses autrement, Sala était loin d'être la dernière. Elle avait subi ce que subissait une femme sur trois.

Kristiina écrasa sa cigarette sur la façade du bâtiment. Elle s'écarta de la fenêtre, et son regard tomba sur le bureau. Plusieurs documents y étaient posés, dont un qui dépassait à moitié dans le vide. En voulant le remettre en place d'une pichenette, elle le fit tomber dans la corbeille à papier en dessous. Kristiina n'avait pas l'intention de lire le document. Mais comme elle se penchait pour le ramasser, une ligne accrocha son regard. « *... my unreserved recommandation...* » Elle était capable de saisir la teneur d'un document en quelques secondes. Elle avait l'esprit vif. Dès le plus jeune âge, elle avait largement devancé ses camarades de classe en compréhension écrite, raison pour laquelle il lui fut impossible de ne pas parcourir la lettre en la reposant sur le bureau d'un geste fluide.

C'était un courrier adressé au ministère de la Culture. Tous les deux ans, en collaboration avec l'université, le ministère décernait un prix à vocation internationale pour les droits humains et la liberté d'expression. Cette année-là, le prix devait être remis à un homme qui s'était distingué par l'octroi de bourses de résidence à des journalistes, scientifiques et artistes persécutés en exil et qui avait fondé un réseau constitué pour le moment de sept États de l'U.E., de l'Ukraine et de la Suisse : cinq de ces pays disposaient déjà de lieux d'accueil au nombre desquels comptait le Collegium for Advanced Studies de l'université d'Helsinki, une nouvelle résidence s'apprêtant à ouvrir ses portes dans le Brandebourg est-allemand.

Leonides Siilmann recommandait chaudement Johann Manfred Bengel.

La femme bleue veut réparer l'horloge. Elle cherche des piles dans la cuisine.

Elle ouvre tous les rangements. Elle tire le tiroir à couverts sans savoir qu'au lieu de couverts il y a dedans une planche à découper coulissante. Il n'est plus évident qu'elle connaisse l'appartement.

Je me force à poser une question simple. Je demande à la femme bleue si elle l'aime bien.

Qui donc ?

Sala.

La femme bleue hoche la tête. « Avec le temps, j'ai appris à la comprendre. »

Dans le meuble sous l'évier, il y a un paquet de piles ouvert. Elle en sort deux et les insère dans le compartiment prévu à cet effet.

Les ressorts des pôles négatifs se tendent.

Kristiina s'était retrouvée à court de temps pour réfléchir à comment aborder la chose : elle savait seulement, sans en douter le moins du monde, qu'elle devait l'aborder. Sur la table étaient posés deux gobelets en polystyrène avec du café, la bouteille de cognac et deux verres.

Leonides les servit. C'était un cognac français, une meilleure marque que celle qu'il achetait jusque-là.

« Tu as changé de cognac récemment ? Ce sont des gens comme ça qui te fournissent ? » Kristiina prit le courrier sur la table et le tendit à Leonides.

« Bengel ? Non. C'est un collègue français de Bruxelles qui me l'a offert. Goûte-le.

— Comment vous en êtes arrivés à choisir ce type-là ?

— Tu veux savoir comment nous sélectionnons nos lauréats ?

— Je veux dire que ce serait toujours mieux de me recommander moi plutôt que lui. »

Leonides se mit à rire. « Où est ta modestie, Kristiina ?

— Ne me sors pas cette vieille rengaine de la morale masculine.

— Je croyais que les Finlandais étaient timides ? »

Les cris de la mouette derrière la fenêtre annonçaient le week-end, le soleil et le sel marin sur la poupe du kayak – autant de promesses qui resteraient sans effet, et ce parce qu'un homme, au seul motif qu'il était un homme, estimait pouvoir s'affranchir des règles. Les impératifs moraux ne valaient pas pour lui. « Tu ne frapperas point. Tu ne tueras point. Tu ne violeras point. » Les hommes comme lui ne se contentaient pas d'ignorer ces commandements : ils ne cessaient d'être récompensés par la société. L'un n'allait pas sans l'autre, jusque dans ce bureau, le bureau de Leonides.

Kristiina était révoltée par cette idée, bien plus que par la petite pique lancée par Leonides. Les types comme Bengel faisaient en sorte que le monde ne bouge pas, alors que ni eux ni le monde n'étaient riches ou beaux. Ils en faisaient ce qui leur chantait et en tiraient leur sève vitale, et quand ils transpiraient – Kristiina se refusait à utiliser un verbe plus esthétique –, ils communiquaient cette sève à leur entourage sous forme de gouttes qui s'infiltraient, en passant par les muqueuses, dans les organismes de toutes leurs fréquentations où les gouttes se transformaient en huile épaisse qui ralentissait la circulation sanguine et engluait les synapses, et c'était à cause de cette matière poisseuse que les types comme Bengel devenaient des figures d'autorité et accédaient à des postes décisionnels où le nombre de leurs fréquentations ne cessait d'augmenter.

« Quel est le rapport entre moi et la modestie des Finlandais ? demanda-t-elle. Je suis une femme : je n'ai pas de pays, pas de nation. Je suis une femme, et mon pays est le monde entier ! Tu n'as pas lu Virginia Woolf ? »

Leonides s'était défendu d'un geste. Il n'avait évidemment pas lu Virginia Woolf. Les hommes comme lui lisaient Zygmunt Bauman ou Umberto Eco ou Jacques Le Goff. Le courrier destiné au ministère de la Culture était posé entre eux sur la table, et Kristiina essayait de mettre de l'ordre dans ses idées.

« Vous n'avez pas peur de tomber sur la mauvaise personne ?

— Rester loin de la gloire et des honneurs : est-ce que ce n'est pas ton credo depuis toujours ? Pourquoi t'intéresses-tu soudain à notre prix Eeva-Liisa Manner ?

— Comment pouvez-vous être certains de ne pas vous tromper dans le choix de vos lauréats ?

— Ne t'en fais pas, répondit patiemment Leonides. La décision est le fruit de plusieurs mois de recherches. Le comité de sélection est composé d'experts. »

Kristiina était aussi révoltée par la patience de Leonides, par le calme avec lequel il s'efforçait d'être compréhensif en toutes circonstances, jusqu'à l'obstination – sauf qu'il en oubliait manifestement l'essentiel : quand on bafouait un prix remis au nom des droits humains, on bafouait les droits humains. Mais ce qui révoltait le plus Kristiina, c'était son propre silence. Respecter la consigne de Sala n'était plus sensé maintenant qu'elle avait connaissance de l'existence de ce prix. Il était à craindre que son silence protège non pas Sala, mais son bourreau. Mais dans ce cas, Leonides aurait sa part de responsabilité, Kristiina ne le laisserait pas se dédouaner. Elle repensa au yacht, au type de chez Gazprom, aux rêves coûteux de Leonides, à toutes ses relations sociales. On pouvait se fourvoyer au sujet de n'importe qui. Mais, en définitive, une telle suspicion était trop étrangère à Kristiina, et trop sombre pour elle, raison pour laquelle elle la rejeta.

« Ta recommandation, c'est ce qui fait pencher la balance d'un côté ou de l'autre, c'est ça ? »

Leonides brandit vers la lumière son verre qui n'était plus qu'un éclat d'or.

« Il faut toujours avoir au moins un cognac d'avance sur la vie. »

Ivre de colère, Kristiina ravala une réplique cinglante sur la complaisance de Leonides à son propre égard, et ce uniquement parce qu'une pensée intéressante l'avait distraite : le diktat de la modestie féminine prenait sa source dans l'impératif de chasteté. Rester en retrait, se taire, se cacher derrière des pseudonymes – autant d'héritages de cette loi ancestrale qui imposait aux femmes de se couvrir et qui avait permis à un homme comme Leonides de se retrouver sur le devant de la scène en se considérant comme un pionnier de l'existence. Si l'on suivait cette idée – et c'est ce que faisait Kristiina depuis que la chargée des questions migratoires lui avait offert les essais de Virginia Woolf pour son anniversaire –, seule une femme voilée était une « bonne » femme. Ce principe était toujours d'actualité. Même si le processus, dont un homme comme Leonides ne se soucierait jamais, était bien plus subtil, le résultat était le même : la modestie était l'instrument parfait pour priver les femmes de ce genre de prix. Ce qui ramena Kristiina à Sala.

Elle reprit la lettre de recommandation, du bout des doigts, comme un morceau de papier toilette.

« Johann Manfred Bengel. Il était à la réception, lui aussi. »

Le visage de Leonides affichait un air attentif.

« On a le droit de faire ça ? De recommander un ami proche ?

— Je suis évidemment ravi que nous ayons trouvé un collègue allemand de Bruxelles engagé en faveur d'un devoir de mémoire éthique en Europe. Chez les Allemands, pour des raisons historiques, le sujet reste controversé. Mais la décision ne dépend pas que de moi.

— Non, mais dans ton cas, il y a un conflit d'intérêts.

— Un prix à vocation internationale exige une vision d'ensemble, Kristiina.

— Je croyais que ton rayon, c'étaient les dictatures ?

— La plupart des journalistes et auteurs persécutés ne viennent pas de dictatures mais d'États autoritaires.

— Ça me rend malade de t'entendre dire ça.

— C'est ce que je dis ! Sous la houlette des États autoritaires, nous sommes en bonne voie vers une dictature globale.

— Une vision d'ensemble ! C'est ce qui a valu au XXe siècle des montagnes de cadavres. Et toi, tu utilises cette formule ? »

Elle lâcha la feuille qui tomba à côté de la corbeille à papier. Il y eut un silence.

« Comment se fait-il que tu aies accès à un tel trésor de connaissances secrètes et que tu le gardes si jalousement pour toi ? » dit Leonides en reculant sa chaise.

Son intérêt s'était éteint. Agacé, il se prépara à partir.

« Puisque tu ne veux pas me dire où se trouve Sala, je vais essayer d'attraper le ferry de quatre heures. »

Elle ne put s'empêcher de rire.

« Quoi ? (Il la regarda, blessé.) Si tu ne savais pas où elle est, tu ne serais pas ici !

— Tu es un fin stratège, Leonides Siilmann. Mais je ne peux pas t'aider.

— Qu'est-ce que c'est que ces insinuations perfides à propos de Bengel ?

— Les grands mots ne serviront à rien. »

De toute évidence, c'était une manœuvre d'évitement. Dehors, la mouette essayait de s'échapper de la cour intérieure en poussant des cris perçants.

« Je suis déjà allé à l'hôtel, dit Leonides – et leurs regards se croisèrent. Sala ne connaît personne à Helsinki. Si elle n'est pas rentrée chez elle et qu'elle a besoin d'aide, il y a de fortes chances qu'elle te contacte toi. »

Malgré tout l'agacement et toute la douleur qu'il ressentait, il se faisait du souci. Il s'inquiétait sincèrement pour Sala, et c'était cette sincérité, cette façon de ne jamais perdre de vue ce qui lui tenait à cœur, que Sala appréciait le plus chez lui depuis qu'elle le connaissait.

« Elle a trouvé tes coordonnées sur internet, c'est ça ? »

Mais elle tint sa promesse. Elle ne dit rien à Leonides. Presque rien.

« Quand aura lieu la cérémonie de remise du prix ?

— Mercredi. Les invitations sont parties.

— J'ai dû offrir la mienne à ma secrétaire.

— C'est dommage, répondit Leonides. Tu vas rater mon brillant discours. »

Il était debout à côté d'elle, à deux pas de la porte, et ce fut cette information qui poussa finalement Kristiina aux aveux.

« Il signera ta perte. »

Ce fut au tour de Leonides de rire.

« Ce discours sera ta déchéance. »

La mouette décrivit un cercle au-dessus des toits avant de s'envoler vers la mer.

Les pensées de Kristiina étaient aussi nettes que sous une loupe. Une concentration cristalline, suivie d'une hausse de température, d'un bouillonnement intérieur. Tous ses sens étaient aiguisés. Si l'on comparait l'état dans lequel elle quitta le bureau de Leonides aux derniers rayons du soleil à son état des deux dernières années, son feu intérieur avait la violence d'un incendie. Elle allait encore moins dormir au cours des prochaines nuits. Son niveau d'adrénaline était élevé. Dans son emploi du temps chargé du week-end, elle pouvait encore caser une petite visite à sa mère sans renoncer à ses différentes obligations. Sa mère était un bon regard extérieur. « Quand tu ne sais plus qui tu es, appelle-moi », avait-elle dit pour plaisanter un jour que Kristiina se plaignait de s'oublier parfois dans sa colère : la colère tirait sur ses muscles, les muscles de sa bouche, les muscles de son cerveau, jusqu'à ce que Kristiina ne soit plus capable d'articuler et se retrouve hors d'elle. « Appelle-moi, et je te le dirai. » Sa mère avait beau avoir fait cette proposition pour plaisanter, Kristiina l'avait notée avec gratitude. Cette fois encore, sa mère saurait quelle était la meilleure conduite à tenir. Le sort de Sala était triste. Mais c'était le sort de tant de personnes. Il était peut-être plus judicieux de supprimer les lois et les systèmes qui rendaient ces drames possibles plutôt que de se disperser dans des cas individuels.

Dès qu'il eut connaissance de ces faits monstrueux, s'aidant également de bribes de souvenirs qui venaient compléter le récit de Kristiina comme les pièces d'un puzzle, Leonides fut un autre homme. L'espace d'un instant, il en resta sans voix. Il finit par se ressaisir, passant de la perplexité à l'impuissance puis à l'agitation : il soulevait des papiers et les reposait, cherchait des numéros de téléphone sans les trouver, enfournait d'un air absent un biscuit sec oublié dans une soucoupe et, au fur et à mesure, il comprenait des comportements de Sala qu'il avait jusque-là été incapable de déchiffrer. Sans entrer dans les détails, il se contentait de se les remémorer.

Les gens étaient capables d'atrocités, même en dehors des dictatures sanguinaires. C'était la conviction de Leonides. Et ce jour-là il en éprouva la vérité dans sa chair : pour la première fois de sa vie, il avait des envies de meurtre. Mais si son travail avait du sens à ses yeux, c'était seulement parce que les gens avaient des scrupules. La plupart des gens reculaient devant l'idée de faire du mal à autrui. Avant qu'ils s'en prennent les uns aux autres, il fallait les entraîner, les dresser et les assommer à coups de drogues, ériger des systèmes entiers, instaurer des appareils idéologiques pour les priver de toute honte et faire pression sur eux. Contrairement à ce qu'affirmait D. H. Lawrence, l'être humain n'était pas par nature un animal méchant.

« L'être humain ? s'écria Kristiina. Quel être humain ? »

Leonides croisait régulièrement Bengel lors de conférences, il avait partagé avec lui des déjeuners dans des cantines, des verres dans des bars et des petits déjeuners au Parlement. Cet homme était issu d'un système libéral. Il ne subissait aucune pression. Aucune idéologie ne l'incitait à la brutalité, une brutalité que Leonides parvenait difficilement à associer à Sala. Il avait serré la main de cet homme un nombre incalculable de fois, même après les faits, en toute innocence, car les mains ne trahissaient rien, mais aux yeux de Leonides cela n'avait aucune importance. Il aurait dû sentir, deviner quelque chose s'il aimait vraiment Sala, et il l'aimait, il en avait désormais conscience, et il n'utilisait pas ce verbe à la légère. L'envie le prit de se laver les mains, immédiatement, et à l'essence si possible, ou de se les couper, à lui ou à l'autre – à ce moment-là, il perdit brièvement le contrôle et but une grande gorgée de cognac. Mais quand Kristiina voulut lui raconter comment Bengel avait pris possession de la jeune femme, il refusa. Il lui coupa la parole. Il ne voulait pas de détails. Il ne les aurait pas supportés.

« Toi et moi. Nous devons empêcher la remise du prix ! »

Les répercussions physiques du choc mirent un moment à se manifester : un scintillement sur son front et l'arête de son nez qu'il essuya à plusieurs reprises avec un mouchoir en tissu. Un teint qui semblait devenir encore plus pâle. Et l'odeur qui flotta soudain dans la pièce n'était pas due à la sécheresse de l'air. C'était l'odeur d'une transpiration masculine éliminée pour la première fois depuis longtemps.

« Je sais, dit Kristiina. Sans ça, quelle valeur aurait notre travail ?

— J'ai l'impression que Bengel m'a planté un couteau dans le dos.

— C'est tout ce que ça t'inspire ? »

Leonides doutait que la remise du prix puisse être empêchée. Il était trop tard pour s'y opposer. Serait-il possible de trouver des preuves ? Ce n'était pas certain. Or la loi exigeait des preuves. Sauf qu'elle excluait la seule preuve disponible à ce jour : Sala. Sans compter que la décision dépendait de la volonté de l'ensemble du comité.

« Ils ne se sont pas encore frottés à ma volonté ! », rétorqua Kristiina, butée, dans une nouvelle explosion de colère, cette colère impétueuse et irrationnelle qui était la sienne. Leonides et elle ne maîtrisaient rien. Il n'y avait aucune garantie que la plainte serait suivie au pénal et, quand bien même ce serait le cas, l'affaire serait selon toute vraisemblance transmise à l'Allemagne, et ce bien que la présence de Johann Manfred Bengel en Finlande soit avérée.

« Tu veux faire éclater au grand jour les horreurs du XXe siècle – et les horreurs de ton propre siècle, alors ?

— Tu n'as pas entendu, Kristiina ?

— Quoi ?

— Il nous vole notre dignité ! Pendant des siècles, l'homme occidental a externalisé ses pulsions sanguinaires et en a fait son profit. Loin de chez lui, c'est le règne des zones grises ; mais chez lui, il n'est que bonnes actions. Je ne peux m'empêcher de me demander : ai-je été aveugle ? naïf ? négligent ? (Il était de plus en plus fébrile.) Ai-je cédé à la tentation de l'illusion jusqu'à ne plus voir combien la géopolitique occidentale reposait sur l'esclavagisme des corps ? des corps non occidentaux ? des corps de femmes et d'enfants ? »

Kristiina sourit. « Ce n'est pas seulement la politique occidentale ! »

Leonides avait les cheveux en bataille et un teint aussi maladif que le mélange de soleil et de fumée un peu plus tôt, et son discours improvisé le rendait presque inquiétant. Ce qui était loin de déplaire à Kristiina.

Il lui faisait tellement plaisir qu'elle était à deux doigts de le serrer dans ses bras. Mais une Finlandaise et un Estonien ne se serraient pas dans les bras, en tout cas pas comme ça. Elle était d'accord avec sa proposition. Il allait téléphoner aux autres membres de la commission et jouer le rôle du messager de malheur. Si Bengel était jeté en pâture, le risque était que les négociations consacrées au devoir de mémoire européen reviennent plusieurs mois en arrière, et des contacts importants à Bruxelles seraient perdus. Mais Leonides ferait un discours fondateur, un discours absolument fondamental.

« Avant ça, j'aimerais la voir. Dis-lui, s'il te plaît. Ou dis-moi où elle se trouve. »

La femme bleue raccroche l'horloge au mur. Elle dit qu'il est crucial de faire attention aux contradictions dans les renseignements qu'on donne sur soi.

Elle dit que les contradictions dans les histoires des autres nous échappent. Mais que, parfois, c'est un avantage.

Elle sourit.

Comme si ça nous concernait aussi, elle et moi.

L'horloge affiche huit heures dix. Le soleil fait briller les fils de l'antenne-relais. Il arrive au point le plus bas au-dessus des toits dont les ombres tombent jusqu'au canapé. À l'endroit où Kristiina était assise, le tissu fait des plis. Ils donnent l'impression que la pièce est habitée.

Kristiina a quitté l'appartement il y a seulement quelques minutes. À la porte, déjà en manteau, elle s'est retournée en lui intimant de ne pas baisser les bras, « ne perds pas courage maintenant ». Depuis le balcon, on la verrait descendre l'allée, tourner dans la Majurinkatu et disparaître au coin de la rue, en direction de la gare, où il y a un dentiste, une bibliothèque, un bureau de poste et un supermarché.

L'horloge au mur s'est arrêtée. L'avion rouge fait du surplace. Il ne vole plus depuis plusieurs jours. Dans la cuisine, il y a un reste de café au fond de la cafetière, et elle le verse dans la tasse avec l'inscription en lettres capitales. Elle ne prend pas d'alcool. La bouteille dans le frigo est presque vide. Elle est contente que Kristiina ne l'ait pas vue. Elle était partie fumer une cigarette sur le balcon pendant qu'elle, Adina, rangeait la nourriture dans les placards et le frigo, trop de nourriture pour qu'une seule personne en vienne à bout d'un coup.

« Santé, Sala, à la tienne ! (Elle brandit sa tasse et trinque en direction de la fenêtre sale.) À la tienne et continue comme ça. »

C'est la volonté.

Elle ne sort pas sur le balcon. Elle ne veut pas voir Kristiina s'éloigner d'elle, cette femme élancée et décontractée. Qui n'a rien en commun avec Rickie. Mais alors que sa visiteuse était assise sur le canapé, l'absence de Rickie s'est soudain fait sentir, quoique adoucie par la présence de Kristiina.

L'odeur de l'autre flotte encore dans l'entrée.

Elle vérifie la porte qui est bien verrouillée. La chaîne de sûreté fait un bruit métallique. Kristiina est venue et est repartie et, entre son arrivée et son départ de l'appartement, il n'a pas pu s'écouler plus de deux heures. Il a fallu moins de deux heures pour détruire ce qui vainc les zones d'ombres, la perspective d'un avenir où elle reverra sa mère. Reverra : futur, tout simplement, *ahoj*, me voilà. Deux heures ont réduit à néant tout espoir à ce sujet.

Elle ne fera pas de déposition. Kristiina n'a laissé aucun doute là-dessus. Elle a expliqué ce qu'il en était, et il est évident que, dans un tel contexte, personne ne fera de déposition. C'est terminé. Mais cette conclusion n'est pas encore parvenue à son cerveau. Le soleil est toujours là et éclaire l'entrée d'un dernier rayon doré.

Elle décroche la chaîne de sûreté et rouvre la porte. Il n'y a pas un bruit dans la cage d'escalier. Pas âme qui vive. Même pas le voisin qui surveille l'entrée de l'immeuble comme si c'était sa chasse gardée. Plus de trace de Kristiina. On dirait que personne n'est jamais venu ici. Le paillasson est retourné. *Tervetuloa komeat miehet.* C'est ce qui est écrit sur le côté au sol, trois mots dont elle ne connaît pas la signification. Elle aurait pu demander à Kristiina, mais, comme le paillasson est à l'envers, elle n'y a pas pensé. C'est la preuve qu'elle est bel et bien sortie de l'appartement, il y a quelques jours, le mercredi, quand une réponse est enfin arrivée dans sa boîte mail. Quand une formule de politesse officielle s'est affichée sur l'écran, avec en dessous une adresse dans le centre-ville, un jour et une heure, et une invitation à se présenter au gardien. Le jour où le Mohican a pris les commandes.

C'est le bien.

En quittant l'appartement, elle a retourné le paillasson, histoire de se souvenir à son retour qu'elle était sortie. Car quoi qu'il se passe, quelle que soit la tournure que prendrait sa visite au Parlement, elle voulait avoir ensuite la certitude qu'elle l'avait fait.

Elle est partie dans les temps. Elle a quitté la résidence en début d'après-midi. Elle s'est d'abord dirigée vers le supermarché situé dans le bâtiment bas près de la gare. Le mot PRISMA s'étalait sur tous les rayonnages, sur les caisses de fruits et de légumes, et sur les congélateurs coffres où se trouvaient des poissons entiers et des homards sur de la glace. Entre les rayons étaient disposés des bacs avec des articles en promotion : petites culottes, serviettes de table, Smarties et sweats à capuche. Un bac exerçait sur elle une attraction irrésistible. Les sweats y étaient noirs. La plus petite taille correspondait à un chiffre trop grand pour elle et, quand elle a enfilé le sweat, elle s'est rendu compte que les manches pendaient sur ses poignets. Comme avec son pull vert, son pull préféré, un pull d'exploratrice qu'elle avait jeté dans une poubelle, la nuit de son arrivée, au bout de huit heures de train, dans le hall de gare vide. L'odeur de haschisch ne partait pas, même quand elle frottait la laine avec le savon liquide des toilettes du train, et on aurait facilement pu la prendre pour une SDF. Et elle n'était pas une SDF. Elle ne savait juste pas où elle allait pour le moment.

Elle a gardé le sweat sur elle après avoir discrètement arraché l'étiquette. Parfois, il valait mieux ne pas hésiter. Dans une allée avec des articles pour la maison et des accessoires de cuisine, elle a trouvé les couteaux, des couteaux suisses de toutes les formes et toutes les tailles, plus chers les uns que les autres. Mais aucun n'avait autant de fonctionnalités que son couteau d'avant, celui qu'Ira lui avait volé. Elle en a choisi un rouge. Elle s'est penchée pour sortir le carton du rayonnage, et une petite fille est tombée sur ses bottines, comme surgie de nulle part. La petite fille est restée assise sur ses chaussures, à la regarder avec des yeux mouillés de larmes. Elle était seule. Personne ne la suivait, personne ne cherchait la petite, aucun parent blême de peur n'arrivait en courant. On aurait dit qu'elle était seule au monde, alors qu'elle ne pouvait pas avoir plus de deux ou trois ans. Chez les enfants, ce n'était pas facile à savoir. Le carton lui a glissé des mains. Son cœur a bondi dans sa gorge où il s'est mis à palpiter, lui coupant le souffle, et l'envie lui est venue de se retourner et de prendre ses jambes à son cou, mais la petite était toujours assise sur ses bottines. Elle n'aurait pas dû quitter l'appartement. Elle n'était pas encore prête. La petite fille en était la preuve : elle était dépassée par le moindre événement. Un incident de rien du tout, et elle perdait le contrôle. Dans ces conditions, comment pouvait-elle faire une déposition ? Sans compter qu'elle manquait de personnalité et de décontraction.

Le Mohican gardait son calme. Il a ouvert le carton et lui a glissé le couteau dans la poche de son pantalon. Puis il a relevé la petite fille d'un geste ferme et l'a assise dos au rayonnage. « N'aie crainte », l'a-t-elle entendu dire d'un ton véhément, comme si seule l'insistance rendait ses paroles compréhensibles, « *I'll go and find your mama !* » Et elle est partie chercher un employé du PRISMA avec tout son butin sur elle.

Quand elle est sortie, le portail a sonné. Elle avait payé un paquet de boulettes de viande et une bouteille de jus de pomme pétillant. Elle portait le sweat à capuche sur elle. En entendant la sonnerie, le Mohican a brandi le ticket de caisse dans les airs, en gardant son autre main dans la poche de son pantalon, serrée sur le couteau qu'elle ne lâcherait plus jamais. Mais, ce jour-là, personne ne lui a demandé de le faire, pas même le service de sécurité du Parlement. Au supermarché, on l'a laissée partir. Tout le PRISMA cherchait la mère de la petite fille.

Le Mohican ne s'est pas dirigé vers la gare. Il est parti dans le sens opposé. Au cas où le racleur de gorge serait encore en ville, ils devaient éviter les transports en commun. Ils ont pris un souterrain, ont traversé par en dessous la route à trois voies et sont arrivés de l'autre côté, au bord de la mer. Des murs antibruit la protégeaient de la voie rapide. Un chemin en asphalte longeait le rivage, un ponton enjambait une crique au ras de l'eau. Ils sont passés devant une zone de promenade et ont pris un sentier battu avant de se retrouver dans un quartier résidentiel chic avec une promenade bordée par des roseaux. Et à condition de marcher assez longtemps, ils allaient tomber sur le mur du cimetière, le même mur qui n'en finissait pas quand elle le suivait avec Leonides, « à moins qu'on meure et qu'on soit enterrés là », jurait Leonides parce que ses ampoules lui faisaient mal aux pieds.

Avant ça, ils sont arrivés au terminus d'une ligne de tram. Un tram jaune et vert était arrêté devant le trottoir, prêt à partir. Et parce que l'heure était déjà bien avancée sur l'écran d'affichage, elle est montée dans le dernier wagon, la capuche rabattue sur le visage. Elle n'était plus celle qui soupçonnait, comme Leonides le lui reprochait. En bottines et sweat noir, c'était désormais elle qui suscitait la suspicion des autres. Mais, dans le wagon, il n'y avait qu'une femme seule d'un certain âge qui ne faisait pas attention à elle. Son visage était imperméable, une mine pour se reposer.

La lumière du soir flotte dans la cage d'escalier. La rambarde et les marches scintillent dans le silence du dimanche. Avant de rentrer dans l'appartement, elle retourne le paillasson. *Tervetuloa komeat miehet.* Elle l'a fait. Elle est sortie. Elle est allée dehors, elle est allée au Parlement.

C'est le bonheur.

Quand on a réussi à prendre la parole devant le Parlement, on a bien droit à un verre d'alcool.

« Sois indulgente avec toi, a dit Kristiina. Mange. Dors autant que tu en as besoin. Personne n'exige l'impossible de toi. »

Kristiina. Qui a surgi sur le pas de cette porte, avec un sac en papier dans les bras, sans avoir besoin d'être invitée à entrer. Qui l'a poussée sur le côté. Qui a dit que le sac était lourd et a fait irruption dans l'entrée, a retiré ses chaussures et flanqué ses courses sur le plan de travail de la cuisine.

« Et voilà. De quoi tenir un moment. »

Le sac contenait des œufs, du lait et du fromage, des sardines à l'huile et des pâtes, du café, des tomates et des pommes, deux plaquettes de chocolat et du pain croquant. Et, tout au fond, un tube bleu.

« Il y a quoi dedans ?

— Des œufs de poisson.

— Dans un tube ? »

Sur le tube, il y avait un visage d'enfant souriant.

« C'est de la nourriture de cosmonaute, a dit Kristiina. Ça dure une éternité. Quand on n'a plus rien dans le frigo, on a toujours quelque chose à manger.

— Ça fait beaucoup d'un coup. Comment je vais m'en sortir avec tout ça ? »

Kristiina a agité la main. « Prends ton temps. » Comme s'il était parfaitement normal d'apporter un sac plein de nourriture quand on allait voir quelqu'un. Sauf que ce n'était pas normal, et pendant qu'Adina vidait le sac et mettait le lait, le fromage et les œufs au frigo, Kristiina est allée fumer sur le balcon. Elle lui faisait l'aumône, mais elle ne voulait pas la voir ranger. Elle avait trop souvent assisté à ce genre de scènes : les pauvres, les perdants méprisaient la charité sans refuser qu'on la leur fasse, parce que la pitié a beau être la pire des choses, elle reste la preuve qu'il y a quelqu'un pour voir la situation dans laquelle on est. Malgré ses scrupules, Kristiina avait fait les courses. « Le don ne profite pas seulement à ceux qui en ont besoin, avait dit Leonides, il profite aussi à celle qui donne. » Peut-être la phrase n'était-elle pas de lui. Peut-être était-ce Kristiina qui l'avait inventée.

« Je ne dirais pas non à un café, a-t-elle dit en revenant dans la pièce une fois sa cigarette terminée. Tu veux bien m'en faire un ? Ma journée a déjà duré plus de vingt-quatre heures. »

Kristiina. Qui déambulait dans l'appartement comme une architecte d'intérieur pendant que le café frémissait sur la cuisinière. Qui remettait un coussin en place sur le canapé, ouvrait un magazine et contemplait l'horloge avant de déplacer le siège cassé au soleil pour s'asseoir dessus – mais l'assise a craqué, et Kristiina a sifflé entre ses dents. Pour finir, elle s'est laissée tomber sur le canapé.

« Ce n'est pas si mal pour un immeuble en béton. »

Le tissu du canapé faisait des plis. Ils ressortaient dans la lumière du soleil.

« Tu dois partir d'ici à la fin de la semaine prochaine, c'est bien ça ? »

La question arrivait sans crier gare. Elle arrivait de face, vous fouettait le visage comme un chiffon froid tandis que le café bouillonnait dans votre dos.

« Comment ça ?

— J'ai parlé avec la gérance.

— Tu as parlé de moi ?

— Deux semaines de loyer, c'est quatre cents euros.

— Et alors ?

— J'ai trouvé ça beaucoup pour un immeuble en béton.

— Je ne suis pas pauvre.

— Je sais.

— Et pourquoi ça t'intéresse ?

— Parce qu'il ne te reste que cent euros pour vivre. Ce n'est pas assez. Et qu'est-ce que tu vas faire à la fin de la semaine prochaine ?

— Tu as parlé à Leonides.

— Non. Si, dit Kristiina. Oui, je lui ai parlé. »

Elles se sont regardées un moment en silence. Aux aguets.

« Pourquoi ?

— Pour t'aider.

— Et pourquoi tu penses que tu dois m'aider ?

— Ce n'est pas ce que tu m'as demandé de faire ?

— Non.

— Non ?

— Je t'ai demandé de faire juger l'Allemand. »

Le soleil était aveuglant, et Kristiina s'est avancée au bord du canapé, un canapé bas sur lequel elle était assise jambes pliées, ce qui lui donnait l'air d'une suppliante. « Sincèrement ? Ça me rassure de t'aider. Je dors mieux.

— Tu as un syndrome du sauveur ?

— Tu crois que j'ai besoin de ça ? »

Une femme comme Kristiina ne demandait jamais rien, à personne, pas même pardon. C'était pénible de l'avoir dans l'appartement.

« L'argent, je l'ai juste emprunté. Je le rembourserai.

— Je sais. »

Il y a eu une nouvelle pause qui s'est prolongée. Le café avait arrêté de bouillonner, et elle est allée à la cuisinière retirer la cafetière de la plaque. La poignée en plastique était chaude et lui a brûlé la main.

« Ça ne sert à rien de parler avec Leonides.

— C'est aussi ce que je me suis dit, a lancé Kristiina depuis le salon. Je me suis rendu compte que c'était une erreur. »

Kristiina. Qui fait ce qui, selon elle, est la chose à faire. Et, selon elle, la chose à faire était de parler à Leonides. Comme si c'était à elle d'en décider. Comme si, du jour au lendemain, elle était devenue la principale décisionnaire dans cette affaire, comme si c'était de sa déposition qu'il s'agissait. Alors que Leonides ne devait être mis au courant sous aucun prétexte – Leonides qui, désormais, sait tout. Pour ça non plus, Kristiina n'a pas demandé pardon.

Elle a versé le café dans deux tasses IKEA. « Tu m'avais promis de ne rien dire.

— Il voudrait te voir.

— Et tu lui as quand même tout raconté.

— Ça n'a pas été nécessaire. Il ne voulait pas tout savoir, loin de là. »

Assise tête basse sur le canapé, Kristiina n'a pas levé les yeux quand elle lui a tendu le café. Elle regardait ses mains imbriquées l'une dans l'autre devant ses genoux croisés. Un de ses pouces battait la mesure. Et c'était presque un aveu. La femme qui souffle dans la corne de brume avait commis une erreur, mais elle n'était pas capable de l'admettre.

« Il ne va pas bien. Non ? Leonides ? C'est pour ça que tu lui as dit. »

Kristiina a secoué la tête.

« Tu ne voulais pas qu'il aille mal. » Kristiina était allée à la villa verte dans la banlieue et l'avait trouvé dans la cuisine, à l'îlot, métamorphosé et avec aux pieds des chaussettes qui n'allaient pas, qui juraient avec sa tenue, seul devant une bouteille de muscadet. C'était ce qui avait dû se passer.

« Il aimerait bien te voir, a dit Kristiina.

— C'est ma responsabilité.

— Bien sûr. C'est ta décision.

— S'il va mal, c'est à cause de moi.

— Quand on se fait quitter, c'est rare que ça se passe sans complications.

— Qu'est-ce qu'il portait ?

— Écoute, Sala. Il se fait du souci.

— Est-ce qu'il avait des chaussettes bizarres ?

— Il voudrait que tu lui fasses confiance. Il veut te voir.

— Non. »

Kristiina a hoché la tête. Puis elle a dit : « Tu vas encore devoir répéter tout ça. À la police, à la cour, peut-être à un expert. Tu y as déjà pensé ? »

Elle referme doucement la porte d'entrée. La chaîne de sûreté fait un bruit métallique, et elle tourne deux fois la clef dans la serrure. Elle ne laissera plus personne entrer comme ça. Cet appartement est à elle, à elle et au sorbier des oiseleurs derrière la fenêtre de la chambre.

Il y a encore de la lumière dans le salon. Le canapé est là, et les plis sur le canapé, et elle s'assied à côté, en laissant un petit espace. Elle reste assise un moment, jusqu'à ce que la nuit tombante commence à envelopper la pièce d'une douceur floue.

Renoncer à faire sa déposition, ce n'est pas le signe d'un manque de personnalité. C'est ce que Kristiina a dit. Les tribunaux ne sont pas des instances justes. Les tribunaux sont là pour prononcer des verdicts en toute indépendance. Mais Kristiina ne croit pas que les tribunaux allemands en soient capables dans toutes les affaires. À ses yeux, les tribunaux allemands n'ont aucune crédibilité quand il s'agit de juger des violences sexuelles.

« Bengel serait très probablement acquitté. Il faut partir de ce principe, Sala.

— Alors ce qu'il m'a fait n'est pas un crime ?

— Je suis encore en train d'échanger avec l'avocate à ce sujet.

— Et qu'est-ce que je suis censée faire ?

— "Si elle veut porter plainte pour le mettre derrière les barreaux, elle ferait mieux de laisser tomber."

— C'est ce qu'a dit l'avocate ?

— "Si elle a envie de raconter son histoire dans un cadre officiel et qu'il ait un peu peur, elle peut y aller." »

« Si elle veut qu'il ait un peu peur ? »

Elle doit aller aux toilettes. Elle doit aller aux toilettes de toute urgence.

Elle se lève d'un bond et s'élance dans le couloir désormais plongé dans l'obscurité. Dans la salle de bains, le néon au-dessus de l'armoire à glace s'allume en clignotant. « Un peu peur. » Elle peut lui faire un peu peur n'importe quand. Elle n'a pas besoin d'aller au tribunal pour qu'il ait un peu peur. Elle peut le guetter n'importe où avec ce visage qui la regarde dans le miroir, avec cette mine, cette face blême et grimaçante, il se fera dessus tout seul dans son pantalon, il mettra plein de pisse sur son costume d'ambassadeur culturel, et il sera plus qu'un peu apeuré. Il suffit qu'elle se renseigne pour savoir où il est.

Personne ne lui demande l'impossible, a dit Kristiina, même pas une juge. La juge n'est pas de son côté à elle, elle est objective. D'un point de vue objectif, elle n'a rien à perdre, même si on la soupçonnera d'avoir quelque chose à gagner.

« Quelque chose à gagner ? Tu ne viens pas de dire le contraire ? »

Porter plainte contre Bengel pourrait lui profiter. Lui profiter financièrement. Lui profiter professionnellement. Lui profiter sur le plan médiatique.

« Ça veut dire qu'elle pense que je mens. »

Une juge n'est pas pour ou contre elle, a dit Kristiina, il n'y a aucun doute là-dessus.

« Mais elle pense que je mens. »

Pour une juge, ce qui compte, c'est la loi. Et, devant la loi, il faut dévoiler les contradictions, révéler les failles de la mémoire. Les souvenirs contradictoires montrent bien que ce dont on se souvient n'est pas vrai, ne peut pas être vrai, qu'il y a des choses fausses dedans. Il faut également exclure certains cas de figure. Il faut exclure que la partie civile se soit volontairement mise dans une situation de cet ordre. Délibérément. De son propre fait. D'elle-même.

« Tu comprends ce que ça veut dire ? a demandé Kristiina. La partie civile, c'est toi. »

Elle comprend qu'elle devra une fois de plus se retrouver dans la même pièce que le pire des fantômes. Elle sera ramenée malgré elle à ce moment de sa vie où elle a croisé son propre chemin, avec un chemisier déchiqueté et une âme en lambeaux, et lui la regardera en souriant. Pendant que la juge, les procureurs et avocats de la défense, toute la cour assermentée ne le suspecteront pas lui, mais elle. On la soupçonnera de mentir. Elle se mettra à nu, en chemisier déchiqueté et à la lumière du jour, devant tous ces gens qui l'accuseront tout de même de mentir. Ce que Leonides finira bien par apprendre. Leonides qui, elle le sait, croit au système judiciaire démocratique.

« Les lois, a dit Kristiina, sont à l'image des gens qui les font. Et les gens, comme chacun le sait, sont criblés de trous. Les lois d'aujourd'hui sont dérivées des lois d'autrefois, qui ont été faites par des hommes. C'est pour ça qu'eux ne tombent pas dans les trous, mais toi, si, quelle que soit la teneur de la Constitution. C'est la même chose en Finlande.

— Ils croient que je mens !

— On parle de crédibilité. Ils veulent vérifier que tu es crédible.

— Et eux, alors ? Quelle crédibilité ont les gens qui pensent qu'on se fait torturer volontairement ? »

Et Kristiina, qui n'avait plus depuis longtemps la position d'une suppliante, s'est mise dans la peau d'une juge.

« L'accusé a-t-il pu penser que vous étiez consentante ? Vous dites vous-même que vous n'êtes pas en mesure d'émettre un jugement sur la vision que l'accusé a de l'espace culturel d'Europe de l'Est. Ne serait-il pas possible que l'accusé ait considéré comme une “étreinte fougueuse” ce que vous avez vécu comme un viol ? »

« Volontairement » est un mot extensible.

Dans le miroir, on dirait que ses cheveux ont été arrachés comme des mauvaises herbes. Un bout de son oreille est irrité, et la peau transparaît à plusieurs endroits de son crâne. Sa grand-mère aurait ri. Quelle catastrophe, aurait-elle dit, plus rien à crêper et à laquer !

« La vision que l'accusé a de l'espace culturel d'Europe de l'Est. » Elle ne peut pas émettre de jugement sur ce point. La juge a raison. Elle ne connaît pas assez l'accusé pour ça. Elle sait juste que l'accusé a un fétichisme, qu'il aime tout ce qui est russe. Et s'il a un fétichisme et aime tout ce qui est russe, alors le viol deviendra une étreinte fougueuse devant le tribunal. Elle l'a compris maintenant. Si A, alors B. C'est comme ça que fonctionnent les théorèmes de physique. Sauf qu'un théorème n'est valable qu'à condition de lui trouver différentes applications. Il doit aussi s'appliquer à l'argent qu'elle a pris à Leonides. Si A : selon la vision qu'elle a de l'espace culturel balte, elle a considéré comme une marque d'hospitalité ce que Leonides a vécu comme un vol, alors B : le produit du vol devient un cadeau. Et l'accusée est acquittée.

C'est la fin.

Voilà comment fonctionnent les tours de magie.

Elle est immobile devant le miroir qui retient et garde ce qui se voit.

Le radiateur gronde. Les tuyaux d'eau chaude sont brûlants. L'esprit vide, elle reste là jusqu'à se rendre compte qu'elle a besoin de faire pipi. Ses muscles sont crispés. La vessie n'envoie pas de signal au cerveau. Mais les cerveaux sont faciles à berner. Si A, alors B. Assise sur les toilettes, elle tourne le robinet, et l'eau ruisselle dans le lavabo, clapote sur la céramique, gargouille dans la bonde. Faire pipi est un tour de force, pas un soulagement.

Elle ne fera pas de déposition. Avec le tour de force, la conclusion parvient jusqu'à son cerveau. Elle ne se présentera jamais devant le tribunal. Des chaises ornées de fioritures aux dossiers hauts, des jurés, une juge, il n'y aura rien de tout ça. Ça n'existe que dans les séries américaines des barmen. Sa déposition ne sera pas versée au dossier, elle ne sera pas prononcée. On ne demandera pas qui doit mourir, et personne ne sera incarcéré. On ne peut pas faire de déposition si, à la fin, on vous traite de menteur. Ça donnerait l'impression qu'elle n'a fait qu'inventer ce qui s'est passé, et pour toujours.

« De la comédie ! » dit-elle à voix haute.

La cuvette se vide dans un plouf.

« Dans un combat à armes inégales, a dit le Mohican, le plus redoutable guerrier n'a aucune chance. » Lui ne se serait jamais présenté devant le tribunal. Il n'en aurait pas le droit. On ne l'aurait pas accepté, malgré son corps qu'elle sent contre elle et autour d'elle, avec sa peau et ses cheveux. Kristiina l'a tout de suite reconnu. Elle l'a vu alors qu'il était encore sur le pas de la porte, en train d'entrer dans le bureau.

« "Mohican", c'est comme ça que je dois t'appeler ? »

Elle a mis moins d'une seconde, mercredi après-midi au Parlement, malgré la coupe de cheveux ratée et sa mémoire défaillante. Car Kristiina ne se souvenait pas d'elle. Elle ne semblait pas savoir qui était cette personne en sweat à capuche noir. Elle ne faisait pas le lien entre la silhouette à la porte et la rencontre à la mairie. Et pourtant, Kristiina a su tout de suite à qui elle avait affaire, dans ce bureau à la table en verre qui laissait voir le sol.

« Tu voudrais que je t'appelle "Mohican" ? »

Kristiina et son regard impitoyable. Il n'y avait personne d'autre dans la pièce sur qui braquer son regard. Seulement elle, Adina, plantée sans défense devant son bureau. Le Mohican était là, il était en elle et autour d'elle, même si, à cet instant-là, elle se disait encore qu'elle n'aurait pas dû le mêler à tout ça, pas devant une femme politique qui connaissait le cadre légal et avait une biographie décente, et elle aurait aimé retirer la signature en bas du mail, car elle était prête à tout pour que Kristiina la croie.

Ce qui s'est révélé inutile. Soudain, Kristiina n'était plus pressée. Elle faisait pivoter sa chaise d'un côté et de l'autre comme si elle n'avait pas de rendez-vous cet après-midi-là, comme si elle n'avait attendu qu'une chose : qu'une silhouette en sweat à capuche surgisse dans son bureau, mange son chocolat et mette une éternité à prononcer le moindre mot. Quand elle a allumé la bougie et l'a mise au bord de la table, Kristiina a tout de suite compris ce dont il s'agissait : d'un geste de désarroi qui prenait bien moins de temps qu'il n'en fallait pour retrouver ses esprits, mettre de l'ordre dans ses idées tout en pensant aux arbres, aux bouleaux, aux épicéas, aux tilleuls, aux pins et au cours que suit la vie d'un arbre, paisible et comme hors du temps, car quand on pense aux arbres, on n'a pas à taire les crimes.

« Tu es certaine ? Tu veux vraiment me raconter ça maintenant ? On peut aussi aller ailleurs. N'importe où, à un endroit qui aura moins l'air d'un bureau. »

Elle est restée. Sous les yeux de Kristiina, elle était en sécurité.

« Donne-moi le plus de détails possible. Qu'est-ce qui s'est passé ? Quand ? Comment tu t'es retrouvée dans ce manoir ? Est-ce que tu as une idée du temps que ça a duré ? Une demi-heure ? Une heure ? Pourquoi tu ne t'es pas enfuie ? Est-ce qu'il t'a retenue ? Est-ce que quelqu'un d'autre était présent ? Est-ce qu'il t'a demandé de te déshabiller ? Est-ce qu'il t'a menacée ? Tu veux qu'on fasse une pause ? Est-ce que tu as essayé d'appeler à l'aide ? Et quand il t'a enfoncé la tête dans le cuir capitonné parce que tu avais essayé de crier, tu lui as mordu la main ? Et pourquoi ? Est-ce qu'il y a eu pénétration ? Pourquoi est-ce qu'il a ri ? »

Ça ne dure pas une demi-heure, ni une heure, mais une heure et demie. Elle a regardé la montre, la montre d'aviateur à son bras. Quand il a terminé, il est vingt-trois heures trente. À ce moment-là, ses poignets à elle sont ballants, comme dégondés. « On ouvre le bec. » Après l'avoir giflée, la joue droite, la joue gauche, la joue droite, la joue gauche, « on ouvre le bec ». Avec ses quatre-vingts kilos sur ses cinquante-trois à elle. « On ouvre le bec. Et on avale. » Une telle obscénité. Une telle agressivité.

La fatigue la gagnait. Son buste était lourd. Elle a posé les bras sur ses cuisses pour caler le poids de son buste et éviter de basculer vers l'avant. Les burqas bleues scintillaient sur le mur. Les burqas bleues devant les îles finlandaises sous la neige. Parler ne lui apportait pas le soulagement espéré et au bout d'un moment elle n'a plus entendu ce qu'elle disait ni ce que Kristiina disait. Elle ne percevait que la profonde déception qui l'envahissait. Une déception qui n'avait rien de logique. Elle ne pouvait pas être prise d'une telle panique quand Kristiina l'appelait « Mohican » pour être ensuite aussi déçue qu'elle ne le fasse pas.

« Ris donc », dit-elle au miroir comme s'il y avait quelqu'un avec qui se disputer.

Adina, Nina, Sala.

Ce sont les noms.

Le Mohican lui sourit.

Les tuyaux d'eau chaude sont brûlants. Des sous-vêtements sont en train d'y sécher. Elle fait ça depuis le manoir. Elle étend les slips et les brassières de sport dessus jusqu'à ce que le tissu soit tout raide et dur. Dans le frigo de la cuisine, il y a la bouteille en plastique. *Viru Valge.*

C'est la récompense.

La nuit tombante s'est emparée des façades et des balcons des immeubles en béton. Quand elle ouvre la petite fenêtre de la cuisine, les étages inférieurs sont plongés dans le noir. L'air du soir s'engouffre dans la pièce, plus froid que ce à quoi elle s'attendait, bien qu'on soit toujours en septembre. Les réverbères s'allument. Sur le trottoir d'en face se dessine une ombre, de la taille d'un homme et élancée comme un genévrier. Avant, il n'y avait pas de genévrier là-bas. Avant, il n'y avait rien du tout.

Elle referme la petite fenêtre sans bruit. L'alcool est dans le frigo. Elle ouvre la bouteille, le regard rivé sur l'obscurité derrière la fenêtre, mais l'identité de la personne dehors ne la concerne pas. Les fenêtres et la porte sont fermées à double tour, ce n'est pas son problème. Rien n'est plus son problème maintenant qu'elle n'a qu'une pensée à tourner dans sa tête pour qu'il s'en aille, comme tout le reste.

La pensée de la honte. Mercredi, quand elles ont quitté le bureau ensemble pour aller au tram, Kristiina a eu honte. Pas tout de suite, pas dans les couloirs du Parlement où l'éclairage nocturne était déjà allumé, mais en bas, quand elles sont sorties dans la rue. Elle a voulu cacher sa honte. C'est pour ça, et seulement pour ça, qu'elle a fait semblant de se faire du souci. C'était facile à voir. Son inquiétude était complètement surjouée. « Tu as un ticket ? Tu sais où tu vas ? » Personne n'a à s'inquiéter pour elle, et depuis longtemps. Quand on a traversé trois frontières et tout un continent, on sait où on va. Kristiina en était consciente. Dans le bureau, derrière la table en verre, elle avait admis qu'elle ne voyait pas Sala comme quelqu'un à plaindre et en détresse, mais comme quelqu'un d'intrépide et de fort, à l'écoute de sa propre voix.

Mais peut-être que Kristiina était vraiment inquiète. Peut-être qu'elle se faisait sincèrement du souci. Il n'y a pas de raison de lui retirer ça. Au contraire. Si elle ne croit pas à l'inquiétude de Kristiina, c'est qu'elle se voit comme quelqu'un qui suscite la honte chez les autres. Ce qui n'est là aussi qu'une pensée. Une pensée qui s'en va.

Elle commence à boire au goulot, une légère brûlure au palais, puis elle s'arrête. Si Kristiina a eu honte, se dit-elle, elle a eu honte devant elle. Pas pour elle.

Viru Valge.

Elle repose la bouteille. Elle ne boira plus d'alcool, plus une seule goutte.

« *Sakra !* »

Elle se retourne et vide la bouteille au fond de l'évier.

Ce sont les restes.

La femme bleue a découvert le canapé. Elle plie les jambes et enlace ses genoux.

J'objecte que les contradictions font partie du discours, car chaque mot renferme son contraire. Je crois à la productivité des contradictions. Aucune mémoire n'est infaillible. Ce sont les failles de la mémoire qui rendent crédible ce dont on se souvient.

La femme bleue trouve en elle un sourire indulgent.

Elle dit que ce n'est pas valable devant toutes les instances.

Lorsque Kristiina quitta l'institut dans les derniers rayons de la journée, elle était convaincue d'avoir fait avancer les choses. Leonides était informé de la situation. Il s'apprêtait à sonner l'alarme.

Les rues étaient animées. Le vendredi soir, la ville grouillait de monde. Kristiina avait envie d'aller au cinéma, ou dans un bar à karaoké, ou, mieux encore : de se rendre chez Liv sans prévenir, de se planter sur le pas de sa porte conjugale telle une ombre terrifiante et de l'enlever pour l'emmener dans l'un de ces restaurants à la lumière tamisée. Derrière des fenêtres qui descendaient jusqu'au sol, de jeunes couples branchés étaient assis devant des cocktails chichement dosés.

Elle ne fit rien de tout ça et se trouva étonnamment modérée. Rien à voir avec l'état d'ivresse survoltée qu'elle avait connu sur les dance floor des boîtes et des soirées queer à l'époque où elle se laissait envoûter à longueur de nuits par les séduisantes possibilités d'un puissant terrain de jeu, le contraire des ébats amoureux chez les hétéros où il n'y avait aucune audace, où tout était cautionné par la société, et qui, avec leurs pratiques rodées et leurs chemins tout tracés, respiraient une monotonie dont elle rêvait de s'affranchir, raison à l'origine, en plus des attraits charnels, de son coming out précoce. S'était révélé à elle un érotisme supérieur en subtilité, en danger et en promesses à celui qu'elle avait expérimenté jusque-là, au fil des nuits passées sous le stroboscope de regards qui menaient de temps en temps à autre chose : un verre, un baiser, un coup d'un soir avec une policière, une critique de cinéma, une capitaine de la Viking Line et, parfois, de brèves liaisons pleines de fièvre, d'opiniâtreté et d'oisiveté. Elle avait pris tout ce que ces nuits avaient à offrir. Désormais, il y avait Liv.

Mais Kristiina n'avait pas la patience de s'attarder dans de telles réminiscences. Elle prenait les choses avec flegme.

Ce fut le dimanche qu'elle repensa aux nuits d'ivresse. Le matin, Kristiina s'était préparée activement à sa rencontre avec la jeune femme. Elle préférait être directe plutôt que de prendre des pincettes, une façon de faire qui cachait trop souvent chez les gens des tergiversations à leur seul avantage. En l'occurrence, il convenait de faire preuve de circonspection, de prudence et, en même temps, de franchise. Aborder un traumatisme pouvait être plus ou moins bien vécu par la victime et, à l'heure actuelle, c'était à Kristiina qu'incombait cette responsabilité. Aux premières lueurs de l'aube, elle alla courir dans le bois d'à côté, sans crainte, comme elle le constata au passage, le grand tour, pas le petit, qui la faisait passer près de parcelles foisonnantes de fleurs et de légumes surgissant entre les bouleaux comme des oasis et où, à cette heure matinale, personne ne cueillait d'asters ni ne taillait de pommiers. Puis elle se changea, enfila sa combinaison en néoprène à jambes longues, pas la courte, car les températures étaient déjà automnales et, munie de sa bouée gonflable, descendit à la crique pour la traverser deux fois de bout en bout en faisant de grands mouvements de crawl, avec la bouée derrière elle comme une seconde tête à la surface de l'eau.

Puis elle se fit du café. Tout en le buvant, elle parcourut les notes qu'elle avait prises à l'issue de la conversation avec l'avocate. Au bout d'un moment, elle reposa le papier. C'était une douche froide. Sa principale inquiétude était la remise du prix. Personne ne pourrait expliquer ça à Sala, même pas elle, quelles que soient les précautions qu'elle prendrait. Kristiina décida donc d'attendre et, dans un premier temps, de ne pas en parler. Elle était déjà dans l'Intercity à destination de Tampere, avec la feuille de route en dix points dans son sac. Elle regarda par la fenêtre avant de s'endormir une demi-heure. À son arrivée, elle avait mal à la nuque.

Pour le déjeuner, il y avait un ragoût de champignons aux canneberges. La veille, sa mère avait rapporté de la forêt tout un panier de champignons. Le ragoût était délicieux, cuisiné à l'ail, au xérès, aux herbes et avec beaucoup de beurre. La musique du dimanche passait en fond sonore. Elle baignait d'une douillette mélancolie la cuisine de la maison entourée de pins sur la rive du Jokisjärvi. Les dimanches étaient réservés aux tangos d'Unto Mononen ou aux chansons de Jenkka interprétées par Georg Malmstén, dit « Molli-Jori », que sa mère entonnait quand elle allait danser au *lavatanssi* qui avait lieu le lundi matin à dix heures au club juste derrière la gare.

À la fin du déjeuner, elles rassemblèrent les assiettes et les plats, et restèrent un moment assises à la table à moitié débarrassée. Kristiina ne voulait pas gâcher l'ambiance du dimanche. Mais elle avait besoin d'un regard extérieur. Il lui fallait un avis avec lequel elle ne serait pas forcément d'accord, mais qu'elle prendrait au sérieux et qui finirait, comme toujours, par influencer son comportement plus que tout le reste. C'était la raison de sa venue.

« Pourquoi toi ? » demanda sa mère à brûle-pourpoint.

Kristiina avait parlé d'un « nous » – « il faut voir quelles sont nos chances ».

« À mon avis, aujourd'hui, il y a suffisamment de centres d'action sociale », dit sa mère. Elle avait coiffé ses cheveux courts avec un peu de gel et portait l'un de ses chemisiers décontractés préférés qui ne nécessitait pas d'être repassé. « Ce n'est pas eux qui s'occupent de ce genre de situations ? »

Il y avait un certain nombre de choses à répondre à ça, mais rien n'aurait été suffisant. Kristiina garda donc le silence, ce que sa mère prit pour de l'approbation.

« Quel genre de fille c'est ? Qu'est-ce que tu sais sur elle ?

— Tout ce que je dois savoir.

— Ce ne serait pas plus simple pour elle de rentrer chez elle ? Elle a sûrement une famille sur le continent. J'imagine que sa mère l'attend.

— Je ne sais pas quelle relation elle a avec sa mère.

— Peu importe. C'est sa mère.

— Elle pense avoir quelque chose à réparer. »

Sa mère se leva, coupa la musique et prit un broc de sirop de plaquebière sur l'étagère. « Ici, elle est dans un pays complètement inconnu. (Elle versa une cuillère à soupe de sirop dans chacun des verres à eau posés sur la table, y ajouta un trait de lait et finit de les remplir avec le café qu'elle venait de faire et avait laissé refroidir.) Qu'est-ce qu'elle pense avoir à réparer ?

— Elle ne l'a pas dit. »

Plongée dans ses pensées, sa mère mélangea les boissons, d'abord celle de Kristiina, puis la sienne. Elle était préoccupée. Le sirop se dissolvait lentement, éclaircissant le café.

« La société aurait des choses à réparer avec elle, finit par dire sa mère. Je veux bien le croire. Mais toi ? Ne te laisse pas embarquer dans ce genre d'histoires. On en sort facilement avec une mauvaise réputation.

— Si c'est vrai, il faudrait se demander à qui profite le fait de salir la réputation d'autrui.

— Mon Dieu, Kristiina. Tu ne peux vraiment pas faire autrement ? Depuis que tu as douze ans, tu n'arrêtes pas de te battre.

— Comme toi. »

Sa mère eut un geste de dénégation. « Moi, plus rien ne m'empêche de dormir. Sauf quand il pleut et que je ne peux pas aller au lac. Ni à la cueillette.

— Si tu n'avais pas eu les champignons, à l'époque, tu aurais eu bien besoin de quelqu'un comme moi. »

Sa mère arrêta de mélanger. Elle lécha la cuillère et remit le broc sur l'étagère. Dos à Kristiina, elle secoua la tête.

« Ne va pas me dire que c'est complètement différent, Elena. Sur le principe, c'est exactement la même chose. »

Sa mère se retourna avec une violence inattendue, sans perdre son sang-froid pour autant. « Même si tu avais raison de dire ce que tu dis, ma chère fille, à l'époque il n'y avait justement pas de centres d'action sociale.

— Et qu'est-ce qu'ils auraient fait ? Ils t'auraient donné un courrier à l'intention de ton père pour l'informer que sa fille vaut autant que chacun de ses quatre autres enfants qui se trouvent être des garçons ? Lui t'aurait giflée avec et dit : “Sans rancune, j'ai dû te confondre avec une poubelle.”

— Ton grand-père n'aurait même pas touché à un courrier de ce genre. Ne parle pas de lui comme ça.

— D'accord. Mais moi, je lui aurais donné une bonne leçon. Et c'est ce que je vais faire avec ce salopard. »

Assise face à Sala, l'après-midi, dans son appartement au troisième étage d'un immeuble en béton avec vue sur d'autres immeubles en béton, Kristiina repensa aux nuits d'ivresse en boîte. La pièce était meublée d'un canapé brun de mauvaise qualité et d'un siège cassé. Elle avait choisi le canapé.

Sala était appuyée dans l'encadrement de la porte qui menait à la cuisine. Elle portait un jean et un T-shirt délavé à manches courtes. Dès la mairie, Kristiina avait remarqué ses bras minces aux muscles bien dessinés. Autrefois, ces muscles l'auraient conquise, à un autre âge, dans d'autres conditions, dans un autre lieu, des muscles presque imperceptibles au repos, qui ressortaient avec une étonnante netteté et un arrondi parfait une fois contractés.

Les bras croisés devant sa poitrine, Sala se mit à parler de Berlin. Elle avait passé deux mois pile dans la capitale allemande sans connaître une seule fois l'ivresse qui, quand Kristiina avait vingt ans, était pour elle indissociable de la grande ville. Sala n'avait fréquenté ni les boîtes ni les bars. Elle n'avait ni flirté ni dansé, elle n'avait pas épuisé ses forces dans l'éclat érotique des nuits. Elle logeait dans la chambre à quatre lits d'une auberge de jeunesse, avait des soucis d'argent et s'était fait exploiter par une photographe qui lui avait mis des choses en tête, des choses que Kristiina trouvait tellement louches qu'elle était à deux doigts de soupçonner la photographe d'agissements criminels. Mais Kristiina n'était pas du genre à se laisser aller à ces pensées sans les avoir vérifiées. Elle se contenta de les noter dans un coin de sa tête. Si un procès avait lieu, il faudrait convoquer la photographe.

À Berlin, le rêve de Sala s'était transformé en cauchemar. Son Berlin et le Helsinki de Kristiina étaient à mille lieues l'un de l'autre, et ce n'était pas dû à la distance géographique ni au fait que, de ces deux grandes villes, l'une était considérée comme l'épicentre de l'Europe et l'autre, située en périphérie du continent, comme un poids plume politique depuis qu'au siècle dernier un président avait tranquillement mené des entretiens officiels avec ses homologues étrangers entre les murs d'un sauna. Pour Kristiina, l'image d'un sauna rempli d'hommes politiques dans le plus simple appareil avait toujours eu une forte symbolique : les femmes n'y étaient pas les bienvenues. Ce président avait gouverné dans son sauna pendant vingt-cinq ans, soit toute l'enfance et la jeunesse de la mère de Kristiina. Elle était née dans un siècle qui avait été baptisé, ordonné et détruit en fonction des désirs et des besoins des hommes. Cela laissait des traces indélébiles. Et quand on avait, par-dessus le marché, un père qui reproduisait à sa petite échelle les grandes injonctions sociales, on ne risquait pas d'envisager que la réalité puisse aussi être ordonnée en fonction de ses propres désirs et besoins. Et on était bien forcée de croire que les gens qui luttaient contre ce système compromettaient leur réputation. Cette histoire de sauna avait fait monter Kristiina sur les barricades dès son plus jeune âge. Sa vision fantasmée d'un gouvernement entièrement aux mains des femmes en prenait un sacré coup.

Plus que les autres villes, les grandes villes étaient nourries par l'expérience de chacun. Et les différences entre l'expérience de Kristiina et l'expérience de Sala étaient si flagrantes qu'on aurait dit que les deux femmes appartenaient elles aussi à deux siècles distincts.

Mais Kristiina se trouvait dans un immeuble en béton. Les murs hermétiques étaient une épreuve quand on s'était gorgée, en même temps que du lait maternel, de l'air riche en eau du Jokisjärvi qui imprégnait les parois en bois. La libre circulation des matières était indispensable au bon fonctionnement des cellules, du cerveau et des poumons ; les préfabriqués en béton étaient un cachot pour le corps et l'esprit. Il n'était pas exclu que Kristiina puise avec trop d'emphase dans sa réserve de comparaisons.

D'un autre côté, penser en siècles à cet endroit se justifiait. Les immeubles en béton étaient une invention de la modernité, et la modernité avait sombré avec le siècle dernier, à l'époque où le futur sortait encore de terre en quadrilatères et était équipé du chauffage central. Un rapide coup d'œil par la fenêtre permettait de le constater : ce futur n'était pas spécialement bon pour l'environnement ni pour les êtres humains – tout ça n'était pas beau à voir. Kristiina connaissait du monde à la commission pour l'aménagement urbain et le logement. Elle savait que quelqu'un avait proposé de remplacer les préfabriqués des fermes à fourrure en Ostrobotnie par des immeubles en béton. Les travailleurs intérimaires auraient été ravis. Mais il ne fallait pas oublier une chose : parfois, même les mesures sociales n'étaient paradoxalement guère propices à la vie.

« ... éveillée à la vie comme dans un conte de fées. »

Kristiina avait perdu le fil. Elle n'avait pas entendu ce que la jeune femme venait de dire, et la regardait d'un air hébété.

« Tu m'as posé une question sur le Mohican. Rickie a été la première à le voir.

— La photographe ?

— Oui. Avant toi.

— Avant moi ?

— Tu as été la deuxième. Tu l'as vu et tu m'as demandé si tu devais m'appeler "Mohican". (Sala eut un de ses sourires hésitants.) Tu ne te souviens plus ? (Elle lui tendit une tasse de café.) Moi non plus, je n'ai pas réussi à dormir cette nuit.

— J'ai l'air fatiguée à ce point ? »

Kristiina était ennuyée de ne pas savoir combien de choses elle avait loupées. À dire vrai, elle ne se souvenait même plus de sa question.

« Et alors ? dit-elle pour se sortir de ce mauvais pas. Tu voudrais que je t'appelle "Mohican" ?

— Parfois. Oui. »

Le soleil éclairait le visage de Kristiina, lui donnant envie de piquer un somme, et elle s'imagina en train de s'étendre sur le canapé et de s'endormir en présence de Sala. Avec Sala près d'elle, elle dormirait bien, malgré le béton préfabriqué. Soudain, curieusement, elle en avait la certitude.

Son regard se posa sur le mur et elle dit :

« Ton horloge s'est arrêtée. »

Sala hocha la tête. « Le temps s'est arrêté et ne repartira que quand j'aurai fait ma déposition.

— Personne ne te demande l'impossible », dit Kristiina, déjà à moitié en train de rêver.

Elle avait bel et bien dû s'endormir. Quand elle rouvrit les yeux, le Mohican était assis par terre, dos à elle, la nuque renversée sur l'assise du canapé – son visage charismatique. Il la regardait. Le blanc surréaliste des plumes ressortait sur ses cheveux d'un noir bleuté, et elle tendit la main vers lui. Elle ne savait pas comment on disait « Mohican » en tchèque ni si le mot se prononçait autrement. Mais il valait sans doute mieux le prononcer à l'anglaise. Être appelé par son vrai nom était une question de dignité, se dit Kristiina, même si certains voulaient voir dans ce souci de correction une idéologie qu'ils s'empressaient de vilipender. Elle-même insistait pour récupérer sa double voyelle chaque fois qu'un de ses i se perdait dans un échange écrit avec le continent.

Kristiina s'entendit murmurer : « Rien d'impossible », et elle se réveilla.

Sala n'était pas dans la pièce. Puis Kristiina l'aperçut sur le balcon fermé et se leva pour la rejoindre. L'endroit était chauffé par le soleil qui éclairait les vitres. Assise sur une chaise pliante, Sala lisait.

« Le manque de sommeil finit toujours par vous rattraper. »

Sala referma son livre d'un coup sec sans rien dire.

« Qu'est-ce que tu lis ?

— *The Member of the Wedding.* Je l'ai déjà emprunté plusieurs fois. »

Le titre ne disait rien à Kristiina. « Le Mohican, ça sort d'où ? » demanda-t-elle finalement, parce qu'elle n'arrivait pas à passer à autre chose.

Sala regardait les arbres en face qui se trouvaient au pied d'un bâtiment avec un toit-terrasse. Elle n'avait pas l'air d'avoir entendu la question. Puis elle répondit : « Je ne l'ai pas choisi. Un jour, il était là, c'est tout.

— Tu devais au moins connaître le livre ou le film.

— Logique, dit la jeune femme. Je lisais déjà avant. »

Le ton désagréable ne demandait pas de réponse. Derrière Sala, des jardinières vides étaient empilées sur une étagère adossée au mur, tellement poussiéreuses qu'elles devaient être là depuis une éternité. La jeune fille restait assise devant en silence, l'air presque intouchable avec sa tête fièrement levée. Kristiina se rappela elle-même à l'ordre. Elle ne devait pas la sous-estimer.

« Dans mon village, il n'y avait pas de jeunes, dit Sala au bout d'un moment sans lâcher les arbres des yeux. Pas de jeunes du coin. Seulement moi. J'étais la dernière. Avant, je pensais que c'était pour ça. Aujourd'hui, je ne le pense plus.

— Le village de Tchéquie où tu as grandi ?

— Ça ne m'a jamais porté chance d'en parler.

— Je comprends.

— Ah bon ? » Sala tourna la tête et la regarda, une froide expression de défi dans les yeux.

« Je comprends que tu ne veuilles pas qu'on te pose de questions dessus, précisa Kristiina.

— Non, je ne veux pas.

— Entendu. Et cette fois, je tiendrai ma promesse. »

Kristiina avait conscience que tout ce qu'elle avait dit ou essayé de dire à Sala ce dimanche-là, sur les obstacles au tribunal et les obstacles avant le lancement d'une procédure, devait peser sur elle, même si elle tentait courageusement de le cacher.

« Promis, dit Kristiina. Tu risques d'avoir encore trop souvent des questions auxquelles tu n'as pas envie de répondre. »

Sala feuilletait distraitement son livre. « Le Mohican est le dernier parce qu'il n'a pas d'histoire, finit-elle par dire, comme perdue dans ses pensées. Ce n'est pas grave. Les gens croient toujours que leur histoire date, qu'elle est derrière eux, que c'est du passé. Mais je me suis rendu compte que ce n'était pas vrai. C'est bien plus compliqué. (Elle fit une pause. Et alors qu'elle semblait avoir renoncé à poursuivre, elle ajouta :) Mon passé, c'est ma mère et ma grand-mère. Et pourtant, elles sont devant moi. Elles me devancent. Mais au fond, est-ce que les gens qui me suivent ne sont pas ce qui m'attend ? Mon futur ? C'est étrange, non ? Mon futur, ce sont les gens qui parlent de moi.

— Pour toi, le Mohican est associé à quelque chose de nouveau ? »

Sala hocha la tête. Elle leva les yeux, surprise, comme si elle ne s'attendait pas à autant de compréhension, en tout cas pas aussi rapidement. La pensée qu'avait eue Kristiina dès le départ ne lui était toujours pas sortie de l'esprit. Elle ne s'était pas trompée.

« À Berlin, quelqu'un m'a dit que ce que j'avais derrière moi ne comptait pas tant que ça. Que là d'où je venais n'avait pas tant d'importance. Ou, en tout cas, qu'il était permis d'en douter. Moi, je crois que le principal, ce n'est pas d'où je viens, mais le fait que personne ne me suive. (Sala hésita. Elle était assise, le dos droit, avec ses cheveux ras qui brillaient dans le soleil de fin de journée.) Tant que personne ne marche derrière moi, rien de ce qui est arrivé ne me sera arrivé.

— Qu'est-ce que tu veux dire ?

— Je veux dire qu'il vaut mieux que je ne fasse pas de déposition.

— Tout n'est pas encore perdu. » Kristiina avait pris un ton encourageant qui – elle s'en rendit compte tout de suite – n'était pas convaincant.

« Le moi n'est qu'un battement de cils, dit Sala. Il ne dure pas.

— C'est possible. (Kristiina avait l'impression d'être encore en train de lutter pour sortir de la rêverie.) Mais ne perds pas courage maintenant.

— Je ne perds pas courage.

— L'avocate avec qui je suis en train d'échanger est la meilleure de tout Helsinki. On va y arriver ! »

Sala la regarda.

« On va essayer, se corrigea Kristiina. Si les femmes ne se soutiennent pas les unes les autres, personne ne le fera. »

Sala continuait à la regarder comme si elle attendait que Kristiina poursuive, comme si ce qu'elle venait de dire ne pouvait être que le début.

« Ce salopard s'en est pris à la mauvaise génération, il va s'en mordre les doigts ! lança Kristiina. Et tu pourras toujours faire intervenir le Mohican, ajouta-t-elle, hésitante, ou en tout cas sans avoir la patience nécessaire pour repasser mentalement en revue les explications de la jeune femme. À la fin. Quand tout sera terminé. »

Cette fois, Sala sourit. Elle tira sur son T-shirt et le rentra encore plus dans son pantalon. Le balcon fermé était devenu frais. Le soleil rasait les toits.

« Bref, reprit Kristiina, ne sachant pas comment réagir face à tous les espoirs qui semblaient se dessiner sur le visage de Sala, et parce qu'il commençait à se faire tard. Si on était deux étages plus haut, d'ici on verrait la crique et le quartier où je vis.

— C'est beau, là-bas ?

— Plus beau qu'ici. Si ça te dit, on pourra aller cueillir des champignons un jour.

— Tu t'y connais ?

— Ma mère est une vraie experte en champignons. Elle m'a appris deux ou trois trucs.

— Mouais. Les champignons, c'est pas bien compliqué, dit Sala. Rien de très sorcier, à moins que les espèces qui poussent en Finlande ne soient complètement différentes.

— En Finlande poussent des champignons finlandais », répliqua Kristiina pour détendre l'atmosphère.

Plus tard, elle se rendit compte de l'agacement que cachait sa phrase.

Elle était descendue du bus et était en train de rentrer chez elle. Elle escalada rapidement la colline rocheuse : à droite, il y avait le conteneur pour le verre, et à gauche, derrière les arbres, la vue sur la crique que Liv avait admirée au coucher du soleil, deux semaines plus tôt, plus pour retarder le moment d'entrer dans la maison que parce qu'elle était vraiment éblouie, car ce genre de spectacle n'avait rien de rare. Tendant la main vers la rambarde en bois qui aurait eu besoin d'un coup de peinture, Kristiina enjamba trois marches d'un coup, trébucha et se cogna le tibia contre l'escalier. Son agacement éclata ouvertement.

Peut-être que Sala avait grandi dans des montagnes riches en champignons, se dit Kristiina, et pourtant elle n'en saurait jamais autant sur les champignons qu'elle-même. Jamais. Avec une mère comme la sienne, c'était exclu. Dans un sursaut d'arrogance, elle attrapa la combinaison en néoprène sur la rambarde où elle séchait depuis sa baignade matinale. Mais cette réaction était d'une trivialité qui ne lui ressemblait pas. L'agacement, elle s'en rendait compte, venait d'ailleurs.

Sala avait décidé de ne pas faire de déposition, et cette décision précipitée révoltait Kristiina, allant à l'encontre de son réflexe d'insubordination qui frôlait la suffisance. La vérité, c'était que Kristiina se sentait rejetée. Elle qui n'avait pas besoin de s'imposer et qui n'en avait pas non plus le temps. Ce qui l'énervait le plus, c'était de devoir s'avouer vaincue sans s'être battue. Mais là encore, c'était une réaction puérile. Alors, comme chaque fois que des émotions de cet ordre l'envahissaient, elle se fit un thé pour réfléchir tranquillement.

Elle n'avait pas beaucoup de temps devant elle. Elle comptait appeler Leonides vers sept heures. Le temps de deux tasses de thé qu'elle but en regardant une photo de Liv qu'elle avait en sa possession et qu'elle sortait parfois du tiroir, où elle l'avait accrochée avec un trombone au dos d'un calendrier périmé.

Le thé venait d'être fait, l'eau fumait dans la tasse. Il avait le goût qu'elle appréciait dans le lapsang souchong, amer et âpre, avec un parfum de goudron et de fumée qui persistait sur le palais. Comme souvent, se dit Kristiina, pour voir ses propres émotions à la lumière adéquate, il fallait tenir compte du contexte. Et quel contexte ! Au début du XXIe siècle, une jeune femme se voyait forcée de faire machine arrière, persuadée qu'elle ne réussirait pas à faire valoir ses droits face aux privilèges accordés aux hommes partout dans le monde, ce en quoi toutes les sociétés, toutes les religions et toutes les couleurs de peau se ressemblaient. Kristiina avait appris à agir contre. Mais il faut dire qu'elle avait été épargnée : c'était l'une des rares à n'avoir pas été éteinte, acculée, asphyxiée par un père, un oncle, un frère, un époux, un professeur ou un supérieur, tandis que la gent féminine approuvait, minimisait ou ignorait la chose. Ne serait-ce que parmi les femmes célèbres que connaissait Kristiina, un nombre terrifiant avaient non seulement été infantilisées et humiliées, mais également abusées et violées, Virginia Woolf comprise. Il ne fallait pas tenir rigueur à Sala d'avoir fait machine arrière. Lui en vouloir, ç'aurait été retomber dans un schéma vieux comme le monde auquel même les femmes, par stupidité ou par désespoir, continuaient d'avoir recours : finir par la blâmer.

Radoucie, Kristiina but le thé refroidi.

Leonides n'avait pas de bonnes nouvelles. Il ne voulait pas en parler au téléphone et lui demanda de le retrouver lundi matin au café près de l'institut. L'après-midi, le comité de sélection se réunissait exceptionnellement, et il insistait pour qu'elle l'accompagne.

Le lundi matin, Kristiina le trouva nerveux. Manifestement, il n'avait pas assez dormi. Il était rentré de Tartu tard dans la nuit. Il avait une tache sur sa cravate. Elle lui paya un *kahvi* sans lui demander son avis. Ils s'assirent, Kristiina devant un toast aux crevettes et à l'œuf, Leonides devant une brioche roulée, et pendant un moment seuls les bruits du café baignèrent la pièce autour d'eux, le tintement confus des assiettes et des tasses, les ronflements et les sifflements de la machine à café. Pour finir, Leonides se ressaisit. Son week-end ne s'était pas passé comme prévu. Sa femme avait posé un jour de congé le vendredi exprès pour préparer le week-end prolongé qu'ils allaient passer ensemble, chose qui se produisait si rarement que, le matin, elle était sortie faire les courses pour cuisiner l'un des gâteaux dont elle avait le secret avant d'aller attendre sur le quai l'arrivée du train que Leonides avait annoncé prendre depuis Tallinn. Quand il était enfin arrivé, tard le soir, elle avait prévu de retrouver une amie au cinéma, et elle avait aussi organisé son samedi sans lui, comme elle le faisait tous les samedis. Elle ignorait son mari, et ce constat avait vexé Leonides sans l'atteindre spécialement. Malgré tout, il avait passé le plus clair de son temps au téléphone dans son bureau. Le soir venu, la froideur de sa femme était douloureusement évidente. Jusqu'à son départ le dimanche soir, il n'avait pas réussi à lui expliquer pourquoi il ne voulait plus décerner de prix à l'homme qu'il avait si chaudement recommandé.

À cela s'ajoutait la grogne grandissante de certains étudiants qui l'accusaient d'avoir trahi la patrie, laquelle se répandait sur internet comme une traînée de poudre. « L'Estonie aux Estoniens, tu connais ça », dit-il. Il avait une miette de brioche collée sur la lèvre.

Il était sous pression de tous les côtés. Et il ne fallait pas non plus compter sur le soutien du président du comité, finit-il par annoncer à Kristiina – ce qui n'avait rien d'étonnant. Le président faisait partie des gens qui n'étaient utiles que tant que tout se passait sans encombre. Dès que l'ombre d'une difficulté apparaissait, le président en rendait responsable celui qui avait soulevé le problème. « Comme si les mains sales de Bengel étaient ma faute, dit Leonides en portant une cuillère de café à ses lèvres pour vérifier la température. Sous prétexte que je ne tiens pas ma langue, je ruine la réputation de l'université et traîne le prix dans la boue. Cette manière de penser, ça me rappelle des souvenirs, ajouta-t-il. Ça me rend fou de rage. »

La majorité du comité était toutefois composée de gens raisonnables. Raison pour laquelle la réunion impromptue de l'après-midi avait autant d'importance.

« Tu parles avec Sala ?

— De quoi ?

— Il faut la convaincre de venir.

— Elle ne voudra pas.

— Elle est la première concernée. Il faut écouter ce qu'elle a à dire.

— Tu lui demanderais sérieusement une chose pareille ?

— Elle ne veut pas qu'il soit puni ? »

Pour ce qui était de Sala, songea Kristiina en mordant dans son toast, Leonides semblait toujours manquer de clairvoyance.

« Imagine la chose suivante, dit-elle calmement après avoir fini de manger. Imagine qu'un soldat de l'Armée rouge t'ait tiré dans les couilles sur le Lauluväljak. Et tu devrais réclamer à cor et à cri qu'il soit puni en exhibant tes organes génitaux massacrés en guise de preuve.

— Kristiina rock'n'roll ! (Leonides leva les mains.) Ta radicalité donne des ailes, comme toujours. »

Elle garda son sérieux. « Tu ne penses pas que c'est notre rôle, le rôle de l'État et de la société ?

— Je ne suis pas l'État.

— Si, Leon, nous sommes l'État. D'ailleurs, je ne comprends pas comment tu peux te mobiliser à la moindre injustice à l'échelle européenne et, dès que tu es personnellement concerné, faire semblant de ne pas savoir compter jusqu'à trois.

— Je suis en train de compter jusqu'à trois, rétorqua Leonides d'un ton lourd de sens. Et j'arrive à la conclusion que trois font plus que deux. »

C'était dit sans réfléchir, pour alimenter une joute verbale à laquelle, ils le savaient, ils prenaient tous les deux plaisir.

L'après-midi, Kristiina arriva en retard. Elle dut rester debout, près de la porte, la salle de réunion au deuxième étage de l'institut étant petite et toutes les chaises déjà occupées. Quand elle entra, Leonides lui jeta un regard qu'elle ne devait jamais oublier, mais que, sur le moment, elle se contenta de relever pour comprendre le plus vite possible où en était la discussion. C'était l'un des regards les plus sombres qu'elle ait jamais vu chez lui.

La discussion en était au point mort. Leonides avait sans doute déjà pris la parole et, désormais, il était assis sur le côté, presque passif. Après avoir écouté quelques instants, Kristiina comprit pourquoi. On tenait compte des réserves de Leonides quant au choix du lauréat. Mais on considérait son indignation comme excessive, indignation suscitée par un incident certes tout à fait regrettable, mais néanmoins extrêmement fréquent. On le soupçonnait d'hyperémotivité et d'une bonne dose de naïveté. Sans avoir été prononcée, cette phrase était présente en filigrane dans le discours de ceux qui semblaient au courant de sa relation avec Sala, presque apitoyés, comme s'ils cherchaient à suggérer que Leonides avait été piégé par une créature perfide et nymphomane. Mais cette supposition était peut-être due à la sensibilité de Kristiina. L'atmosphère de la pièce était suffocante.

Il arrivait même aux meilleurs de déraper, tout le monde était d'accord sur ce point. Si l'on commençait à s'arrêter aux défauts personnels, il n'y aurait bientôt plus de candidats pour le prix.

« Cet homme est récompensé pour son travail, pas pour sa vie sentimentale ! » objecta quelqu'un, excédé, et l'un des députés du parti du centre que Kristiina connaissait de vue ne semblait pas du tout comprendre l'objet de cette réunion programmée à la dernière minute. « Tant qu'il n'y a aucun élément judiciaire, toute cette histoire ne nous concerne absolument pas. Sans ça, à l'avenir, n'importe qui risque de débarquer en disant que telle ou telle chose ne lui revient pas chez nos lauréats.

— Nous devons garder notre neutralité, renchérit un autre. Ou nous nous exposerons à la critique. Et tous les dirigeants autoritaires que nos activités dérangent s'engouffreront dans la brèche.

— Il est hors de question de mettre à nouveau en danger nos exilés persécutés ! s'exclama une femme à l'accent slave.

— Dieu nous préserve de cette logique ! (Kristiina n'arrivait pas à savoir d'où venait la voix. Puis elle aperçut le dos osseux de l'homme devant elle, légèrement courbé.) Cela signifierait que nous accordons plus de valeur aux personnes persécutées issues de pays haïssables qu'à une femme qui doit se considérer comme persécutée au sein de notre système étatique. Dois-je vous rappeler que monter des catégories opprimées les unes contre les autres est la stratégie des dictateurs et des partis d'extrême droite ?

— En théorie, tu as raison, Kjell. Mais nous ne sommes pas dans un séminaire de logique. »

À ce moment-là, Kristiina interrompit l'assemblée, trop impatiente pour se présenter. « Le prix Eeva-Liisa Manner, sauf erreur de ma part, porte le nom d'une femme, dit-elle le plus posément possible. En l'occurrence, le problème n'est-il pas qu'une femme a été victime de violences ? Viol, coups et blessures, séquestration : ces actes sont incontestablement passibles de sanctions.

— Tu es la femme à la pâte de crevettes, s'écria l'homme du parti du centre. Mais oui ! Il y a quelques années, elle a tartiné les vitres du tram de pâte de crevettes, expliqua-t-il aux autres. Parce que les crevettes, comme nous, se font écraser par les capitalistes. Une vraie jusqu'au-boutiste. (Il éclata de rire.) Je me trompe ?

— De pâte d'œufs de poisson, rétorqua Kristiina. Et il faudrait que je le refasse à l'occasion. C'est incroyablement satisfaisant. »

Un jeune homme près de la fenêtre prit la parole : « Minimiser les crimes sexistes et sexuels, c'est saper nos démocraties occidentales. (Il parlait à voix basse, mais avec une telle véhémence que tous se tournèrent vers lui, étonnés.) Traiter un être vivant comme un objet, ce n'est pas une broutille. C'est de l'esclavage. Et nous condamnons l'esclavage. La remise du prix doit être suspendue jusqu'à ce que Johann Manfred Bengel soit lavé de ces soupçons. »

Quelques personnes opinèrent du chef.

« Je ne comprends pas toute cette agitation », intervint une professeure d'un certain âge à la respiration embarrassée. Kristiina savait qui c'était. Elle s'était fait une réputation jusqu'en dehors de l'université avec les chroniques cyniques qu'elle écrivait pour la presse. « Si cette jeune fille est perdue dans sa vie, qu'elle reste chez elle. »

Le visage d'ordinaire si pâle de Leonides s'empourpra. Mais avant qu'il ait pu s'exprimer et que la conversation menace de s'envenimer, le directeur de l'institut se leva. « Force est de constater qu'il est impossible d'élucider entièrement cette affaire, déclara-t-il avec le ton de bureaucrate qui était le sien et qui étouffa aussitôt tous les murmures. S'il y a le moindre doute – et, d'après tout ce que nous avons entendu, il y en a –, j'estime que nous aurions tort de mettre notre programme Exil en danger. Aussi regrettable que ce soit. Aujourd'hui, de nombreuses personnes persécutées dépendent financièrement de ce programme, dont l'objectif à long terme est de défendre les droits humains et qui dispose d'un réseau à l'échelle européenne. Comme vous le savez, les subventions pour ce type de programmes sont toujours les premières à être supprimées. Je crains bien que, en collant trop précipitamment une étiquette de monstre au fondateur du réseau, nous ne nous exposions à cette éventualité. Je propose donc de procéder comme suit. Chacun de nous a ses faiblesses, tout le monde fait des erreurs. Si quelque chose de grave est arrivé à cette jeune femme – en Allemagne, ne l'oublions pas –, elle doit s'adresser aux autorités compétentes. Mais il ne faut pas perdre la vision d'ensemble. »

Le jeune homme qui avait parlé tout bas se leva tout aussi doucement et déclara d'une voix pas plus forte qu'avant : « Dans ce cas, ce sera sans moi. » Il prit son sac, passa la sangle autour de son cou comme s'il enfilait un joug et quitta la pièce sans regarder personne, ce qui provoqua quelques remous.

Mais comme le président du comité était plus que convaincu par cette proposition et que cette solution était la plus confortable, ainsi que Kristiina le fit par la suite remarquer à Leonides, on tomba d'accord pour décerner le prix comme prévu, en ajoutant toutefois un préambule au document officiel. On y insisterait sur l'importance des principes de la pluralité démocratique, de la non-violence et de l'égalité hommes-femmes.

Leonides, muselé mais anéanti, refusa de faire le discours.

Dehors, le vent d'automne arrachait les premières feuilles des arbres.

« Regarde-nous ! lâcha Leonides alors qu'ils se dirigeaient vers le tram. Avec notre prix, nous ne sommes de toute façon qu'un trafic d'indulgences qui permet à la majorité des gens de poursuivre leurs activités douteuses avec la conscience tranquille. Et regarde-nous maintenant.

— Qui était ce jeune homme ? demanda Kristiina, l'esprit ailleurs.

— Un doctorant. Je sais seulement qu'il vient du Nord.

— Ah », répondit-elle tout en allumant une cigarette au creux de sa main gauche pour l'abriter du vent. La détermination de ce jeune homme l'avait impressionnée. Elle en déduisit que, dans le Nord, les gens s'y connaissaient en comportements colonialistes. Il y avait des choses à apprendre de la radicalité avec laquelle ils défendaient, depuis des décennies, les pâturages de leurs rennes, leurs chants et leurs corps face aux convoitises étrangères.

Leonides s'immobilisa.

« Il faut que je voie Sala, Kristiina. Coûte que coûte. Même si je n'ai aucune idée de l'attitude à adopter face à elle.

— Ne pense pas à toi, pense à elle.

— Pourquoi me ferait-elle confiance ?

— Je fais de mon mieux. »

Johann Manfred Bengel avait passé une semaine à Turku et à Tampere avant de se rendre à la KONE Foundation à Mynämäki, et, partout, la récompense à venir avait obtenu une résonance importante. Telle était la substance du court message que Leonides laissa sur sa boîte vocale professionnelle le lendemain matin. Kristiina n'hésita pas longtemps. Elle composa le numéro de Liv – pas celui de son portable privé, mais celui de son cabinet. La secrétaire de Liv répondit, et Kristiina fixa un rendez-vous : elle comptait bien convaincre Sala de la nécessité de cet entretien et le payer de sa propre poche si Liv tenait à rester sur un plan strictement professionnel.

Elle en avait assez. Elle n'était pas celle qu'elle était pour capituler dans une situation de ce type. Depuis toujours, elle se battait avec succès : pour les travailleurs intérimaires, pour les droits des migrants et pour elle-même, ce qui était en définitive l'essentiel.

Elle était aussi déterminée que le jeune homme venu du Nord.

La femme bleue dit qu'il faut que je me prépare. Que ça demande du temps et de la patience.

Elle a renoncé à sa réserve. Elle ne veut plus se dérober. Dans la lumière de cette fin d'après-midi, elle n'omet aucun détail.

L'idée de l'enracinement, dit-elle, vient de la mort, du scandale de la mort. Tout le reste n'est que convention.

« Elle savait se débrouiller. »

Je lui demande de qui elle parle.

« Elle avait appris à se défendre. Elle laissait l'habitude derrière elle. Elle savait comment échapper aux conventions de l'habitude. »

J'insiste pour savoir de qui elle parle.

De Sala, répond la femme bleue. Elle se renverse en arrière. Elle me sourit, et elle se met à parler.

Dans la lumière du soleil couchant, elle raconte. Elle raconte dans l'ordre et depuis le début.

En haut, des gouttières dépassent de tous les balcons comme des pots d'échappement. Si l'eau s'accumulait sur les balcons et s'écoulait par les gouttières, elle éclabousserait le trottoir, elle l'éclabousserait elle, qui se trouve dans la rue à l'entrée de son immeuble. Sauf qu'il ne pleut pas sur les balcons fermés. Le sien est au troisième étage, au même niveau que le sommet de l'érable. Vu d'en bas, le balcon a l'air beaucoup plus petit, les fenêtres hostiles dans la lumière miroitante de l'après-midi. Elle a payé le loyer jusqu'à vendredi, et ensuite, elle devra partir. Mais vendredi, le mois de septembre sera enfin terminé.

Elle ne sait pas bien où elle ira ensuite. Mais quand on a traversé trois frontières et tout un continent, on a de la ressource. Elle ne sera pas SDF. Elle n'est pas non plus en détresse. Peut-être qu'elle l'a été, un jour.

Au coin de la rue, au croisement de la Majurinkatu et de la Komentajankatu, Kristiina attend en jean et chemise blanche. Elle agite la main sans impatience. Elles ne sont pas pressées.

Kristiina est là où la terre brûle. Une amie, une camarade. Elle va essayer de la faire changer d'avis, une fois de plus. Elle va profiter du trajet en tram jusqu'au centre-ville pour argumenter, parce que c'est ce qu'elle s'est mis en tête, parce que ce serait la chose à faire, et il n'y a pas plus entêté que Kristiina. Elle va essayer de la convaincre qu'il faut qu'elle parle, qu'il est important de faire une déposition. Elle va essayer de lui faire prononcer des mots, et ces mots la transformeraient en quelqu'un d'autre, quelqu'un qui traverserait la vie devant elle avec un chemisier déchiqueté et une âme en lambeaux, privée de toute confiance en soi, traitée de menteuse par un tribunal aux sentences irrévocables que Leonides prend pour argent comptant.

Kristiina fera tout pour les réunir, Leonides et elle. Pour une raison obscure, elle a Leonides dans le viseur. Mais à l'heure qu'il est, ce n'est pas l'essentiel. L'essentiel, c'est que Kristiina l'aide, même si cette aide prendra une forme différente de ce que Kristiina a en tête. Celle qui aide ne peut pas prévoir comment son aide sera prise et reçue. Elle ne peut pas le décider. Et ça ne la regarde pas non plus.

De la gare de Leppävaara, des trains partent pour le centre-ville. À l'heure de pointe, ils sont complets. Dans l'un des wagons avant, elles trouvent deux places côte à côte, et pendant les vingt minutes de trajet, Kristiina l'interroge sur le travail au noir à l'hôtel, sur le salaire horaire qui lui était versé, sur le nombre d'heures qu'elle faisait par jour, et lui demande si d'autres personnes qu'elle logeaient dans les cagibis. Elle a besoin de ces renseignements pour un discours au Parlement, et Kristiina est quelqu'un qui explique avec clarté et insistance ce dont elle a besoin. Elle a même avec elle une feuille de route qu'elle sort de son sac. Y sont listés les points qu'elle compte aborder dans son discours, et elle les lui lit pour prouver que tout est justifié. Quand un passager se retourne parce qu'elle dit à voix haute quelque chose de contraire à l'opinion dominante, elle ne s'en préoccupe pas. Elle n'a pas à s'en préoccuper. Elle dégage quelque chose qui retient les gens de lui voler dans les plumes. Aujourd'hui, elle évite les questions sur sa vie avant Helsinki. Elle ne mentionne pas non plus Leonides de tout le trajet. Kristiina semble partir du principe qu'elle, Sala, s'est intérieurement résolue à le voir, car ils se croiseront forcément à l'université. De la gare centrale, a dit Kristiina, il y a dix minutes de marche jusqu'à l'institut.

Kristiina. Qui lui a caché l'existence du prix remis aujourd'hui. Qui ne lui en a parlé que le lundi. Le lundi soir, Kristiina a débarqué sans prévenir en bas de son immeuble et a sonné à l'interphone pour lui proposer de faire une promenade, d'aller ensemble à la crique qu'on ne voit pas depuis l'appartement et où se trouve un petit port. La mer Baltique, a dit Kristiina, est juste derrière la route à trois voies, c'est tout ce qui la sépare des immeubles en béton – enlève la route, et tu habites en bord de mer. Elle a pris le souterrain avec elle puis a descendu la butte pour arriver au port avec les hangars à bateaux et les rails rouillés sur lesquels on remonte les bateaux pour l'hivernage. Leurs pas résonnaient contre les murs du tunnel, ses pas et ceux de Kristiina. L'obscurité du tunnel s'est interrompue brusquement devant la lumière à l'autre bout.

Kristiina marchait à côté d'elle, comme elle marche à présent dans les belles rues du centre-ville, d'un pas décidé et frôlant parfois son coude, son bras, comme pour lui assurer qu'il y a quelqu'un, que la femme qui souffle dans la corne de brume est là quand on a besoin d'elle. Kristiina. Qui l'aide à venir à la remise du prix.

À l'entrée, on leur fait signe de passer. On connaît Kristiina par la presse, la femme politique, la militante dont l'invitation vaut pour deux personnes. La cérémonie a lieu dans l'amphithéâtre, une grande salle éclairée par le plafond. Les invités ont exactement la même tête que ceux de la réception au château. Il est possible que ce soient les mêmes. Que ce soient toujours les mêmes personnes qui soient invitées à ce genre d'événements. On entend des langues étrangères, l'endroit fourmille de monde.

Leonides se tient devant la scène. L'air professoral, isolé, le teint gris. Ses lunettes sont tellement grosses qu'on dirait qu'elles sont là pour le cacher. Parfois, il lève le bras pour regarder l'heure, alors qu'il n'est pas du genre stressé, il n'était jamais stressé avec elle, mais cette fois sa nervosité saute aux yeux, même de loin. *Leon, mein Le*, avec une aura qu'il a perdue. Il porte le costume en velours côtelé marron qui ne compte pas parmi ses meilleurs. Peut-être veut-il dire quelque chose par là. Peut-être veut-il que ce costume élimé soit compris comme un *statement*.

Il ne la remarque pas. Il ne l'a pas encore aperçue, ce qui tient au fait qu'elle a changé de coupe de cheveux, qu'il y a trop de monde autour d'elle, et elle veille à ce qu'il n'en soit pas autrement. Elle reste dans leur ombre, car c'est pour l'autre qu'elle est ici. Si elle a décidé de venir à la remise du prix, c'est parce que c'est le moyen le plus simple de localiser l'homme qui sera l'acteur principal de cette soirée, qui est localisé ici, qui, dans quelques minutes, entrera sur scène où, surélevé par rapport à la foule, il sera exposé aux regards de chacun, le racleur de gorge, le fantôme allemand que la visibilité rend vulnérable.

Dans le port de la petite crique, Kristiina a dit : « Seule l'opinion publique rend ce genre d'hommes vraiment vulnérable. » Kristiina qui a une haute idée de l'opinion publique démocratique. Qui considère la mise à nu comme la seule façon de régler son compte à un homme comme Bengel, « la meilleure option ». C'est en révélant ses zones d'ombre au grand jour, en les mettant sous le feu des projecteurs, qu'on l'aura, a dit Kristiina. Elle a fait sienne cette expression, les « zones d'ombre » de Leonides.

Kristiina ne sait rien de ce qu'elle a en tête. Kristiina n'est pas au courant, car c'est une affaire entre elle et le racleur de gorge. C'est devenu une affaire entre elle et lui.

Il n'y aura jamais de meilleure occasion, a dit le Mohican.

À *Rio*, elle en aurait parlé, autrefois, à l'époque où les choses qu'on n'a pas le droit de dire le reste du temps se disaient, au seul endroit où un nom renferme le secret de toute une vie. Un smiley à cornes serait revenu. « Ne perds pas courage, petit Mohican. »

Voir Leonides au bas de la scène, lui qui est toujours en haut en temps normal, le teint gris et seul, alors que tant de monde dans la salle le connaît, lui provoque une sensation de brûlure, un petit filet qui va du plexus solaire à l'estomac, qui commence à grossir pour devenir un fleuve auquel elle veut se confier, par lequel elle a envie de se laisser porter jusqu'à Leonides, à travers cette terre sans vie et sans arbres.

« Tu veux qu'on cherche une place ? »

Kristiina a du mal à rester à côté d'elle, à ne pas se faire entraîner à l'écart. Des gens viennent sans arrêt la saluer, discuter avec elle, pester contre elle.

« Tu peux toujours changer d'avis.

— Je préfère rester debout.

— Tu es sûre ? »

À ce moment-là, elle prend les mains de Kristiina dans les siennes et, par réflexe, elle l'attire contre elle – l'espace d'un instant, il est impossible de savoir qui tient qui.

Kristiina se libère doucement de son étreinte. « Tu vas y arriver ?

— Ne t'en fais pas.

— Si tu n'y arrives pas, tu peux aller nous attendre dans le café d'à côté. On arrivera dès que cette farce sera terminée. »

Elle a encore le temps de voir Kristiina disparaître dans la foule, le blanc de la chemise persiste un moment, jusqu'à ce que Kristiina, cernée et sollicitée de tous les côtés, trouve une place à l'avant. Et le voilà. On l'invite à entrer sur scène, cet homme d'un âge canonique en baskets, un sourire sur son visage de vieillard, et tout ce qui se passe en elle est l'affleurement d'un pressentiment. Elle pressent le son que fait la peur. Elle pressent le bruit que fera le cri, pas n'importe quel cri, mais le cri de peur d'un homme qui n'est plus maître de lui-même, tout comme le monde qu'il incarne n'est pas maître de lui-même et multiplie l'angoisse et la violence par un coefficient inconnu. « Il va rameuter toute la baraque. »

Comment parvient-elle derrière la scène ? C'est incompréhensible. Mais ça ne compte pas. Ce qui compte, c'est qu'elle y soit, qu'elle se retrouve à temps dans la pénombre des coulisses, dans le passage latéral qu'il a emprunté pour monter sur scène et au bout duquel brille la lumière verte de l'éclairage de secours.

Le couteau est dans sa main, fiable et tiède comme son propre corps, les lames encore inutilisées. Elles sont lisses et d'acier. L'une est sortie, le fil tellement tranchant qu'il ne fait aucun bruit sur la peau quand elle passe l'index dessus pour voir.

L'homme qui partira dans les murs aujourd'hui, que les murs feront disparaître, n'est pas le Mohican.

C'est l'évidence.

Seuls les fantômes logent dans les murs.

La femme bleue va à la fenêtre. Elle regarde le ciel du soir et ses nervures.

Le grondement des voitures sur les routes à trois voies nous parvient de loin.

« Pourquoi ? » C'est ce que je demande quand elle a terminé, quand elle arrête de parler, quand tout semble avoir été dit et qu'elle déclare qu'on peut mettre toute une vie à décider de se taire. « Pourquoi tu ne l'as pas tué ? »

La femme bleue pose ses doigts sur ses tempes et étire la peau vers l'arrière. Ses yeux s'amincissent, son visage devient un masque hilare.

« Pourquoi moi ? »

Il y a un moment, j'étais à New York. J'ai tenu un blog. Dans l'un des articles, il est écrit : « À New York, Helsinki me manque. » Ce qui me manquait n'est pas précisé. La mer Baltique, les sorbiers des oiseleurs, le rythme lent des rues, l'élan qu'on prend avant chaque conversation.

Je suis assise à la petite table blanche du numéro 4 de la rue du Scribe, entre la Majurinkatu et la Komentajankatu, à laquelle j'ai passé quatre semaines. C'est mon dernier jour. L'érable derrière la fenêtre est nu.

Les livres sont tous lus à part un – « les écrivains sacrifient toujours quelqu'un » –, les bagages faits. Les cartes postales sont toujours au mur, et je vais les laisser là.

La planche à découper coulissante que j'ai cherchée pendant une éternité et fini par trouver en ouvrant le tiroir à couverts est essuyée, la vaisselle rangée sur l'égouttoir du placard. La bouteille d'huile d'olive est encore à moitié pleine.

N'ai-je pas attendu hier pour aller cueillir des champignons avec la femme bleue ? Elle les cueillait, et je la regardais faire, surprise d'apprendre que même un champignon toxique comme la fausse morille peut devenir comestible une fois cuisiné. Notre conversation n'était qu'un long élan que nous étions en train de prendre.

Sur la ficelle dans la salle de bains, transformée en corde à linge à l'aide d'un système de fixation sur le mur d'en face, l'imperméable est encore en train de sécher, comme pour prouver que cette sortie a eu lieu.

La ficelle, la planche à découper et l'égouttoir suivent une logique d'économie de place à l'intelligence redoutable. En Finlande, les objets du quotidien sont réduits à la manière moderniste. Mais on ne lésine pas sur les lettres pour les désigner. Tant de consonnes et de voyelles sont redoublées.

Je le sens déjà, ce manque. Il remonte le long de mon dos. Je le sais : on se fait à tout. Alors je sors une dernière fois dans le lent rythme des rues, voir le sorbier des oiseleurs et la mer.

Remerciements

Je remercie les institutions suivantes sans le soutien financier desquelles consacrer environ huit années de peine, de privation, de tâtonnements et de profonde satisfaction à ce roman n'aurait pas été possible : l'Helsinki Collegium for Advanced Studies, le Deutsche Literaturfonds, la Max-Kade Haus de la Lafayette University Easton, le Grenzgängerprogramm de la Robert-Bosch-Stiftung, le Goethe-Institut Helsinki, le ministère de la Science, de la Recherche et de la Culture du Land de Brandebourg et la résidence d'artistes Lukas à Ahrenshoop.

Il y a un chemin même pour traverser le désert.

Je suis très reconnaissante à Tiit Aleksejev, Christina Clemm, Maria Mälksoo, Alexandra Stang et Thomas Scherzberg pour les précieuses informations fournies, et j'adresse mes plus chaleureux remerciements à Claudia Bengel, Ute Bettray, Karin Graf et Oliver Vogel pour leur relecture concentrée et patiente.

Un merci particulier à Lena Pasternak pour sa générosité et sa gentillesse, pour l'étincelle qui embrase et son inlassable enthousiasme.

Je remercie de tout cœur Zaia Alexander. Si elle ne m'accompagnait pas en toutes circonstances avec tendresse, enthousiasme, audace et bonheur, Adina ne m'aurait jamais trouvée.

Dernières parutions

Sarah Alderson
Week-end entre filles

M. J. Arlidge
Quand le chat n'est pas là...

Catherine Bardon
Une femme debout

Harold Cobert
Le Rouge et le Blanc

Frédéric Couderc
Hors d'atteinte

Claudia Cravens
L'Affranchie

Jonathan Dee
Sugar Street

Laura El Makki
Combien de lunes

Lou Eve
Sous les strates

Dominique Fouchard
La Foire aux fiancés

David Gibbins
L'Héritage d'Atlantis

Emilia Hart
La Maison aux sortilèges

Elin Hilderbrand
L'Hôtel Nantucket

Victoria Hislop
La Statuette

Honorée Fanonne Jeffers
Les Chants d'amour de Wood Place

Rebecca Makkai
J'ai quelques questions à vous poser

Charlotte Mendelson
Accrochages

Lydia Millet
De l'espoir et autres créatures ailées

Grégory Nicolas
Mes sœurs, n'aimez pas les marins

Heather O'Neill
Perdre la tête

Daphne Palasi Andreades
Les Filles comme nous

Valérie Paturaud
La Cuisinière des Kennedy

Marie Pavlenko
Traverser les montagnes, et venir naître ici

Roland Perez
Ma mère, Dieu et Litzie

Alexis Schaitkin
Autre part

Cat Shook
Les Magnolias de Myrtle Lane

Catherine Steadman
Jeux en famille

Emma Straub
Demain, même heure

Akli Tadjer
De ruines et de gloire

Rosa Ventrella
Les Enfants de Haretz

Alice Winn
Les Ardents

Pour en savoir plus sur l'actualité des Escales,
vous pouvez consulter notre site Internet
www.lesescales.fr
et nous suivre sur les réseaux sociaux

Editions Les Escales

@LesEscales

@LesEscales

#lisez engagé !
www.lisez.com
Pour plus d'information :
Imprimé sur du papier issu de forêts gérées durablement.

Achevé d'imprimer par
Normandie Roto Impression s.a.s.
N° d'impression : 2401528
Imprimé en France